AU LOIN, QUELQUES CHEVAUX, DEUX PLUMES…

DU MÊME AUTEUR

Les Bottes de Clint Eastwood, roman, Le Passage, 2017

Jean-Louis Milesi

AU LOIN, QUELQUES CHEVAUX, DEUX PLUMES…

Roman

Les Presses de la Cité

Ouvrage dirigé par Françoise Samson

92, avenue de France – 75013 Paris
ISBN 978-2-258-20432-4
Dépôt légal : janvier 2023

À mon ami Jean Charruyer (1947-2020)
que j'ai fait revivre ici sous les traits de Jean-de-Poitou.

À Claire, Mattéo, Hugo et Lino. Mes quatre cœurs.

La disparition de chaque vieil homme ou femme signifie
la disparition de traditions, de connaissances des rites sacrés
que nul autre ne possède ; par conséquent, les informations
qu'il faut transmettre aux générations futures, en respectant
le mode de vie de l'une des grandes races de l'humanité,
doivent être recueillies immédiatement,
sinon cette chance sera perdue à tout jamais.

Edward Sheriff Curtis
Les Indiens d'Amérique du Nord (1907)

PREMIÈRE PARTIE

Nous définissons et déclarons
par cette lettre apostolique
que les Indiens ne peuvent en aucun cas
être privés de leur liberté
ou de la possession de leurs biens,
même s'ils demeurent en dehors
de la foi de Jésus-Christ.
Pape Paul III
Bulle pontificale du 9 juin 1537

Mais il ne reste jamais rien
De ce qui est vécu,
Quelques grains oxydés
Sur de la paraffine…
CharlÉlie Couture
La Ballade du mois d'août 75

MINNESOTA

1862

1

Mika Ohiteka

Toute la journée, il leur mange les yeux. Aucun répit. Impossible de relever la tête. Pour seul horizon entre leurs cils blancs de givre : leurs mocassins et la terre gelée. Quelques touffes d'herbe qui accrochent la neige. Et leurs pas, l'un après l'autre. Rien n'arrête le blizzard. Il perce la couverture et les vêtements de peaux. Griffe, mord, pénètre leurs poumons, glace leur cœur. Ils en ont oublié la présence des soldats. Ils avancent. Drogués de froid. À la limite de la mort et de la vie. Pas certains de savoir laquelle des deux est préférable. À quoi leur sert-il de vivre encore ?

Quelqu'un marche près de lui. Le frôle. Le tire de sa torpeur. Regard furtif en coin, par en dessous. Les rafales cinglantes glissent des épines de glace sous ses paupières. Mika Ohiteka devine une femme. Sortie de nulle part dans cet essaim de neige. Accompagnée par une mélodie si faible qu'il faut les caprices du vent pour la pousser en pointillé jusqu'aux oreilles de l'enfant. La femme chantonne derrière sa moustache. Les mains invisibles du blizzard cherchent à lui arracher sa couverture. Quelque chose s'en échappe. Nouveau coup d'œil, aussitôt puni par des piques furieuses. Un pied. Il pend le long du ventre de la squaw. Et se balance mollement.

Sans l'ennui de cette marche interminable, Mika Ohiteka n'aurait pas appuyé ses regards. On ne dévisage pas les grandes personnes. Mais cette bizarrerie sur les lèvres de la femme. Cette épaisse moustache. Malgré les gifles du vent, il s'autorise d'autres coups d'œil furtifs. Se combinant, ils finissent par dessiner l'image complète de ce qui l'avait troublé : pas une moustache, mais une cascade. Une cascade gelée. Une cascade de morve mouchetée de neige. Elle s'échappe du nez de la femme, recouvre ses lèvres et pend, frange pétrifiée, irrégulière, devant sa bouche.

Et il y a l'odeur. Qui lui parvient malgré le froid. Peu d'entre eux s'étaient lavés dans le Minnesota avant leur départ, trop faibles pour supporter une eau glacée. Mais cette odeur est différente. Quelques centaines de pas plus loin, il l'identifie : le bébé que la femme porte contre elle, et dont un pied d'ivoire veiné de fils grenat dépasse de la couverture, a cessé de vivre depuis plusieurs jours.

Puis la femme se volatilise, avalée. L'air autour de Mika Ohiteka est si épais qu'il masque tout ce qui dépasse de son bras tendu. C'est à peine s'il aperçoit le dos de son grand-père derrière qui il marche depuis des heures. Des jours. Sensation d'être des mouches dans ce blizzard. Ces mouches qui harcèlent et agacent les bisons, contraints de se rouler dans la neige pour les chasser. Le vent cherche-t-il à se débarrasser des Indiens Dakotas ? À les repousser ? Et si ses coups de boutoir étaient plus amicaux qu'il n'y paraît ? Si ses intentions étaient de les encourager à rebrousser chemin ? À retourner dans les terres d'où les Blancs les chassent ?

Encore une fois, Mika songe à disparaître. Leur fausser compagnie. Qui le verrait ? Chacun occupé à mettre un pied devant l'autre, à lutter contre la violence du froid, à éviter la touffe d'herbe qui le ferait trébucher. Se laisser glisser au sol, oui, disparaître en se laissant glisser, ne plus bouger. Immédiatement enseveli sous cette neige fouettée par ce vent fou. Mika ne craint pas les sabots. Il a entendu l'histoire de ces chevaux capables d'enjamber un chien dans une nuit presque aussi noire et épaisse que le crachat d'un mâcheur de tabac. Sans le toucher. Mais les chariots ? Comment leur échapper ? Il a vu une jambe passer sous la roue d'un de ces lourds wagons, l'a entendue craquer dans un bruit de bois sec.

Et les soldats.

L'autre jour, peut-être le jour avant celui-ci, un coup de feu a claqué. Le soir, Chaska a prétendu qu'un soldat avait tiré sur un prisonnier qui cherchait à fuir. Mika Ohiteka penche plutôt pour un bison. Les soldats, comme tous les hommes blancs, aiment abattre les bisons pour le seul plaisir de tuer. Ou un loup. Mais l'enfant a gardé son idée dans sa tête, Chaska ne rate jamais une occasion de se moquer de lui. Mika et Chaska ont le même âge, dix ans.

Chaque soir, lorsque l'exode fait une pause pour la nuit, Mika Ohiteka et les autres enfants ont pour mission de ramasser tout ce qui se brûle : bois morts, herbe sèche, bouses de bisons, os et cadavres d'animaux... Aujourd'hui, la récolte sera inutile, le vent refuse de se calmer et il n'y a rien dans cette plaine pour offrir un abri. Mika Ohiteka s'est accroupi, comme les autres enfants – le blizzard ne cessera pas, pourquoi ramasser de quoi faire un feu ? –, tournant le dos à cet agresseur, yeux brûlés par une journée d'air empoisonné de neige. Trois traits de douleur ne le quittent pas. Comme trois failles de glace sous sa peau. Trois balafres sur sa joue, particulièrement sensibles aux morsures du froid.

— Le bâtard blanc a peur du vent ! ricane Chaska. Et il a raison d'avoir peur !

Seul à rester debout, il enfonce le clou :

— Quand tu es né, ta mère a voulu tromper notre peuple. Elle t'a roulé dans la terre rouge. Mais chaque fois que le vent souffle fort, il retire un peu de ton camouflage. Les anciens le disent, ils savent… le vent ne se trompe pas, le vent finit toujours par montrer la vérité.

Chaska se tourne vers les autres enfants.

— La peau de Mika Ohiteka sera bientôt aussi blanche que le cul de la biche qui s'enfuit en courant !

Le père de Chaska a été tué l'été précédent, dans la guerre contre les Blancs. Avant cette tragédie, la moquerie n'était qu'un jeu, une répétition quotidienne agaçante – depuis sa naissance, on traite Mika Ohiteka de « bâtard blanc ». Mais la moquerie s'est muée en haine. Personne ne déteste davantage ce sang-mêlé que Chaska, fils du guerrier sans vie.

Et peu importe que le père du bâtard soit mort lui aussi. La mort d'un Blanc compte pour rien. Son histoire, Mika l'a apprise de la bouche des autres enfants. L'homme avait menacé sa mère d'un couteau posé sur sa gorge. L'avait forcée à s'allonger et à relever sa robe. La squaw s'était soumise, avait attendu en serrant les dents que le moment se termine. Alors, de plusieurs coups de pierre sur l'arrière du crâne, elle avait assommé son violeur, occupé à rajuster son pantalon. Elle l'avait ensuite retourné et frappé au sol, visant l'arête du nez, jusqu'à ce que le type crève. Mika était fier d'imaginer sa mère achevant son violeur. Mais cet homme, même s'il méritait son sort, lui avait donné la vie. C'était troublant. La mère de Mika a toujours refusé de répondre aux questions de son fils. Et son grand frère Hdainyanka, la seule fois où Mika Ohiteka a eu le courage de lui en parler, avait répondu par cette étrange question :

« Qu'est-ce qui importe le plus dans une flèche ? »

Mika n'avait pas hésité :

« Bien choisir la branche de frêne vert, les plumes… »

Son frère l'avait interrompu :

« Mais sais-tu qui étaient le père et la mère de l'arbre qui t'a donné sa branche ? Étaient-ils de pure race ? Ou bien comme toi, un sang-mêlé ? Ce qui importe le plus dans une flèche, avait poursuivi son frère sans lui laisser le temps de répondre ni de se demander comment un arbre pouvait être de sang mêlé, ce qui importe, ce n'est pas la pureté du bois. C'est le tireur. Toi, personne ne sait vraiment de quel bois tu es fait, un bois bâtard, comme disent tes amis. Mais c'est à toi seul de décider quel genre de tireur tu veux être. »

Puis il avait ajouté :

« Et si tu choisis bien, tu seras à la fois la flèche et le tireur. »

La flèche et le tireur ? En même temps ? Mika a longuement réfléchi à cette phrase, la tournant dans tous les sens, sans jamais être sûr de l'avoir comprise.

Tout ce qu'il sait, c'est que si Chaska a le droit de porter en lui la mort de son père, ce droit est refusé au bâtard blanc.

Mika Ohiteka ne possède ni la férocité ni le courage de l'animal qui lui a valu son nom.

Un raton laveur avait élu domicile dans le tronc d'un hêtre. Pour l'en déloger, Mika avait aidé son frère à l'enfumer. Après quelques minutes, l'énorme mâle enragé avait surgi hors de son trou, criant, babines retroussées. Mika était tombé sur le cul, terrifié, amorçant déjà le geste de se retourner pour s'enfuir. Sans son grand frère Hdainyanka, la bête lui aurait labouré le dos. Et probablement déchiqueté à coups de dents l'arrière du crâne. Dès qu'elle avait bondi, l'adulte l'avait saisie par les poils et lui avait enfoncé la lame de son couteau dans le flanc. Ignorant ses ruades, il l'avait rapidement retournée pour, d'un coup précis dans le cœur, l'achever.

Sans un mot, Hdainyanka avait tendu l'animal à son jeune frère, et Mika Ohiteka l'avait porté jusqu'au campement, le soulevant bien haut pour l'exhiber, sans fléchir malgré les kilos du gros mâle. Tous l'avaient vu revenir avec son trophée. Du sang lui coulait sur la tête et se mêlait à celui qui ruisselait de sa joue. Avec les griffes redoutables de l'animal mort, son frère l'avait profondément entaillée. Malgré la douleur, l'enfant qui allait sur ses dix ans avait réussi à ne pas pleurer.

Parmi les cris qui acclamaient son exploit, il n'était pas difficile de reconnaître le rire moqueur de Chaska, comme si Chaska savait la vérité.

Depuis ce jour, on l'avait appelé Mika Ohiteka, Féroce Raton Laveur. Et il avait gardé trois cicatrices au visage.

De retour près de sa mère, le jeune Dakota croque le bout de viande séchée et trop salée que les soldats ont distribué – si maigre qu'il aurait pu n'en faire qu'une bouchée –, accompagné d'une espèce de cracker épais et trop dur. Impossible à briser, il faut patiemment le sucer. Leur seule nourriture de la journée. Pour boire, ils ont la neige recueillie sur leurs vêtements.

Les Indiens dorment, assis en tailleur, protégés par leur seule couverture. Ou s'y enroulent et s'allongent pour se serrer les uns contre les autres sur les peaux de bisons qui d'ordinaire forment les tipis. Dans ce blizzard qui fait vaciller la lune, impossible de les dresser. Les militaires sont logés à la même enseigne, privés eux aussi de feu et de tentes.

Pour passer la nuit, Mika se blottit contre sa mère au fond d'un chariot. Cette squaw qu'il n'a connue que vaillante, toujours debout, active, occupée, n'a pas supporté le départ de sa terre natale. Elle s'est peu à peu abandonnée au froid, à la faim, à la fatigue et au désespoir, qui se sont mués en fièvre pour la terrasser. Dans son propre cœur, Mika sent une autre raison au profond abattement de sa mère. Quelque chose de plus fort encore que la défaite de son peuple. Plus fort que l'arrachement à leur terre. Un secret enfoui que son cœur refuse de lui révéler.

Pendant la journée, d'autres Sioux malades, épuisés, blessés, trop jeunes ou trop vieux, voyagent avec elle dans le chariot. Comme dans les dizaines de chariots qu'il a fallu débâcher à cause du blizzard, qui aurait fini par tout arracher.

Des bribes de rêve se posent sur le sommeil du jeune Mika. Il est allongé à terre, raide, immobile. Entièrement recouvert de neige. Il entend distinctement les roues du chariot à droite et à gauche de sa tête lorsque celui-ci passe au-dessus de lui. Sans l'écraser. Puis il se voit quitter en douce l'interminable colonne et s'évanouir dans le blizzard qui brouille la vue. Il file rejoindre les combattants. Sur un cheval, un fusil en main, aux côtés de Hdainyanka, le grand guerrier. Son frère.

PENNSYLVANIE

1863

2

La veste du photographe

Fin juin 1863. Pennsylvanie.

Surgissant de nulle part, un photographe est arrivé sur son chariot, a défait ses caisses, sorti une drôle de boîte en bois, visiblement très lourde, qu'il a arrimée à un trépied – c'est la première fois que Johnson Curtis et ses camarades voient un tel instrument.

Le type a fait prendre la pose à quelques fantassins. Derrière eux, un paysage de tentes, d'autres soldats discutent, chiquent ou tirent sur leur pipe, leur cigarette. Ou se reposent, allongés à l'écart. Des colonnes de fumées s'élèvent des feux où se prépare leur pitance, des chevaux broutent. Au loin, l'orée d'un bois…

Le photographe est sur le point d'enlever l'obturateur pour immortaliser le fantassin Curtis et ses compagnons d'armes lorsque des coups de feu retentissent. Pas le genre d'attaque que le bonhomme ambitionnait d'immortaliser. Juste un soldat qui a pris pour cibles les caisses du photographe. Armé d'un de ces longs fusils qu'il faut recharger en poudre et en balle après chaque tir, il a eu le temps de faire mouche trois fois avant l'explosion. S'il avait eu l'intention d'abattre un homme, il n'aurait eu aucun mal à lui loger une balle dans l'oreille à plusieurs centaines de mètres. Le forcené était un tireur d'élite. Un des meilleurs. Son intention n'était pas de tuer. Le soldat, pris d'une folie passagère, a fait un carton sur une caisse d'apparence inoffensive, ignorant qu'elle contenait des produits chimiques indispensables à la photographie. Et hautement explosifs. Au troisième impact, la caisse a été pulvérisée, ainsi que le chariot et l'arrière-train du cheval.

Le photographe a offert peu de résistance. Des éclats de bois, de pierre, d'os et de métal l'ont transpercé de part en part avant de fracasser l'instrument sur lequel il était penché. En moins de deux, il n'est pas resté grand-chose de l'homme et de sa machine à photographier.

Avait-il trouvé l'objet intrigant ? Pensait-il s'en servir comme longue-vue ? Y voyait-il un souvenir ? Mais de quoi ? Nul n'a jamais su pourquoi le simple soldat Curtis a ramassé ce qu'il ignorait être un objectif photographique. Peut-être tout simplement parce qu'il avait roulé à ses pieds, et que le sang de l'homme et de la bête l'avait épargné. Espérait-il en tirer un bon prix une fois la guerre gagnée ? Il n'avait jamais répondu là-dessus aux questions de son fils Edward. Il s'y dérobait, ou restait évasif, prétextant une mémoire aussi trouée que la veste d'un soldat confédéré fusillé. Il aurait pu dire « aussi trouée que la veste d'un photographe », mais ne le dit jamais.

MINNESOTA

1880

3

Jean-de-Poitou

Dix-sept années se sont écoulées.

Johnson Curtis a quitté le Wisconsin pour s'installer avec sa famille dans le Minnesota. Et s'occuper d'une ferme familiale, près de Le Sueur.

À douze ans, son fils Edward exhume des affaires de l'ancien soldat cet objet qui va bouleverser sa vie. Il aurait pu se prendre une torgnole. Son père, revenu traumatisé de ces trois ans de guerre, ne s'en était jamais remis. Plus que l'horreur des combats, il avait souffert des conditions de vie misérables auxquelles leur propre armée les avait abandonnés. Pneumonie, choléra, fièvre des marais causaient plus de ravages que l'ennemi. Ils buvaient une eau empoisonnée par les cadavres d'hommes et de bêtes. Quand ce n'était pas la diarrhée, c'était l'inverse.

Souffreteux, faiblard et constipé chronique, incapable de s'occuper de la ferme, puis plus tard de l'épicerie qu'ils avaient acquise, à la moindre contrariété il dégainait sa main droite, parfois les deux, qu'il balançait sans entrain devant lui pour recadrer un de ses quatre enfants.

Ce jour-là, la joue de son fils est épargnée. Son père le laisse jouer avec l'instrument ramassé près d'un sabot de cheval barbouillé de cervelle.

Si à douze ans Edward sait lire, il le doit à sa mère, intransigeante sur l'apprentissage de la lecture. Mais lire un poème ou la Bible n'a jamais préparé quiconque à déchiffrer un manuel consacré à la photographie. L'ouvrage de près de quatre cents pages avait atterri par hasard entre ses mains : *Wilson's Photographics : a series of lessons*. Lesdites leçons étaient « accompagnées de notes, sur tous les procédés utiles à l'art de la photographie ». Il y était question de positif, de négatif, de distance focale, de mise au point, de chambre noire, d'ambrotype, de daguerréotype, de nitrate d'argent et de collodion. Tout autre aurait jeté ce galimatias – personne n'aime se retrouver confronté à sa propre ignorance. Edward n'a rien fait de tel, bien au contraire.

La besogne ne manque pas, pourtant. L'enfant doit chasser, pêcher, planter les patates ou déterrer les patates ou dégermer les patates. Ou faire des petits boulots de-ci, de-là. Ou encore s'occuper de sa petite sœur et de son petit frère tandis que leur mère tient à bout de bras l'épicerie qui périclite – et leur père qui, malade un jour sur deux, périclite pareillement. Le frère aîné avait vite compris qu'il fallait se tirer d'ici. Il s'était tiré d'ici, loin de ces fichues corvées.

Au moindre temps libre, Edward revient au manuel photographique. À force de persévérance, certaines phrases finissent par prendre sens. Il comprend en premier qu'on peut gagner de l'argent avec un appareil photographique, car « ils sont nombreux à vouloir des portraits de leurs proches décédés, et la demande pour cette catégorie d'images est par conséquent plus grande que toute autre ».

Des morts, il en voit suffisamment lorsqu'il accompagne son père. Trop faible pour pagayer, celui-ci laisse son fils, déjà grand et costaud pour son âge, s'y coller. Edward adore ces escapades au fil des méandres de la rivière Cannon, patauger, porter le canoë lorsque le manque d'eau, les rochers ou les cascades le rendent nécessaire, dormir à la belle étoile…

Des vacances, comparées aux journées où il doit à peu près tout faire à la maison.

Une seule tâche le rebute au cours de ces randonnées : seconder son père dans ses offices religieux. Car son père n'est pas en vacances. Après les catastrophiques expériences de la guerre, de la ferme et de l'épicerie, Johnson Curtis s'est donné un nouvel objectif : réussir au sein de l'Église des frères unis. Dans le canoë manié par son fils, le prédicateur porte « l'espoir du Paradis » à ceux qui ont choisi de construire leur maison à l'écart de toute civilisation. Le pasteur Curtis a-t-il réussi à guider quelques-unes de ces âmes le long du chemin vers le royaume des cieux ? Nul ne le sait. Quant à nourrir sa famille, c'est un fiasco de plus. Le gibier, les peaux, les légumes, les racines, voire les terrines ou les bouteilles d'alcool qui récompensent son dévouement, son abnégation et ses déplacements, parviennent rarement au domicile familial, perdus dans les caprices de la rivière ou volés par les ours.

Grâce à sa lecture acharnée, le jeune Edward a compris que l'étrange objet rapporté de la guerre par son père est un objectif photographique. Pour pouvoir s'en servir, l'adolescent fabrique deux boîtes qui s'insèrent l'une dans l'autre. Un côté de la boîte sert de support à l'objectif, qu'il fixe dans un trou. Le côté opposé ne possède pas de fond. Edward y positionne un morceau de verre qu'il a dépoli au préalable en le frottant contre du sable et qu'il maintient en place avec une main – un morceau de verre difforme récupéré d'une vitre brisée sur laquelle le photographe débutant se coupe régulièrement les doigts. La lumière concentrée par l'objectif projette l'image inversée du sujet sur ce dépoli. Par transparence, et avec un peu de pratique, Edward parvient à faire la mise au point en coulissant les deux boîtes l'une dans l'autre.

Le manuel explique qu'il faut ensuite remplacer le verre dépoli par un verre normal qui, enduit des produits adéquats, va servir de support à la photographie. S'il souhaite en faire commerce, Curtis comprend qu'il ne peut se contenter de débris de vitres. Il lui faut impérativement trouver des verres rectangulaires, proprement découpés aux dimensions de sa boîte.

Le seul dans le village de Cordova capable de couper du verre, c'est Jean, dit Jean-de-Poitou, le maréchal-ferrant.

Un grand sec, cheveux blancs, barbe râpeuse qu'il ne rase qu'un jour sur trois. Tout ce qu'on sait de lui avec certitude, c'est qu'il a fui la France sans rien d'autre que ce qu'il portait. Pour le reste, sa tête serait mise à prix. Certains prétendent qu'il a fui le régime autoritaire de Napoléon III, d'autres la chute de la Commune de Paris. On le dit franc-maçon. Et pour quelques-uns, il ne fait aucun doute que ce Français est un chouan ayant combattu la République – ce qui lui donnerait plus de cent ans, c'est-à-dire une cinquantaine de plus que son âge.

À son arrivée de ce côté-ci de l'Atlantique, Jean-de-Poitou n'avait en poche qu'un mouchoir marqué à ses initiales. Et un outil à multiples fonctions. Si petit qu'il peut tenir dans une seule main. Grâce à cet objet, Jean n'a jamais connu la faim – mais comment pouvait-il avoir dans sa poche une invention américaine qui n'a été commercialisée qu'après son débarquement à New York ? Quoi qu'il en soit, le maréchal-ferrant de Cordova possède bien cet outil fascinant avec lequel il peut découper le couvercle des boîtes de conserve, aiguiser les lames, et ouvrir les bouteilles grâce à son tire-bouchon incorporé. L'outil se transforme également en ciseaux et en scie... Mais surtout, à l'une de ses extrémités, une minuscule roulette permet de couper le verre.

En plus de son travail de maréchal-ferrant, Jean est régulièrement sollicité pour remplacer les vitres brisées. D'où le trésor que convoite Edward : un stock de verre.

Bien que très occupé, Jean-de-Poitou écoute la demande de l'enfant. Et se prend au jeu. Homme à tout faire, il bricole un mécanisme pour maintenir en place, au cul de l'appareil photographique rudimentaire, la plaque de verre dépoli – une vraie, que Jean-de-Poitou a découpée à cet effet et sur laquelle l'aspirant photographe ne se blesse plus.

C'est encore Jean qui aide l'enfant à approfondir sa compréhension du livre de Wilson, en particulier tout ce qui a trait à la chimie. À défaut du collodion préconisé, le couple de photographes amateurs étale du blanc d'œuf salé sur la plaque de verre avant de la tremper dans du nitrate d'argent – c'est le nitrate d'argent qui est sensible à la lumière, le collodion ou le blanc d'œuf ne servant qu'à le maintenir en place. Le nitrate d'argent provient d'un ami apothicaire qui le prescrit entre autres pour traiter les ulcères ou pour prévenir la conjonctivite des nouveau-nés.

Il leur faut plusieurs essais pour comprendre qu'à cause de la réaction lente des produits utilisés le temps de pose doit être augmenté de plusieurs minutes – la première photographie est si noire que Curtis est à deux doigts de jeter l'éponge. Heureusement, Jean a connu suffisamment d'échecs pour ne pas capituler à la première embûche. Et effectivement, les photographies suivantes s'améliorent.

Ils auraient réussi… sans cette ruade. Que s'est-il passé entre le maréchal-ferrant et l'animal qu'il allait ferrer ? La cigarette et la boîte d'allumettes retrouvées près du corps du Français laissent supposer qu'il était sur le point de s'en griller une. Quant aux côtes brisées qui lui ont perforé les poumons, les responsables sont tout désignés : les sabots du cheval. L'homme étant connu pour être tatillon sur l'approche des chevaux, la ruade, en plus de brutale, devait être bien vicieuse. Sous le choc, il faut espérer que Jean a perdu connaissance et n'a pas vu la mort s'emparer de lui.

Orphelin de son ami Jean, le jeune Edward jette pour le coup définitivement l'éponge. Du moins le croit-il.

SEATTLE, WASHINGTON

HIVER 1895

4

L'écume de riz de M. Tsay

Edward Sheriff Curtis, photographe connu dans tout Seattle, n'a pas tenu une minute. Le blaireau et le savon, fouetté sur ses joues comme une écume de riz, l'ont terrassé. Ni la caresse du rasoir, ni le massage à l'after-shave parfumé au cèdre, pas davantage la serviette chaude et humide ne réussissent à le réveiller.

C'est embarrassant.

Le vieux barbier se méfie des Blancs depuis les émeutes anti-Jaunes d'il y a dix ans – les Blancs reprochaient aux « bridés » de voler leur travail, M. Tsay et sa famille avaient évité de justesse un retour forcé en Chine. Il se méfie même de ce client régulier qui n'a jamais été désagréable et qui s'endort à chaque séance de rasage. L'obligeant à le réveiller. Opération délicate. La peur est restée. La peur imbécile et incontrôlable qui, à la vue d'une simple corde, fait trembler l'homme mordu par un serpent.

Un autre client attend son tour. Il faut à tout prix réveiller M. Curtis, ronflant bouche ouverte, aussi à l'aise dans le fauteuil du barbier que dans son salon.

— Monsieur Curtis, monsieur Curtis, murmure le barbier.

Mais M. Curtis ne se réveille toujours pas.

Alors, faisant ce qu'il sait faire de mieux, M. Tsay peaufine son travail. Il passe un dernier coup de peigne dans l'épaisse moustache, puis dans le bouc taillé en diamant. Chaque séance avec ce client se termine ainsi, « C'est malheureux », regrette le vieux Chinois, alors que dans un geste qu'il ne prémédite pas mais qu'il réitère à chaque séance il vrille son poignet et retire vivement le peigne. Avant de s'enfuir à petits pas rapides tel un garnement qui vient de vider sa fronde sur la cloche de l'église. Immanquablement, quelques poils de barbe pris dans les dents du peigne sont arrachés, agaçant le menton de l'homme endormi. La douleur, bien que tout à fait supportable, tire M. Curtis de son sommeil. Pendant quelques secondes, il mastique l'air de sa bouche pâteuse, « Ne me dites pas que je me suis encore endormi, monsieur Tsay ! ».

D'un geste machinal, il triture plus qu'il ne caresse son bouc, comme s'il en comptait les poils. M. Tsay revient boutonner le faux col sur la chemise blanche. Deux fins boutons de nacre. Aussi élégamment vêtu qu'un de ces riches industriels du bois dont il photographie la progéniture, Edward Curtis noue sa lavallière – il en possède une dizaine de différentes couleurs, toutes en soie, ainsi qu'une petite collection de chapeaux, mais on ne le voit guère qu'avec ce modèle en feutre. Pas n'importe quel feutre, celui en poils de castor.

Une fois sur deux, Curtis, bien plus grand que la moyenne, oublie qu'il ne doit pas se couvrir la tête avant de passer la porte. Il cogne régulièrement son chapeau contre le haut du cadre. Pestant comme à chaque fois, il se retourne pour tenter de le rattraper, agitant les bras sans grâce. Le spectacle arrache immanquablement un sourire au vieux M. Tsay.

Surpris de voir des passants replier leurs parapluies, Curtis découvre qu'il a plu pendant qu'il dormait chez son barbier. Sans doute une belle grosse averse, car des enfants jouent à courir et se laisser glisser au milieu de la rue transformée en champ de boue.

5

Aldo et la révolution

La montre tirée de sa poche lui autorise une halte chez Aldo, le temps d'acheter son paquet de cigarettes Sweet Caporal. Mais Aldo n'est pas pressé :

— Monsieur Curtis ! Permettez-moi de vous montrer quelque chose…

— J'aurais aimé, Aldo, mais j'ai rendez-vous dans…

— Vous ne retournerez pas au travail avant d'avoir fumé une cigarette, monsieur Curtis, le coupe en souriant l'épicier. Alors, allez-y, ouvrez votre paquet, allumez une cigarette, profitez, la vie est courte… Mais surtout, ne bougez pas !

La boutique n'est pas grande, mais on y trouve tout : du plafond pendent des tambours pour enfants, d'énormes casseroles, des jougs en cuir… Au sol, une armée de barils, de caisses, de gros sacs… Dans une encoignure, des manches de pelles, de bêches, de râteaux, des balais, à l'envers pour préserver leurs plumeaux de paille… Les étagères se répartissent l'abondance de clous, de farine, de café, de sel, de boîtes de conserve, de bocaux… Sous les boîtes de pastilles contre la toux, sous l'empilement de chaussettes, des bocaux de bonbons, des paquets de cigarettes, des articles de mercerie… se découvre le bois du comptoir.

Et l'odeur ! Ce brassage d'odeurs. Des salamis qui pendent près des martinets à neuf brins de cuir, du saindoux, du kérosène, du poisson séché, de l'huile pour armes à feu, des cornichons doux dans leur jarre ouverte, des oignons vieillissant près des savons – ceux très bon marché pour la lessive et ceux translucides pour la peau délicate des bourses pleines…

Ce n'est pas pour l'image qu'elles contiennent que Curtis achète des Sweet Caporal – selon Aldo, son premier usage est d'empêcher les paquets souples de se plier. Des dessins en couleur de drapeaux, de papillons, de vaisseaux de guerre et de militaires du monde entier. Également d'Indiens. Et des photographies d'actrices – celles-ci, contrairement aux illustrations dessinées, Curtis préfère les déchirer que les laisser en circulation, elles font du tort à la profession naissante de photographe, une photographie mérite mieux qu'une Miss Martinez ou qu'une Lillian Russell délavées et minaudantes. Depuis la naissance de son fils Harold, Curtis met de côté les cartes Sweet Caporal dans une boîte à cigares – cadeau d'un client. Dans quelques mois, pour les trois ans de son fils, il les lui offrira.

Curtis a allumé sa cigarette, Aldo ne revient pas. Il retire du paquet la carte qu'elle contient. Une bouffée d'enfance lui tord les tripes à la vue de cette illustration. Certains souvenirs font le mort des dizaines d'années pour soudain se dresser devant vous, tel un vieil ami perdu de vue. Ou un vieil ennemi. C'est le cas de cette illustration en couleurs. Ami ou ennemi ? Il ne saurait le dire.

— Regardez-moi cette merveille, monsieur Curtis !

Aldo est arrivé de sa Lombardie natale à seize ans. Plus de vingt ans plus tard, des éclats d'Italie chantent encore dès qu'il ouvre la bouche.

— Qu'est-ce que c'est ? demande Curtis en glissant la carte dans son portefeuille.

— La révolution, monsieur Curtis !

La révolution a la forme d'une boîte rectangulaire gainée de cuir noir, assez petite pour tenir dans la paume ouverte de l'épicier. Il invite Curtis à s'en saisir. C'est léger. Curtis reconnaît immédiatement un appareil photographique, il s'y connaît depuis qu'il s'est fabriqué son premier.

— Qui peut prendre douze photographies sans avoir besoin d'être rechargé ! fanfaronne le pétillant Aldo.

Curtis n'en revient pas, douze photographies !

— Vous plaisantez, Aldo ?

Aldo plonge une main pour retirer de sa poche un rouleau du diamètre d'un gros cigare, en moins long. Il le tend à son client.

— Tenez-moi ça, monsieur Curtis.

— Qu'est-ce que c'est ?

— Vous allez voir. Permettez…

Il reprend la boîte noire, tire une petite languette, déboîte le cube, qu'il fait coulisser pour ouvrir l'appareil.

— Oubliez les plaques de verre lourdes et cassantes. Il est temps de passer au film souple, monsieur Curtis !

— Au film souple ?!

— Permettez…

Aldo reprend le rouleau des mains de Curtis, « Qui pourrait croire que ce rouleau lilliputien contient douze photographies, monsieur Curtis ? », et le positionne dans l'appareil, « Vous mettez le film souple ici… ». Il déchire une petite bandelette, libère quelques centimètres d'un papier noir qu'il déroule le long de trois des côtés pour l'accrocher à un autre rouleau, vide celui-ci, en face du premier.

— Et voilà ! Le film souple est en place, c'est lui qui remplace vos fragiles plaques de verre, monsieur Curtis. Et le plus beau, c'est que toute cette opération se fait en pleine lumière !

— Comment ça, en pleine lumière, Aldo ?

— Vous venez d'y assister, monsieur Curtis.

— Mais… s'étrangle le client. C'est impossible !

— C'est possible car c'est la révolution ! Vous voyez comme c'est si simple ! Et voilà, c'est fini, l'appareil est déjà chargé, il n'y a plus qu'à refermer et s'en servir. Ça vous en bouche un coin. Regardez, ici.

Il manipule l'appareil qu'il vient de refermer et indique à son client un petit hublot rouge sur l'arrière.

— Grâce à cette petite fenêtre… vous voyez, là, le numéro 12 ? Eh bien, cette petite fenêtre, elle vous renseigne sur le nombre de photographies qu'il vous reste à prendre. C'est la révolution, je vous dis ! Et vous pouvez même faire ça !

Allongeant son bras à l'horizontale, l'appareil photographique dirigé vers son visage, Aldo prend la pose.

— Vous pouvez vous photographier vous-même !

— Se photographier soi-même ?! Mais qui serait assez idiot pour faire ça ? Dans quel but ?

— Allez savoir, monsieur Curtis.

Dans les pages du *Wilson's Photographic Magazine*, qui paraissait une fois l'an, Curtis avait découvert les différents procédés d'agrandissement, qui en étaient encore à leurs balbutiements. Tous ces procédés faisaient appel au soleil comme source de lumière. Le résultat étant de médiocre qualité, flou, et la mise en place assez fastidieuse, aucun photographe professionnel n'utilisait cette technique, se contentant de tirer ses photographies sans agrandissement, garantie d'une qualité optimale. D'où l'intérêt d'avoir des négatifs les plus grands possible.

Dans son studio, Curtis possède un appareil photographique d'un rendu exceptionnel. Les tirages sur papier affichent des noirs parfaitement noirs, une échelle de gris qui n'existe pas dans la réalité. Et une netteté qui aurait permis de compter les poils de la moustache d'Aldo sur son portrait en trente-cinq centimètres par quarante-deux accroché derrière le comptoir.

— Si je ne me trompe, le format de vos photographies révolutionnaires est de dix par dix, non ?

— Neuf par neuf, en fait, monsieur Curtis, le reprend l'épicier italien.

— Les clients qui entrent ici portent-ils tous des jumelles autour du cou, Aldo ?

— Des jumelles ? Mais non ! Pour quoi faire ?

— Parce que, si ce portrait que j'ai fait de vous avait été de neuf centimètres par neuf, vos clients auraient eu besoin d'une paire de jumelles pour vous reconnaître.

Alors, peut-être que votre intention est de vendre une grande quantité de jumelles, Aldo. Pour ma part, je n'ai nullement l'intention de faire des photographies du format d'un timbre postal. Révolution ou pas !

— Mais... Monsieur Curtis !... C'est l'avenir ! s'exclame l'épicier. On ne peut pas tourner le dos à l'avenir ! Tourner le dos à l'avenir, c'est vivre dans le passé. Et dans le passé, on meurt, monsieur Curtis, c'est tout ce qu'on fait ! On meurt !

MINNESOTA

NOVEMBRE 1862

6

Le lait concentré

Au petit matin, certains Sioux ne se réveillent pas. Le lieutenant-colonel William Marshall – il porte en barbe les cheveux qu'il a perdus, à l'exception de deux petits cheptels qui, depuis ses tempes, tentent de se rejoindre en désordre à l'arrière de son crâne – n'a reçu aucune consigne concernant les décès.

Que faire des cadavres ?

La terre gelée refuse de s'ouvrir. À défaut d'arbre pour pratiquer leur cérémonie, les sauvages auraient-ils accepté de voir leurs morts jetés dans un trou ? Fort de trois cents fantassins des 8e et 5e bataillons d'infanterie du Minnesota, le lieutenant-colonel aurait pu les contraindre et faire creuser une fosse.

La question ne se pose pas, la terre est trop gelée pour s'ouvrir.

Le lieutenant-colonel a promis d'accompagner ces gens à bon port. Ses ordres sont simples : conduire ces sauvages de Fort Ridgely à Fort Snelling. Deux cents kilomètres de marche par moins dix, voire moins vingt degrés. Un convoi de mille six cent cinquante-huit Indiens, la plupart à pied, une colonne sans fin serpentant au travers d'une plaine où rien ne les protège de ce blizzard qui les a ralentis depuis leur départ. Le vent semble s'être calmé ce matin. Bientôt, ils arriveront à Henderson, à mi-parcours de leur expédition. Là commence la forêt. Ils y retrouveront la rivière Minnesota, qu'ils ont quittée à Fort Ridgely. Enfin, refaire le plein d'eau et marcher à l'abri des arbres. À partir de Henderson, tout ira mieux.

Si le lieutenant-colonel William Marshall s'est engagé à protéger les vivants, il n'a rien promis concernant les morts. Il abandonne les cadavres.

Il ne faut pas longtemps pour que les cris des coyotes incitent Mika Ohiteka à se retourner. Dans le ciel, les vautours ont commencé leur danse du festin. Vautours et coyotes les accompagnent depuis le premier jour. L'enfant sait que le soleil, encore bas sur l'horizon, n'aura pas la force de le réchauffer, mais il est content de le revoir. Les chariots sont à nouveau bâchés. Ce soir, ils pourront monter les tipis et faire du feu. Le ventre de Mika Ohiteka gronde de faim. Avec un peu de chance, ils auront droit à une vraie ration militaire préparée par les cantiniers de l'armée ou par les squaws. Le ventre de Mika en rêve, comme sa langue rêve de lait concentré sucré. Un soldat en avait ouvert une boîte dans le camp où ils sont restés prisonniers jusqu'à leur départ. Les enfants Dakotas n'avaient jamais vu de boîtes de conserve. Par gestes, le soldat les avait invités à s'approcher, puis à goûter. Avec une certaine appréhension, certains d'entre eux avaient trempé un doigt dans l'espèce de gelée blanchâtre, avant de le porter à leur bouche. Grimaçant de surprise et de plaisir.

7

Trois cent soixante et onze âmes

Mme Dugan a donné rendez-vous à un jeune garçon, pas loin de ses quatorze ans – elle les aime jeunes –, nouvelle petite main dans une des deux briqueteries de la ville naissante de Henderson. À peine dix ans plus tôt, un type avait fait l'acquisition de terres qu'un traité de plus avait ponctionnées aux Indiens Dakotas. Il avait fait déboiser, avait créé une route, construit sa maison et donné au coin le nom d'une tante qu'il chérissait.

Les rendez-vous galants de Mme Dugan se tiennent toujours sous les arbres, près de la rivière Minnesota. Hors de question d'accueillir dans sa chair un ustensile avant un bon récurage – si mignon soit-il, il a forcément traîné Dieu sait où. Un récurage que Mme Dugan supervise elle-même depuis la rive :

— Frotte bien, jeune homme, ne sois pas timide…

Pour arriver à Henderson, la pente est raide. Le nuage de poussière qu'elle aperçoit ne détourne pas Mme Dugan de sa besogne. Maniant avec doigté l'ustensile enfin propre, elle doit le remettre à plusieurs reprises dans le droit chemin.

— Doux Jésus, ânonne le timide apprenti, doux Jésus...

Puis le bruit lui parvient.

Tout d'abord un chuintement qu'elle attribue à son jeune et inexpérimenté amant.

— Comme ça, madame ? Je fais bien ? s'inquiète-t-il.

Quelle merveilleuse jeunesse ! Fougueuse ! Puis le chuintement se charge de trop de meuglements pour sortir du seul gosier du garçon. Comprenant que ce sont eux, elle envoie son mignon prévenir les autres.

— Mais, madame, et mon ouvrage ?...

— Cours, cours vite, tu ne perds rien pour attendre, lui promet-elle.

Il n'en manque pas un.

Les trois cent soixante et onze habitants de Henderson pointent à l'appel, y compris le petit dernier, né de deux jours, et la grand-mère qui ne passera pas la semaine. Moins les dix-neuf hommes engagés volontaires pour aller botter le cul des séparatistes sudistes. Dont le mari de la femme qui les aime jeunes, vigoureuses et propres. C'est peu dire que ces paroissiens ne les portent pas dans leur cœur, ces sauvages, quels que soient leur âge et leur supposée innocence – dire d'un Indien qu'il est innocent, c'est croire en l'altruisme du Démon. Leur ville n'avait pourtant subi aucun assaut des Sioux, sans doute par manque de temps, le soulèvement des Dakotas n'ayant duré en tout et pour tout que six semaines. Mais la peur et la panique s'étaient emparées de la petite bourgade dès le début des hostilités. Nombre d'entre eux avaient quitté maison et ferme, abandonnant derrière eux les plantations et le bétail. À leur retour, on ne comptait plus les récoltes perdues et les animaux carapatés dans la nature.

Maintenant que tout était rentré dans l'ordre, les habitants de Henderson voulaient-ils se venger sur les Indiens de leur propre couardise ?

8

L'attaque

Mika Ohiteka n'a pas le choix. Des ordres ont été hurlés. Plus aucun Indien ne doit marcher. Trouver une place à bord des chariots ou des travois, enfourcher leurs chevaux ou les bêtes d'attelage. Le jeune Dakota aurait préféré monter un animal, mais son grand-père, le soulevant sans rien lui demander – d'où lui vient cette force, à son âge ? –, le dépose d'office près de sa mère. Trente, voire quarante dans le chariot bâché, l'espace manque. Mika s'assoit à califourchon sur la ridelle arrière, une jambe dans le vide.

Le convoi est si long que lorsque les premiers Indiens pénètrent dans Henderson sa queue est encore à plusieurs kilomètres de la ville – « Le train de chariots s'étire sur plus de cinq kilomètres », affirmeront les journaux.

En tête du cortège silencieux, le lieutenant-colonel Marshall n'ose poser la main sur la crosse de son revolver, bien que l'envie le démange. Au contraire, il ôte son chapeau pour saluer ces dames qui, retenant leurs crachats, le regardent passer sur son cheval. Au niveau du saloon, il dirige sa monture vers le bâtiment de briques, comme pour aller s'en jeter un derrière le gosier. Mais il reste en selle, debout sur ses étriers. Prêt à intervenir. Priant pour n'avoir pas à le faire. L'interminable procession d'Indiens défile devant lui, prise en tenaille par les habitants. Une haie de haine depuis l'entrée du village jusqu'à sa sortie. « Vous y arriverez, William », avait été le seul conseil de son supérieur, le colonel Sibley, au moment du départ.

Le gradé n'a rien changé à ses consignes du premier jour : ses hommes doivent marcher de part et d'autre du convoi, en quinconce, espacés d'une trentaine de mètres – il avait laissé aux sergents le soin d'expliquer ce qu'il entendait par « quinconce ». Interdiction formelle de fixer la baïonnette au bout du fusil. Ne montrer aucune agressivité, ne pas provoquer. La tension est extrême. Personne n'ose un mot. Si on pouvait empêcher les chevaux de souffler et les bêtes de somme de beugler, on le ferait. Certains civils affichent crânement leur fusil, le regard bravache, provocants. Ils sont là pour en découdre.

Le silence inquiète Mika. Son chariot vient d'entrer dans la ville. Un soldat lui fait comprendre qu'il ne doit pas regarder, qu'il doit glisser sa tête sous la bâche. Il a eu le temps d'apercevoir des hommes et des femmes, debout de chaque côté de leur colonne. Impression de ne plus respirer. Il pense aux autres enfants, se demande ce qu'aura à raconter ce vantard de Chaska. Des cris le font sursauter. Ses fesses auraient glissé de la ridelle sans son voisin. Il ignore que de l'huile bouillante a été jetée depuis les balcons, prenant pour cibles des Indiens sur leurs montures.

Les cris de douleur brisent le fragile statu quo. En écho, les civils jusqu'alors silencieux se mettent à beugler. Le premier à oser s'élancer tire son courage de la besogne inachevée sur les bords de la rivière. Engaillardi par le souvenir des cuisses blanches de la femme, il se précipite en hurlant entre deux soldats et balance une lampe à kérosène contre un chariot. Le verre se brise. Les flammes se propagent le long de la bâche.

Comme des mâchoires, la foule se resserre aussitôt sur le défilé de prisonniers. Mika n'a pas le temps de voir qui l'attrape par-derrière et le fait basculer dans le vide. Le pied coincé entre la ridelle sur laquelle il était assis et le corps de sa mère, l'enfant reste suspendu comme un veau de bison qui attend d'être dépecé, tête en bas, agitant les bras, griffant la terre du bout des ongles.

Son grand-père saute déjà au bas du bœuf qu'il chevauche, saisit un des agresseurs de son petit-fils, le soulève aussi facilement qu'une branche morte et le jette le plus loin possible – et pour un vieil homme, c'est encore un sacré bon jet. Plus habitué à chasser l'Indien que le colon, le soldat le plus proche tire sa baïonnette et, oubliant qui il doit protéger, la plante dans le dos du vieillard.

Des dizaines de mains s'emparent aussitôt de Mika Ohiteka. Les unes veulent l'aider à remonter dans le chariot, les autres lui faire mordre la poussière. Ce sont les plus nombreuses. Mika tombe lourdement à terre. Il y est frappé à coups de pied, pisse du sang qui se charge de poussière. Il crache, happe l'air…

Mika détestait ce jeu qui commençait inévitablement par cette question : « Allons-nous les attraper par les cheveux et les frapper à coups de genoux jusqu'à ce que leur nez saigne ? » Il finissait inévitablement en sang. C'était le but. Aucune règle. À plusieurs contre un si besoin, il fallait déséquilibrer et faire tomber l'adversaire. Peu importait la manière. Une fois à terre, on attrapait le malheureux par les tempes pour le rouer de coups de genou dans le nez. Le visage en sang, relâchée, la victime se relevait pour reprendre le combat. Bien sûr, l'intrépide Chaska adorait ce jeu. Où il était rare qu'il perde. Et tout aussi rare que Mika s'en sorte indemne. Pour ne pas dire jamais. À la fin, vainqueurs et vaincus se retrouvaient pour en rire. Mika riait avec eux. Il valait mieux terminer en sang dans un jeu qu'il n'appréciait pas que d'être traité de bâtard blanc et tenu à l'écart.

Sans ce jeu cruel, sans les coups de genou que Chaska prenait plaisir à lui asséner, aurait-il survécu aux violences d'aujourd'hui ? Aurait-il eu la présence d'esprit de se glisser sous le chariot ? Et d'éviter les roues ?

Un revolver gronde. Un homme crie des ordres, « Personne ne s'arrête ! Continuez ! Avancez, nom de Dieu ! Soldats, à vos postes ! Faites face ! Resserrez les rangs ! Repoussez les assaillants !... ». Mika reconnaît la voix du chef militaire. D'autres hurlements lui font écho. Parmi ces cris, la voix de sa mère. Elle l'appelle. Il voudrait lui répondre, la rassurer. Mais comment ? Déjà ses assaillants se glissent derrière lui sous le chariot. Des gamins de son âge. Une main agrippe son pied, il rue, frappe au hasard. Et se retrouve sans savoir comment de l'autre côté du wagon.

Le jeune Dakota s'élance le long du convoi, court entre les colons qui se jettent à l'assaut, frappant indifféremment les Indiens, vieux, vieilles ou jeunes, adultes, enfants... Des bâches sont lacérées, d'autres déjà en flammes. Une squaw brutalement tirée en arrière par ses nattes lâche son bébé du haut d'un chariot. Il tombe quelques mètres devant le jeune fuyard. Une Blanche en robe rose s'élance pour le piétiner. Mika voit distinctement le talon de sa botte s'enfoncer dans la petite poitrine. Un soldat ceinture l'hystérique, « C'est qu'un bébé ! », la femme rue comme un taureau de rodéo entre les bras qui la retiennent, donne des coups de tête. Mika les contourne et fuit sans se retourner.

D'autres coups de feu. Les armes surgissent de toutes parts. Une hache dans la main d'un vieillard. Des gourdins frappent les déportés, des manches de pelle, tout est bon pour faire mal. Le sang jaillit des plaies ouvertes par des lames de couteau ou des pointes de fourche. Son grand-père a-t-il survécu au coup de baïonnette ? Et sa mère ? Qu'arrive-t-il à sa mère ? Son grand frère Hdainyanka l'aurait protégée.

Lui ne pense qu'à sauver sa peau.

Un rapide coup d'œil en arrière. La bande de garçons est toujours à ses trousses. Pourquoi l'ont-ils pris pour cible ? Des pierres volent à ses oreilles. Certaines l'atteignent. Il n'a d'autre échappatoire que tourner au coin d'un bâtiment.

Par chance, il court vite. Il doit tenir ça de Hdainyanka, dont le nom signifie « Formidable Coureur ».

À ce jeu, seul Chaska réussissait à le battre. Chaska, qui voulait être meilleur que lui en tout. Mika Ohiteka pouvait rivaliser jusqu'à un arbre, ou une lance plantée, ou un tipi, et revenir. Tant que la distance est courte. Car Mika fatigue vite. Alors, même sans la rivière qui lui barre la route, ses poursuivants auraient fini par le rattraper. Le sol leur offre d'autres munitions, pierres et branches, jusqu'à un bout de ferraille rouillée qui un jour a cerclé un seau.

Acculé, Mika se retourne, fait face aux garçons blancs, comme lui à bout de souffle. Un projectile lui fend la peau au-dessus de l'œil. Sans doute est-ce la première fois que ces garnements se retrouvent face à un Indien, déconcertés de ne découvrir ni corne à son front, ni pieds fourchus dépassant de ses mocassins usés. Jusqu'à sa peau, qui n'est pas couleur rouge sang.

Mais l'accalmie ne dure pas.

Un petit joufflu s'avance.

— Mon dab, il dit que les Sioux, ils ont pas de gros mots. Comment c'est possible de pas jurer, nom de Dieu ?

C'est le petit mariolle de la bande, il sait s'y prendre pour faire rire ses camarades.

— C'est vrai que t'es pas capable de dire que ta salope de mère c'est une vieille truie ? Que même les porcs ils en ont pas voulu ! Moi, j'en vois qu'un qu'a pu engrosser ta pute de mère sans dégobiller.

Fanfaron, il se retourne vers les autres morveux.

— Vous savez pas qui c'est, les gars ?

Personne ne sait, alors ils répondent tous « Non, non », sans cesser de rire.

— Mais bien sûr que vous savez. C'est le Wendigo ! Qui d'autre ?

Où va-t-il chercher tout ça ? Le Wendigo. Cette espèce de squelette aussi grand qu'un arbre. La peau si sèche qu'elle lui colle aux os. Des lèvres sanguinolentes qui se détachent par petits bouts. Une odeur de vomi dans un vieux seau de pisse. Dont on raconte qu'il se repaît de chair. Malgré sa taille de géant, le terrifiant Wendigo peut se glisser dans votre chambre, votre étable, où que vous créchiez, pour vous souffler son haleine de pet de chien pourrissant et vous transformer illico en Wendigo.

Le rire de ses copains tourne au ricanement foireux. Ils ont beau se vanter de n'être plus des gosses, on ne se défait jamais complètement de ses peurs d'enfance. Alors, la pluie qui s'est mise à tomber pile au moment où le petit joufflu a prononcé le nom de leur pire cauchemar, ce n'est pas un hasard ! Et ce n'est pas pour les rassurer.

— T'entends, sale fils de putain rouge ? Oh ! J'y crois pas ! T'entraves que dalle à ce que je dis, c'est ça ? Pas un mot d'anglais, nib de nib !

Lui jetant une grosse pierre de toutes ses forces, le garçon lui crie :

— Et ça, tu piges ?

Mika avait prévu l'attaque. Il se retourne sans essayer d'éviter le projectile, qui le frappe entre les omoplates. C'est à peine s'il ressent le choc. Il saute dans l'eau. D'autres insultes qu'il ne comprend pas volent dans son sillage, accompagnées de pierres, de bouts de bois et du morceau de fer rouillé.

Déjà le courant l'emporte loin. Battre des bras et des pieds. Ne s'occuper que de ça. Respirer. Ne pas se noyer dans cette rivière glacée.

9

La rivière Minnesota

Aucun de ses poursuivants ne s'est aventuré dans l'eau. Mika se laisse entraîner par le courant, boit quelques tasses mais parvient à ne pas couler. Il ne sent plus ses membres ni rien de son corps. Ce même courant finit par le ramener vers le bord. Il reprend pied. Debout dans l'averse, il respire longuement, frigorifié, tête baissée pour préserver sa bouche de la pluie. L'air humide qui gonfle ses poumons calme peu à peu le troupeau de bisons qui piétine son cœur.

Si à cet instant il avait choisi de remonter la berge, il serait tombé sur la piste où le convoi qui transporte son peuple n'allait pas tarder à passer. Quelques kilomètres plus loin, le lieutenant-colonel Marshall ordonnera une halte pour permettre aux soldats et aux Indiens de soigner leurs blessés. Il ne s'opposera pas à la cérémonie des Sioux. Le grand-père de Mika ainsi que le bébé piétiné à mort seront délicatement allongés entre les fourches d'un arbre.

Au lieu de cela, Mika revient sur ses pas, persuadé de retrouver sa mère, son grand-père et sa tribu à Henderson.

La nuit est épaisse lorsqu'il y parvient. Il n'aime pas ce calme. Les rues désertes. De derrière les fenêtres, les flammes des lampes trouent l'obscurité. Où sont les siens ? Les bâtiments dressés les uns près des autres l'oppressent. Sa mère lui avait appris que ces bâtiments sont les tipis des Blancs, mais des tipis que personne n'est capable de déplacer. À l'intérieur de certaines de ces constructions se trouvent des escaliers. Sa mère avait tenté de lui en expliquer le principe, en vain.

Mika s'avance jusqu'à l'artère principale, sans rien reconnaître d'un endroit qu'il n'a pas eu le temps de regarder. Impossible de savoir où précisément il a été tiré hors du chariot. Par quelle ruelle a-t-il fui ? La boue a recouvert toutes traces de sang, de pas, ne piégeant que des pierres, des manches d'outils brisés, un couteau de cuisine... ainsi qu'une couverture en lambeaux, brûlée aux trois quarts, et un mocassin. Son grand frère aurait su lire la boue, il aurait retrouvé la direction prise par le convoi. Même sous la pluie. Pas lui. Mika ne voit que la ville hostile, les fenêtres éclairées qui semblent le surveiller. Mouillé, grelottant, il fait demi-tour et s'enfonce dans l'obscurité des bords de la rivière.

Pour la première fois, il est seul. Il n'a jamais connu la solitude plus de quelques minutes. Une solitude qui n'en était pas vraiment une, sa mère n'était jamais loin. Ou son frère. Son clan. Toujours il pouvait les entendre, les sentir.

Sans repères. Abandonné. Il est ce doigt qu'on a coupé d'une main.

Est-ce son frère Hdainyanka ?... Non, plutôt son grand-père, Mni Odowan, Chant d'Eau, qui lui avait enseigné que pour attraper des poissons il valait mieux remonter un cours d'eau que le descendre. Il décide de marcher à contre-courant le long de la rivière Minnesota.

Des jours et des nuits de faim, de froid, de peur et de solitude se succèdent. Mika réussit à attraper quelques poissons à mains nues – il n'avait pas eu la présence d'esprit de s'emparer du couteau de cuisine perdu dans la boue. Il faut entrer dans l'eau gelée et glisser ses bras sous des rochers. Les prises sont rares. Il a plus de chance avec les œufs. Il suffit de faire attention aux chiens, aux fusils des fermiers et aux fléaux des femmes, de grimper par-dessus des barrières, de se glisser dans des poulaillers… et de courir vite. Et il peut courir vite. À force, il s'améliore sur la distance. Il réussit même, à deux reprises, à attraper une poule qu'il dévore crue.

Parfois, à cause des aboiements d'un chien ou des cris d'un Blanc, il doit s'enfuir précipitamment. Alors, il arrive qu'en franchissant une barrière, ou en dévalant trop vite une pente humide, il tombe. Dans sa chute, il écrase sa tunique en cuir qui lui sert de cabas et qui renferme son butin. De nouveau à l'abri au bord de la rivière qui est devenue son camp, il lèche les œufs brisés à même sa tunique. Avant de l'enfiler sans la laver. Parce que, torse nu, en hiver, sur les rives du Minnesota, même un Indien Dakota grelotte.

La plupart du temps, ne trouvant rien à manger, il se contente de mâcher l'intérieur de l'écorce d'un bouleau.

10

Le feu de Coyote

L'enfant s'offre une pause au bord d'un terrier. Il a reconnu la tanière d'un blaireau. Moins gros qu'un raton laveur, ses griffes et ses morsures sont tout aussi redoutables. Mais le jeune Dakota meurt de faim – le dernier œuf remonte à plusieurs lunes. La tanière est peut-être occupée par une mère et ses petits nés au début du printemps. Les jeunes sont moins aguerris. S'il s'y prend bien – Mika est confiant –, il mangera bientôt leur chair.

Le ciel ne s'est pas montré de toute la journée. Il s'éteint, à présent. Piéger un tel animal nécessite une longue préparation. Trop tard pour aujourd'hui. Mika se blottit entre les racines d'un arbre. À la nuit tombante, l'animal quitte son terrier. Mais pas le blaireau attendu. Un raton laveur. La peau de Mika se hérisse. Sur sa joue, trois cicatrices le démangent brutalement au souvenir d'un autre mâle solitaire. Celui-ci est un gros spécimen, près de quinze kilos. Il a fait sienne la tanière des blaireaux. Méfiant, il hume l'air, guettant un danger. Mika se ratatine dans son trou. Heureusement, il pue si fort que toute odeur humaine a disparu de son corps. Le raton laveur s'enfonce nonchalamment dans la nuit, qu'il passera à chasser.

Le jour suivant, l'enfant traînasse dans son trou, entre les racines de l'arbre, à ne rien faire sinon se protéger du froid et endurer sa faim. Une souffrance qu'il connaît bien, elle l'accompagne depuis sa naissance dans la réserve Dakota. À défaut de manger, il somnole toute la journée. Et passe en revue ce que son grand frère aurait fait en pareille circonstance. Il se souvient de l'arbre qu'ils avaient enfumé. L'aisance avec laquelle le guerrier avait tout organisé. Il revoit la lame qui s'enfonce sans effort dans l'animal. Cela semble si facile lorsque Hdainyanka s'en charge. Mais ce mâle est trop gros. Plus gros que celui avec lequel son frère avait ouvert trois entailles dans sa joue. Et Mika ne possède aucun couteau. Et puis, surtout... Personne ne sera là pour le sauver. Sauver Mika Ohiteka, le faux Féroce Raton Laveur. Le tricheur. Jamais il n'arrivera aux chevilles de celui qui a pris les armes pour attaquer les Blancs à Fort Ridgely, à New Ulm et à Wood Lake.

Pourtant, dès l'aube du surlendemain, il s'y met. Il occupe la matinée à choisir deux petits bâtons, l'un de la longueur de ses deux mains et de la grosseur de son pouce, l'autre le plus plat possible. Deux bâtons de bois tendre. Il a appris à reconnaître les bois de saule et de peuplier, de tilleul et de marronnier. Il ramasse des feuilles et arrache de l'herbe, des mousses. Pour qu'elles quittent leur humidité, il consacre des heures à les déplacer au rythme du soleil, les exposant sans cesse aux rayons qui percent le sommet des arbres. Il fait de même avec des branches sèches qu'il casse, et avec les deux bâtons choisis avec soin.

Si le feu est prisonnier dans le bois, c'est grâce à Coyote. Mika le sait. Tous les Dakotas le savent. Coyote est monté tout en haut d'une montagne pour voler le feu à trois êtres surnaturels – certains disent des sorcières. Mais il n'a pas été suffisamment malin. Elles l'ont vu prendre le feu. Et l'ont poursuivi. Coyote fatiguait, il allait être rattrapé, alors il a donné le feu à Écureuil, qui l'a passé à son petit cousin Tamia, qui lui-même, sur le point d'être rattrapé par les trois sorcières, l'a tendu à Grenouille. Grenouille, incapable de courir aussi vite que Coyote, Écureuil ou Tamia, a rapidement été encerclée par les trois êtres maléfiques. Futée, elle a fait la seule chose en son pouvoir : confier le feu à Arbre, qui l'a aussitôt englouti, l'avalant au plus profond de son bois. Et qui depuis le garde en lui.

Et si Coyote, qui n'avait nul besoin de feu, avait pris tous ces risques, c'était pour eux, les Dakotas, pour leur transmettre cette merveille qui brûle, qui chauffe et qui éclaire.

Plus d'une heure à faire tourner entre ses paumes le plus long des deux bâtons. À frotter sa pointe contre le bois plat pour libérer la flamme. Enfin, le feu accepte de se montrer. Il se transmet aussitôt aux feuilles sèches, émiettées, mélangées à des brins d'herbe. L'enfant a au préalable obturé, à l'aide de grosses pierres et de boue, toutes les issues du terrier, sauf deux. Dans l'une, il a jeté de l'herbe, des feuilles, des mousses et des branches qu'il enflamme maintenant pour contraindre l'animal à s'enfuir par l'autre. Sa tunique brasse l'air. Torse nu, il l'agite. Les flammes grossissent. Si le feu s'éteint, il n'aura ni le courage, ni la force d'en rallumer un. L'épaisse fumée – l'herbe et la mousse qu'il donne à manger aux flammes regorgent d'humidité – s'engouffre dans la tanière et traverse ses multiples galeries. Pour apparaître par la seule issue qu'il n'a pas obturée. Devant laquelle il attend sa proie. Plus le temps d'avoir peur ni de se dérober. S'il veut survivre, il doit tuer cet animal. Il en est capable.

Soudain, tout s'écroule.

Son frère n'aurait jamais commis une telle bourde. Pas plus que Chaska. Jamais.

Ses yeux se troublent de larmes. Il voudrait se frapper le crâne de colère. Il voudrait se déchirer la peau et jeter son cœur aux flammes. Une seconde colonne de fumée est apparue. Un trou qu'il a oublié de condamner. Comment surveiller deux issues séparées par dix bons pas ? Agir, vite. Il puise ses dernières forces dans le souvenir de son frère lui lacérant les joues. Il arrache du sol une pierre qu'il avait jugée trop lourde. Il chancelle. Le poids l'entraîne vers l'avant. Un pas, puis deux, trois. Il se maudit d'être faible. Il ne la tient plus. Le roc glisse de ses doigts vers ses orteils. Dans un dernier sursaut, il le frappe de ses cuisses et de ses genoux. Le déviant juste assez. La roche lui arrache des lambeaux de peau. Mais il réussit. La grosse pierre frappe le sol, bascule vers l'avant et colmate l'issue oubliée.

Quelques branches, des feuilles et de l'herbe pour alimenter le feu, agiter sa tunique. Le feu ne le réchauffe pas. Torse nu, il grelotte, n'a pas le temps de s'en soucier. Il entend l'animal avant de le voir. La fumée aurait dû l'affaiblir, le rendre groggy, à moitié mort. Le bond de la bête surprend l'enfant. Les réflexes de Mika sont-ils aiguisés par le jeûne forcé ? Au lieu d'esquiver, d'amorcer un repli, une fuite qui l'aurait rendu vulnérable à l'attaque de l'animal, il plonge et le prend au piège de sa tunique. Ramenant ses jambes sous lui, il maintient la bête furieuse entre ses genoux et ses bras. Aussitôt, il libère une main pour se saisir de la pierre déposée à portée et lui fracasser le crâne, mais sa proie ne lui en laisse pas le temps. À travers le cuir, la puissance du gros mâle bouillonne, sa fureur de survivre explose. Mika sent la force de cette mâchoire qui d'un coup de dents peut broyer une gorge. La bête ne renoncera jamais. C'est une boule de muscles et de nerfs qui parvient, malgré la pression de Mika, à se retourner. Combien d'adversaires plus redoutables qu'un enfant Dakota le raton laveur a-t-il déjà vaincus ? Probablement des dizaines. Plus aguerris que Mika, dont les muscles déjà se relâchent. Tandis que la bête féroce, luttant pour sa vie, gagne en puissance. Et le pire survient : les griffes déchirent le cuir de la tunique. Tout va trop vite, ne laissant aucune chance à l'enfant. La patte s'engouffre dans la brèche, se détend avec la force d'un tomahawk pour frapper à l'aveugle le visage du chasseur en herbe. Dans le feu de l'action, Mika est persuadé que le coup n'a pas porté. C'est tout juste s'il prend conscience du sang qui gicle devant lui. La douleur attendra. D'abord tuer ce monstre. Ne pas mollir, au contraire, resserrer l'étreinte de ses genoux. Bander ses muscles. Sa main saisit sans savoir comment la patte de l'animal qui cherche à le meurtrir encore. Et c'est comme si la furieuse puissance de la bête se transmettait à l'enfant. Non seulement il réussit à maintenir cette patte éloignée de son visage, mais son autre main frappe et frappe encore avec la pierre lourde et pointue qu'il a enfin réussi à attraper. Ses cris enragés se mêlent aux grognements étouffés. Il frappe le museau de l'animal sous la tunique, frappe le crâne. Des dents et des os craquent. Il frappe, frappe, jusqu'à sentir peu à peu comme une mollesse entre ses genoux. L'animal s'abandonne. Enfin. Ses forces le quittent, la vie le fuit. Mika ne cesse pas pour autant. Lorsqu'il réalise que la patte qu'il tient toujours n'a plus de vigueur, et qu'il a réussi seul l'exploit de tuer un féroce raton laveur, il écarte la tunique qui a piégé la bête, se penche et lèche le sang sur l'amas d'os, de poils et de chair qui était une tête, croquant un œil échappé de son orbite et miraculeusement intact. Puis, reproduisant le geste de son frère, il trouve la veine jugulaire, l'entaille de la pointe d'un silex grossièrement éclaté et boit ce qu'il reste de sang à même la bête morte.

Dans le halo des flammes qui le caressent, il éventre l'animal. L'éviscère. Mange le foie cru. Tandis que la carcasse grille à même les flammes, il gratte l'intérieur de la peau pour la débarrasser des restes de chair et de graisse. Enfin, il se lave de tout ce sang dans la rivière, le sien et celui de la bête. Et se sèche nu devant le feu, dans les rayons du soleil. Et danse. Non tant pour célébrer la mort du raton laveur que pour combattre le froid de décembre qui demain se recouvrira de neige.

Enfin, il arrache de la carcasse grillée la première patte de son repas chaud, celle qui a creusé dans sa joue trois nouvelles cicatrices. À l'emplacement des anciennes. Plus profondes encore. Et que sa mère ne soignera pas, cette fois.

11

La veste d'un inconnu

La neige recouvre tout depuis des lunes et la nourriture se fait encore plus rare. Il a rongé jusqu'au cartilage du raton laveur et depuis des jours se contente de sucer ses os. La peau de l'animal, loin de la souplesse de celles que préparait sa mère, lui sert de chapeau. La queue qui pend est assez longue pour entourer son cou. Avec les boyaux, il a lié entre elles des branches de pin pour se confectionner une cape rudimentaire. C'est bon d'avoir moins froid.

Le cadavre humain est à demi échoué sur la berge de la rivière, probablement tiré hors de l'eau par un animal qui a grignoté quelques bouchées de sa tête, abandonnant le reste aux corbeaux, qui s'enfuient en entendant Mika.

Pour être libre de ses mouvements, l'enfant se débarrasse de sa cape de branches. Accroupi près du corps, il attend. Avec les boyaux de l'animal, il a également fixé au bout d'un bâton un os brisé qu'il a patiemment affûté sur une pierre. C'est avec cette lance de fortune que plusieurs jours de suite il empale ses proies : les gros poissons qui viennent arracher des lambeaux de chair aux orteils de l'homme mort. Mika devient imbattable. Il a hâte de retrouver Chaska et les autres enfants pour leur montrer son adresse.

La neige complique encore plus la préparation du feu. C'est la première fois qu'il s'y attelle depuis l'enfumage du raton laveur. Trois jours sont nécessaires pour sécher suffisamment le bois, les feuilles et l'herbe. Il a eu le temps de sortir le cadavre de l'eau, de le déshabiller entièrement avant de le remettre dans la même position et d'attendre que d'autres poissons s'approchent pour lui picorer les pieds. Et de les harponner. À défaut de feu, il les mange crus. Plus tard, au-dessus des flammes, il cuit sa pêche et sèche les habits récupérés sur le corps : une chemise bleue, une grosse veste noire et un pantalon marron, tous trop grands pour lui, mais qui tiennent chaud. Les poches du pantalon et de la veste ont été retournées – probablement par ceux qui ont tué leur propriétaire – et ne contiennent plus rien. En guise de ceinture, un ruban de soie rose. Le jeune Indien s'en sert pour lui aussi retenir l'immense pantalon dans lequel ses jambes se perdent.

Pour la première fois depuis des mois, Mika Ohiteka dénoue ses tresses et libère de longs cheveux noirs de chaque côté de son visage, séparés au sommet du crâne par une raie aussi blanche qu'une cicatrice.

Dans deux jours, lorsqu'il quittera ce joli coin tranquille du bord de la rivière Minnesota, il laissera l'homme comme il l'avait trouvé, mais nu, et les animaux pourront poursuivre leur festin. Il abandonnera également derrière lui ses vêtements de jeune Dakota, à l'exception de ses mocassins – l'homme ne portait pas de chaussures.

Il ignore que, avant de servir de ceinture à l'homme mort, ce ruban rose ornait les cheveux de son épouse, le jour de leur mariage – illégal aux yeux de la loi des Blancs. Mika ne sait rien non plus des deux cow-boys qui, alors que le Nord se bat contre le Sud pour libérer les esclaves, s'étaient amusés à décimer une famille de « négros », balançant le père dans la rivière après l'avoir troué de trois balles dans le dos, gardant sa femme et leur fille pour leur dessert.

SEATTLE, WASHINGTON

HIVER 1895

12

Le cable car

Maudit Italien ! À cause de cet Aldo et de sa prétendue révolution, Curtis est en retard. De l'imprimerie d'en face, une femme l'observe alors qu'il jette sa cigarette dans la boue et s'élance sur le trottoir. Au second pas, il dérape, et la montre qu'il était en train de glisser dans sa poche lui échappe. Sans la chaîne, elle aurait rejoint le mégot. Il bat des bras – décidément, cet homme bat souvent des bras – et récupère de justesse son équilibre. La femme ne peut retenir un sourire.

Où vas-tu si pressé, monsieur Curtis ?

Voilà deux ans que son mari s'est associé à un confrère pour fonder le studio photographique qui porte leur nom : Curtis & Guptil. Les affaires sont prospères. Si l'enthousiasme d'Aldo le laisse de marbre, Curtis croit dur comme fer à cette autre révolution : la téléphonie. En cette année 1895, le studio est le huit cent onzième abonné de la Bell Telephone Company de Seattle. Il fallait ajouter ce numéro, *811*, sur les cartes de visite. L'imprimeur a suggéré d'en tirer de nouvelles, mais on n'embobine pas Clara Curtis aussi facilement, pas question de jeter les cartes de visite obsolètes.

— Comme je vous disais, madame Curtis, ça n'a pas été commode, vous savez... Ç'aurait été presque moins onéreux d'en imprimer de nouvelles...

Alors qu'il pose sur le comptoir le paquet de cartes de visite retouchées, l'imprimeur aperçoit le dos de sa cliente qui franchit la porte, « Madame Curtis ! », puis le parapluie qu'elle oublie, « Votre parapluie ! ».

Clara Curtis trottine à son tour sur le trottoir de Pike Street. Elle a aperçu son mari tournant à droite, sur Front Street, la rue animée où passe le *cable car*. Un arrêt se trouve juste après le coin. Si son mari veut prendre le tram, c'est là qu'il l'attendra. Pour traverser la rue boueuse, elle doit s'aventurer sur une planche de bois qui n'est pas sans rappeler cette corde sur laquelle un homme a traversé de part en part – plus de trois cents mètres – les chutes du Niagara. Alors qu'elle s'y engage, un parfait inconnu lui tend son bras, « Vous permettez ? ».

Elle rosit légèrement, flattée, lui confie sa main et soulève de l'autre le bas de sa robe, se maudissant d'être sortie par temps de pluie. Cette gadoue !

Sans trop de dégâts, elle parvient sur le trottoir opposé, remercie le galant, replace correctement son chapeau de soie et découvre que son mari n'attend pas à l'arrêt du *cable car*. Il file au loin.

Les semelles de ses bottines ont rapporté de la planche une fine couche de boue. Réfrénant son envie de courir, elle maintient de ses deux mains un ventre de quelques mois, mis en valeur par la robe nouée sous sa poitrine, dans son manteau qu'elle n'a pas refermé. Les passants se retournent, certains reconnaissent cette femme qui marche à grandes enjambées et la saluent.

Ainsi ces deux dames, parapluie ouvert alors qu'il ne pleut plus, bourgeoises endimanchées à longueur de semaine qui se pavanent en promenade pour exhiber leur garde-robe et leur collection de parapluies.

— N'est-ce pas M. Curtis que nous venons de saluer ?

— Tout à fait, tout à fait.

— Et n'est-ce pas Mme Curtis qui trottine à sa suite ?

— Quel beau couple, n'est-ce pas ?

— Moderne, en effet !

Curtis a de l'avance et file plus vite que sa femme, bientôt elle ne le verra plus. Il pourrait tourner dans n'importe quelle rue, entrer dans cette boutique ou ce bâtiment, elle n'en saurait rien.

— Je n'en ai pas fini avec toi, monsieur Curtis ! triomphe Clara en entendant le vacarme du *cable car* dans son dos.

Construite à la hâte et à l'économie pour concurrencer la parallèle de Second Street, la ligne de Front Street fait un boucan d'enfer !

Mme Curtis ne découvre avoir mal aux pieds qu'en se laissant tomber sur le siège libéré pour elle par un autre galant. La tête à la fenêtre, elle suit des yeux le dos de son mari, riant lorsqu'à nouveau il glisse et se rattrape maladroitement à un poteau télégraphique ou aux épaules d'un passant. Le tramway avance à peine plus rapidement qu'un homme qui marche, mais M. Curtis et madame se rapprochent inexorablement. Clara s'affole lorsque son mari se retourne et observe le tram. Il va y monter sans attendre le prochain arrêt. Quelle explication crédible pour justifier sa présence ? Mais le *cable car* file sans que Curtis saute à bord. Le voilà qui traverse Front Street et descend vers la baie.

— Stop ! Arrêtez cette voiture !

Des visages se tournent tandis que, bousculant des genoux, elle se précipite vers la sortie.

— Foutez-moi la paix avec mon ventre ! crie-t-elle au nez du contrôleur, qui veut l'empêcher de descendre en marche. Et aidez-moi, au lieu de vous occuper de ce qui n'est pas votre affaire ! Vous n'êtes pas le père, que je sache... Ou alors j'ai mauvaise mémoire !...

Piqué au vif derrière sa barbe, le contrôleur fait signe au *gripman*, debout au centre du wagon, d'arrêter la voiture. L'homme pousse un levier, une mâchoire s'ouvre, libérant le câble qui file sous terre, entre les rails. Le tram ralentit. Clara n'attend pas l'arrêt complet, elle avance déjà un pied dans le vide. Deux galants la soutiennent, l'aident à descendre. Ses bottines gratouillent le trottoir, battement de bras pour maintenir l'équilibre, un dernier galant lui offre sa main.

En contrebas de la rue empruntée par son mari, Clara aperçoit l'eau du Puget Sound sur laquelle, telles des centaines de baleines indolentes ou mortes, les grumes attendent leur départ en bateau pour San Francisco. Une rue ? Non, pas vraiment. Plutôt une sente de boue sur laquelle, Clara le sait, elle ne pourra pas avancer sans glisser. D'autant qu'il s'est remis à pleuvoir.

— Mon parapluie ! s'agace-t-elle, découvrant l'avoir oublié elle ne sait où.

Il serait sage de faire demi-tour, de cesser là cette course-poursuite, elle n'a aucune raison de galoper après son mari, il se rend à un rendez-vous de travail, cela n'a rien d'inhabituel.

13

Une drôle de princesse

Elle avait quoi ?, treize ans, la dernière fois qu'elle a glissé ainsi ? C'était avant le long voyage qui les avait conduits, elle et les siens, dans les faubourgs de Seattle, de l'autre côté de ce bras de mer où s'entrechoquent des billes de bois. Les glissades d'alors se pratiquaient sur de larges morceaux d'écorces, des sacs de toile ou des peaux de mouton. Et parfois, mais rarement, sur une vraie luge. Et toujours sur de la neige, jamais de la boue. Dans ces moments-là, Clara hurlait de joie, pas d'effroi comme aujourd'hui, se tenant le ventre sans élégance, pensant, mais trop tard, au bébé qui pourrait glisser lui aussi, glisser hors d'elle. Jupe et jupons dévoilant ses dessous aux chiens qui la regardent dévaler la pente sans grâce, à moitié sur les fesses à moitié sur les reins.

Au même moment, un Curtis intimidé gravit la rampe branlante constituée de planches de longueurs et largeurs inégales jetées à la va-comme-je-te-pousse jusqu'à l'étroite terrasse d'une minuscule cabane. Curtis frappe et attend, incommodé par la forte odeur de marée qui émane de ces sacs à coquillages, en toile si rêche qu'on croirait du cuir, mis à sécher sur le sommet de chicots de bois dressés dans l'espoir de former un semblant de palissade. Il retire son chapeau pour le secouer après l'averse de deux minutes qui l'a surpris à découvert.

Des mots lui parviennent, incompréhensibles et couverts par des jappements. Supposant qu'il s'agit d'une invitation, il pousse la porte, fait un pas en avant et doit se pencher tant il est grand et l'ouverture basse.

Se remettant sans trop de bobos de sa pitoyable glissade, Clara s'engage dans l'unique ruelle. D'étroits boyaux s'en échappent entre de misérables cahutes. Des masures aux toits et aux murs de planches disparates, mal jointes. Aucune fenêtre. Pas un coup de peinture sur les façades. Des remugles de « cabines à caca » – comme les appelait un cousin dans leur jeunesse – se fondent dans la puanteur persistante de l'air. Un mélange de viande, de poisson et de coquillages en décomposition. Mêlé à l'odeur des champignons décrochés du bois humide par la pluie et aux âpres fumées des cheminées, seuls signes d'une présence humaine.

Dans quelle bicoque est entré son mari ?

Des aboiements proches la saisissent à découvert. Une porte s'est ouverte. Son cœur s'emballe. Elle se sent exposée, fragile. Juste le temps de s'accroupir derrière un tas de poutres et de planches vermoulues. Ne pas se faire surprendre ici, ni par son mari qu'elle a sottement suivi, ni par un va-nu-pieds de ce coupe-gorge. Sa robe crottée et froide se colle à ses cuisses. Elle grelotte.

Le chien, un minuscule bâtard, s'est arrêté sur le pas de la porte, le temps de la sentir, de découvrir sa planque et de se précipiter. Que faire ? Si elle le chasse, il se mettra à aboyer. Elle lui abandonne une main. Cette position accroupie, la langue humide du chien sur ses doigts… C'en est trop pour sa vessie. Clara ne se retient plus. Devait-elle aussi souvent la vider pour son premier bébé ? « Femme qui pisse souvent porte une pisseuse, assurément », a prédit une aïeule. À en croire la vieille, elle est grosse d'une fille.

Edward sort du gourbi d'où le bâtard a jailli. Un bout de robe volette derrière lui…

Quel genre d'adorable créature viens-tu visiter dans le château de Cendrillon, monsieur Curtis ? se moque intérieurement sa femme, maniant la raillerie pour tenter de faire taire ses craintes.

Du peu qu'elle aperçoit, la créature n'est pas grande, deux fois plus petite que Curtis. Les hypothèses se succèdent. Une pauvresse à qui il vient en aide ? Une maîtresse qui aurait l'âge d'être sa fille ? Le visage de Clara s'empourpre. Sa fille ! Une enfant illégitime ? Et il la laisserait vivre dans ce bouge ?!

Lorsque Curtis s'écarte enfin, Clara découvre un châle brun à franges, élimé. Il cache en partie une rudimentaire robe à motifs écossais qui, même à cette distance, semble inconfortable. Sur la tête, un fichu qui fut rouge.

Cet accoutrement lui rappelle quelqu'un. Clara essaie d'imaginer une adolescente ainsi vêtue. Mais en voyant apparaître un bout de canne, avant même que la femme qui fermait la porte ne se retourne, elle reconnaît l'hôtesse de ce clapier.

Si je m'attendais… Princesse Angeline !

Qui, à Seattle, ne connaît pas cette vieille femme ? Elle marche d'un bon pas devant Curtis, sans déraper dans la boue, contrairement à l'homme qui la suit.

Où commence la légende ? Qui pourrait démêler le vrai du faux ? Personne ne connaît son âge, surtout pas elle, à quoi cela lui servirait-il ? Certains lui prêtent plus de cent ans. Quelques dizaines d'années après sa mort, les historiens de Seattle feront apposer une plaque sur l'espèce de menhir mal dégrossi qui lui sert de pierre tombale : *née en 1811.* Peut-on faire confiance à des historiens ? Si oui, alors Princesse Angeline trotte dans sa quatre-vingt-quatrième année.

Ce qui semble acquis, c'est qu'elle est la fille du chef Si'ahl – contre son gré, les notables avaient anglicisé son nom pour le donner à la ville de Seattle. Et qu'elle s'appelait Wewick, ou encore Kick-is-om-lo. Si ces mots avaient une signification, tout le monde l'a oubliée. Trop difficiles à prononcer pour des lèvres de Blancs ? Pas assez chrétiens ? Elle avait entre trente et quarante ans lorsqu'une bourgeoise l'a prise sous son aile et prénommée Angeline. Sans cette tutelle, la squaw aurait été chassée de la ville. En effet, après lui avoir volé son nom, les notables avaient décidé d'interdire au chef Si'ahl, ainsi qu'aux siens, les Duwamishs et les Suquamishs, de vivre dans la ville qui porte son nom. « Qu'il soit ordonné par le conseil d'administration de la ville de Seattle qu'aucun Indien n'est autorisé à résider dans aucune rue, allée, ruelle ou sur tout terrain vacant de la ville de Seattle », pouvait-on lire dans l'arrêté municipal du 7 février 1865.

Les premiers à l'affubler du sobriquet de Princesse étaient des garnements. La proie était trop facile. Une vieille Peau-Rouge, fille d'un chef vaincu et déchu. Une espèce de sorcière courte sur pattes qu'ils s'amusaient à canarder de pierres. Son père était déjà mort, son mari aussi, sa fille s'était pendue pour échapper à un mari blanc et violent.

Tous les habitants du quartier se sont habitués à voir Princesse Angeline déambuler d'un boulot à un autre – des paniers en osier qu'elle confectionne, du linge qu'elle lave pour quelques familles, des coquillages qu'elle ramasse dans le Puget Sound et qu'elle revend. On lui a toujours connu cette démarche de petite vieille s'appuyant sur une canne. Des photographes l'ont même immortalisée sur des cartes postales qui désormais prennent le train et le bateau pour visiter le monde.

Difficile de faire couple plus insolite que l'immense bourgeois élégant et la minuscule vieille rabougrie vêtue comme une antique poupée vaudoue.

Curtis est à l'aise en toutes circonstances. Le cul mouillé au fond d'un canoë ou meurtri par une selle. Sur les versants du mont Rainier, où il aime crapahuter avec son énorme appareil photographique, ou en ville dans une réception froufroutante, cerné de gros cigares et de dentelles, d'hommes suant dans leurs plastrons ou de parfums entêtants… que lui importe ! Alors pourquoi ce trouble en compagnie de cette squaw ? Curtis lui-même ne se l'explique pas.

C'est à peine s'il a osé parcourir du regard l'intérieur de la bicoque aux murs noirs de suie. Devant ses yeux persiste l'image de la vieille femme assise, la tête nimbée du nuage de fumée de la cigarette qu'elle écarte de ses lèvres, immobile à l'attendre, déjà habillée pour sortir et le suivre jusqu'à son studio. Autour d'elle, quelques linges pendus à une corde, un tas d'osier. Le plafond était trop bas pour que le photographe puisse se redresser et l'espace si réduit qu'il n'aurait pu tourner autour de la petite table. Il l'avait saluée en chinook, ce dialecte dont il a appris quelques rudiments lorsque, avec son père, il est arrivé du Minnesota pour s'installer à Seattle, précédant de quelques mois le reste de la famille.

Pourquoi l'avoir abordée la veille, devant cette épicerie où elle vend régulièrement ses paniers tressés ? Que venait-il faire dans ce quartier, si ce n'est la rencontrer et lui proposer de poser pour lui ? Mais pourquoi, que diable ! Elle a déjà été photographiée des dizaines de fois, il n'est pas rare que son nom soit cité dans la presse ou même qu'un article lui soit consacré, dans le *San Francisco Examiner*, le *Seattle Post-Intelligencer*, le *Spokane Chronicle*… Elle a même eu droit à sa satire par le célèbre Edgar W. Nye, reprise par des dizaines de journaux, aussi bien dans l'État de Washington que le Massachusetts, l'Ohio, le Nebraska, le Kansas, le Texas… Sous prétexte de drôlerie, l'humoriste annonçait, avec mépris et racisme, que sa liaison avec Princesse Angeline, fille aînée du roi Seattle, empereur du Puget Sound, duc de Puyallup, avait été rompue : « Angeline, reprends ta crête indienne, donne-lui un peu d'air frais et un coup de peigne. Rends-moi mes lettres d'amour et je te rendrai ton anneau en os. »

Ignorant ce que Princesse Angeline comprend de son anglais – pas grand-chose, et cela n'a guère d'importance – Curtis parle pour meubler le silence. Il cherche à gommer sa gêne, se donner une contenance. À cause du regard des autres qu'ils croisent sur le trottoir ? Que se racontent-ils dans leur dos ?

— Je suis très, heu… amorce-t-il maladroitement. Mes confrères, Soule, Bailey, Frank La Roche…

Ou à cause des odeurs qui lui ont sauté à la gorge dès la porte de la petite cabane poussée ? Reconnaissables entre mille. Odeurs familières des tournées de christianisation avec son père. Odeurs de la misère pimentée de moisi, de fumée, d'humidité et de pourriture. Pendant quelques instants, à cause de ces miasmes, il s'était revu enfant. Et ça lui avait chamboulé le ventre.

Certaines odeurs les ont suivis jusqu'ici, dans la rue. Curtis peut sentir la fumée, le savon bon marché pour la lessive que la vieille a utilisé pour se faire belle et, les supplantant toutes, l'odeur de marée qui imprègne à jamais les vêtements de l'Indienne. N'est-ce pas à cause de ces odeurs que les gens ralentissent et se retournent sur eux ? D'où surgissent ces relents de patates pourries ? Celles qu'Edward enfant était chargé de trier, de dégermer. Il a soudain l'impression que cette puanteur ne l'a jamais quitté. Qu'elle lui colle à la peau.

Le bourgeois Curtis craint-il d'être associé à ces odeurs ? Qu'elles dévoilent ses origines modestes ? Son père pitoyable ?...

— Ces photographes vous ont tous, euh... reprend-il. Alors il fallait que moi aussi...

Mais il fallait quoi ? Faire comme les autres ?! Comme si c'était son genre de copier, d'imiter. S'il s'était contenté de faire comme les autres, serait-il aujourd'hui un des photographes les plus respectés et reconnus de Seattle et de l'État de Washington ?

— C'est très, heu, très gentil d'avoir accepté de, euh...

Il croit qu'elle lui répond en chinook. Il lui fait répéter. Ce qu'elle fait docilement, toujours sans le regarder, exactement les mêmes mots, ils sont deux, et il finit par comprendre : « un dollar ».

— Un dollar ?… Oh, oui, oui, un dollar, c'est ce que je vous ai proposé pour, euh… Vous n'aurez rien à faire, qu'à rester comme vous êtes, vous êtes très bien, vous êtes… euh…

Pourquoi n'a-t-il rien dit de ce rendez-vous à son épouse ? Peur du ridicule ? Peur des questions auxquelles il n'aurait su que répondre ?

Et si sa démarche n'avait été guidée que par l'arrogance ? Il n'a pas choisi Princesse Angeline pour son appartenance à une tribu indienne, mais parce qu'il est persuadé que la photographie qu'il prendra d'elle sera meilleure que celle de ses confrères Soule, Bailey, Frank La Roche. Il en est persuadé, oui, c'est une évidence. Il veut être le meilleur. Et le montrer. Que cela se sache.

Troublé par ses pensées, il a perdu Princesse Angeline. Il revient sur ses pas et la retrouve accroupie au milieu du trottoir. Son ample robe répandue autour d'elle dessine la corolle, ouverte et renversée, d'une fleur inconnue dont elle serait la drôle de tige. Le petit bâtard les a suivis et s'est assis à son tour avant de s'allonger à portée de main de sa maîtresse, comme s'il savait devoir rester ici un bon moment. Lorsque, par inadvertance, des passants piétinent la robe de la squaw, y laissant des traces de boue, des grognements les rappellent à l'ordre. Effrayés tout autant qu'amusés, ils s'excusent, s'écartent, bousculent le photographe immobile. Un attroupement se forme. Il faudrait descendre du trottoir, marcher dans la rue boueuse… Situation très embarrassante, « Bonjour, monsieur Curtis… — Oui, oui, euh… bonjour ».

Main tendue, il invite la vieille dame à se relever. Une toux profonde aux échos caverneux lui répond. Son chien dresse les oreilles. Une cavalcade d'enfer approche. Grincements de ferraille et gémissements du bois. Le *cable car* remonte la rue. L'attelage sans chevaux terrorise le corniaud, qui s'enfuit.

Les deux dames promenant leurs parapluies contournent à leur tour la princesse accroupie. Elles ont reconnu M. Curtis près de la vieille figue un peu folle – elles sont persuadées que la squaw s'est accroupie pour uriner sous sa robe –, ainsi que Mme Curtis, assise à la fenêtre du tramway qui passe si près qu'on pourrait le toucher. Ce que ce couple moderne est amusant !

Clara, dissimulée derrière ses doigts, se réjouit de l'embarras d'Edward. Elle regrette presque que son mari ne remarque pas sa présence, il aurait été impayable. Elle aurait adoré voir ses yeux s'arrondir en la découvrant. De quelles grimaces aurait-il joué pour justifier sa présence en compagnie de la fille du chef Si'ahl sur ce trottoir où défile toute la ville ?

Clara n'a pas ce plaisir. Le tramway s'éloigne déjà.

La princesse sans trône se relève enfin, lâchant un mot dans l'effort, « Fatiguée ». Le photographe reprend ses phrases inutiles :

— Cela doit vous paraître fou, non ? Même les, euh… les gens comme nous, les, euh, les Blancs… nous sommes les premiers surpris, tout va tellement vite, n'est-ce pas ?

Il saute du coq à l'âne :

— Qui croirait que six ans en arrière tout brûlait !

Elle est si petite et lui si grand qu'il se penche vers elle en marchant, de plus en plus, jusqu'à en perdre et l'équilibre et son chapeau. Quelques mouvements de bras pour le récupérer au vol. Des petits pas de côté pour ne pas s'étaler sur le trottoir. Il se redresse, souriant de sa gaucherie, se gaussant de lui-même. Puis il tend un bras vers les bâtiments neufs de Front Street.

— Tout brûlait, oui ! Seattle en flammes ! Tous ces bâtiments… des cendres, rien que des cendres, et vous voyez ! Tout est reconstruit, en mieux. Ah ! Vous devez nous prendre pour des… non ? L'homme blanc ? Il va vite, il est pressé… Et tant de modernité ! Vous qui ne connaissiez même pas la roue ! Vous, votre race… Comment peut-on vivre sans la roue ? Et la poudre ! L'électricité, à présent ! Savez-vous que depuis peu nous avons le téléphone ? Inimaginable, n'est-ce pas ? Quand on y pense ! Savez-vous à quoi ça sert ? Non, bien sûr, vous ne savez pas. Mais l'électricité, ça, vous… Vous l'aurez un jour chez vous, votre peuple en profitera…

— Réserve.

— Pardon ?

— Peuple. Clic-clac dans réserve.

— Ah oui, clic-clac, oui, les réserves bien sûr… Je suis, euh, désolé, je suis désolé, j'aurais dû venir vous chercher en calèche, à votre âge c'est normal de se fatiguer, et puis ça monte jusqu'à mon studio, et puis vous n'êtes plus toute jeune, et puis, euh…

MANKATO, MINNESOTA
DÉCEMBRE 1862

14

Gros lard

L'odeur a de quoi vous retourner l'estomac. Une cascade dévale la rive pour finir dans le cours d'eau. Une cascade d'os, de cornes et de boyaux. L'air empeste. Des centaines, voire des milliers de carcasses. Vivantes encore. Elles ondulent, frémissent et rampent lentement vers les flots tel un troupeau qui, après la traversée des plaines arides, trouve une source. Des charognes animées par des dizaines de rats, de coyotes et de renards, sans oublier chiens, corbeaux et vautours, des milliers de mouches et d'insectes, et un couple de lynx… une orgie qui offre une dernière illusion de vie à ces restes pourrissant sur les bords de la rivière que les Dakotas ont nommée Minnesota, Eau Couleur de Ciel.

Mika Ohiteka pourrait tuer un de ces charognards. Il le dévorerait cru. S'il n'était coincé de l'autre côté. Séparé de son repas par une barrière d'eau glacée. À bout de forces, il ne peut qu'attendre qu'un de ces animaux nage vers lui. Même un rat ferait l'affaire. Assis, le ventre vide depuis plusieurs jours dans ce froid qui plonge régulièrement et profondément sous zéro, Mika aurait fini par s'engourdir et s'endormir pour ne plus jamais se réveiller.

Il est sauvé par un Blanc.

Une immense barbe grise lui tombe sur le torse avec l'élégance passée d'un rideau usé jusqu'à la corde. L'homme ne paraît pas bien épais sous l'énorme fourrure d'ours qui le garde des morsures de l'hiver. Il pagaye pourtant avec vigueur pour remonter le Minnesota. L'inconnu accoste non loin de Mika Ohiteka et, aussitôt les pieds posés sur la terre ferme, soulève tant bien que mal son manteau de fourrure, glisse précipitamment une main dans la fente de son pantalon et s'arrose les bottes d'un jet d'urine puissant, mais mal orienté. Le bonhomme est saoul. Il avait tenté de pisser par-dessus bord, comme à son habitude, mais le canoë s'était mis à tanguer dangereusement, emporté en sens inverse par le courant. Le trappeur, malgré son ivresse, avait trouvé plus raisonnable d'accoster.

S'il n'avait été ankylosé et à moitié mort de froid, Mika aurait fui pour se cacher, comme il le fait depuis des semaines à l'approche du moindre humain. Il ne bouge pas, et cela lui sauve la vie. Dans ses habits d'homme civilisé volés à un cadavre, ses longs cheveux remontés sur la tête et dissimulés sous la fourrure du raton laveur, la pénombre aidant, le jeune Indien a des allures d'enfant blanc. Un enfant sale, perdu, seul, comme on en rencontre par dizaines dans ces contrées encore sauvages. L'homme lui demande ce qu'il fabrique là, « T'es paumé, mon p'tit gars ? Tout seul ? Tu f'rais bien de monter avec moi si tu veux pas finir comme ces carcasses, là-bas ». Il ignore que l'enfant ne comprend pas un mot d'anglais. Il tend une main encore pisseuse et l'aide à se lever, le décortique des yeux, « C'est pas bien gaillard, tout ça », lui tâte les muscles pour s'en assurer, lui tâte les fesses pour le plaisir, « Mais ça, c'est un joli p'tit cul, et je m'y connais en fessier ». Avant de repousser le canoë à l'eau, il tend une bouteille à Mika, « Ça va te réchauffer les couilles, et je m'y connais aussi dans cette anatomie-là ! », l'alcool brûle la gorge de l'enfant, qui recrache plus qu'il ne boit, « Ça ira, t'en as bien assez avalé pour t'purifier ta bouche, j'aime pas me faire sucer par des bouches qu'ont traîné d'partout ». Le bougre lui balance un torchon gras et dégueulasse, « Vas-y, mon p'tit gars, t'gêne pas, y a rien d'tel que des lèvres salées à point ».

Pas besoin de se faire prier. Mika croque dans le trésor que cache le tissu. Puis se coule entre les peaux que l'homme a l'intention de vendre un bon prix :

— C'est qu'y a du rupin qui s'est déplacé, pour voir ces monstres passer de vie à trépas. J'parie qu't'es là pour ça, toi aussi, mon salopiot !

Dans tout le Minnesota, on ne parle que de la pendaison qui se prépare.

Un long hurlement fait sursauter le jeune Sioux, et le trappeur rit de la peur du gamin :

— C'est rien qu'le *Favorite*, il remonte depuis Saint Paul…

Le canoë glisse sur le côté pour laisser passer le majestueux bateau à vapeur. Imité par les autres embarcations qui voguent vers la même destination. Les deux hautes cheminées du *Favorite* crachent une épaisse fumée noire qui se perd et se confond dans le ciel où la nuit termine de s'installer. Par chance pour les curieux qui ont les moyens de s'offrir une place à bord, cette portion du Minnesota est navigable toute l'année.

— Paraît qui remonte depuis Saint Paul en vingt heures, moi j'y crois pas, pourtant paraît que c'est vrai, mais j'y crois pas, c'est des racontars. Moi, y m'faut trois heures rien que pour venir de ma cambuse, qu'est à un jet d'glaviot d'ici…

Au passage du bateau à vapeur, les embarcations dansent, au risque de verser.

Les compagnies de bateaux à vapeur avaient vite compris que l'exécution était un don du ciel et avaient pris le pari de détourner plusieurs bateaux de leur route habituelle pour les envoyer à Mankato – d'autant qu'en hiver le trafic tourne au ralenti.

Tandis que le gibet – le plus grand construit de mémoire d'homme – était pensé, conçu et dessiné, le bois acheté et transporté, on voyait fleurir dans les journaux des publicités invitant les chrétiens à aller célébrer la messe de Noël à Mankato, et à profiter du voyage pour assister à l'exécution qui aurait lieu le lendemain. Le résultat a dépassé toute espérance. Les bateaux à vapeur tels que le *Favorite,* mais encore le *Berlin*, le *Time and Tide*, le *Globe* et l'*Equator*, avaient été pris d'assaut.

Les embarcations affluent, bourrées à craquer, la ligne de flottaison à fleur d'eau : barques, bateaux de pêche, ferry-boats, grandes barges à fond plat ou encore longs cigares maniés à la rame et à la perche accostent de part et d'autre du bateau à vapeur, qui dégueule déjà ses centaines de passagers. Les pauvres ont revêtu leurs plus beaux habits et les riches leurs tenues de soirée.

Mika n'attend pas que le canoë touche terre. Il a prévu son coup. Il saute à l'eau.

— Crapule ! hurle l'homme, qui voit sa proie lui échapper.

L'enfant s'enfonce jusqu'à mi-cuisse.

— Ramène ta bouche dare-dare !

Le trappeur lève sa rame et l'abat dans un même élan, ratant de peu le fuyard. Mika trébuche, « Fais pas ta jouvencelle, j'serai pas le dernier à te croquer ! », son coude troue la surface de la rivière, « Je te retrouverai ! j'ai rattrapé des bêtes plus coriaces que toi ! », mais déjà le jeune Indien prend pied sur la rive et se perd dans la foule, s'y cachant comme dans une forêt, préférant le risque de se faire découvrir par ces centaines de Blancs que de rester plus longtemps à bord. Mika ne fuit ni les mains baladeuses ni les intentions malsaines de l'homme blanc. Il ignore tout des faveurs que l'ivrogne attendait de lui. Il fuit à cause du trésor roulé dans un torchon répugnant. Si l'autre croit qu'il va lui rendre le morceau de lard !...

Le ciel étoilé disparaît sans que le jeune Sioux s'en aperçoive. Il a laissé place à un plafond de poutres.

Comme ce chasseur blanc emporté par un troupeau de bisons dans cette histoire que lui racontait sa mère et qui le faisait toujours rire, la foule a emporté Mika. Il n'a pas cherché à s'en extraire, s'y sentant étrangement en sécurité. Tant qu'il s'éloigne du trappeur et que personne ne se soucie de lui...

Bâtie il y a peu, l'église embaume encore la forêt. Mais surtout l'odeur âcre et fortement camphrée de la créosote de goudron de houille, seule protection contre les centaines de semelles boueuses ou enneigées qui piétinent le plancher en ce jour de Noël. Le coaltar malodorant, couplé aux parfums et aux effluves de savon dont les paroissiens ont abusé pour fêter la naissance du Christ, masque la puanteur de Mika. Pas lavés, ni lui ni ses vêtements, depuis la découverte du cadavre.

Dans une très humble étable,
Une mère coucha son fils
Dans la paille d'une stalle...

L'enfant n'est pas plus âgé que Mika. Il chante seul au centre d'une chorale, à l'autre bout de l'église.

Avec les pauvres et les voleurs
Vécut sur terre notre Sauveur...

Le jeune Dakota aperçoit les chanteurs par fragments, entre les coudes et les hanches des paroissiens massés autour de lui. Près du chœur, un homme en noir – qu'il a d'abord pris pour une femme, à cause de la robe – agite ses bras. Puis se tourne, fait un signe, et toute l'assistance chante à l'unisson. Les voix se répercutent sur les murs en bois, sur la charpente. L'église semble vibrer. Mika repense aux chants de son peuple. Quand reverra-t-il les siens ?

Et Il connut le mépris ;
Et Il ressentit nos malheurs.

Dès leurs premiers pas dans l'église, les hommes et les garçons ont ôté leurs chapeaux. Sauf le jeune Indien. Il a glissé dans sa grande veste le morceau de lard enroulé dans son torchon sale. Mais pourquoi aurait-il enlevé sa toque en fourrure ? Soudain, une main le décoiffe.

— Petit malotru ! lui crache une dame.

La longue chevelure de Mika se répand sur ses épaules. Libérant l'Indien. Les lèvres de la bigote s'agitent, ses yeux s'arrondissent, son visage se déforme. Mika sait qu'un hurlement va prévenir les autres. Ne pas lui laisser le temps d'écarter les lèvres. Il frappe de toutes ses forces là où les cuisses de la femme se rejoignent. Récupère d'un geste brusque sa peau de raton laveur. Et s'enfonce à reculons entre les fidèles qui débordent de l'église jusqu'au milieu de la rue. Où il va devoir se cacher du vieux trappeur.

MINNESOTA
AOÛT-NOVEMBRE 1862

15

Représailles

Les Sioux n'existent pas. Une tribu rivale – certains disent les Ojibwés, d'autres les Iroquois, peut-être les Outaouais – les traitait de « nadouessioux », terme vulgaire pour désigner un ennemi. Dans la bouche de certains trappeurs français, nadouessioux devint sioux.

Sont regroupées sous le terme Sioux trois tribus parlant une langue similaire : les Lakotas, les Nakotas et les Dakotas.

Le 18 août 1862, les Dakotas auraient dû recevoir les rations et l'argent qui leur avaient été promis par traité en échange de la cession d'une grande partie de leurs terres – de quoi ne pas crever de faim, le bison étant devenu rare depuis qu'ils ne sont plus autorisés à le poursuivre hors de la réserve où ils ont l'obligation de vivre. Une fois de plus, on ne leur avait rien donné, à part la promesse que tout arriverait bientôt, qu'il fallait être patient. À la place des rations, on leur avait jeté au visage : « Si vous avez faim, bouffez de l'herbe ! » On connaît la suite. L'humiliation décuple la force que la faim a jugulée. Les Dakotas se révoltèrent.

Quelques jours plus tard, Alexander Ramsey, gouverneur du Minnesota, donna à son ami de longue date Henry Sibley – politicien enrichi par le commerce de la fourrure – la charge de colonel d'une armée de volontaires. Sa mission : prendre la tête d'une expédition et éteindre au plus vite le feu allumé par ces primitifs emplumés. Sans expérience militaire, le colonel Sibley avait pour lui de bien connaître le pays, ainsi que la langue et les coutumes des Indiens Dakotas, avec qui il commerçait depuis des dizaines d'années. Le colonel fraîchement promu mena quelques attaques et quelques ripostes, mais la révolte des Sioux continuait de causer destruction, morts et peur.

Début septembre, Sibley reçut l'ordre de conduire ses troupes à l'endroit où la rivière Yellow Medicine se jette dans le Minnesota et d'y affronter les Sioux pour libérer des centaines de colons faits prisonniers. Son régiment manquait d'hommes, d'armes, de munitions et de cavaliers. Affronter les Indiens rebelles dans ces conditions relevait de la pure folie. Quitte à se faire traiter de couard et de limace par la presse et les citoyens en colère, il refusa de bouger, convaincu que le gouvernement du Minnesota ne s'en sortirait pas sans aide extérieure. Mais les États voisins, déjà fortement sollicités pour fournir en volontaires la guerre de Sécession, se faisaient tirer l'oreille.

Quant au président Lincoln et au département de la Guerre, ils traversaient une mauvaise passe dans le conflit contre le Sud. Toutefois, il aurait été inconcevable que la Maison-Blanche, luttant pour maintenir dans l'Union les États sécessionnistes, n'apporte aucune aide à un État qui venait tout juste d'ajouter son étoile au drapeau.

L'armée avait justement sur les bras un certain Pope, général très controversé au sein même de ses troupes et détesté par ses pairs pour sa vantardise, sa suffisance, son arrogance et sa haute estime de soi. Quelques jours avant la dernière missive du gouverneur Ramsey – qui appelait encore une fois à l'aide et dans laquelle il écrivait ces mots : « Ceci n'est pas notre guerre, c'est une guerre nationale ! » –, le général plein de morgue avait subi une lourde défaite. Son homologue confédéré Lee, avec des troupes largement inférieures en nombre, venait de lui mettre la pâtée à Bull Run.

Que faire du général Pope ?

On l'envoya régler le problème indien.

Bon débarras.

John Pope, aigri et revanchard, arriva dans le Minnesota avec une seule idée en tête : faire payer aux Sioux cette affectation qu'il considérait, à juste titre, comme une mise au ban, « Avec les hommes et les moyens dont nous disposons, nous ferions mieux de mettre un terme définitif aux troubles occasionnés par les Indiens en les exterminant tous ». En cela, le gouverneur Ramsey et lui étaient sur la même longueur d'onde.

Le général Pope apportait dans ses bagages les munitions réclamées de longue date, ainsi que des provisions et des uniformes. Mais surtout des compagnies supplémentaires de vétérans, soldats professionnels aguerris qui, ayant combattu dans le Sud, allaient redonner confiance aux troufions volontaires.

Fin septembre, la guerre des Sioux débutée mi-août était terminée et tous les colons prisonniers libérés.

On estime à cinq cents le nombre de Blancs, civils et militaires confondus, à avoir péri « par la main de ces bouchers sans remords qui, dans une soudaine et perfide explosion de cruauté sauvage, ont frappé leurs amis et leurs voisins d'une autre race, se délectant du massacre d'hommes, de femmes et d'enfants, de bébés découpés en petits morceaux de chair sanglante, cloués vivants, ou arrachés prématurément du ventre de leur mère, dixit la prose ampoulée, tendancieuse – pour ne pas dire mensongère – du gouverneur Ramsey. Et de ces cruels bouchers, des milliers d'entre eux gisent toujours non enterrés là où ils sont tombés, cachés dans l'herbe et les buissons des prairies et des ravins ».

16

Condamnations

Les Dakotas furent traqués et arrêtés. Près de deux mille.

Quatre cents d'entre eux eurent droit à une parodie de procès.

Personne pour expliquer aux accusés en quoi consistait un tribunal, ni quels étaient leurs droits, aucun avocat pour les défendre. Des séances bâclées en moins de cinq minutes. La majorité des accusés ne comprenaient pas l'anglais. Un témoin suffisait, serait-il un enfant… un enfant terrorisé par l'assassinat de ses proches, un enfant qui avait aperçu le visage de l'assassin, quoi ?, quelques secondes ?, qui plus est, un visage couvert de peintures de guerre ! Il suffisait que cet enfant pointe du doigt un Indien et proclame qu'il reconnaissait formellement l'assassin de sa sœur, de sa mère… et la sentence tombait : la mort.

Le 5 novembre, à peine un mois après le début du procès, trois cent trois Dakotas, convaincus d'assassinats et de viols, recevaient la promesse d'être pendus par le cou jusqu'à complète suffocation.

Le pays continuait de se déchirer dans une guerre fratricide à côté de laquelle la révolte des Sioux faisait pâle figure. Il ne fit aucun doute que le président des États-Unis ne se soucierait pas du sort de ces assassins rouges et qu'il approuverait sans sourciller l'ordre d'exécution immédiate réclamé par le gouverneur Ramsey et le général Pope.

Le 7 novembre, les mille six cent cinquante-huit Dakotas qui n'avaient pas pris part au soulèvement – dont le jeune Mika Ohiteka, sa mère et son grand-père – entamaient leur longue marche vers Fort Snelling, par plusieurs degrés au-dessous de zéro, début de leur diaspora. Ils n'avaient pourtant commis aucun méfait, n'étaient coupables d'aucun crime. Mais Alexander Ramsey avait fait de cette purification ethnique le socle de sa campagne pour le titre de sénateur du Minnesota. Dans son allocution au cours de la session extraordinaire qu'il convoqua en septembre 1862, il déclara : « Les Sioux du Minnesota doivent être exterminés. Si quelques-uns échappent à cette extermination, les misérables doivent être chassés au-delà de la frontière de notre État, et notre frontière protégée par une force suffisante pour empêcher à tout jamais leur retour[1]. »

Or, contre toute attente, le président Lincoln, au lieu de signer l'ordre d'exécution les yeux fermés, tergiversa. Et chargea deux experts d'examiner attentivement le rapport complet des actes d'accusation.

---

1. Extrait de la proclamation du gouverneur Alexander Ramsey à l'assemblée législative du Minnesota, 9 septembre 1862 *(traduit par l'auteur)*.

Déchaînant la haine des Minnesotaines et des Minnesotains.

Pour qui se prenait-il, ce Lincoln, tout président qu'il était, en se permettant de désavouer la haute autorité du général Pope ?! On ne lui demandait qu'une seule chose : apposer sa signature les yeux fermés. « Qu'il s'occupe des renégats sudistes et qu'il nous laisse les Indiens ! » criaient ceux qui le suppliaient quelques semaines auparavant de leur fournir des soldats et des munitions.

On s'offusqua du « sentimentalisme écœurant de l'Est, qui aurait même refusé de punir les assassins de Notre-Seigneur Jésus ». Par « Est » on entendait – avec un certain mépris – la capitale, la Maison-Blanche et son actuel locataire. Et de manière plus générale, les intellectuels, la presse et même les religieux de cette partie d'Amérique, qui se croyaient bien plus avisés et malins que les simples péquenots du Minnesota.

Mais le président ne fléchit pas. En attendant le résultat de l'expertise, il fut décidé de déplacer les trois cent trois condamnés à mort.

Parce qu'elle était quotidiennement desservie par diligences et par bateaux, le choix se porta sur la ville en pleine expansion de Mankato, à trois jours de voyage.

Autant dire que tout allait pour le mieux à Mankato.

Bien sûr, il fallut compter avec quelques ronchons scandalisés par la hausse vertigineuse du prix du beurre et des œufs, et agacés par cette foule, ces chevaux et ces chariots qui congestionnaient les rues. Mais la majorité des Mankatoises et des Mankatois se frottaient les mains depuis qu'ils avaient appris que l'exécution des sauvages aurait lieu dans leur cité : devenir le centre du monde, quoi de mieux pour les affaires ?

Début novembre, un millier de soldats arrivèrent. Avec eux, les trois cent trois Dakotas condamnés à mort. Dix prisonniers par chariot, enchaînés deux par deux, la tête dans un sac durant trois jours. De splendides chariots : malles bleues, bâches blanches et roues rouges. Accompagnés par des dizaines de blanchisseuses et de cuisinières. Sans compter que des centaines d'hommes et de femmes accoururent de toute la région, seuls ou en famille, pour voir ces monstres avant leur exécution, peut-être d'assez près pour leur cracher au visage. Mais aussi des menuisiers, des bonimenteurs, des fermiers, des musiciens, des marchands d'armes, des cow-boys, des joueurs de saloon, des fouteurs de merde… Des désœuvrés vinrent gagner leur croûte en débarrassant les rues du crottin de centaines de chevaux, et des jeunes prêtèrent main-forte aux maréchaux-ferrants, aux croque-morts et aux équarrisseurs. Jusqu'aux femmes de joie et aux hommes de foi. La population doubla en quelques jours. Les rues de Mankato grouillèrent comme jamais.

Pour nourrir ce monde, on acheta des troupeaux entiers de moutons et de vaches – dont les carcasses iraient pourrir le long des berges du Minnesota. On achemina des tonnes de fourrage pour les chevaux, les mules et les bœufs. Et on construisit à la hâte des églises et des bordels.

Pendant que Mankato se préparait à la fête, les experts mandatés vinrent à bout de la lecture des actes d'accusation. Résultat sans équivoque : seuls trente-huit des trois cent trois Indiens condamnés à mort furent convaincus de viols ou de meurtres. Le président Lincoln prévint aussitôt le colonel Henry Sibley par une lettre écrite de sa main. Il y précisait les noms des seuls trente-huit Sioux à devoir être pendus. Cette liste annulait de facto deux cent soixante-cinq peines de mort.

Un journaliste résuma le sentiment des Minnesotains : « À cause de notre président, deux cent soixante-cinq pourritures condamnées à mort par la justice dans un procès équitable vont échapper à leur jugement. »

MANKATO, MINNESOTA
DÉCEMBRE 1862

17

26 décembre 1862

Ne prendre aucun risque. Stephen Miller, le colonel en charge des prisonniers de Mankato, poste douze soldats autour de l'échafaud, se relayant toutes les deux heures jusqu'à l'aube, avec ordre de tirer sur quiconque menacerait de s'en prendre à la construction de bois. Deux rumeurs circulent : les derniers Sioux en liberté auraient prévu de venir y mettre le feu pour empêcher l'exécution de leurs frères : quelques Blancs, avec à leur tête le shérif de la ville, auraient prévu de faire de même, mais pour manifester leur colère contre la clémence du président Lincoln.

Quatre pompiers volontaires alternent également leur garde autour des tonneaux débordant d'eau, assis sur des seaux, les seules armes en leur possession pour lutter contre d'éventuelles flammes – la première autopompe manuelle ne leur sera livrée que dans quatre ans.

Pompiers et soldats passent la nuit à scruter le ciel, craignant de voir fondre sur eux une pluie de flèches au bout enflammé. Soit ils ne croient pas à la rumeur du shérif séditieux, soit ils n'ont nullement l'intention de lutter contre d'autres Blancs.

Le ciel n'avait même pas été chatouillé par une étoile filante.

Trente-huit condamnés, cela signifie trente-huit nœuds coulants confectionnés avec trente-huit cordes de deux mètres cinquante chacune. Tout avait été planifié, programmé, prévu de longue date, sauf la centaine de mètres de cordage nécessaire à la fabrication de ces nœuds coulants. Une commande fut passée en urgence auprès des établissements Blair, à Henderson, la petite ville où Mika Ohiteka avait perdu la trace des siens. Les trente-huit cordes sont prêtes à l'emploi depuis la veille, il suffira de les attacher autour de la poutre dès que la plateforme sera en place. On aurait pu installer trente-huit trappes, une trappe sous chaque Indien, que l'on aurait ouvertes simultanément. Mais rien n'aurait garanti une parfaite synchronicité. Et quelqu'un – sans doute le gouverneur Ramsey – tenait à ce que tous ces sauvages tombent ensemble entre les griffes du diable. On avait donc inventé un ingénieux procédé actionné par un système à base de cordages et d'une poulie.

Le froid réveille Mika. Le feu contre lequel il s'est endormi n'a pas tenu la nuit. Ils sont des centaines à être restés sur place, hommes, femmes et enfants, autour de grands bûchers. Jusqu'à tard, on a mangé, bu et chanté à la santé des trente-huit salopards à qui on allait faire leur fête aujourd'hui. Une femme accroupie s'occupe de relancer les flammes. Elle regarde l'enfant de ses yeux bleus dans son visage gris de saleté. Mika n'a jamais vu de cheveux roux, il les croit colorés par le soleil.

— Saletés d'Indiens, je te les aurais fait rôtir pire qu'en enfer, moi, crachote la rousse, se détournant du petit Sioux déguisé en Blanc pour souffler sur les braises et rajouter du bois.

Quelques flammes gigotent à nouveau.

— Approche, mon grand, viens te chauffer les fesses.

Aux gestes de la femme, Mika comprend et se rapproche. Il sent quelque chose dans sa poche, c'est le morceau de lard.

— Vas-y, te gêne pas.

Tout en croquant dans la partie grillée du lard qu'il a tenu au-dessus des flammes, Mika observe les hommes revêtus d'une pelisse d'ours. Le trappeur est-il toujours à ses trousses ? L'inquiétude ne dure que le temps d'avaler une bouchée, balayée par l'agitation autour de l'échafaud. À quoi va servir cette construction ?

Les douze soldats de garde sont remplacés par quarante – dix par côté – qui forment une barrière humaine. Les charpentiers de la veille sont revenus, ils demandent de l'aide aux civils à peine réveillés.

La construction consiste en quatre poteaux de quatre mètres de hauteur, dressés vers le ciel et reliés entre eux, au pied et au sommet, par des poutres horizontales de huit mètres.

Posée à terre, tout autour de cette structure, une plateforme d'un peu plus d'un mètre de large, d'un seul tenant. Ce pourrait être un trottoir conçu pour ceinturer le bâti. Sauf que ce trottoir n'a pas vocation à rester au sol. À un ordre donné, les menuisiers et les civils appelés en renfort le saisissent à bout de bras et, soufflant comme des bêtes de somme, le soulèvent au-dessus de leur tête, « On y va, on y va ! » les encourage une voix jusqu'à ce qu'enfin le bois bute contre les taquets qui déterminent sa position finale. Pour le garder en place tel un balcon autour d'une maison, des cordes s'échappent de la plateforme et convergent, tendues comme les baleines d'un parapluie, vers le sommet d'un autre poteau solidement planté au centre du cube. Ces cordes ne sont pas attachées au poteau mais à un anneau de fer passé autour de celui-ci. Grâce à un astucieux système de poulie fixée au sommet, cet anneau est maintenu en l'air par une autre corde dont l'extrémité est amarrée à un crochet ancré au sol. À un nouvel ordre, les menuisiers et les civils lâchent la plateforme. Tout se passe comme prévu. Le faux balcon de plusieurs centaines de kilos reste suspendu à deux mètres du sol par les cordages.

Fusant de la place déjà noire de monde, tombant des terrasses et des fenêtres, des applaudissements et des cris concluent le tour de force. Les soldats posent la crosse de leur fusil au sol pour libérer leurs mains et participer à la fierté générale. Des semaines de guerre, des mois d'attente, de frustration, sont sur le point de s'achever avec la juste punition des assassins – même si beaucoup auraient préféré voir un alignement de trois cent trois nœuds coulants. Ç'aurait eu une sacrée gueule.

Avant d'installer l'escalier qui y donnera accès, les menuisiers sécurisent la plateforme par des étais. Puis le silence s'impose lorsque des hommes y grimpent pour suspendre les trente-huit nœuds coulants.

Il faut la mimique de la femme rousse qui feint de se pendre elle-même – tête inclinée, langue pendant sur le côté, yeux révulsés – pour que le jeune Sioux comprenne enfin quelle sorte de cérémonie se prépare à Mankato. Les grimaces de la rouquine lui arrachent son premier sourire depuis longtemps.

18

Trente-huit nœuds coulants

Les cloches de Mankato sonnent dix heures ce lendemain de Noël. C'est une belle matinée d'hiver. L'air est frais. Un vent léger bruisse sous le soleil.

L'air idiot à cause du bonnet de nuit qu'ils ont oublié sur leur tête, poignets attachés devant et coudes liés dans leur dos, les condamnés quittent leur prison.

La foule les guette :

— Crève, sale païen !

— Maudits bouchers !

— Soyez damnés !

— Allez vous faire baiser par le diable !...

Sans ces cinq mille spectateurs et la haie de soldats qui tentent de faire barrage, les Indiens auraient pu apercevoir une dernière fois la rivière Minnesota, source de leur vie pendant des générations. Sans les bâtiments que les colons blancs avaient fait pousser sur leurs terres, ils auraient pu contempler les prairies où ils chassaient et les collines alentour, où ils allaient cueillir les champignons et concevoir les générations futures. Au lieu de ce spectacle familier, ils ont droit aux crachats et à la poussière qu'on leur jette à pleines poignées.

Sans la troupe, ils seraient morts avant d'arriver au gibet où ils montent en silence. Et où, l'un après l'autre, ils sont positionnés devant leur cravate de chanvre.

Mika se faufile jusqu'aux premières lignes en même temps que d'autres enfants – peut-être ceux qui l'avaient poursuivi à Henderson et qui aujourd'hui sont venus en famille assister au spectacle. Il aperçoit enfin les condamnés que la foule lui masquait jusqu'alors. Pourquoi, depuis que la femme rousse lui avait mimé une pendaison, les avait-il imaginés blancs, ces futurs pendus ? Pensait-il naïvement que les Blancs ne pendent que ceux de leur race ?

Ce sont des Indiens.

Des Dakotas.

Quelques visages lui sont même familiers.

Alors, soudain, sans bruit, quelque chose se déchire. Son cœur s'ouvre pour enfin libérer le secret qu'il gardait. Ce même mal qui avait terrassé sa mère. L'avait rendue fiévreuse et faible.

Les souvenirs affluent.

Ils étaient encore prisonniers à Fort Ridgely lorsque des noms avaient circulé. Les noms des hommes condamnés à mort. On avançait le chiffre de trois cent trois. La confusion était totale. De qui parlait-on ? Les Dakotas portaient souvent le même nom, ou des noms similaires qui auraient pu être mal prononcés par les Blancs. Lorsque Mika avait entendu celui de son grand frère Hdainyanka, il avait cru à une erreur. Et avait refusé d'écouter ce qui se colportait. Effaçant cette condamnation de son esprit. L'enfermant dans son cœur. Préférant imaginer le grand guerrier libre plutôt qu'enchaîné parmi les trois cent trois hommes condamnés à être pendus. Rêvant encore de le rejoindre pour combattre à ses côtés.

Je te remercie pour ma vie
Et je te remercie pour ma mort,
Je te remercie pour mon cœur qui bat,
Je te remercie pour mon souffle…

Sur la plateforme qui ceinture l'échafaud, les condamnés entonnent leur traditionnel chant de mort.

Je te remercie pour mon enfance
Et pour m'avoir permis de vieillir
Je te remercie pour ma paix,
Je te remercie pour ma rage…

Dans l'allée qui sépare la foule des soldats, Mika court autour du gibet, évitant de s'empaler sur les baïonnettes enchâssées au bout des fusils, contraint parfois à se glisser dessous. Il cherche Hdainyanka. Avant de reconnaître le visage de son frère, il reconnaît la pochette en cuir décorée de perles qui pend sur sa poitrine et qui ne le quitte jamais.

Le choc le prive de toute réaction. De ces chocs qui vous figent, vous liquéfient, vous soustraient à la vie pendant quelques instants. Toute sa vie il regrettera son silence, le nom de son grand frère coincé dans sa gorge comme un caillot de sang. Peur de cette foule qui se serait déchaînée sur un petit Indien déguisé en Blanc. Stupeur de découvrir son héros sur le point d'être pendu. S'il avait eu le vrai courage du raton laveur, Mika aurait crié et sa voix aurait accompagné son frère tout au long du voyage sur la route des âmes, jusqu'à la Terre des Mille Huttes.

Pour toutes les larmes que j'ai versées
De rire ou de douleur,
Je te remercie pour le soleil
Et je te remercie pour la pluie…

Hdainyanka chante avec ses frères. La veille encore, il clamait son innocence. Il avait dicté ces mots[1] : « Je n'ai ni tué, ni blessé, ni offensé un Blanc quel qu'il soit. Je n'ai pas pris part au pillage de leurs biens. » Il doit sa condamnation à Joseph Godfrey, un ancien esclave noir adopté par les Dakotas. Encouragé à la délation par le tribunal, ce dernier avait juré sur la Bible que le sauvage guerrier lui avait avoué le meurtre de plusieurs Blancs, hommes et femmes. Qui aurait pu le contredire ? Le tribunal n'entendait que ce qu'il voulait entendre. Avec Hdainyanka, Joseph Godfrey avait fait condamner six autres Dakotas. Et avait eu la vie sauve.

Je te remercie pour mes victoires
Et pour mes défaites aussi,
Je te remercie pour les trophées,
Et chaque jour que je peux saluer…

Un lieutenant, aussi roux que la dame qui avait offert à Mika une place près du feu, attrape les ridicules bonnets

1. Extrait de la lettre dictée par Hdainjanka à l'intention de son beau-père, le chef Wabasha, qui lui avait conseillé de se rendre, lui assurant qu'aucun innocent ne serait condamné *(traduit par l'auteur)*.

de nuit posés sur les têtes des condamnés. Ce sont des sacs de toile. Le soldat les déroule, en recouvre entièrement les visages, et glisse la corde rêche du nœud coulant autour des cous. Pas un seul Indien ne cesse de chanter. Sauf le jeune Washechoon. Il pleure. Et ses pleurs glacent le sang, même des plus endurcis, « Pourquoi, pourquoi les Blancs veulent me tuer ? » répète-t-il entre deux sanglots.

Ils étaient deux à répondre au nom de Washechoon parmi les trois cent trois prisonniers. Lorsque le colonel Miller est venu chercher les trente-huit condamnés et que son nom a été prononcé, il s'est fièrement avancé, ignorant ce qu'on lui voulait, sourire aux lèvres. Washechoon n'a jamais fait de mal à une mouche. Il n'a jamais tiré de flèche, encore moins utilisé un fusil. Il n'a que seize ans et il est ce que les Sioux appellent un *glugluka* : un simplet.

Je te remercie pour mes visions,
Je te remercie pour mes rêves,
Je te remercie pour l'amour et le sexe
Qui a fait crier ma femme…

Les militaires et les hommes de Dieu – chargés de préparer les incroyants à leur rencontre avec l'unique Dieu – quittent l'estrade où trente-sept Dakotas chantent. Et où un *glugluka* effrayé pleure. À coups de masse, les charpentiers ôtent les étais sécurisant la plateforme. Uniquement soutenue par les cordes, elle tangue et cogne les poteaux. Quelques condamnés en perdent le tempo de leur chant. Un ricanement de loup parcourt l'assistance, comme si l'animal affamé se léchait les babines. Puis un ordre est donné.

Un tambour que nul n'aperçoit claque un court roulement.

Il est impressionnant de voir comment, réagissant tel un seul homme, la foule se tait. Un silence si soudain et si profond, palpable, qu'il fait sursauter Mika Ohiteka.

Je te remercie pour mes ennemis
Je te remercie pour mes amis,
Tous ceux présents à ma naissance
Et ceux présents à ma mort.

Puis un second roulement de tambour.

L'homme qui tient la hache en position haute se nomme William J. Duley. Dans sa poitrine, son cœur frappe plus fort encore que le tambour. Des visages de gamins rieurs défilent devant ses yeux. Trois de ses enfants, le plus jeune n'avait que six mois, ont été massacrés par les Sioux près de Lake Shetek. Sa femme, blessée et violée, avait été retenue captive treize longues semaines.

Enfin, le dernier appel du tambour.

William J. Duley abat la hache sur la corde, avec autant de force, de rage et de précision que s'il s'agissait de couper une tête sur un billot. Les charpentiers retiennent leur souffle en priant Dieu que rien ne vienne entraver le mécanisme. Et rien ne vient entraver le mécanisme. La corde proprement tranchée glisse dans la poulie qui chuinte au frottement du chanvre, mais tourne sans difficulté. L'anneau libéré tombe le long du poteau central. Dans un bel ensemble, les cordes s'affaissent et la plateforme s'écroule, se dérobant sous les pieds des trente-huit hommes encagoulés. De leur cou s'échappent de sinistres craquements. Les cordes fabriquées à la hâte jouent leur rôle à la perfection. Sauf une. « Ça arrive, s'excusera le fabricant, surtout quand on vous presse de toutes parts et qu'à la dernière minute il vous faut tresser des cordes à la va-vite… » Tandis que les pieds s'agitent et que trente-sept hommes cherchent frénétiquement à toucher le sol du bout de leurs orteils, le frère de Mika chute, ses mocassins frappent la plateforme à terre et son corps s'écrase. Sa corde vient de céder sous son poids.

Des femmes tournent de l'œil à la vue de ce demi-mort se tortillant au sol comme un coq à qui on vient de tordre le cou. On se signe, croyant entendre le diable en personne mugir de rage dans sa gorge – ce ne sont pourtant que les gargouillements de l'air qui tente de s'y frayer un passage. Des enfants crient sans comprendre ce qu'il se passe, ne sachant trop s'il faut se réjouir ou non.

Mika n'a pas quitté son héros des yeux. Son cri est mort-né. Il ne parvient pas à croire ce qu'il voit. Cet homme encagoulé, convulsant au sol dans un nuage de poussière, c'est l'homme qui lui a appris tout ce qui aurait dû faire de lui un guerrier. L'homme qui a remplacé son père.

La foule est inquiète. Et si le clergé décidait d'épargner ce supplicié ? « Notre-Seigneur s'est exprimé à travers cette corde brisée, que Sa volonté soit faite, il nous faut à présent gracier et libérer ce sauvage… » Alors, avant que les curetons n'ouvrent la bouche, la foule, qui retient sa respiration depuis le premier roulement de tambour, hurle d'une seule voix :

— Recommencez ! Recommencez ! Recommencez !…

Dos au gibet, les soldats ne feront pas le poids si les civils décident de se jeter en avant pour s'emparer du grand frère de Mika. Les fusils tremblent si fort entre leurs mains que les baïonnettes menacent de se détacher. Le pire est évité grâce à la prompte réaction du lieutenant aux cheveux roux. Arrachant la hache des mains de William J. Duley, il tranche une des cordes qui tenaient suspendue la plateforme et qui traînent à terre. D'un geste précis, il la lance par-dessus la poutre d'où pendent tels des saucissons les autres suppliciés, se débattant comme s'ils croyaient encore la vie capable de l'emporter sur la mort. Ses mains attachent la corde au nœud qui étrangle toujours Hdainyanka. Enfin, aidé par deux soldats, il hisse une nouvelle fois l'infortuné.

Les « Recommencez ! Recommencez ! » n'ont pas cessé.

Les nervures de la corde raide et épaisse raclent douloureusement contre les arêtes de la poutre, obligeant les trois militaires à redoubler d'efforts. À regret, le corps de Hdainyanka s'anime, quitte peu à peu le sol pour lentement s'élever. Une traînée de poussière l'accompagne dans les airs pour, comme à contrecœur, se détacher de lui et se dissiper tel un nuage dans le souffle léger du vent. Dès que ses mocassins perdent le contact avec la terre, le lieutenant rouquin interrompt la manœuvre. L'homme à la hache accourt avec un pieu qu'il plante pour y attacher l'extrémité de la corde.

La vie s'obstine. Le guerrier Sioux ondule, tournoie, tressaille…

Le silence retombe.

Effrayant.

Souligné par les grincements de trente-huit cordes et les râles de plus en plus étouffés de trente-huit diables rouges.

Parfois, un gaz s'échappe et appelle quelques rires d'enfants.

Moins de vingt minutes après avoir franchi à la queue leu leu la porte de leur prison par une journée plutôt clémente pour une fin décembre, trente-huit Indiens finissent de mourir au bout d'une corde qui aurait dû leur briser le cou si le gibet avait été plus haut et la corde plus longue. « Qu'on les achève ! » crie une âme charitable. Mais personne n'intervient pour mettre un terme à leur calvaire. Encore quelques soubresauts sporadiques. Tous, sans exception, se sont vidés le long de leurs pantalons de cuir.

Enfin, après dix minutes d'agonie, le balancier de leurs pieds ralentit comme un métronome cesse de battre.

19

Trente-huit cadavres

Après un délai raisonnable de vingt minutes, quatre docteurs perchés sur une échelle auscultent les pendus et confirment leur décès. On disperse la foule pour permettre à quatre des chariots bleu-blanc-rouge qui ont conduit les Sioux à Mankato de venir se positionner autour de l'échafaud. Les soldats coupent les cordes. Les corps, un à un, comme des fruits qu'on sépare de leur branche, tombent dans les bras d'autres soldats, avant d'être jetés à l'arrière des wagons.

Quelques flocons de neige ont décidé d'accompagner leur chute. Et cela suffit à égayer la corvée des soldats.

Pas un seul instant depuis qu'il a découvert son grand frère debout parmi les trente-huit condamnés Mika ne l'a quitté du regard. Ni quand son visage a été dissimulé par un tissu blanc, ni quand on lui a passé le nœud autour du cou, ni quand la plateforme s'est dérobée, ni quand la corde a cassé, ni quand il suffoquait à terre, ni quand il a été pendu une seconde fois. Il le regardait encore lorsque le docteur a grimpé, pas à l'aise, sur l'échelle. Lorsque la corde a été coupée. Lorsque deux soldats ont fait exprès de le rater – riant à s'en décrocher la mâchoire – et qu'une fois de plus Hdainyanka a heurté le sol. Et lorsque, le saisissant par les pieds et par la cravate de chanvre qui orne toujours son cou, ils l'ont balancé sans égard sur les autres cadavres, « Tiens, sac à merde ! ».

C'est alors qu'un des soldats, remarquant cet enfant au regard fixe, lui a demandé s'il connaissait cette charogne. Sans comprendre les mots, Mika a senti le danger et s'est éloigné. Pour se cacher jusqu'au départ du convoi, le suivant en douce, attendant l'occasion de s'approcher de son frère.

Les chariots n'ont pas parcouru deux cents mètres qu'une foule grosse d'une cinquantaine de personnes leur fait barrage. Assis près du cocher du wagon de tête, Lyman Taylor, le lieutenant aux cheveux roux en charge de la pendaison, fait signe aux civils de s'écarter :

— S'il vous plaît, libérez le passage.

La petite trentaine, le lieutenant se laisse pousser la barbe pour donner un brin de virilité à sa figure trop pâle et poupine. S'il pouvait, il la laisserait recouvrir entièrement son visage pour masquer une bonne fois pour toutes les taches de rousseur qui courent sur sa peau comme autant de fourmis.

Mais ces gens ne sont pas venus pour déguerpir au premier jappement d'un gradé. Voyant leur lieutenant se mettre debout, tous les soldats se précipitent, prêts à affronter la petite armada improvisée, libérant l'accès aux cadavres. Mika n'attendait que cette occasion. Il se précipite. La corde qui a servi à pendre une seconde fois Hdainyanka dépasse du tas. Plus grosse, elle est facilement repérable. Les mains de l'enfant s'enfouissent entre les Indiens pendus, le long du chanvre rugueux.

Une dame élégamment vêtue de noir – son manteau constellé de flocons rappelle un ciel nocturne étoilé – se tient en avant des autres.

— Nous n'avons rien contre vous, les enfants. C'est eux que nous voulons, précise-t-elle en pointant du doigt les chariots.

— Mes ordres sont d'enterrer ces cadavres.

— Vos ordres étaient de protéger nos familles ! Où étiez-vous pendant que mon mari se faisait massacrer par ces sauvages ?

Des poings se tendent, suivis de près par des cris.

À tâtons entre les corps des Indiens, les mains de Mika remontent la corde. Ses doigts rencontrent une bouche, un œil… S'enlisent dans des matières molles qu'il préfère ne pas identifier. Pour aller plus profond, il est contraint de plaquer son visage contre les chairs mortes et d'avaler des bouffées de puanteur.

— Ces démons de l'enfer ont tué mon mari !

— Et ils ont été pendus pour ça, répond le lieutenant.

— C'est pas suffisant ! hurle un homme, repris en écho par d'autres voix.

— On veut leur scalp ! On veut leur scalp ! scande une jeune femme en jaillissant hors de la foule.

Elle s'immobilise face aux soldats, les fixe de ses yeux secs tombés au fond de leurs orbites sombres, d'une main saisit ses cheveux blonds et mime le geste de se scalper, imitant le bruit que cela produirait :

— Schriiiiick !

— Laissez-nous ces criminels cinq minutes ! exige la dame au manteau étoilé. Puis vous pourrez terminer votre besogne.

Les mains de Mika parviennent au bout de la corde de chanvre. Au cou de Hdainyanka. Le contact lui serre le cœur. Penser au corps du guerrier dans cet enchevêtrement de cadavres lui est insupportable. Ne pas céder à la panique. Ni au désespoir. Il doit terminer ce qu'il a entrepris. Ses doigts tâtonnent encore, caressent la peau de son frère, finissent par trouver ce qu'ils cherchent et se referment autour. Ne plus lâcher prise. Pour libérer la lanière enroulée autour du cou, son poing doit contourner le visage du guerrier en s'enfonçant dans les autres cadavres qui cherchent à le retenir prisonnier. Montée d'angoisse. S'il devait perdre son butin au milieu des morts, il ne le retrouverait pas.

Il aurait réussi sans la déflagration. Surpris par le coup de feu, il part à la renverse.

Le lieutenant a tiré vers la cime des arbres. Les consignes sont claires : éviter tout bain de sang. Dans la mesure du possible. Sa première semonce a calmé les esprits, ça ne durera pas.

Personne ne remarque le gamin, cul par terre derrière les soldats, près du dernier chariot du convoi, les mains vides. Il a bêtement lâché la pochette en cuir de son grand frère.

— C'est Noël ! s'indigne sincèrement le lieutenant. Qu'avez-vous fait de votre amour chrétien ? Jésus ne nous a-t-il pas enseigné le pardon ? La miséricorde ?

— Pas pour ces buveurs de sang !

— Pas de pitié !

— Pas de charité !

— Les scalps !

— On veut leurs scalps !

À contrecœur, le rouquin abaisse son arme et en menace les civils.

— Je n'hésiterai pas !

Tout n'est pas perdu. Mika aperçoit l'étui. Il dépasse comme une langue d'entre les pendus. L'enfant s'en saisit pour s'enfuir. La lanière résiste. À quoi s'accroche-t-elle à présent, entre les chairs ?

— Hé ! Qu'est-ce que tu fiches là !

Un soldat s'est retourné. Mika s'entête, tire de toutes ses forces… Quelque chose cède, la lanière vient. Le jeune Dakota rampe déjà sous le wagon lorsqu'une main saisit le bas de son pantalon.

— Pourquoi qu'tu t'caches ! Qu'est-ce que t'as volé ?

Couteau en main, un civil se précipite vers la première cargaison de corps, criant que personne ne l'arrêtera, que personne ne l'empêchera de mutiler ces meurtriers comme ils ont mutilé leurs victimes. Sa jambe se dérobe sous lui. La balle l'a atteint au pied. L'homme chute, du rouge colore la fine couche de neige, il hurle.

— Devons-nous vraiment nous entretuer ? semble s'excuser le rouquin. Entre bons chrétiens ? Pour ces Indiens ! N'ont-ils pas fait assez de malheurs !

— Salaud !

— Traître !

— De quel côté êtes-vous ?

— Soyez raisonnables, les supplie-t-il. La guerre est finie, il ne reste plus qu'une poignée de Sioux dans la contrée, le colonel Sibley est déjà à leurs trousses…

— Tuez-les tous !

— Pas de pitié !

— Extermination !

« Extermination ! » reprennent en chœur les civils tandis que Mika se débat, traîné à terre, une main refermée autour de l'étui de Hdainyanka, l'autre occupée à maintenir la peau du raton laveur sur sa tête. Il sait ce qui l'attend si on découvre sa longue chevelure d'Indien. Ces gens le pendront comme ils ont pendu son frère.

— Je l'ai trouvé près des wagons, chef ! L'était en train de…

Sans lui laisser le temps de terminer sa phrase, une femme s'avance à grandes enjambées et pousse le soldat d'un coup de hanche. Une grande femme capable de tuer un cheval d'un seul coup de poing.

— Pour l'amour du Christ ! Foutez-lui la paix !

— Comme nous tous, il a perdu un parent ! crie une autre femme.

— Ils ont massacré toute sa famille !

— Mon Dieu ! Regardez ce qu'ils ont fait à sa joue !

Trois cicatrices mal soignées, trois boursouflures qui virent au rouge violacé sous l'effet du froid et de l'humiliation du jeune Sioux. La grande dame arrache Mika de terre sans effort, pour le rabattre aussitôt à l'abri de ses fesses. Le soldat rabroué attend un ordre pour tirer. Le lieutenant hésite et l'ordre ne vient pas.

Profitant de l'hésitation du gradé, la foule fait un pas en avant. Le visage du rouquin s'empourpre, maudite peau trop blanche qui vire au cramoisi à la moindre émotion ! Ça le met en rage. Mais il ne va tout de même pas ordonner un massacre parce qu'il a honte de rougir !

— Donnez-nous les cordes ! propose la voix de la dame au manteau étoilé. Donnez-nous les cordes à la place !

La horde d'enragés oublie aussitôt les scalps pour réclamer à son tour les cordes. Les regards du lieutenant et de la femme au manteau étoilé s'affrontent. En lui réclamant les cordes à la place des scalps, elle vient de le tirer d'un sacré pétrin. C'est à lui à présent de savoir s'il veut saisir cette main qu'elle lui tend.

— Laissez cet enfant tranquille et donnez-nous les cordes, reprend la grande femme, protégeant toujours Mika derrière ses fesses, bravant le fusil du soldat.

— Les cordes qui ont pendu ces bâtards comme des couilles de taureau ! braille la jeune fille qui s'était scalpée pour de faux, mimant cette fois sa propre pendaison, langue obscène frétillant entre ses lèvres d'asticot.

— Les cordes ! les cordes ! les cordes !

D'un signe de tête, le lieutenant capitule, la dame au manteau étoilé a gagné.

— Que personne ne tire ! Et donnez-leur ces satanées cordes !

Un flot de tissu avale aussitôt Mika lorsque les civils, poussant des cris, riant, se congratulant, salivant d'avance, se ruent sur les chariots. Les soldats n'ont pas le temps de dégager les corps que déjà les enragés se jettent sur le moindre bout de corde qui dépasse des cadavres, ahanant, prenant appui de leurs pieds sur les ridelles pour décupler leur force, espérant sans doute arracher quelques têtes.

Poussé malgré lui contre le premier wagon, le jeune Indien se laisse discrètement tomber à terre, rampe entre les roues et s'enfuit de la même manière qu'il s'était enfui à Henderson. Il court loin des exclamations de joie qui accompagnent chaque nœud récupéré sur les pendus. Loin de cette ville et de son gibet. Vers la rivière, son refuge.

D'autres voix freinent sa fuite. Il se cache entre les guirlandes mouillées de neige d'un saule pleureur. Des militaires creusent la terre qui, malgré le froid, est restée meuble le long des berges du Minnesota. Seules les racines de l'arbre posent problème et arrachent des jurons aux soldats.

— Allez, suffit ! C'est assez profond ! crie un sergent.

— Mais !… La première crue va les déterrer ! Vont empoisonner tous les poissons !

— À la première crue, ils seront déjà loin, te bile pas. Ressuscités d'entre les morts !

— Ressuscités ?

Certains soldats se signent de leurs mains boueuses.

— Ouais. Des anges vont venir s'occuper d'eux. Des anges de la médecine !

Des rires fusent.

— Mais ils sont morts, plus besoin de docteurs !

— Mais les docteurs ont besoin de cadavres.

Plusieurs corps disparaîtront durant la nuit.

Quelques jours plus tard, après le départ de l'armée, les civils se serviront à leur tour. C'est à qui volera tel ou tel macabre souvenir. Un collier. Un mocassin. Un sac de toile. Un scalp. Les pendus se feront cracher, pisser, chier, branler dessus.

Mika n'attend pas de voir les soldats jeter son frère et les autres guerriers Dakotas dans la fosse commune trop peu profonde. Il s'enfuit avec son trophée.

SEATTLE, WASHINGTON

HIVER 1895

20

La séance photographique

Sans la grêle de toux qui annonce Curtis et la vieille Duwamish, le photographe aurait surpris son jeune frère Asahel penché sur trois adorables adolescentes, ses doigts chatouillant leur chair sous prétexte d'arranger un brin de tissu, de dégager une oreille, d'effacer un pli inexistant, ou de guider un regard vers la lumière. Débarrassées de leurs robes, les filles remplissent généreusement leur corset, leurs jupons ou leur panty vaporeux. Le sofa victorien rouge profond leur offre un terrain de jeu d'où elles débordent avec volupté. La photographie coquine est la dernière mode au sein de la jeunesse de Seattle, qui vient se faire tirer le portrait en cachette de la barbante rigueur des parents.

Curtis lance un « Bonjour, mesdemoiselles » qui transforme les caquètements en ricanements. L'homme au bouc qui ôte son chapeau les impressionne, elles auraient de loin préféré confier leurs anatomies à ses yeux et à ses mains. Faire rougir un Asahel est à la portée de n'importe quelle gourde – il va sans dire qu'elles ne se prennent pas pour des gourdes –, mais faire rougir M. Curtis relève de la compétition.

Curtis accompagne Princesse Angeline de l'autre côté du studio, l'invitant à s'asseoir sur une chaise qu'il a préparée pour elle. Ignorant l'attention du photographe, la vieille squaw s'accroupit à même le sol. Aussitôt, une des donzelles, l'imitant, s'accroupit à son tour et passe son jupon par-dessus l'arrière de sa tête pour s'en faire un fichu, dévoilant les nœuds de son panty brodé. Pour rider son visage et s'enlaidir, elle grimace. Ses deux amies pouffent aussitôt, tentant en vain d'étouffer leurs gloussements derrière leurs mains. Même Asahel, contrarié par l'arrivée de son frère, finit par s'esclaffer.

Curtis n'est pas d'humeur à supporter les facéties de son cadet. Les photographies coquines lui rappellent celles qu'il trouve parfois dans les paquets de Sweet Caporal et qu'il déchire sans états d'âme. Même si Asahel a plus de talent que les responsables de ces médiocres portraits, Curtis n'est pas favorable à ce qu'il appelle « une dérive de la profession ». Ce n'est pas la première fois qu'ils en discutent depuis qu'Asahel a rejoint le studio Curtis & Guptil. Mais son jeune frère n'en fait qu'à sa tête. Encore une fois, l'aîné va devoir le rappeler à l'ordre. Il n'en a pas le temps. Un mouvement l'interrompt. Filant sur la surface du parquet, un objet traverse le studio, tournoyant dans un bruit de moulin à vent. Lancé avec puissance et précision, il cogne la délicate cheville de la moqueuse accroupie qui avait eu la mauvaise idée de retirer ses bottines. Le claquement sec fait mal.

— Tu me le paieras, pourriture rouge, vieille diablesse calleuse ! crache la fille, qui voudrait bien retenir ses larmes.

La canne de Princesse Angeline s'immobilise. Impassible, la vieille, yeux fermés, semble dormir.

— On s'amuse un peu, c'est tout, plaide Asahel, y a pas de mal.

— Où est M. Guptil ? demande Curtis.

— Je l'ai aidé à photographier un cycliste, il développe les plaques.

— Et il est d'accord pour que tu photographies ces demoiselles ? Tu lui en as parlé ?

Asahel hausse les épaules et va rendre sa canne à la vieille squaw.

Lorsque Clara Curtis, un plateau en mains, pousse à son tour la porte du studio, un silence glacial l'accueille. Chacun dans sa moitié de studio, les deux frères s'ignorent. Sur le sofa rouge, trois fleurs blanches, trois adolescentes boudeuses en petite tenue. Leur tournant le dos, Asahel lève les yeux au ciel pour signifier à sa belle-sœur qu'il ne sait plus quoi faire de ces trois pestes qui refusent à présent de prendre la pose.

Genou à terre face à la fille du chef Si'ahl, son mari a dû renoncer au trépied. Princesse Angeline est vraiment très petite. Et refuse obstinément la chaise. Pour positionner son appareil au niveau des yeux de son sujet, le photographe a dû se débrouiller avec le support d'une caisse.

Mais il n'est pas à ce qu'il fait.

C'est assez rare pour que Clara s'en aperçoive. Une pensée agace Curtis. C'est tout juste s'il remarque la présence de sa femme. Il remarque encore moins qu'elle a changé de robe depuis le café du matin. En confiant ses habits dégoulinants de boue à sa belle-mère – qui vit avec eux depuis qu'ils ont aménagé cette grande maison – elle s'est contentée d'un laconique « J'ai glissé » pour toute explication.

— Ça va ? lui demande Clara à l'oreille.

— J'ai fait une erreur en la conduisant ici, murmure-t-il à son tour, montrant du menton Princesse Angeline. J'aurais dû t'en parler avant, tu l'aurais compris.

— De quoi parles-tu ? Ce sont ces adolescentes qui…

— Non, non, bien sûr que non. C'est cette femme. Ça ne va pas. Regarde ! En dehors de cette caisse qui me sert de trépied, vois-tu une différence ?

— Quelle différence ?

— Il n'y en a pas ! Je réserve à cette femme le même traitement qu'aux bourgeoises de la ville. Quelle idiotie ! Quelle aberration ! Tu sens toi aussi que ces quatre murs ne lui conviennent pas, n'est-ce pas ?

— Je ne comprends pas…

— Ces murs l'enferment ! s'emporte Edward, s'empêchant de hausser la voix. Ils emprisonnent son âme ! C'est tout le contraire qu'il faut. Une photographie réussie doit la libérer. Lorsque je veux photographier le mont Rainier, est-ce que je lui demande de venir dans mon studio ?

— Je suis sûre que tu vas faire un très beau portrait…

— Mais oui, mais oui, s'agace son mari, là n'est pas la question !

Curtis s'affaire aux derniers réglages, mais son esprit est ailleurs. Aux prochaines photographies de Princesse Angeline. Il les prendra loin de ce studio. Là où elle vit. Dans son quartier mal famé. Devant sa cabane. Sur la plage où elle ramasse des coquillages…

Le thé à la bergamote que sert Clara chasse rapidement les odeurs croisées des parfums de la jeunesse et des remugles de la vieille Indienne.

— Mais quel besoin avait-il d'amener cette squaw ! fulmine Asahel face à sa belle-sœur. Il sait que j'avais une séance, merde !

— Une séance… de photographie ? Tu en es sûr ? se moque Clara. Et si leurs parents découvrent ce que leurs filles font ici ?

— Tu sais bien que ces photographies ne sont pas signées.

— Ni ton frère ni son associé n'encouragent cette pratique.

— Mais ils ne crachent pas sur l'argent que ça rapporte. C'est raté, de toute façon. Je ne peux plus rien en tirer. Tu voudrais pas… Tu pourrais pas… S'il te plaît !

Clara lui sourit. Asahel est né la même année qu'elle, « C'est de moi que tu aurais dû tomber amoureuse, pas de ce vieux », lui avait-il déclaré un jour, pas tout à fait sérieusement, pas tout à fait à la rigolade. Quand elle a rencontré Edward, Clara avait l'âge de ces trois adolescentes. Et Edward celui d'Asahel. Trois ans plus tard naissait leur premier enfant. Aujourd'hui, elle porte leur second. À quoi ressemblait-elle à dix-sept ans ? Elle se cherche dans le visage des trois impudentes. Elle ne possède aucune photographie d'elle à cet âge. Quel merveilleux procédé pour figer la vitesse de la vie… Ou, à défaut, prendre conscience du temps qui file. Ne pas oublier de rappeler à Edward de photographier plus souvent la famille, pour garder intact le visage des enfants.

— Laisse-moi faire, finit-elle par glisser à l'oreille de son beau-frère. Allez, les filles ! lance-t-elle aux bougonnes qui trempent leurs lèvres dans le thé. Voyons voir comme vous êtes belles !

Elle prend leur visage entre ses mains, l'un après l'autre.

— À mon avis, ça ne devrait pas être trop difficile de vous faire passer pour des jeunes filles de dix-sept ans…

— Mais… dix-sept ans, c'est notre âge !

— Elle le sait, idiote !

Clara caresse la joue de l'idiote.

— Dix-sept ans… et pleines de promesses !

Du bout des doigts, Mme Curtis pince des joues, souligne des lèvres, ébouriffe des cheveux ou les remet dans un semblant d'ordre, redonne du relief à des poitrines comme on redonne du volume à un oreiller en secouant ses plumes. Quelques instants de ce traitement suffisent, les midinettes retrouvent des couleurs et de l'entrain. Ainsi que leurs cancans. C'est une surenchère de moqueries – à voix si basse qu'on se croirait à confesse – sur la taille de la vieille bique, « Une naine », sur ses vêtements, « Quel affreux épouvantail ! », l'odeur qui l'accompagne, « Elle doit vivre dans une porcherie », sans oublier ses rides, « Comment peut-on être aussi fendillée sans se casser en mille morceaux ? »…

Lorsqu'en ville on parle de Princesse Angeline – sujet récurrent des conversations mondaines – on lui prête toujours l'apparence d'une pomme de terre fripée ou d'un fruit oublié sur l'arbre. Quelqu'un, un jour, une dame bien intentionnée sans doute, avait comparé ce visage au dos d'un gant de cuir durci par le gel et le soleil, craquelé sur toute sa surface, dans lequel deux coups de rasoir avaient tracé les yeux. Un cuir tanné dans une décoction de coquelicot, avait-elle ajouté dans un rire bienveillant pour rappeler à son auditoire qu'il s'agissait d'une squaw.

Clara venait de s'installer avec sa famille de l'autre côté du Puget Sound lorsque pour la première fois elle avait entendu parler de Princesse Angeline. Une voisine avait menacé son rejeton – il venait de glisser une araignée vivante dans le dos de sa petite sœur – de le conduire chez « la vieille Princesse Angeline qui mange les enfants ». La menace était apparemment à prendre au sérieux, car le gamin s'était enfui sans demander son reste. Depuis, à plusieurs reprises, Clara avait croisé la vieille Indienne en ville, mais n'avait jamais eu l'occasion de lui adresser la parole.

— C'est un honneur de vous rencontrer, Princesse, euh, madame, euh… J'ai si souvent entendu parler de vous que, euh, cette ville sans vous…

Si ce n'était quelques rares cils et sourcils récalcitrants et épais, les yeux fermés d'Angeline se confondraient avec les rides de son visage. Dort-elle ? Clara interpelle à voix basse son mari :

— Edward ? Elle dort ?

Ses épaules lui répondent qu'il l'ignore.

— J'espère que ces petites bêcheuses ne vous ont pas trop importunée. Une tasse de thé vous ferait plaisir ?

— Adore thé.

— Ah ! Parfait, parfait… Je croyais que vous dormiez…

— Fait pisser.

— Pardon ?

— Fait pisser.

— Ah ! Oui ! Ça vous fait… Moi aussi. Non, je veux dire, pour ce qui est de, euh, de ma vessie, en ce moment… avec ce bébé, c'est toutes les cinq minutes…

Au moment de refermer la porte, Clara laisse derrière elle un beau-frère dépassé par les trois impétueuses qui dénudent de plus en plus de chair. En face, son mari retire le verre dépoli sur lequel il vient de faire la mise au point, et le remplace par la plaque de verre sensible de trente-cinq centimètres par quarante-deux. L'imposant appareil photographique semble sur le point d'avaler la petite princesse.

Rien ne bouge sur le visage de celle-ci lorsque, les yeux toujours clos, elle parle. Même pas ses lèvres.

— Un dollar ?

— Oui, Princesse Angeline, confirme Curtis, un dollar par photographie.

— Un dollar, faire rien, je… voleur.

Le photographe sourit.

— Mais il faudra tout de même ouvrir les yeux, Princesse Angeline.

Clara sent encore sur son ventre les mains de la vieille dame. Étrange sensation. Jamais aucun Indien ne l'avait touchée. La squaw avait souri en apprenant l'heureux événement. Ses mains avaient quitté les replis de ses vêtements pour venir se poser sur la robe de Clara. Elle allait lui révéler avec certitude le sexe du bébé. Peut-être même son avenir. On la prétend sorcière. Mais Princesse Angeline n'avait rien dit, son visage rien exprimé. Ses mains froides comme des pierres épousaient la rondeur du ventre de la femme blanche. Difficile d'imaginer ce que la vieille ressentait. Clara, quant à elle, aurait été incapable d'en expliquer la magie, mais le moment était unique. Le silence en témoignait. Personne n'osait rien dire.

Même les ricanements nigauds du sofa s'étaient tus.

DEUXIÈME PARTIE

Hé, ours !
Quitte tanière !
Soleil levé !
Akira Kurosawa
Dersou Ouzala

WASHINGTON / NEBRASKA
ÉTÉ 1900

21

Départ de Seattle, Washington

Quatre ans se sont écoulés depuis ce jour où, sur un trottoir de Seattle, Curtis vantait à Princesse Angeline l'insatiable soif de progrès de l'homme blanc. Soif de progrès, de conquêtes, d'enrichissement… De plus en plus de tentacules de fer se propagent à la surface de la Terre, reliant des gares où le bois laisse place à la brique. Dans les colonnes des journaux de cette année 1900, chroniqueurs et lecteurs sont invités à donner leur opinion – « je suis pour », « je suis contre » – à propos de la future gare de Seattle. Faut-il ne rien changer, se satisfaire de ce qui est, ou offrir à la ville un nouvel essor ?

Ce jour de juillet, le tram n° 19, qui descend Madison Street, roule sur un obstacle entre Third et Fourth Street. Une grosse pierre, probablement. Cela arrive. Acte de malveillance, jeu stupide de quelques garnements ou malchance. Le *cable car* hoquette avant de sortir de ses rails et de tanguer d'un côté, de l'autre, sans verser. Alors qu'il vacille tel un ivrogne, le câble souterrain se décroche de la mâchoire qui le relie à la voiture. La rue est en pente. Le conducteur a beau freiner, la voiture folle gagne en vitesse et fonce droit vers la mer. *Cable car* et passagers auraient fini dans les eaux du Puget Sound s'ils n'avaient heurté l'arrière du tram n° 8, arrêté à son terminus. Plus de peur que de mal, une seule passagère est blessée.

La circulation inévitablement interrompue, une congestion monstre s'empare en quelques minutes de la ville. À cette thrombose imprévue s'ajoute le programme de pavement de la ville qui, depuis des mois, invite transports hippomobiles, cyclistes et piétons à un jeu de labyrinthe dont les méandres changent quotidiennement. Les deux calèches qui conduisent Curtis, sa famille et ses nombreux bagages n'ont aucune chance d'arriver à leur destination.

Abandonnés à quelques centaines de mètres de la gare, les passagers s'emparent des affaires du photographe. En tête, Curtis marche d'un pas vaillant, un sac en bandoulière, son trépied sur une épaule, sur l'autre son nouveau joyau, le Reversible Back Premo – le dos réversible permet de passer du mode paysage au mode portrait par une simple rotation de la plaque de verre. Certes, le format de ces plaques s'est réduit de moitié pour atteindre dix-sept centimètres par vingt-deux, mais l'appareil photographique a surtout perdu en poids, l'engin ne pèse plus que trois kilos – sans la caisse de transport en bois –, toujours loin cependant des huit cents grammes de l'appareil révolutionnaire de l'épicier italien.

Aux côtés de Curtis va Clara, portant sur un bras leur troisième enfant, Florence, et de l'autre un sac de voyage.

« Des oiseaux ! s'est exclamée Clara lorsque, le mois précédent, son mari l'a informée de l'invitation de son ami George Grinnell.

— Pourquoi pas ?

— Mais pourquoi des oiseaux ?

— Sans doute parce qu'en plus d'être aventurier, homme de science, anthropologue… eh bien, George est ornithologue ! »

Deux ans plus tôt, les chemins d'Edward Curtis et de George Grinnell s'étaient croisés sur un glacier du mont Rainier. L'anthropologue aux multiples casquettes s'était aventuré avec d'autres savants dans le froid des cimes pour étudier la montagne : calculer l'épaisseur des glaciers, répertorier toutes formes de vie possibles dans la neige, observer la lave et déterminer une bonne fois pour toutes la hauteur précise de ce sommet à l'aide d'un baromètre à mercure. Sans la rencontre avec le photographe, habitué des lieux où il aime marcher seul, les savants aventuriers n'auraient jamais pu faire part de leurs observations et découvertes. Ils s'étaient égarés. L'année suivante, George Grinnell avait invité Curtis à participer à une expédition en Alaska. Cette fois-là, c'est Curtis qui avait failli ne jamais revenir lorsqu'un énorme bloc s'était détaché d'un glacier, frôlant son canoë.

Les chamailleries autour des oiseaux n'ont pas cessé depuis cette invitation reçue par téléphone – qui ne sonne pas souvent. Elles se poursuivent aujourd'hui, sous le soleil, dans la rue en travaux qui mène à la gare.

— Je n'en reviens toujours pas ! Toi, Curtis ! Photographier des oiseaux !

— Des étourneaux ! crie leur fils Harold.

Il trottine derrière ses parents, portant la veste que son père lui a confiée, trop grande pour le petit garçon de sept ans.

— Oui, des étourneaux, Harold. C'est ce que mon ami George a dit.

— Papa ! Papa ! Je veux un étourneau !...

— Ferme-la, Beth ! crie Harold à sa petite sœur, coiffée du chapeau paternel en poils de castor qui s'obstine à tomber devant les yeux de la fillette.

Les pronostics de l'aïeule se sont réalisés et une pisseuse est née, quatre ans plus tôt.

Depuis le petit déjeuner, elle piaille, excitée comme une puce par l'expédition promise : accompagner son père à la gare.

— Mais je veux un étourneau ! s'entête Elizabeth.

— Et pourquoi pas des photographies d'oiseaux ? reprend Curtis. Du moment que ça se vend ? Si George me fait venir, crois-moi, dit-il à sa femme, c'est qu'il a une idée en tête. Et je le retrouve près de... de ?... l'interroge-t-il, guilleret.

— Près de Callaway, dans le Nebraska. Je te rappelle que c'est moi qui me suis occupée de tes billets de train.

Curtis est d'humeur joueuse. Il doit bien se l'avouer, l'idée d'abandonner son studio quelques semaines pour vivre une nouvelle aventure n'est pas pour lui déplaire. Il adore sa femme et ses trois enfants, il adore sa grande maison et il adore y vivre en compagnie de sa mère, de sa petite sœur Eva, de ses deux belles-sœurs, Nellie et Susie, et de leur cousin William, qui parfois vient y trouver refuge – ils avaient insisté pour l'accompagner à la gare, sans imaginer devoir charrier ses bagages sur plusieurs centaines de mètres, « Allons-y ! Allons-y ! » avait lancé la mère d'Edward, s'emparant d'un sac dès que les calèches les avaient abandonnés. Mais aujourd'hui, Curtis adore encore plus la perspective de ce mois loin de ce petit monde.

— Et de là nous irons dans la réserve des Pieds-Noirs pour assister à la ?…

Les pas de danse qu'il esquisse amusent sa fille.

— La danse du soleil, soupire sa femme, tu me l'as assez répété, Edward.

— Pourquoi tu danses, papa ?

— Parce qu'il est content de nous quitter, répond Harold.

— Pas du tout, je ne suis pas du tout content de vous quitter, je vais où le travail m'appelle.

Les pas de danse ont fait déraper les caisses sur ses épaules. Curtis grimace, il en sera quitte pour des égratignures, voire un bon hématome.

— Tu sais combien de photographies ont été prises de cette cérémonie ?

— Aucune. Zéro. Tu me l'as seriné mille fois.

— Parce que ces cérémonies sont interdites ! Elles vont disparaître, terminées ! Je serai le seul à les avoir photographiées !

L'ami George Grinnell est l'auteur de plusieurs ouvrages sur les Indiens. Il connaît particulièrement bien les Pieds-Noirs du Montana. C'est en tant que membre d'honneur de leur tribu qu'il est, pour la première fois, invité à assister à leur cérémonie de la danse du soleil. Redoutant que ce soit la dernière. « Tout Indien qui se livrera à la danse du soleil, à la danse du scalp ou à la danse de la guerre, ou à toutes autres célébrations similaires, sera coupable d'une infraction » prévoient les tribunaux des Affaires indiennes. Les contrevenants risquent une peine de prison et la suspension temporaire de leurs rations alimentaires. En contradiction avec le premier amendement à la Constitution des États-Unis de 1791, qui stipule que « le Congrès ne pourra faire aucune loi relative à l'établissement d'une religion ou interdisant son libre exercice ».

— Il n'empêche ! Le studio est submergé de demandes depuis les prix remportés par les photographies de Princesse Angeline, paix à son âme. Ne compte pas sur moi pour te remplacer, j'ai assez à faire…

— T'es pas capable, maman ! trompette leur fille. Y a que papa qui sait faire des photographies !

— Elizabeth a raison, Edward, j'en suis bien incapable. Je te rappelle que tu n'as plus d'associé. Et que ton frère est parti.

Edward et Asahel se sont brouillés l'année précédente pour une histoire de droits sur des photographies prises par le cadet, parti deux ans au Klondike, Canada, pour un reportage sur la ruée vers l'or. Les droits appartiennent-ils au photographe ? Ou au studio qui le mandate ? Curtis n'aime pas qu'on lui rappelle cette querelle, il prend facilement la mouche à ce souvenir.

— Si on ne prospère pas, si on n'avance pas, si on se contente de ce qu'on a, si on se repose sur ses lauriers, si on ne bouffe pas la concurrence sans pitié… on meurt. Les photographies de cette cérémonie sacrée feront la tournée des continents ! Edward Sheriff Curtis sera sollicité à travers la planète ! J'irai photographier les grands de ce monde. Tu te rends compte, Clara ! La reine Victoria, l'empereur Nicolas II… L'argent, le succès… Ce nouveau siècle qui commence sera le siècle Curtis ! Tu m'accompagneras partout ! Nous prendrons le Transsibérien…

— Moi aussi ! claironne leur fils.

— En wagon-lit, j'espère, le taquine Clara. Je te rappelle qu'aujourd'hui tu vas voyager dans des conditions assez austères…

Alors que le train s'apprête à partir, Curtis s'agenouille devant son fils Harold qui, les larmes aux yeux, insiste pour voyager avec lui :

— J'ai plus école !

— Tu ne peux pas parce que c'est très dangereux, Harold. Les Indiens adorent tellement les enfants… qu'ils les mangent !

Le père mordille le ventre du fils, déclenchant un éclat de rire.

— Arrête de dire des bêtises, Edward ! Ne l'écoute pas, Harold, ce n'est pas vrai.

— Papa ! Papa !

Sautant sur le dos de son père, Elizabeth enlace son cou, le tirant si fort en arrière qu'elle l'étrangle.

— Papa ! N'oublie pas ! Tu m'as promis un étourneau !

Clara ramasse le chapeau de son mari qui a roulé à terre.

— Si tu étrangles papa, il ne pourra rien te rapporter, tu sais.

Harold tiraille la robe de sa petite sœur.

— Il ne t'a rien promis, menteuse !

Curtis se racle la gorge.

— Tu veux un oiseau ?

— Oui.

— Dans une cage ?

— Ben oui, papa ! Sinon il s'envole !

— Qui aimerait vivre dans une cage ? lui demande son père.

Poursuivie par son grand frère, Elizabeth s'élance aussitôt vers sa grand-mère et ses tantes, leur criant :

— Qui c'est qui aimerait vivre dans une cage ?

Curtis embrasse le bébé dans les bras de sa femme.

— Ne grandis pas trop vite, toi.

Puis il sourit à Clara, qui lui cloue le bec d'un doigt sur les lèvres.

— Si tu t'avises de dire que tu es désolé de m'abandonner avec le studio et la maison, avec ta mère et toute la famille… Et qu'on va énormément te manquer…

— Je n'allais rien dire de tout ça ! se défend Curtis.

— Parce que tu n'es pas du tout désolé ?

— Si, mais…

— Menteur ! le coupe-t-elle d'un ton de reproche que ses yeux pleins de malice démentent.

Ce mois sans Edward va lui paraître interminable. Même si l'ennui ne sera pas au programme. Enfants, famille, maison, studio, elle n'a jamais le temps pour l'oisiveté. Sans compter qu'en l'absence de son mari elle devra également superviser ses nouveaux collaborateurs. Épouse, mère et femme d'affaires. Sans elle, sans son pragmatisme et sa rigueur, le business de Curtis ne tournerait pas à plein régime. Dans leur entourage, personne n'est dupe : c'est Clara qui a fait décoller la réputation du photographe de Seattle. Le talent seul ne suffit pas.

En plus de leur famille et du studio, M. Curtis et madame partagent la même ambition, le même désir de réussite, la même folie des grandeurs : avant leurs quarante ans, ils dîneront à la table du président des États-Unis d'Amérique.

Mais des étourneaux !

Traverser plusieurs États pour photographier des volatiles… Quelle idée farfelue ! Et cette cérémonie ! Malgré sa grande estime pour George Grinnell, elle n'est pas rassurée d'imaginer son mari au milieu d'Indiens et de leur danse païenne. D'autant plus qu'il lui est difficile de passer inaperçu, Edward domine tous les autres d'une tête, voire deux. Sans parler de son encombrant appareil photographique !

Sur la pointe des pieds, elle se hisse vers sa joue. Mais au lieu de l'embrasser elle lui murmure à l'oreille :

— J'espère que c'est toi qu'ils mangeront, mon chéri !

Puis enfin, souriant sans plus retenir ses larmes, elle colle ses lèvres humides aux siennes. La présence de son homme… son rire… sa voix, son corps, ses mains… même les chatouilles de sa moustache et de son bouc vont atrocement lui manquer.

22

Arrivée à Callaway, Nebraska

D'agréable malgré l'inconfort annoncé par sa femme, le périple est devenu interminable. Assis sur ses caisses – pas question de laisser son matériel sans surveillance –, Curtis voyage près de la porte coulissante d'un wagon de marchandises, le dos calé contre deux sacs qu'il a empilés en guise de coussins. Le reste de l'espace est encombré de tonneaux, de caisses et de malles, de sacs de café, de farine ou de clous. Des montagnes de rouleaux de cordes, des forêts de pioches et de pelles…

Sa mère, sa sœur et ses belles-sœurs – Clara leur ayant abandonné la cuisine – ont enroulé dans des torchons des provisions qu'il complète de gare en gare auprès de marchands ambulants. Pour ses besoins naturels, il fait coulisser la porte. Il a eu droit à la pluie dans l'Oregon, qu'il se serait abstenu de maudire s'il avait su que le wagon allait se transformer en étuve le reste du voyage. Porte ouverte, l'air demeure plus chaud à l'intérieur qu'à l'extérieur. Les nuits sont un peu plus supportables. Il a réordonné son matériel pour se confectionner un semblant de lit. Dès que le train s'arrête, il ramène l'étui de son revolver sur le devant de sa cuisse pour mettre son arme en évidence et décourager d'éventuels voleurs.

Les matins et les soirs magnifient les paysages. Mains tendues devant lui, il déploie ses pouces et ses index en *L*, comme s'il soutenait un cadre de la taille approximative de ses plaques de verre. C'est ainsi qu'il épingle d'interminables forêts, parfois si proches qu'elles lui procurent un peu de fraîcheur, « Chleuiich », des familles de biches, des hordes de sangliers, des troupeaux de chevaux sauvages, « Chleuiich », des granges rouges posées sur des collines à l'herbe orangée, « Chleuiich », des marécages foisonnant de papillons, de puissants contre-jours d'aigles et de vautours sur ciel d'acier…

— Chleuiich, murmurent ses lèvres en imitant le bruit de l'obturateur de son appareil photographique.

Jusqu'à ce que la fumée noire du train rencontrant un vent contraire lui brouille la vue, lui pique nez et gorge, l'obligeant à tousser et à refermer précipitamment la porte, pour se retrouver prisonnier de la fournaise.

Il change de train à plusieurs reprises. Pour arriver, huit jours plus tard, à Callaway, Nebraska. Terminus des rails.

Curtis ignore comment il se rendra dans la réserve des Pieds-Noirs, au nord du Montana, à plus de mille kilomètres de là. Mais il suppose que son ami a tout prévu.

George Grinnell a effectivement tout prévu.

Quelqu'un marche le long du train et appelle à la cantonade :

— Monsieur Curtis ! Monsieur Curtis !

Le jovial garçon, la vingtaine, ne tient pas en place, désireux d'être serviable.

— Je m'appelle Gust. C'est moi qui viens vous chercher. M. Grinnell vous attend. Bougez pas.

Il est déjà reparti chercher son attelage, qu'il vient positionner le long du wagon.

— Je m'en occupe, je m'en occupe…

— Attention, c'est fragile !

— Pas de problème, monsieur Curtis.

Le grand gaillard soulève en chantonnant les caisses pour les faire passer sans effort du wagon à l'arrière de son chariot ouvert, tandis que Curtis agite ses membres en tous sens pour les désengourdir. Un nuage s'échappe de ses vêtements. Il est couvert de la tête aux pieds de poussière et de suie.

— Il y a un hôtel dans ce bout du monde ?

— Oh oui ! Le Grand Pacifique. On dit qu'il est très bien.

— Parfait, parfait. Je suppose que tu as commandé l'eau chaude pour mon bain ?

— Pardon ?

— Je plaisante, Gust.

— Un bain ? Eh bien… Je suis désolé, mais il n'y a pas de bain, monsieur Curtis.

— Pas de bain à l'hôtel ?

— Eh bien… pas d'hôtel.

— Mais tu viens de me dire le contraire ! Le Grand Pacifique !

— Oh non, désolé, je ne… Enfin, oui, eh bien, il y a un hôtel, oui, oui, mais je suis désolé pour votre bain, monsieur Curtis, après peut-être, après… M. Grinnell vous attend, il y a encore trois heures de route vers le nord…

— Trois heures ! suffoque le photographe.

— Oui, monsieur Curtis, vers le nord. Il faudrait y arriver avant la nuit.

— Mais je... j'ai faim, j'ai soif, j'ai chaud, je pue, tu comprends ? Ça fait huit jours que je voyage sans me laver, et pour ce qui est de dormir...

Au rythme tranquille des deux mules qui tirent le chariot, ils tournent le dos à la gare-terminus de Callaway, sur la piste qui prolonge les rails et s'enfonce dans un no man's land d'une centaine de mètres, séparant la ville en deux.

— Le train, il devait arriver là-bas, explique le jeune gaillard en pointant une poignée de bâtiments à gauche de la piste, mais le gouvernement fédéral et la compagnie du train, eh bien, ils se sont pas entendus. Le projet alors, eh bien, il est tombé à l'eau. Puis il y a eu un autre accord avec une nouvelle société et la ville, elle s'est déplacée jusque là-bas, vous voyez ? Parce que je sais pas pourquoi, ils se sont mis dans la tête que c'est là-bas que le train il devait arriver. C'est bête. Surtout qu'il y a ceux-là, poursuit-il en indiquant à nouveau les bâtiments à gauche de la piste, qu'ont pas voulu bouger, ils sont restés dans l'ancienne ville. Mais alors le train, lui, il arrivait toujours pas, et il y avait ces deux petites villes qui se disputaient pour tout, même le journal il est devenu deux, le *Callaway Standard* et le *New Callaway*. Et ils ont continué à se chamailler les poux comme ça jusqu'à ce que le train il arrive enfin. Mais la compagnie, elle avait une autre idée, me demandez pas c'était quoi, elle a construit la gare en plein milieu des deux petites villes, alors ils ont fait la paix, bien obligés. À cause du bon sens.

Le soleil de plomb donne soif. Gust partage sa gourde. Il parle comme s'il avait reçu la consigne d'occuper les trois heures du voyage vers le nord, berçant le photographe autant que le roulis du chariot et la chaleur.

— C'est la tornade qui a tout changé, je veux dire, pour M. Grinnell. C'est qu'il y a eu une tornade, c'était même dans le journal, dans les deux, le vieux et le nouveau. C'est arrivé à Mme Harse, vous pouvez pas la connaître, elle habite pas Callaway, mais un peu plus loin, par là-bas. Mais comme je vous disais, après la tornade, M. Grinnell il a dit qu'il fallait partir plus vers le nord, que c'est là que les oiseaux, eh bien, ils étaient partis. Sa baraque, la baraque de Mme Harse, elle a complètement été emportée par la tornade, complètement, c'est que ça arrive, avec tout ce qu'il y avait à l'intérieur, et elle a rien retrouvé, rien. Même qu'elle a dû venir acheter du bois pour en reconstruire une autre, une autre baraque. Mais le jour de la tornade elle a dû courir vers le Loup et creuser dans une digue pour se faire un abri et pas se faire emporter elle aussi. Le Loup, c'est juste une rivière. Monsieur Curtis ? Vous dormez ?

Avant de s'endormir, le photographe a compris que son ami George Grinnell était remonté vers le nord à la suite des oiseaux, qui s'étaient déplacés.

De temps en temps, son sommeil ne se fait pas plus épais qu'un voile, car il sent l'odeur de la pipe de son compagnon de voyage, comme il l'entend chanter d'un air guilleret :

Une vieille avait un p'tit cochon,
Umph umph umph !
Coûtait qu'dalle, tout maigrichon,
Umph umph umph !

Ce qu'il voit ensuite, c'est la terre fondre sur lui.

23

Pauvre Gust

La balle a frappé Gust dans le dos. Le tireur visait le cœur, qu'il situe mal. Mais c'est son jour de chance. Déviée par l'arête d'une omoplate, la balle transperce de part en part les deux ventricules, coupant la vie du jeune homme. Il s'affale immédiatement, déjà cadavre, sur les fesses de la mule devant lui. De nature craintive, l'animal s'emballe et file au galop, entraînant sa frangine – ça court vite, une mule.

Tout est si rapide que Curtis ne s'est pas réveillé.

Pas encore.

Le corps du pauvre Gust est renvoyé d'une croupe à l'autre. Puis glisse vers les sabots qui le frappent, l'expédiant sous la roue du côté passager.

L'homme endormi se rêvait volant au milieu de centaines d'étourneaux. Il lui arrivait d'en chasser avec son grand frère. Il suffisait de tirer dans le tas, sans viser, pour en faire tomber comme pluie, se tortillant au sol, frétillant tels des cœurs arrachés vivants. L'enfant Edward courait dans tous les sens, surexcité, pour récolter les oiseaux et les jeter dans un sac.

Lorsque la roue sertie de fer roule à toute vitesse sur le corps de Gust, lui brisant au passage quelques côtes, elle catapulte Curtis hors du chariot. Il bat pathétiquement des bras. Et enfin se réveille. Ouvre les yeux. Et découvre la terre qui fonce sur lui.

Il ne sait rien des cavaliers lancés à la poursuite de l'attelage devenu fou. Ni de ses bagages, ses caisses, son Reversible Back Premo, tout ce matériel dont il a pris grand soin depuis huit jours, malmenés à l'arrière, menaçant de passer par-dessus bord.

Du sang s'échappe d'une plaie à sa tête, coule sur son visage, lui brouille la vue. Une ombre approche, accompagnée du galop d'un cheval. Curtis cherche son arme à sa ceinture. Une masse lui tombe dessus et le plaque au sol. Un couteau jaillit, s'apprête à lui entailler la gorge.

— Ça va comme tu veux, Henry ?

L'interpellation a arrêté le geste de l'assassin. Un autre cheval l'a rejoint, son cavalier saute à terre.

— Besoin d'un coup de main ? T'as vu comme j'ai buté l'autre ? se vante l'intrus.

— Qu'est-ce que tu veux, Ned ? Pourquoi tu viens là ?

— Je peux lui faire les poches ? Hein ? Tu sais que j'adore ça. Laisse-moi lui faire les poches, Henry, s'te plaît.

— Attends, je le finis d'abord !

— Allez, quoi ! Après y aura du sang partout ! Ça poisse.

— Tu fais chier, Ned.

— Merci, Henry !

Curtis, le visage dans la poussière, un homme assis sur le dos lui bloquant les membres et la respiration, sent deux autres genoux se poser de part et d'autre de sa tête.

Des mains le fouillent sur tout le corps, le soulagent de sa montre, de quelques pièces de monnaie, de son paquet de cigarettes, de ses allumettes, de son mouchoir, de ses tickets de train… et du portefeuille, cadeau de sa femme.

En cuir souple, décoré d'arabesques gravées, maintenu fermé par une courroie glissée sous un passant, le bel objet déclenche un sourire de hyène entre les babines du dénommé Ned.

— J'peux l'ouvrir, Henry ? Dis ! J'peux l'ouvrir ?

— Grouille.

Ned déplie les trois parties du portefeuille, retourne les trois poches, mais seuls l'intéressent les billets, un gros paquet qui devait servir au photographe pour la durée de son voyage.

— Tu peux l'égorger, maintenant, ricane-t-il en balançant le portefeuille sur la joue de Curtis, pile là où il vient de lâcher un glaviot.

Satisfait, il remonte en selle et s'éloigne.

Curtis se tortille, hurle. Une main s'écrase sur sa joue, ses lèvres baisent la terre, il avale de la poussière qui se mélange à sa salive, recrache en suppliant son agresseur de l'épargner. Entre les doigts qui lui crochètent le nez et l'œil, il aperçoit la lame du couteau, elle descend vers sa gorge et disparaît. Ses pieds frappent le sol, c'est tout ce qu'il parvient à bouger. L'acier contre son cou, la lame qui le pénètre. La vie le quitte, il tourne de l'œil. La main de son assassin… il a perdu connaissance quelques secondes… Ne devrait-il pas ressentir une douleur ?… Il est toujours vivant. Il voit cette main, elle s'éloigne de son cou… en plus du couteau, elle tient un objet qu'il reconnaît : son portefeuille.

Une voix au loin.

— Henry ! Ben merde ! Qu'est-ce que tu fous ! Tu l'as pas encore fini ! Ramène ton cul ! On s'barre !

La bouche et les narines plâtrées de poussière, Curtis peine à souffler quelques mots :

— J'étouffe, s'il vous plaît, j'étouffe…

La pression sur son visage cesse d'un coup. Son agresseur s'agite au-dessus de lui, ses mains se fraient de part et d'autre un passage sous son ventre, trifouillant son sexe, se contentant pour l'heure de défaire la boucle de sa ceinture. Le bandit s'en sert pour lui ficeler les mains dans le dos, faisant exploser une douleur dans l'épaule droite de Curtis – celle qui a violemment heurté le sol. L'autre attrape à présent le pantalon de sa victime au niveau des cuisses et tire d'un coup sec. Le tissu glisse sans effort, lui dénudant les jambes.

— Non ! hurle Curtis, conscient de ce que l'homme s'apprête à lui faire subir. Non, non, pas ça ! Je vous en supplie !

Ses pires craintes se confirment. L'agresseur lui arrache ses bottes et termine de lui enlever son froc. Dans le wagon, étouffant de chaleur, Curtis avait retiré son caleçon. Son cul s'offre au bon plaisir du bandit.

— S'il vous plaît, supplie à nouveau le bourgeois de Seattle.

L'autre ne prend pas la peine de lui dire de la fermer, les cris et les pleurs du pauvre mec qu'il va violer ne le troublent pas. Dans un dernier sursaut, Curtis serre les jambes, résiste de toutes ses forces. Contre toute attente, l'homme ne tente rien pour les écarter. Au contraire, il noue le pantalon autour de ses chevilles, serrant fort.

— Dis rien. Fais le mort.

Alors que la nuit gagne le ciel, Curtis entend son agresseur monter à cheval et déguerpir.

L'abandonnant dans cette position, sur le ventre, mains attachées dans le dos, pieds ficelés.

Le sang cogne l'intérieur de son crâne. Sa langue tente de repousser ce qui a envahi sa bouche. Il crache un mélange de salive, de sang et de poussière, mais le mollard reste collé. La morve s'y emmêle. Privé de ses mains, il cherche à se débarrasser de cette mélasse en raclant ses lèvres et son nez contre le sol, à la manière d'un cochon – « Umph umph umph ! » chantait son compagnon de voyage en imitant les grognements de l'animal. Maintenant, ce sont ses yeux brûlants qu'il frotte à cause du sang qui coule de sa blessure à la tête. Au moindre mouvement, un sadique enfonce des dizaines de clous dans son épaule droite. Hurlant de douleur, il parvient à se rouler sur le dos. Au-dessus de lui, les étoiles gigotent, comme prises de panique. Curtis tourne la tête et vomit.

24

Sale fils de pute

Les étoiles ont cessé de danser, l'œil mi-clos de la lune le regarde. Ne pas laisser la nuit l'envahir. Ne pas dormir. Ne pas rester allongé. Ramenant ses jambes sous lui, se contorsionnant, il parvient à s'agenouiller. En dehors des clous qui s'enfoncent dans son épaule, les autres douleurs semblent supportables. Pour se mettre debout, il n'a pas le choix, il doit sauter sur ses jambes attachées. Peine perdue. Il n'a ni la force ni la souplesse nécessaires. La tête lui tourne. Il renonce, puis vomit à nouveau.

Que s'est-il passé ? Où est son matériel ? Que fait Grinnell ? Où est le jovial Gust ? Les questions fusent dans le désordre. Qu'a dit l'autre type ? Qu'il avait buté Gust. Gust est mort, ou blessé quelque part, agonisant. Impossible de glisser ses mains sous ses fesses pour les ramener devant, la ceinture trop serrée lui cisaille les poignets. Ce type va revenir, qu'est-ce qu'il lui veut ? Pas difficile à imaginer. S'amuser avec lui, le violer, le torturer pour le plaisir, jouir de son agonie.

Le danger s'est faufilé près de lui. Accaparé par sa peur, il n'a rien entendu venir. Une première douleur au talon.

Il pense s'être meurtri en tentant de se redresser. Puis aperçoit une forme. Il n'a pas le temps de réagir. Une deuxième douleur. Il est attaqué. La surprise le fait à nouveau basculer sur le dos, « Non, non, bordel, non… », il frappe de ses pieds attachés, n'atteignant que le vide, « Au secours ! », puis une autre forme, deux assaillants. Frapper encore, « Au secours ! », nouvelle douleur. Ses jambes fauchent le sol autour de lui, « J'veux pas mourir ! », il rampe sur le dos, minable ver tentant d'échapper au bec du corbeau, « S'il vous plaît, s'il vous plaît, s'il vous plaît », rue encore de ses pieds liés, à l'aveugle. Monstres ou fantômes, où sont-ils ? Ses jambes pèsent des tonnes à présent, impossible de les bouger, de les soulever. Des grognements proches, deux paires d'yeux. Curtis roule sur le côté, criant à sa femme qu'il est désolé, le criant à ses enfants, à ceux qu'il aime et qu'il ne reverra plus, « Je suis désolé ! »…

Avant de mourir, il entend le tonnerre gronder. Sur le dos, bouche ouverte, il attend la pluie, il attend le martèlement des premières gouttes, la fraîcheur, il a soif, la pluie bienvenue lavera son corps de la poussière et du sang. Quand a-t-il pensé à son père pour la dernière fois ? Il le revoit au chevet de ces moribonds, ces hommes et ces femmes, ces enfants à l'agonie à qui le révérend Curtis allait offrir les clés de l'autre monde. Son corps se soulève. Le nouveau monde promis par son père s'offre à lui. Il aperçoit le visage de Dieu.

— Bâtard ! s'entend-il lui cracher au visage. Sale bâtard !

Pas de pluie. Ni foudre ni tonnerre. Des flammes crépitent. Ce n'était pas Dieu. Curtis a rejoint l'enfer. Une odeur de viande rôtie. Est-ce sa propre chair qui grille ? Balivernes. Ni enfer ni paradis, rien de tout cela n'existe.

— Où suis-je ? demande-t-il.

— Même endroit, répond Dieu.

Ou le diable.

Mains et pieds toujours attachés. Douleur dans tout le corps. Assis, appuyé contre quoi ? Il découvre une selle dans son dos. Il ne porte toujours ni pantalon ni caleçon, rien pour dissimuler son sexe. Que s'est-il passé ? Il a manifestement perdu connaissance. Un feu éclaire un type. Le sale fils de pute qui l'a agressé se roule une cigarette.

— Vous m'avez planté là, attaché, j'aurais pu…

La salive chargée de poussière et de sang qu'il avale de travers le force à tousser, il crache. Il se rend compte qu'il n'est pas en position de traiter ce type de sale bâtard – il se souvient de l'avoir fait, pourtant, le prenant pour Dieu. Ce bandit était sur le point de lui trancher la gorge. Pourquoi n'est-il pas mort ? A-t-il profité de son évanouissement pour abuser de lui ?

De la poche intérieure d'une veste en daim sans manches, l'homme sort une boîte en fer, l'ouvre pour en retirer une carte. À la lueur des flammes, Curtis n'en voit que le dos, mais c'est suffisant. Ce serait un hasard extraordinaire que cet inconnu trimballe une carte au verso de laquelle est écrit *Absolutely pure, SWEET CAPORAL CIGARETTE.* C'est la carte trouvée dans le paquet de cigarettes de chez Aldo. Il la conserve depuis près de cinq ans dans son portefeuille, sans trop savoir pourquoi.

Un animal grille au-dessus des flammes, une des bêtes féroces qui l'ont attaqué.

— Il n'y a pas eu de tonnerre, pas vrai ? C'était un coup de feu. C'est vous. Vous avez tiré sur cet animal.

Pourquoi le type répondrait à ça ?

— Je dois rester attaché ? Je peux avoir une cigarette ?

Le type la lui cloue dans le bec, prélève un tison, le porte devant le visage de Curtis, éclairant du coup le sien. Un visage sec, barré d'une moustache sous laquelle se perdent les extrémités de trois méchantes balafres qui lui ont lacéré la joue. Effrayant. Sous son chapeau de cow-boy, de longs cheveux lui tombent sur les épaules. Curtis tire sur la clope, le bout s'enflamme, le tabac est âpre, aussi amer qu'une remontée de bile.

Puis le type éclaire la carte de chez Aldo et l'observe un long moment, avant de la retourner pour la montrer à son prisonnier. Curtis n'a pas besoin de flammes, il porte cette image dans sa tête.

Le bandit pique les jambes nues de Curtis du dard de son couteau.

— Eh ! Merde ! Stop ! Arrêtez !

Le couteau pointe la carte.

— Quoi ? C'était dans un paquet de cigarettes. On trouve aussi des cartes d'acteurs, d'actrices, de joueurs de baseball…

— Tu collectionnes ?

— Quoi ? Non. Je ne collectionne pas, non, c'est pour mon fils, il…

— Pourquoi tu gardes, alors ?

— Pourquoi je garde la carte ?!

— Tu aimes voir Indiens pendus ?

— Non, non, pas du tout ! Non, je n'aime pas ça.

Le couteau le pique à nouveau.

— Merde ! Ça va, quoi !

— Ça, Indiens pendus.

— Oui, je sais.

Un dessin en couleurs. Au premier plan d'une place, une foule de badauds représentés de dos, hommes et femmes, vêtus en dimanche. En arrière-plan, des bâtiments. Sur la gauche, des chariots de l'armée, encore vides, attendent les corps. Au-delà des badauds, trois rangées de soldats. Une de cavaliers et deux de fantassins, leurs uniformes sont bleu ciel. Au centre flotte le drapeau américain, dressé à côté d'un effroyable gibet.

À voir l'illustration, il est impossible d'en déduire que les condamnés sont des Indiens. C'est l'inscription, sous le dessin, qui nous l'apprend : *EXÉCUTION DE TRENTE-HUIT INDIENS SIOUX.* Puis, en plus petits caractères : *MANKATO MINNESOTA 26 DÉCEMBRE 1862.*

— J'avais déjà vu cette image, mais pas en couleurs, dans un journal. J'étais gamin. J'accompagnais mon père, il était pasteur, c'était dans le Minnesota, pas très loin de Mankato, il aurait suffi de remonter la rivière sur une quarantaine de kilomètres…

La cigarette dans la bouche gêne Curtis, la fumée lui pique les yeux. Il tire une dernière longue bouffée puis, écartant les lèvres, balance la tête sur le côté pour se débarrasser de la clope. Le papier reste collé à ses lèvres. La cigarette pend sur son menton, sur son bouc. Pas le moment de foutre le feu à ses poils. Il secoue la tête jusqu'à décrocher la cigarette. Elle tombe sur ses jambes nues et le brûle, « Ah putain ! Merde ! », il écarte les cuisses, la clope glisse au sol, manquant de peu son sexe.

— Putain, vous auriez pu m'aider ! hurle-t-il au type, qui l'a regardé sans intervenir. Je suis obligé de rester comme ça, à moitié nu ? Ça vous amuse de m'humilier ?

L'autre se contente de lui montrer l'image.

— Ouais, c'est bon… En canoë, mon père, il m'emmenait rendre visite à ses… depuis la fin de la guerre civile, il ne s'en est jamais remis, malade… euh… il n'avait rien rapporté de bon de cette guerre, juste un… Aïe !

Le cow-boy vient de le piquer de son couteau, ramenant le photographe à l'essentiel de son récit.

— Dans une cabane où, euh, un vieil homme était mort, on avait fait venir mon père pour… Il y avait un journal, avec cette illustration, c'est là que j'ai vu les pendus de Mankato. J'ai lu le récit de l'exécution et… cette histoire est restée en moi.

— Tu étais à Mankato, pour voir ?

— Voir ? Oh non, non, je n'étais pas né.

— Et ton père ?

— Mon père ? Non, euh…

— C'était un des soldats ?

— Un des soldats ?

Enfin il comprend :

— De Mankato ? Oh non, non, il se battait loin de là, dans le Sud.

— C'est sûr ?

— Oui, oui, c'est sûr, il faisait partie du 28e régiment d'infanterie des volontaires du Wisconsin, il habitait le Wisconsin à l'époque, il s'est battu en Pennsylvanie et…

La conversation a cessé d'avoir un intérêt pour le cow-boy. Il range la carte dans la boîte en fer qui fait une bosse dans la poche intérieure de son habit.

— Quel est votre nom ? Moi c'est Edward, Edward Curtis. J'ai entendu le gars vous appeler, mais je me souviens plus.

— Henry, finit par lâcher l'autre.

— Henry, oui, c'est ça… Vous pourriez me détacher, Henry ?

Sans répondre, Henry se tourne vers le feu où il découpe un bout de barbaque. L'embrochant de la pointe de son couteau, il le tend à Curtis. Le photographe n'est pas rassuré par cette lame si proche de son visage, de quoi l'autre est-il capable ? Mais il a faim, depuis quand n'a-t-il pas mangé ? Il écarte les lèvres. C'est brûlant, Curtis souffle, jongle avec la viande dans sa bouche…

— Qu'est-ce qui m'a attaqué ? veut-il savoir, la bouche pleine.

— La bête que tu manges ?

— Oui.

— Un clebs.

25

Le nuage noir

Les mouches. Leur bourdonnement et leurs chatouilles. Curtis se réveille. La douleur le rappelle à l'économie de mouvements, ne pas se servir du bras droit pour se gratter la tête. Les doigts de sa main gauche y découvrent des croûtes de sang. Étirer et tordre son dos, tenter d'en chasser les courbatures d'une mauvaise nuit. En agitant ses membres valides pour se débarrasser des myriades de mouches qui festoient sur ses blessures, il prend conscience de l'absence d'entrave.

Nulle trace du type qui l'a agressé.

Répandues autour de lui, quelques-unes de ses affaires. Pas son arme. Doit-il garder cette ceinture avec son étui vide et ses balles inutiles ? Il s'en sert pour soutenir son bras et contenir la douleur de son épaule. Malgré cette précaution, le moindre mouvement lui pince les lèvres, comme chasser les pierres incrustées dans la chair de ses fesses et enfiler son pantalon. Il y cherche sa montre, se souvient qu'un de ses assaillants l'a volée.

Il ronge les os du chien. Jamais il n'avait eu à en manger.

Sans montre pour connaître l'heure, il se réfère au soleil. Sept ou huit heures du matin. Il se tourne vers le nord et se met en route. Ils n'étaient peut-être pas loin de leur destination lorsqu'ils se sont fait attaquer. Gust avait dit que Grinnell l'attendait au nord. Pauvre Gust. Curtis a cherché son cadavre, en vain.

Les arbres lui offrent leurs petits îlots d'ombre. Sa progression ressemble à celle du cheval sur un échiquier, aucune ligne droite. Des zigzags. À plusieurs reprises, il s'abandonne le long d'un tronc jusqu'à terre, suffoquant dans l'air sec et chaud, au bord d'un évanouissement dont il ne se relèverait pas. Rejoindre la prochaine zone d'ombre devient de plus en plus pénible et périlleux, l'air comme un manteau s'alourdit à chaque pas et freine ses gestes, gêne sa respiration. Il désespère de trouver de l'eau.

Un craquement. Il n'y prête pas cas, l'entend à peine. L'éclat du soleil l'aveugle. Nouveau craquement. Il ne sait pas sur quoi il marche, s'en fout, il vise le prochain arbre. Ça craque encore, ça crépite. Presque à chaque pas. L'ombre. Le tronc. Il chancelle, bascule en avant, les mains sur l'écorce. Là aussi, sur le tronc, le même bruit, crac, dans cette fournaise c'est presque frais, visqueux, ça bouge, il ne s'en soucie toujours pas, il va mourir sous un de ces arbres, le prochain peut-être, ou avant s'il trébuche, s'écroule. Quelque chose s'est glissé sous son pantalon, ça remonte, il y en a peut-être deux, ou plus. Araignées ? Scorpions ? Scolopendres ? Dans d'autres circonstances, il aurait crié, se serait affolé. Trop faible pour s'emporter, il se contente de sauter sur place – crac, sous ses semelles, crac – d'une jambe sur l'autre, lourdement, réussissant à peine à les décoller du sol. Insuffisant pour déloger les intrus.

Le sol est mouvant, il en a le tournis, il se penche, ça grouille tout autour de lui, par centaines, par milliers, ça sort du sol, ça se traîne lentement vers les arbres. Sur lesquels ça grimpe. Et où d'autres bestioles sont déjà en train de se... de se fendre. Leur dos s'ouvre, s'écarte... des sortes de gros vers s'en extirpent, semblant se déshabiller... Des créatures blanches aux yeux rouges. Qui restent ainsi, immobiles, agrippées de leurs pattes à l'espèce d'armure qu'elles viennent d'abandonner. S'offrant aux rayons du soleil, prenant le temps de sécher, de durcir leurs corps qui modulent leurs couleurs pour devenir plus foncés, presque noirs... Certaines créatures déploient leurs ailes transparentes liserées de jaune orangé... et, pour finir, s'envolent.

Des grappes se posent sur lui. Les autres volettent autour. Il connaît cet animal, une inoffensive cigale. George Grinnell lui aurait appris que cette espèce – corps noir, yeux rouges et pattes orange – sort de terre tous les dix-sept ans, par centaines de millions. Inoffensives, mais très rapidement agaçantes lorsque des dizaines se cramponnent à votre barbe, viennent tamponner vos yeux, se poser sur votre nez ou chercher refuge dans vos oreilles. Regardant où il pose les pieds – comment ne pas en écraser, elles sont partout ? – Curtis s'éloigne en direction de l'ombre d'un nouvel arbre.

Il ne voit pas le ciel s'obscurcir au-dessus de sa tête, se charger de noir. Un épais nuage mouvant et fluide qui virevolte dans l'air bleu avec l'aisance et la virtuosité d'une encre de Chine versée dans une eau pure. Une danse de grâce et de menace. Le soleil caché, l'ombre apporte un peu de fraîcheur à Curtis.

Et puis il y a ce bruit.

Moins métallique que les rouages qui font courir sans fin le câble sous les rails de Seattle. Mais plus assourdissant, oppressant, contrastant avec l'élégance du ballet dans l'azur du ciel. Comme si un artiste invisible avait pris l'initiative de repeindre le plafond du monde. Le nuage glisse sur la toile à une vitesse vertigineuse, traçant des pleins et des déliés, montant et virevoltant, puis plongeant vers l'homme pour bifurquer en virgule au dernier instant. De grosses gouttes de peinture s'en échappent et fondent sur le sol. Certaines atteignent Curtis, ça claque sur son chapeau, ses épaules, son pantalon, ça lui fouette si fort le visage qu'il doit fermer les yeux.

Il ne prête aucune attention au cheval qui descend la colline, avançant avec prudence. Ne pas déraper sur ces insectes mous et visqueux. Son cavalier saute à terre, saisit un sabot de sa monture et, le soulevant, l'invite à se coucher. Puis il déroule une couverture pour en recouvrir la tête de l'animal apeuré, sans cesser une seule seconde de l'apaiser de paroles. Courbé sous les gouttes du ciel qui ont déjà repeint son dos, le cow-boy hurle en direction de Curtis, le bruit couvre sa voix. Il attrape le bras du photographe, « Danger ! », l'entraîne vers le cheval et soulève la couverture. Curtis semble sortir lentement d'un état d'hébétude. La chaleur, la soif, la fatigue… L'homme aux trois cicatrices le pousse vers le sol, contre l'animal allongé qu'un instant le photographe croit mort. Il n'oppose aucune résistance, privé de toute initiative. Henry s'allonge à son tour, rabat la couverture sur leurs trois têtes et tranquillise la bête. Un souffle chaud s'échappe de ses naseaux. Curtis écoute. Et finit par identifier le bruit : des milliers de battements d'ailes. Des oiseaux ! La couverture martelée de fientes s'alourdit. Il en soulève un coin. Le sol n'est plus qu'un tapis de fientes et de cigales. Celles encore vivantes rampent au milieu de leurs congénères coupées en deux à coups de bec. Un carnage tout autant qu'un festin.

— Les étourneaux de Grinnell, parvient à articuler le photographe.

26

Un léger goût d'asperge

Ce dos sec, buriné, malmené, le fascine. Et l'inquiète. Un paysage aride vu du ciel. Deux longues cicatrices mal recousues y ont tracé le relief de deux chaînes montagneuses. Quelques oiseaux, de tailles diverses, planent autour, gravés par des coups de couteau, du verre ou du fil de fer barbelé. Les cratères sont probablement le résultat, suivant leur diamètre, de plombs de chasse – Curtis en devine une dizaine – et de balles de revolver – au moins trois.

Autant le bandit est uniformément bronzé, cuivré, autant le corps du photographe est pâlot, à l'exception de son visage et de ses mains.

Au milieu de la mare peu profonde, le cow-boy, penché sur son cheval allongé, le frotte de la couverture qu'il mouille régulièrement. Il est aussi à l'aise nu qu'habillé. Pas Curtis. Assis dans l'eau qui cache son sexe, il y trempe ses vêtements pour les débarrasser de la merde des volatiles. Ceux-là mêmes qu'il était censé photographier.

L'eau soulage ses blessures.

Les habits sèchent dans l'herbe.

Au-dessus des braises grillent quatre belles brochettes de cinq étourneaux plumés, enfilés autour d'une fine branche. Henry, ne portant que son chapeau, les retourne délicatement. De la pointe de son couteau, il fouille les braises et en éjecte des sortes de prunes grillées. Il souffle sur l'une d'entre elles. Puis la croque.

Curtis l'a suivi hors de la mare. Son foulard étalé sur son sexe, il est assis, dégoulinant d'eau, dans la poussière qui se transforme aussitôt en boue.

Il n'a aucun appétit pour les bouchées grillées, mais n'a rien mangé depuis les restes du chien. Reproduisant les gestes du cow-boy, il en retire une des braises et souffle dessus. Du bout des doigts, il arrache les ailes. La cigale grillée posée sur sa langue, il n'ose croquer. Bouche ouverte, il a l'air idiot. Henry a le temps d'en manger deux autres avant que Curtis se décide. De fines lamelles dures et pointues se faufilent entre ses dents lorsque l'insecte craque, lui rappelant la carapace d'une crevette. Rien de visqueux, contrairement à ce qu'il redoutait. Rien de répugnant, pas si mauvais, un léger goût d'asperge. Henry a également fait griller des cigales avant leur mue. L'avantage des larves, c'est l'absence d'ailes – du moins ne sont-elles pas visibles. Tendres comme des noisettes.

— Pourquoi êtes-vous revenu ?

Henry vérifie la cuisson des oiseaux. Puis enfourne une tête dans sa bouche, croque, le petit crâne craque sous ses dents. Après quelques mastications, le cow-boy recrache le bec dans les braises.

Curtis observe un temps la brochette qu'il tient entre ses doigts, et ne peut s'empêcher de sourire au ridicule de la situation. Il y a encore quelques jours, il laissait sa famille sur un quai de gare pour partir à la conquête du monde. Son amusement vire à l'amertume. Sa voix chevrote lorsqu'il marmonne :

— Je suis ici à cause de ces bestioles. Venu pour les photographier. Je ne m'attendais pas à devoir les manger.

L'impression d'avoir été emporté par la tornade du pauvre Gust. En quelques heures, il a tout perdu pour se retrouver, nu, en compagnie d'un bandit qui la veille était à deux doigts de lui trancher la gorge.

Coinçant l'étourneau entre ses genoux, le bourgeois de Seattle arrache une patte, hésite, relève la tête et parcourt le paysage des yeux.

— Grinnell ! hurle-t-il. Grinnell ! C'est Curtis ! Vous êtes où, putain de merde !

Henry enfile ses habits. D'une bourse en cuir fermée par un lacet, il sort du papier et du tabac pour s'en rouler une.

Puis il s'empare de sa vieille boîte en fer – quelques lettres ont survécu à l'usure du temps et Curtis reconnaît le mot *Ripans*, des pastilles réputées pour combattre vertiges et constipation. Une boîte ronde, d'une dizaine de centimètres de diamètre, pour six ou sept de hauteur. Son fermoir s'abaisse autour d'un anneau et se bloque par un clou tordu en forme de crochet. Piochant dans cette boîte, le bandit retire la carte de la pendaison de Mankato.

— Pourquoi elle vous intéresse, ma carte ? veut savoir le photographe.

Il se lève, va récupérer ses habits chauffés par le soleil.

— Pourquoi nous avoir attaqués ? Qu'est-il arrivé à Gust ? Vous ne répondez jamais aux questions ?

Il observe Henry qui range déjà l'image dans la boîte et s'approche de son cheval.

— Mais bordel ! s'emporte le bourgeois. Pourquoi vous êtes revenu ? Pourquoi vous ne m'avez pas tué, hier ? À cause de ça ? De cette image ? C'est cette image qui m'a sauvé la vie ?

Le cow-boy se contente de caresser le museau de son cheval, s'attardant sans raison sur les taches blanches – l'animal n'est pas plus sensible à cet endroit que sur le reste de sa robe gris cendre.

— Vous avez des questions à me poser sur ce qu'il y a dessus ? C'est ça ? Pourquoi ça t'intéresse ? Merde ! Aïe !

Dans sa colère, il a oublié son épaule meurtrie. La ceinture de son colt, trop raide, lui a lacéré la nuque. Il se sert de son foulard pour remettre son bras en écharpe.

— Je ne sais pas ce que tu cherches... Cette image, c'est juste une mauvaise reproduction. Tout aurait été différent avec une photographie. Je suis photographe. C'est mon métier. Cela, c'est juste un dessin, ce n'est pas, euh, la vérité, la réalité vraie. Il n'y a que la photographie qui... Ce qui n'a pas été photographié n'existe pas.

— J'existe.

— Oui, tu existes tant que tu es vivant. Tu existes pour toi et pour quelques autres. Mais eux, sur cette carte... Rien ne vaut une photographie, une bonne photographie.

— C'est quoi ?

— Tu veux savoir ce que c'est, une photographie ?

Sans répondre, l'autre pose ses yeux sur lui. Leur couleur gris clair surprend le photographe. Pas tant leur couleur que le fait qu'il ne les avait pas encore vus. Même pas la veille lorsque le bandit, le piquant de la pointe de son couteau, l'interrogeait à propos de cette carte de chez Aldo. L'homme ne l'avait jamais regardé dans les yeux.

— Où est mon matériel ? Tout ce qu'il y avait dans le chariot... C'est pour ça que vous nous avez attaqués ? Pour nous voler ? Et tu n'as pas répondu, Gust, il est où ? Le jeune homme qui était avec moi ? Il est mort ?

Lui tournant le dos, Henry selle son cheval.

— Tu repars ? C'est ça ? Tu vas encore me laisser ?

— Trop de questions.

— Quoi, « trop de questions » ! Putain, sans mon matériel, sans mon équipement !... Okay, je me calme, okay... Pour faire une photographie, il me faut mon appareil, mon trépied, mes plaques de verre, mes produits, tu comprends ? Je ne sais pas comment te... La carte de la pendaison, Mankato, c'est un dessin. C'est quelqu'un qui, avec des crayons...

— Je connais.

— Bien sûr, tu sais comment on dessine, même un enfant sait ça... L'image de Mankato. Fais-la voir.

Henry se méfie.

— Je veux juste la voir, elle est à toi maintenant, tu me l'as prise, avec tout le reste.

Le cow-boy retire le clou du fermoir, le coince entre ses lèvres et tend l'image à Curtis.

— Tu vois bien que ce dessin, ce n'est pas la réalité. Est-ce que ça ressemblait seulement à ça ? La ville ? Les bâtiments, là, dans le fond. Même ce truc, le gibet, était-il comme ça ? Non, non, ça ne se peut pas. Regarde, les gens. Ils semblent tous si, euh… si civilisés. Si sages. Alors qu'ils ont parcouru des heures de pistes. Il paraît même que certains sont venus par bateaux entiers ! Tu vois ! On dirait qu'ils vont à un mariage, tous, alors qu'il devait y avoir des gens de toutes conditions, des miséreux… et ils sont là pour voir des condamnés se faire pendre, pour crier vengeance…

Curtis se souvient de la dernière fois où cette carte a quitté son portefeuille. Son fils Harold l'avait trouvée, « C'est quoi, papa ? ». Curtis avait refusé de lui répondre. Comme son père refusait de répondre à ses questions à propos de l'objectif rapporté de la guerre.

— Je suis sûr qu'ils étaient plus près que ça, les gens. Tout est trop bien ordonné, ça devait hurler, s'agiter… tenter de forcer le passage pour cracher au visage des condamnés, les insulter, leur jeter je ne sais quoi… Même les soldats… on croirait l'illustration d'un livre pour enfants. Si tu veux mon avis, le type qui a fait ça, qui a dessiné, il n'était même pas là. Il n'a rien vu. Probablement qu'il était à Saint Paul, voire à New York ! Peinard dans son bureau, loin des cris, du froid… Alors qu'un photographe… Pour la guerre de Sécession, les photographes étaient sur place, certains y ont perdu la vie… Ce que je veux te dire, c'est que nous, on ne peut pas tricher. Si on n'est pas là où l'action se passe, pas physiquement présents, eh bien, c'est tout simple, il n'y a pas de photographie.

— C'est quoi, une…

— Oui… Comment je vais…

Machinalement, il veut tendre ses deux mains devant lui pour un simulacre de photographie entre ses doigts en *L*, mais le tiraillement de son bras en écharpe fait capoter le geste. Son regard se pose sur le cheval gris d'Henry.

— Ton cheval... Une photographie c'est comme si tu... si tu découpais un bout du monde, un bout de ce paysage, là, avec ton cheval... Tu le découpes et tu le gardes pour toujours... Tu comprends ? Il y a quelques années, j'ai photographié une vieille Indienne, Princesse Angeline. On l'appelait comme ça, ça ne sonne pas très indien... Dans cent ans, qui se souviendra de toi ? Ou de moi ? Mais grâce aux photographies que j'ai prises d'elle, on se souviendra toujours de Princesse Angeline. Un petit bout du monde que j'ai découpé, photographié, immortalisé... Comme une porte entrouverte sur le passé. On saura encore dans cent ans à quoi elle ressemblait, comment elle était vêtue. Ses rides, son regard, l'expression de sa bouche... Tous ces détails capturés sur une plaque de verre, ils permettront de se faire une idée de ce qu'elle a vécu. Une idée. Une photographie ne remplace pas une vie entière.

La carte change de main, passe des longs doigts du photographe de Seattle, brunis, tachés par l'usage des produits chimiques, à ceux du bandit sur lesquels le sang, humain ou animal, n'a laissé aucune trace.

— C'est cela, une photographie.

Henry glisse les cigales grillées dans un sac de toile. Les étourneaux rôtis dans un autre. Il monte sur son cheval. Curtis le regarde, sans bouger, sans rien faire, rien dire. Lorsque Henry lui tend la main, il se méprend. Pourquoi serrerait-il la main d'un bandit qui voulait l'égorger ? Quel étrange bonhomme, qui sait cuire des cigales sous la braise… Après une hésitation, une moue de déception et de résignation, Curtis fait trois pas pour venir dire adieu au cow-boy. Combien de temps va-t-il survivre seul ? Sans arme ? La main d'Henry agrippe la sienne, le lapin doit éprouver la même sensation lorsque la mâchoire du loup se referme sur lui. Le bandit garde plus longtemps que nécessaire la main de Curtis, comme s'il hésitait à la broyer. Mais ce n'est pas ce que veut Henry. Il libère un étrier et, d'un signe de tête, lui indique la croupe de son cheval. Des fulgurances traversent les yeux du photographe, l'incompréhension, le doute et enfin le soulagement. Il glisse la pointe de sa botte dans l'étrier, y prend appui… Henry l'aide à monter derrière lui.

— On va où ? veut savoir le bourgeois.

Henry talonne le cheval.

— Oui, je sais, je pose trop de questions.

27

Le rituel du café

Longue et dure journée. Ni arbres ni ombres. Un seul point d'eau où s'abreuver et remplir la gourde d'Henry. Curtis, qui utilise son foulard pour soutenir son bras, n'a eu que de la poussière pour repas depuis que les sacs contenant les cigales et les étourneaux sont vides. Des heures qu'ils marchent à côté du canasson. La nuit qui tombe ne les nourrira pas plus, mais la fraîcheur qu'elle apporte est un don du ciel.

Le cheval se trouve quelques brins d'herbe pas trop secs tandis qu'Henry allume un feu. Puis il secoue son foulard pour en chasser la poussière, souffle dans un creux de la roche de la taille de son poing, étale le foulard sur le creux et l'enfonce de ses doigts. D'un petit sac de toile, il tire une poignée de grains de café qu'il verse dans ce mortier de fortune. Le pilon, c'est le manche de son couteau. Il transvase le café moulu dans un pot en cuivre qui en a vu de toutes les couleurs – il faut la dextérité d'Henry pour parvenir à refermer son couvercle cabossé. En attendant que le café chauffe sur les flammes, il roule deux cigarettes.

— Un seul pour deux, dit Henry lorsque Curtis, se croyant dans son salon, à Seattle, prend le temps de déguster son café.

Les deux hommes fument et se partagent le mug en émail ébréché du cow-boy.

— Oh, pardon !

Curtis ignore toujours leur destination. Son compagnon de voyage n'est pas bavard et le photographe ne s'accommode du silence que lorsqu'il erre seul sur le mont Rainier. En compagnie, le silence l'oppresse. Il tient ça de ses randonnées avec son père. Pas un causant. Même lorsqu'il s'agissait de vendre un coin de paradis à ses ouailles. Pour l'enfant Curtis, le silence des bivouacs avec son paternel virait au supplice. Tout ce que Johnson Curtis avait vécu pendant la guerre de Sécession semblait attendre ce silence pour se manifester, comme un fantôme attend la nuit. Et son fils le ressentait à la manière d'un médium qui capte l'invisible, il le ressentait dans un râle, un souffle, dans un craquement de mâchoire, de vertèbre, un reniflement, un long pet, une gorge qui racle, des dents qui s'entrechoquent, le frottement de la peau. Alors, Edward devait parler pour chasser cette souffrance qui débordait sans mot dire de ce père taciturne.

Ce soir, le silence d'Henry fait resurgir l'oppression d'alors. Parler. Parler pour ne rien dire, comme ce jour-là avec Princesse Angeline sur les trottoirs de Seattle.

— Il est bon. Brûlant, mais bon. Ma femme achète Ariosa, d'Arbuckle, le café avec les coupons… Elle les garde. Avec les coupons, on peut… contre vingt ou trente coupons elle a eu un tablier, elle a aussi eu un couteau à pain, oh, et ça aussi !

Il cherche sa montre de gousset, se souvient qu'on lui a volée.

— Oh oui… ton copain me l'a prise. Ça amuse ma femme, et nos enfants aussi, de découper ces coupons et…

Il prend le mug qu'Henry lui tend. Tandis qu'il avale une gorgée, il repense à ce pauvre Gust qui, comme lui ce soir, ne cessait de bavarder.

— Arbuckle, ils savent faire du café, mais des affaires aussi. C'est important de savoir faire des affaires quand on a un business. Sans argent, tu… J'ai commencé comme photographe dans un studio à Seattle, j'avais à peine vingt ans.

Henry reprend le mug que l'autre oublie de lui rendre.

— J'avais acheté mon premier appareil photographique, un vrai, je ne compte pas celui que j'ai fabriqué moi-même, enfin, sans mon ami Jean-de-Poitou je n'aurais jamais réussi… mais le vrai, c'était à un type qui partait chercher de l'or, la folle ruée vers l'or… ceux qui en revenaient n'avaient plus de regard, mais c'est moi qu'on traitait de fou parce que j'avais tout misé sur la photographie… Mais qui avait raison ? La photographie est un business d'avenir.

— Pour faire ça, la photographie, il faut les caisses dans le chariot ?

— Oui, l'appareil, les plaques…

La main protégée de la chaleur par son foulard, Henry soulève le pot et remplit à nouveau le mug. Comme un chercheur d'or jaloux du filon du voisin, Curtis ne le quitte pas des yeux tandis que l'autre boit le café fumant. C'est tout ce qu'ils auront à se mettre dans le ventre.

Les jours suivants, le cow-boy tue quelques animaux : lièvre, serpent, tétras des prairies, salamandre… Dans un terrier qu'ils enfument, ils attrapent un jeune blaireau, « né en avril », affirme Henry tandis que d'un coup de couteau il lui ouvre le ventre. Leur route croise une fois encore un essaim de cigales, moins nombreuses. Les grains de café se font de plus en plus rares, ils n'en boivent plus que le matin – Henry trouve toujours de l'eau. Près d'un de ces points d'eau, il attrape une tortue. Le soir, il la jette vivante sur les flammes, retournée, et elle cuit comme ça, dans sa carapace en guise de casserole, dans son jus.

Alors que l'ombre d'un étroit canyon à peine plus large qu'un couloir leur apporte un peu de répit, Curtis lâche prise. Le cow-boy sent dans son dos une mollesse, une langueur. Sans avoir besoin de se retourner, il sait que le photographe est en train de glisser sur le côté. Il tend un bras pour le retenir, de l'autre il invite le cheval à s'arrêter, « Bouge pas ». Sans lâcher Curtis, il libère un de ses pieds, passe sa jambe devant lui, par-dessus l'encolure de la bête, se retourne et, un pied dans l'étrier l'autre sur une saillie de la roche, saisit l'homme inconscient à bras le corps. S'accroupissant, il l'accompagne à terre. L'espace est si réduit entre la croupe du cheval et la paroi qu'il ne peut tenir le photographe que par l'arrière de son col. Tel un marionnettiste manipulant sa poupée, il le fait asseoir à terre, contre l'à-pic de roche. À la demande de son cavalier, l'animal avance. Ses sabots se soulèvent et enjambent l'homme inconscient sans même l'effleurer. Il suffit aux mains d'Henry de caresser une jambe de son cheval pour que celui-ci comprenne et se baisse. Sans effort, le cow-boy soulève Curtis, le fait passer par-dessus la croupe du cheval, l'assoit sur la selle, grimpe derrière lui, le maintient fermement d'un bras autour de son torse et, d'un claquement de langue, invite sa monture à se relever et à reprendre le trot.

28

Le faux Russe

Un vieil homme travaille dans un champ. Du tranchant de sa bêche il frappe la terre, y découpe des rectangles d'herbe qu'il soulève ensuite pour y glisser la lame d'une faucille et tailler les racines. Il empile plusieurs briques d'herbe, les soulève et va les déposer près d'un tas d'autres, sur son chariot sans siège ni ridelle. Après s'être essuyé le front de sa manche, il s'y assoit à son tour et lance un ordre dans une langue que seule sa mule comprend.

Plus loin, des vautours tournoient dans le ciel. La mule connaît le chemin. Le vieil homme en profite pour fermer les yeux et voler quelques instants de sommeil.

Sa maison, une masure d'à peine quatre mètres sur cinq, se confond avec la butte que le vieil homme a creusée pour accueillir l'arrière de la construction. Du toit en parpaings d'herbe dépasse de guingois un tuyau de cheminée. Un des murs est en partie écroulé. C'est la destination des nouvelles briques. Une à une, le vieux les déballe du chariot et, les frappant du plat de sa main, les positionne pour rebâtir le mur, racines vers le haut.

Les braiments du mulet le préviennent. Dès qu'il aperçoit le cheval gris à deux cavaliers, le vieux court chercher son fusil, un Springfield M. 1861, presque aussi grand que lui, qu'il a troqué il y a quelques années contre un chariot de pastèques. Avec le fusil venait également un revolver à cinq coups, un Beaumont-Adams. Fusil et revolver avaient appartenu à un vétéran de la guerre de Sécession. Le fusil n'a qu'un seul coup, mais il se voit de loin. Et il impressionne davantage que le revolver, qu'il a glissé dans son pantalon.

Henry regarde les vautours planer au-dessus de la petite maison d'herbe, puis son regard accroche l'individu qui en sort avec un long fusil. Le bandit pose sa main sur la crosse de son revolver. L'avantage de la distance est en faveur de la carabine qui porte plus loin que son six-coups. Mais cet avantage n'existera plus dans quelques mètres, et Henry se sait meilleur tireur. Le fusil est lourd, quatre kilos, il faut quelques secondes à un expert pour mettre en joue, viser et tirer. Le vieux bonhomme ne donne pas l'impression d'être un expert. Henry se trompe rarement. En cas d'erreur, c'est le photographe, assis devant lui, qui encaissera la balle. Ultime avantage en sa faveur, l'autre a le soleil dans les yeux.

Personne ne tire.

Henry saute à terre et réceptionne Curtis dans ses bras.

— Le soleil, se contente-t-il de dire au vieux pour expliquer l'homme évanoui.

— Pas rester. Partir.

Henry sait, pour l'avoir entendu, qu'il y a un océan de chaque côté de l'Amérique. Un océan apporte des

Chinois, l'autre des Européens. Ce vieux vient d'Europe. Qu'aurait-il répondu si on lui avait demandé ses origines ? Qui connaît Brașov ? Un bourg qui tour à tour a été autrichien, transylvain, hongrois. Depuis plus de vingt ans qu'il a fui, il n'a plus aucune nouvelle de ceux qu'il a laissés derrière lui. Son pays existe-t-il même encore ?

Sans se soucier du vieux Russe – surnom que lui a valu son accent indéfinissable – et de son fusil archaïque, Henry assoit Curtis à l'ombre de la maison, contre le mur de briques d'herbe. À quelques pas, un puits rudimentaire surmonté d'une potence où pend une poulie. Le cow-boy remplit d'eau son chapeau, le porte jusqu'à l'homme toujours inconscient, s'en verse dans la bouche pour la recracher sur la tête et le visage de Curtis.

— Eau à moi. Partir.

Après avoir aspergé Curtis à plusieurs reprises, Henry s'occupe de son cheval.

— Pas la bonne saison pour ça, dit-il à propos du mur que le type reconstruit.

— Pour conseil, pas demander Indien.

Henry boit à son tour. Des ombres passent et repassent sur eux, les vautours s'éloignent et reviennent. Deux des charognards se posent sur une barrière.

— Un animal mort, les vautours sentent.

— Vous, partir.

— On doit manger.

— Pas nourriture.

Pour la première fois, Henry plante ses yeux dans ceux du faux Russe. Le vieil homme sent son fusil s'alourdir dans ses mains. Il sait n'avoir aucune chance si l'Indien décide de dégainer et de tirer. Les trois cicatrices sur sa joue rappellent des peintures de guerre. Il capitule.

— Pastèques.

Henry suit le vieil homme. Ils contournent la maison et se dirigent vers une cavité creusée dans un autre flanc de la butte, protégée par un toit également composé de briques d'herbe étalées sur des planches. Le faux Russe écarte le rideau de fortune qui en ferme l'accès. Un rideau de sacs de toile cousus entre eux par sa femme, que le soleil a partiellement brûlés. Dans la fraîcheur de cet abri, des pastèques empilées. Henry les soupèse, les fait craquer entre ses mains, contre son oreille, les frappe pour entendre la chair résonner… L'autre ne le quitte pas de son fusil, il n'aurait pas vécu si vieux sans méfiance, dans son ancien monde ou dans celui-ci, deux mondes qui se ressemblent par leur cruauté.

— Pas faire stupide, l'Indien.

Il est déjà arrivé qu'on traite Henry d'Indien, parfois de sale Indien. Il connaît le mépris, il a grandi avec. Mais les choses ont changé depuis l'époque où Chaska le traitait de métis, de bâtard, sale bâtard blanc, et se moquait de lui. Le petit Mika Ohiteka a grandi. Il a vu son frère se faire pendre à deux reprises. Il a compris qu'il valait mieux être du côté des vainqueurs. Il est devenu un solide gaillard. Lui aussi a dû apprendre à survivre. Et il a survécu. L'enfant Mika a laissé place à l'adulte Henry – empruntant son prénom au colonel Sibley, qui a tant fait souffrir les siens. Il n'est plus un Dakota, il n'est plus un Sioux, il n'est plus un Indien. Chaska avait raison. Mais le vent n'y est pour rien. La peau du métis n'a pas blanchi. Au contraire, elle s'est tannée. C'est son cœur qui a blanchi. Le petit Mika Ohiteka s'est transformé en Blanc. Un Blanc à moustache qui déteste qu'on le traite d'Indien. Sa main s'empare en douce du manche de son couteau, dans son dos.

L'ombre et l'eau lui ont redonné un peu de couleur. Rouvrant les yeux, Curtis a vu Henry marcher derrière un vieux bonhomme. Incapable d'aligner deux idées, il s'est levé pour les suivre. Pas facile d'avancer dans ce monde qui danse autour de lui. Bouche pâteuse, salive épaisse, ses oreilles bourdonnent… Ce qui ne l'a pas empêché d'entendre le vieil homme : « Pas faire stupide, l'Indien ! » À qui parle-t-il ? Aucun Indien en vue. Pas âme qui vive. Juste Henry, qui ressort d'une espèce de grotte masquée par une vieille tenture. Dans ses mains, une imposante pastèque toute en longueur.

D'où il est placé, le photographe aperçoit le cow-boy qui tire son couteau. Sans doute pour découper le fruit, pense-t-il. Il mangerait volontiers de la pastèque.

— Je meurs de faim !

Il a crié sans s'en rendre compte, interrompant le geste d'Henry. Les deux têtes se tournent vers lui et le voient défaillir. Il a présumé de ses forces, ses jambes l'abandonnent, il se sent tomber et perd connaissance avant de toucher le sol.

29

Le mug en étain

Lorsqu'il ouvre à nouveau les yeux, il est assis par terre, adossé à la margelle du puits. Henry plante sa lame dans la pastèque pour l'écarteler. Il en découpe des parts grossières et Curtis n'est pas en reste pour les dévorer.

Le soleil décline lentement à l'horizon. Son odorat est revenu en même temps que son appétit. Une odeur de putréfaction lui fait pincer les narines. Il libère son bras, trempe son foulard dans un seau et le plaque contre son nez. Il peut se lever à nouveau et marcher quelques pas. Il urine du jus de pastèque contre la maison. Quatre vautours sautillent non loin d'eux.

— J'ai construit des maisons en herbe.

Le photographe croit qu'Henry s'adresse à lui. Il s'est habitué à cette façon qu'a le cow-boy de ne jamais le regarder lorsqu'il lui parle. Puis il découvre le vieux Russe, assis près de la porte de sa demeure. Il le salue de la tête, « Merci pour vos pastèques, elles sont délicieuses ». L'autre n'a aucune réaction.

— Jamais commencer avant septembre, quand les racines sont costaudes. Racines costaudes, murs costauds.

— Saloperie de maisons d'Indiens !

— Saloperie de maisons de Blancs. Blancs comme toi, mais plus malins que toi. Ils connaissaient le bon moment.

Henry chasse les vautours en leur jetant des croûtes de pastèque. Les oiseaux courent en battant des ailes, sans prendre leur envol, puis reviennent en clopinant vers les écorces vert et rouge, humiliés d'avoir été pris pour des poules.

— Pas rentrer ! intime le vieux à Henry, qui se dirige vers sa maison.

— Assis !

Le vieil homme obtempère, fulminant entre ses dents, glissant sa main vers son revolver à cinq coups, « Saloperie voleur rouge ». Henry pousse la porte et disparaît à l'intérieur.

— Pourquoi vous l'appelez « l'Indien » ?

Le faux Russe crache, puis tire de sa poche une poignée de graines de pastèque grillées dont il se bourre la bouche, une manière comme une autre de clore la conversation.

— Doit y avoir une carcasse en train de pourrir quelque part. Il faudrait vous en débarrasser, monsieur, ça attire toutes sortes de bestioles, les vautours ne sont pas les pires. Ma mère ne supportait pas quand on laissait pourrir les tripes du gibier qu'on ramenait à la maison. C'est surtout les mouches qu'elle détestait…

Henry ressort précipitamment de la maison, son foulard roulé en boule devant son nez, et lance à Curtis un mug en étain.

— Quelqu'un mort là-dedans.

— Oh merde ! Oh, désolé, monsieur… s'excuse Curtis.

— Pas vos affaires.

— Ça c'est sûr, pas nos affaires.

— Monsieur, qui que ce soit…

— Épouse.

— Oh merde… Oh pardon, monsieur, mes condoléances, désolé… Mais vous ne pouvez pas la laisser… Henry, nous ne pouvons pas la laisser…

— Affaires du vieux bonhomme, pas mes affaires.

Pour ce qui était de s'occuper des affaires des autres, le père de Curtis en connaissait un rayon. C'était devenu une rengaine dans la maisonnée, « Et si tu t'occupais un peu plus de ta famille et un peu moins des autres ? » questionnait régulièrement le femme du pasteur de l'Église des frères unis. Le jeune Edward se serait bien passé d'aider son père lorsque, dans leurs virées, ils découvraient un mort seul dans sa cabane. Ou un cadavre flottant sur la rivière Cannon. Ils avaient chaque fois pris le temps de mettre les corps en terre. Jusqu'à confectionner un cercueil lorsque des planches étaient à leur disposition.

Si une raison pousse aujourd'hui l'adulte Curtis à faire de même, il ne faut pas chercher du côté d'un quelconque dieu à qui il voudrait plaire.

Les ombres s'allongent, le soleil commence à retenir ses coups. Le bourgeois de Seattle scie de vieilles planches – pas facile d'une seule main, il doit s'arrêter souvent, aller boire. Il espérait que, le voyant à l'ouvrage, les deux autres l'auraient rejoint. Le vieil homme ne bouge pas. Une main toujours prête à se saisir de son revolver, il bouffe des graines de pastèque et crache comme un mâcheur de tabac. Henry est allé chercher un autre fruit et, la bouche pleine, passe le temps en canardant les vautours. Pour assembler le cercueil, le photographe redresse des clous rouillés. Maintenant, il faut le tirer jusqu'à la baraque.

Encore une fois, il a présumé de ses forces. Henry se lève et, recrachant des pépins, vient l'aider à le transporter. Ils sont à quelques pas de la porte lorsque le vieux pointe son revolver sur le bandit.

— Maudit Indien, toucher pas épouse !

— On veut juste vous aider, intervient Curtis.

Le bandit lâche le cercueil et s'en retourne à sa pastèque.

— Vous voulez qu'on fasse quoi, maintenant ? demande le bourgeois de Seattle au Russe.

La porte est la seule source de lumière, la seule ouverture. Montée sans fil à plomb, de guingois, fixée par deux carrés de cuir en guise de gonds, elle se referme en chuintant après le passage du vieil homme et de Curtis, laissant un interstice d'une dizaine de centimètres.

La maison d'une seule pièce semble avoir été construite autour de la table recouverte d'une nappe et de vestiges de repas. Des mouches en pagaille décollent, se posent, tourbillonnent… Pour atteindre le fond, il faut se faufiler entre la table et l'immense poêle à bois émaillé. Posés dessus, une grosse casserole, une bassine en fer, un pot à café, une bouilloire…

L'espace est réduit, il leur faut soulever le cercueil pour passer au-dessus de la table. À défaut de son bras droit, le photographe cale la caisse rudimentaire sur son épaule gauche. Puis doit se courber pour éviter de se cogner au tuyau du poêle qui court sous le toit et aux ustensiles de cuisine qui y sont suspendus. Entre le poêle et le lit, des étagères couvertes de vaisselle, un buffet, une armoire à linge. Depuis la mort de sa femme, le vieillard semble n'avoir touché à rien, il porte probablement les mêmes vêtements, n'a pas débarrassé la table. Il doit manger dehors, se contentant des pastèques et de la réserve de graines que son épouse a fait griller.

Curtis aperçoit une forme humaine allongée dans le lit. La puanteur est à vomir. Il ravale sa bile, essaie de ne pas respirer. Si au moins la porte était restée grande ouverte ! L'espace entre le lit et le mur est juste assez grand pour y glisser le cercueil. La femme est morte dans son sommeil, en chemise de nuit. Les cadavres de son enfance, lorsqu'il accompagnait son père, étaient loin d'être aussi bien conservés. Ici, à part les mouches qui entrent et sortent par ses orifices, aucun animal n'est venu troubler le repos de la vieille dame. Elle a conservé les yeux fermés de son sommeil, la bouche apaisée, son bras passé par-dessus sa tête repose sur l'oreiller. Elle est belle. La mort a tendu sa peau, lissant ses traits, atténuant ses rides. Sans doute est-elle partie sans s'en apercevoir.

Soulevant le drap sur lequel elle repose – et dérangeant un nuage de mouches qui s'en prennent aussitôt à leur visage – les deux hommes déposent le cadavre dans le cercueil. La vieille dame ne pèse pas grand-chose.

L'odeur s'accroche. Curtis se frotte les mains, se renverse un seau d'eau sur la tête. Il repense à l'odeur de marée qui accompagnait la vieille Princesse Angeline.

— La mort marche près de moi depuis toujours, lui dit Henry, tout en glissant des pastèques dans des sacs qu'il suspend de part et d'autre de la selle.

Une lune ronde s'est levée. Le vieil homme creuse un trou.

— Tu crois qu'il dormait près du cadavre de sa femme ?

Henry se roule une cigarette – il a trouvé du tabac et du café dans la baraque et ne s'est pas privé. Il aurait bien volé le mulet, également, mais Curtis l'en a dissuadé. « Pourquoi ? » s'était étonné son compagnon de voyage. Le photographe n'avait rien trouvé à répondre.

Le vieil homme tire le cercueil dans le trou.

Les deux hommes enfourchent leur unique monture et s'éloignent.

Le photographe avait suggéré de passer la nuit sur place, mais il aurait fallu solidement attacher le vieil énergumène, qui sait ce qu'il aurait été capable de leur faire pendant qu'ils dormaient ?

Curtis regarde en arrière.

— Mais qu'est-ce qu'il fabrique ?

Le Russe ressort le cercueil du trou. Henry se retourne également.

— Cinglé, se contente-t-il de marmonner.

Puis ils voient l'homme courir vers sa maison. Une seule raison peut pousser ce vieillard à courir. Le bandit frappe les flancs de son cheval et le pousse au galop.

— Quoi ! s'exclame celui qui pose trop de questions.

La silhouette du faux Russe soulève déjà son lourd fusil et vise. Curtis fait le dos rond, serre les dents, « Non, non », en se collant au cow-boy. Obéissant à son maître, le cheval fait des embardées. La balle siffle en les loupant d'un petit mètre. Quelques grognements de regret s'échappent du dos d'Henry, « Tuer le vieux, voler le mulet ».

30

Ras et Ned

— Ça, c'est Ras.

Allongés sous le couvert d'un petit bois, Curtis et Henry surplombent une cabane en planches, de bric et de broc, branlante.

Dehors, assis à une table, un type pas tout jeune, grassouillet, glisse une main dans un sac de toile secoué de soubresauts, en retire une grenouille, la pose devant lui, l'immobilise le temps de la couper en deux du tranchant d'un couteau de chasse. Les cuisses d'un côté, le reste, encore vivant, de l'autre.

— Saloperies de mouches !

Il secoue la tête pour les chasser. D'un geste sûr, il retire la peau des cuisses et les embroche sur un fil de fer.

Avant de s'en prendre à la grenouille suivante, l'homme s'accorde une pause. Il doit régulièrement se gratter la paume de la main droite. Un grattage en profondeur. Puis l'autre, avec la même intensité, la même hargne. Des taches rouges l'obligent à porter des mitaines en cuir. Les putes auraient tout de suite compris qu'il trimballe cette saloperie de syphilis au bout de sa queue.

Il a rapporté ça de la guerre. L'avait refilé sans le savoir à sa femme, qui en était morte. Inconsolable, il avait tout plaqué, y compris ses deux petits gars, qu'il n'avait jamais revus depuis.

Il raconte aux femmes de joie qu'il a les mains froides. La plupart des filles se contentent de cette explication, du moment qu'elle est assortie d'un joli pourboire.

Curtis n'avait connu leur destination qu'au moment d'attacher le cheval à un arbre.

— Où va-t-on ?

— Reprendre ton matériel.

— Quoi ? Tu sais où il est ? Henry ! Il est ici ?

Comme à son habitude, Henry n'a rien répondu et Curtis lui a emboîté le pas, essayant d'être aussi silencieux que lui, marchant dans ses traces.

Lorsque l'autre s'était allongé pour ramper, le photographe l'avait encore imité, et ils avaient progressé ainsi jusqu'à leur point d'observation. Dans un enclos rudimentaire, près de la cabane, trois chevaux et les deux mules du pauvre Gust. Devant l'enclos, le chariot. À l'arrière, les affaires du photographe.

— Il est là ! Mon matériel est là ! s'étouffe Curtis, à deux doigts d'en pleurer de joie.

Il croit reconnaître, assis sur la ridelle du chariot, celui qui lui a dérobé sa montre et son fric.

— Et ça, c'est Ned ?

Le cow-boy n'a pas besoin de confirmer.

Ned caresse le bois des caisses, persuadé qu'elles cachent un trésor. Ras a dit qu'il fallait attendre le retour d'Henry. Henry, fils de pute ! Ned n'a pas l'intention d'attendre. Il ouvre une des caisses en bois, la plus petite, et en sort une boîte d'environ vingt-cinq centimètres de côté, habillée de cuir noir et surmontée d'une poignée. Bonne pioche !

— Oh ! Crottin du diable ! Si ça c'est pas un coffret à bijoux, je me les mange crues ! s'exclame Ned, au comble de l'excitation.

Il jette un regard derrière lui, tout va bien, Ras n'a rien entendu, n'a rien vu, toujours à ses grenouilles.

Le photographe retient un cri en découvrant son joyau entre les mains de Ned. Il se mord les lèvres en le voyant défaire un crochet et ouvrir la boîte. Et rester perplexe – à défaut de bijoux, le jeune cow-boy espérait des couverts en argent.

Une sorte d'œil tout rond le fixe. Même s'il avait su lire, le sens des mots *ROCHESTER OPTICAL CO* lui aurait échappé. Le type caresse les lettres d'un ongle sale et fendu dans sa longueur. Au-dessous de l'œil, il avise une manette en métal et découvre qu'il peut la faire coulisser le long d'autres gribouillis incompréhensibles : *8*, *16*, *32*, *64*. Il joue avec. À l'intérieur de l'œil, un volet circulaire se ferme ou s'ouvre selon qu'il pousse la manette d'un côté ou de l'autre. Magique. Saisissant l'œil métallique, il le tire – Curtis ne respire plus, son Reversible Back Premo ne résistera pas à cette brute – et la chose coulisse sur un rail fixé au milieu de la paroi rabattue sur l'avant. Un soufflet se déplie.

— Ned ! Saloperie de feignasse ! Bouge ! Le feu !

— C'est bon ! J'allais venir !

— Et pas touche à ça !

— C'est quoi, ce truc ?

— T'es trop con pour comprendre.

— Si t'as compris, je peux.

— C'est un appareil photographique.

— Un quoi ?

— Occupe-toi du feu, bordel !

— Pourquoi moi ?

— Parce que moi je me tape la bouffe et qu'Augustin s'est pris une balle dans le derche !

— Et l'autre bâtard d'Indien ?

— Tu sais ce qu'il va te faire, s'il t'entend le traiter d'Indien ?

— Je lui pète au nez !

— Le feu ! Ou t'auras que dalle à grailler !

— Ouais, ça va, arrête de me gueuler après.

Furieux de se faire sans cesse houspiller, traiter comme un gamin, Ned balance l'appareil dans le chariot, sans prendre le temps d'en replier le soufflet.

Si Ned n'avait pas croisé la route des trois autres bandits, une balle ou une corde lui auraient réglé son compte avant ses premiers poils au menton. Grandi dans la poussière, son cœur en est rempli, et sa tête aussi. De la notion de bien et de mal, il n'a retenu que cette morale : prends ce qui te fait du bien et laisse ce qui te fait du mal.

Sans toucher terre, il passe directement du chariot à la barrière de l'enclos. De son perchoir, après avoir vérifié que Ras regarde ailleurs, il pisse sur le dos d'un cheval, « Pauvre con de canasson du pauvre vérolé de Ras ». Puis, enfin, il se dirige vers un tas de bois.

— Ned ! Pauvre trou du cul ! C'est mon bois, ça ! T'as le tien, bordel à bites !

— Le mien est à sec. Je t'en ramasserai demain.

— Le double.

— Okay.

Il jette le bois près des cendres de la veille, puis se tourne vers Ras.

— Le double ? Ça veut dire quoi, pour de vrai ?

— Ça veut dire… le double.

— Le double !

— T'as foutrement raison.

— Vieux vérolé de merde !

— T'as dit quelque chose ?

Ned craque une allumette, lance le feu et se nettoie l'intérieur d'une oreille en y enfonçant profondément l'ongle de son petit doigt, qu'il garde long à cet usage – et qu'il prête volontiers à ses narines.

— Les têtes et tout le merdier des grenouilles, c'est pour faire la soupe, alors.

— Tu le sais bien, c'est toujours comme ça.

— File-moi-z'en, demain j'irai à l'étang choper des anguilles.

— Tant que t'oublies pas mon bois.

— Je pense qu'à ça, glousse Ned en récurant son ongle de ses dents, j'en ferai en même temps que les anguilles.

31

Augustin

Dans la journée, le soleil ne s'aventure que du bout des doigts dans ce vallon peu fréquentable, le soir il refuse de s'y attarder. Pourtant, les brochettes de cuisses et la soupe de grenouilles de Ras – pour garder le goût, surtout ne rien enlever de la grenouille, ne pas la vider, ne pas la laver, « Pourquoi qu'on laverait ce qui vit dans l'eau ? » ricane Ned – embaument ce petit coin d'enfer.

Un troisième larron, le plus âgé, sort de la cabane en boitant, s'appuyant sur un bâton. L'homme est boudiné dans un sous-vêtement une pièce trop long, qu'il laisse grand ouvert sur sa poitrine. Glissant une main dans cette échancrure, il plonge se gratter le tour des couilles, dans les plis humides. Puis il porte ses doigts luisants à ses narines, les renifle avant de les passer dans ses cheveux pour les faire briller.

— Lui, c'est Augustin, annonce Henry au photographe.

Le sous-vêtement une pièce vient d'un magasin sur Second Street, à Seattle, commandé spécialement pour la grande taille de M. Curtis.

Celui d'Augustin, plein de sang, s'est fait trouer en même temps que sa fesse. Après lui avoir retiré la balle, Ras a eu l'idée de fouiller les sacs à l'arrière du chariot, où il a trouvé ce sous-vêtement à manches et jambes longues. Le coton a accepté de se tendre jusqu'à frôler la déchirure pour permettre au corps épais d'Augustin de s'y faufiler. Parce que le moindre frottement lui est douloureux, Augustin a déboutonné le rabat arrière – comme s'il avait l'intention de s'accroupir sur le trou d'aisances derrière la cabane – et se trimballe le cul à l'air.

Bien qu'un peu instruit, Augustin ne connaissait pas les mots « spéculation », « krach boursier », « promoteurs véreux », « argent-métal » ou encore « étalon-or ». Tout comme il ignorait que les événements en Europe – la guerre franco-prussienne, l'effondrement de la Bourse à Vienne ou le choix de l'Angleterre de ne plus se fournir en blé en Europe centrale – allaient lui coûter son affaire jusqu'alors plutôt prospère. Son truc, c'était le bois. Et sa devise : « de la coupe aux rails ». La crise bancaire de mai 1873 – krach boursier résultant de tous ces mots dont il ignorait le sens et de tous ces faits qui se produisirent en Europe – l'avait ruiné en un peu plus d'un an, comme elle avait ruiné les compagnies de chemin de fer.

Ras et lui se sont rencontrés dans l'Illinois alors que le vérolé, qui avait perdu son travail après les sanglantes grèves de 1873, faisait route vers l'ouest. Petits boulots, alcool, prostituées. Leur vie se résumait à cette trinité. Jusqu'à l'illumination d'Augustin : pourquoi ne récupérerait-il pas l'argent perdu à cause de la faillite bancaire ? Ils avaient attaqué une banque. Puis deux. Puis des diligences et des maisons de rupins.

Le boiteux avale le contenu d'un petit flacon qu'il pose ensuite en équilibre sur sa tête avant d'écarter les jambes puis les bras.

— À quoi il joue ? veut savoir Curtis.

— Augustin, il fait toujours des trucs comme ça. On sait pas pourquoi. Ras dit que c'est la drogue.

Augustin, qui enlevait rarement ses bottes, avait été surpris pieds nus dans une cuisine alors qu'il quittait en douce le lit de la femme d'un banquier, après avoir ficelé celui-ci et abusé de celle-là. Un coup de pelle à charbon en cuivre donné par un serviteur zélé l'avait privé net de deux orteils et de la moitié d'un troisième. Douleur que seule la morphine avait rendue supportable. Il était rapidement devenu accro.

Quand il ne trouve pas de morphine, il s'enfile des dizaines de petits flacons de laudanum. C'est ce qu'il vient de s'envoyer dans le gosier.

En plus des banques et des diligences, les bandits sont devenus des pilleurs de docteurs et de drugstores. Le dernier toubib a surpris la bande des quatre alors qu'ils fichaient le camp avec sa réserve de laudanum. Le salopard a tiré, le cul d'Augustin a écopé d'une balle. Impossible de s'asseoir sur la selle. Le blessé a tenu bon quelques kilomètres, debout sur les étriers, s'allongeant parfois pour embrasser le cou de sa monture et soulager sa fesse. Mais il ne tiendrait plus très longtemps. Par chance, un chariot était tombé du ciel. Exactement ce qu'il fallait pour transporter Augustin. Ned avait aussitôt dégainé, faisant feu sur Gust.

32

La boîte de lait concentré

Bras et jambes écartés, la fiole en équilibre sur la tête, Augustin teste sa résistance à la douleur. Il se voudrait plus fort qu'elle. Amusé par le spectacle, Ned compte entre ses chicots noircis par la chique jusqu'à ce qu'Augustin lâche « Nom de Dieu ! » avant de ramener tout son poids sur sa jambe valide. Dans le mouvement, le flacon glisse de sa tête, il le rattrape au vol.

— T'as tenu vingt ! lui gueule Ned, goguenard.

Il a juste le temps de se baisser pour éviter la bouteille vide que lui balance le blessé. Éclats de rire. Ras a essayé de lui apprendre à compter. Jusqu'à onze, Ned s'en sort plutôt bien. Après onze, tout s'embrouille et il préfère sauter directement à vingt. Et ne va jamais au-delà.

Les heures paressent. Attendre la nuit avant d'intervenir. Que les trois bandits, bourrés d'alcool et de laudanum, s'écroulent. Lorsque le photographe fait mine de se lever, son comparse le retient par le bras.

— Tu bouges pas.

— Mais j'ai envie de pisser…

— Tu bouges pas quand même, je te montre.

Se tournant de l'autre côté, il donne l'exemple.

— Si t'as envie de chier, tu te retiens.

Le gallon d'alcool qu'ils ont débouché cet après-midi circule d'un bandit à l'autre. Comme la chique qu'ils se partagent. Ras a fabriqué un banc pour que son ami puisse s'étendre sur le côté et manger à table avec eux. Boire couché de travers, quelle belle merde ! Ça coule partout. C'est pas mieux pour la soupe de grenouilles que Ras lui a servie dans un mug. Mais la soupe, Augustin peut s'en passer.

— Obligé de boire comme un serpent, ça me troue le cul !

Ned explose si fort de rire qu'il en recrache la tête de grenouille qu'il vient d'enfourner.

— Putain ! T'en as déjà deux ! Tu ferais quoi d'un troisième trou au dergeot ?!

La tête atterrit sur la table, il s'en faut de peu qu'elle plonge dans l'assiette de Ras.

— Ned ! Combien de fois je te l'ai dit ! La grenouille, c'est pour donner du goût ! C'est que de la peau !

— La tête, y a rien d'mieux ! Je lui fourre ma langue dans la bouche, j'ai toute une technique, et c'est comme si elle me taillait une pipe.

— À ta langue ?

— Ben ouais, à quoi d'autre ? T'as ta bite dans ta bouche, toi ?

Sans la boîte de lait concentré, la rencontre n'aurait jamais eu lieu. Henry venait d'acheter la dernière dans un bled du Wyoming lorsque Ras et Augustin avaient déboulé dans le magasin pour se ravitailler en laudanum. Un revolver braqué sur lui, Henry avait regardé les deux voleurs repartir avec le contenu de la caisse, des flacons d'opium liquide, de l'alcool, du tabac… et sa boîte de lait concentré sucré. Il les avait pris en chasse. Pour les surprendre cinq heures plus tard à leur bivouac, en plein sommeil, Augustin dans les vapes et Ras ivre mort. Au lieu de les tuer, il était resté toute la nuit à alimenter le feu et à déguster son lait concentré. Il avait appris à suivre son instinct sans s'embarrasser du pour ou du contre. Ce même instinct qui, à cause d'une image, avait retenu son geste au moment de trancher la gorge du photographe. Qui l'avait également poussé à faire demi-tour, à le tirer d'embarras sous le vol d'étourneaux, et à le conduire jusqu'au repaire de ses complices.

Henry avait déjà commis bien des larcins, mais jamais encore braqué une banque ou un magasin. Il avait trouvé intéressant de pouvoir entrer quelque part, se servir et repartir.

Avant d'être complètement ivres, les trois bandits s'approchent du chariot. C'est la première fois qu'Augustin marche aussi loin de son lit, il grimace mais refuse toute aide. Comme à leur habitude, ils se partagent le butin.

— Tant pis pour l'Indien, l'avait qu'à être là, ricane Ned.

Prenant le trépied de l'appareil photographique pour un tabouret pliant, Augustin y pose sa fesse valide. Déçus par le contenu des caisses, ils se contentent de piocher dans les vêtements de Curtis et de disperser ce qui ne les intéresse pas. Ned a noué une lavallière – le bourgeois de Seattle en emporte toujours une, on ne sait jamais – autour de son front et y glisse deux feuilles pour s'en faire des plumes. Ras récupère le nécessaire de rasage. Abruti par le laudanum, Augustin s'endort sur le trépied.

33

Feux d'artifice

Les deux autres ont disparu depuis longtemps, retirés dans la cabane. Ned trimballe une caisse près du feu, la renverse pour la vider des boîtes qu'elle contient, « Non ! Pas mes plaques de verre, putain ! » s'affole Curtis, et la balance dans les flammes. Puis l'idiot se met à danser en poussant des « Youyouyou ! » de joie autour du brasier qui projette ses tentacules à l'assaut de l'obscurité.

Quelques instants plus tard, d'énormes papillons de nuit rectangulaires volent dans le ciel.

Dès qu'il comprend l'usage que Ned fait de ses précieuses plaques de verre, le photographe se redresse et s'élance. Il ne va pas loin. La main d'Henry le plaque au sol.

— Faut qu'il arrête ! Faut empêcher ce massacre !

— Tiens.

Henry pose son revolver devant Curtis.

— Capable de le toucher d'ici ?

Curtis arme le chien et vise.

— Puis il faudra tuer les deux autres. Même torchés, ils tirent mieux que toi.

Les doigts du photographe tremblent de rage, mais l'index s'éloigne de la gâchette. Le cow-boy reprend son arme. Bouffé par la haine, Curtis regarde l'idiot jeter ses plaques de verre en l'air, une à une, dégainer et faire feu. Lorsque Ned atteint sa cible, le verre qui reflète les flammes explose dans la nuit en un feu de Bengale. Celles qu'il rate se brisent en heurtant le sol.

Quelques heures ont passé. Le grand feu se meurt lentement. Tout autour, les débris de verre gisent comme des centaines d'éphémères au pied d'un bec de gaz. Ned est resté un long moment à boire et à tirer sur n'importe quoi, y compris les étoiles. Les détonations n'ont pas empêché des curieux de s'aventurer dans le dos des deux observateurs en planque, « Ne bouge pas, a prévenu Henry sans se retourner. Une biche et ses trois petits, derrière nous ».

À plusieurs reprises, Curtis presse son compagnon : « On attend quoi, encore ? »

Tout est si calme depuis longtemps.

Ils bougent. Enfin.

Ned dort à même la poussière, près d'un jet de son propre vomi. Henry a dégainé son revolver. Il se dirige vers la table, passe en revue les os de grenouilles, grignote le peu de chair oublié par les trois hors-la-loi et avale un reste de soupe froide. D'un geste, il invite Curtis à partager son repas. Mais le photographe est tout juste capable d'avaler sa salive, la peur et la colère se livrent bataille dans ses tripes.

Les bouts de verre qu'il piétine lui rappellent le craquement des cigales.

Sans plaque, pas de photographie.

Envie de meurtre. Curtis voudrait poser son pied sur le visage de ce fils de pute de Ned et appuyer de tout son poids pour le sentir craquer à son tour.

Henry jette du bois sur le feu mourant avant de disparaître.

Curtis récupère son appareil photographique. Chichement éclairé par les flammes, difficile d'évaluer les dégâts. Le soufflet coulisse sans anicroche, il l'articule plusieurs fois pour s'en assurer. Puis le range dans sa caisse de transport. Il fait un tas du matériel qu'il peut récupérer. Augustin sera déçu, il avait trouvé très pratique ce qu'il avait pris pour un siège pliant et comptait s'en resservir.

Henry apparaît à la porte de la cabane, brandissant son trésor à lui : un moulin à café. Il fait sortir un cheval de l'enclos, attrape une selle et prévient le photographe qu'il vient de buter contre une de ses précieuses boîtes.

Curtis se précipite. La boîte est là, fermée, intacte.

Lorsqu'il revient près du chariot, le cow-boy a disparu sans se soucier de lui et des affaires qu'ils sont venus reprendre.

— Salopard, grommelle Curtis.

Il caresse de sa paume la corde rêche du lasso qu'il comptait utiliser pour attacher les caisses. Il s'approche de Ned, inconscient, empestant le vomi et l'alcool. Il lui soulève la tête, glisse le nœud coulant et commence à serrer. Combien de temps faut-il pour étouffer un homme ? L'idiot va-t-il se réveiller ? Crier ? Alerter ses comparses ?

« Car du cœur sortent les mauvaises pensées et les meurtres », martelait son père, qui avait dû commettre bien pire durant la guerre. Edward aurait aimé que l'ancien soldat la lui raconte, cette guerre. Ça fait quoi, de tuer un homme ? Faut-il du courage ? De la haine ? Il avait eu tant de questions à poser à ce père qui ne tolérait pas de voir ses enfants jouer avec des bâtons changés en fusils. Encore moins de les voir mourir pour de faux. Il rentrait dans des colères noires qui pouvaient le rendre malade plusieurs jours.

Ce père avait-il jamais tué de sang-froid ?

Assis à la tête de Ned, les semelles plaquées contre ses épaules, la corde bien en main, prêt à serrer de toutes ses forces, le bourgeois de Seattle ne pousse pas sur ses jambes. Ne tire pas sur ses bras pour étrangler le crétin qui a fait capoter son voyage et a tué le pauvre Gust. Que mérite-t-il d'autre, pourtant ? Qui regretterait pareille engeance ?

Curtis empoigne des fringues au hasard et les glisse sous son bras en écharpe. Son matériel saucissonné en un lourd baluchon, il attaque la petite colline. Parvenu au sommet, déjà à bout de forces, il ne sait plus où aller et avance au hasard sous le couvert des arbres, appelant Henry à voix basse. Son chargement se cogne aux branches et le déséquilibre. Des feuilles le giflent. Des griffes semblent jaillir des troncs pour l'agripper, l'obligeant à semer derrière lui les fringues qu'il vient de récupérer. Curtis panique et ne prend plus aucune précaution :

— Henry ! Merde !

Son barda s'envole soudain. Le photographe pousse un cri. Un des bandits l'a rattrapé. Ou un ours !

— Chevaux nerveux, murmure Henry.

Le cow-boy l'a soulagé de son matériel.

— Couguar dans les parages. Pas traîner. Par là.

Curtis s'était égaré, ils doivent rebrousser chemin.

— Tu m'as laissé seul, bordel ! J'étais chargé comme une mule !

— Tu t'en es bien sorti.

— Pas grâce à toi !

En prononçant ces mots, il réalise tout ce qu'il doit à cet homme, du couteau contre sa gorge jusqu'à ce raid pour retrouver son matériel.

— Tu as récupéré mon fric ?

— Non.

— Fait chier !

34

L'orage

Ils ne descendent pas de leurs chevaux de tout ce qui reste de la nuit et de toute la journée suivante. Le matériel est réparti à l'arrière de chaque selle, bien amarré par Henry, qui s'y connaît en nœuds. Curtis a voulu savoir pourquoi il a laissé dans cet enclos les mules du pauvre Gust, elles auraient transporté les caisses. Henry n'a rien répondu. Il avait pensé au cheval que monte à présent Curtis. Le photographe n'avait pensé qu'à son matériel, pas du tout au moyen de les transporter. N'était-ce pas à lui de se soucier des mules ?

De temps en temps, Curtis s'endort, bercé par le roulis de sa monture. Il voudrait s'arrêter, il a faim, il a chaud, ils n'ont rien à boire et il ne sait pas pisser assis sur une selle sans remplir ses bottes. Ils ne s'autorisent des haltes que pour permettre à Henry de balayer avec ses jumelles l'horizon derrière eux. Curtis en profite pour descendre de cheval, faire ses besoins et se dégourdir en sautant sur place. Pas la peine de chercher un endroit où préserver un peu d'intimité, rien de plus haut que ces cailloux où le soleil se reflète pour mieux les brûler.

— Tu crois vraiment qu'ils se sont lancés à notre poursuite pour quelques caisses et un moulin à café ?

— Un cheval aussi. Et Augustin s'est réveillé. J'ai dû frapper. Pas du genre à aimer ça.

— Peut-être que… qu'il ne t'a pas reconnu ? avance Curtis sans trop y croire.

Henry pointe du doigt des collines devant eux.

— Là-bas, Dakota du Sud. Augustin et Ras sont recherchés dans Dakota du Sud. Nous suivront pas.

— Mais… Et toi ? Si tu es recherché ? s'inquiète Curtis.

— Jamais mis les pieds dans Dakota du Sud.

Des orages distincts surplombent les collines, peut-être une demi-douzaine. Rappelant la longue barbe des amish, des rideaux de pluie s'échappent de leurs menaçants nuages noirs.

— La pluie, bon pour disparaître, conclut Henry en poussant son cheval droit sur le point d'horizon où convergent les orages.

— Au moins, on aura de quoi boire, se réconforte Curtis en remontant en selle.

Moins d'une heure plus tard, sans hésiter, le cow-boy pénètre dans la cascade que le ciel déverse devant eux. Curtis le suit. Les coups de tonnerre font frémir les chevaux. Bouche grande ouverte tournée vers les nuages, le photographe bascule en arrière contre son barda et crie de joie. Joie de courte durée. Les gouttes sont aussi dures que des pierres et martèlent son visage. Le vent se met de la partie. Les deux hommes, fouettés par cette mitraille, se plient en avant. Curtis remonte à la hauteur d'Henry, colle son cheval au sien, lui agrippe le pantalon pour attirer son attention, et hurle qu'il faut trouver un abri. Leurs têtes à quelques centimètres l'une de l'autre, c'est tout juste s'ils s'entendent.

— Pas encore !

— Mais quand ?

— Plus loin !

La nuit est tombée.

Ils ont encore chevauché pendant ce qui a semblé des heures au photographe. Jusqu'à un groupe de rochers sorti de nulle part.

À force de bivouacs avec son père, le jeune Edward est devenu habile dans l'art d'allumer un feu. Mais comment cet Henry parvient-il à faire jaillir des flammes en toutes circonstances ? Curtis le regarde courir le long de la roche, glisser ses mains dessous, dans une fissure, une niche. Eux-mêmes ont trouvé refuge dans un renfoncement. Pas assez creusé pour être une grotte. Ils doivent se plaquer contre la paroi du fond pour échapper à la cascade de flotte qui ruisselle devant l'entrée. Son compagnon de voyage étale son butin : de l'herbe, des brindilles, des feuilles, quelques branches. Avant de s'attaquer au feu, il sort de sa bourse en cuir de quoi rouler une cigarette. Miraculeusement, les allumettes n'ont pas pris l'humidité. D'office, Henry roule une seconde tige pour Curtis.

Le feu prend vite.

Dès que les flammes éclairent leur abri, le cow-boy s'élance à nouveau sous la pluie pour revenir avec davantage de bois. Lorsqu'il estime en avoir assez, il file débarrasser les chevaux de leur fardeau, case les caisses et les selles sous une corniche pour les abriter à leur tour de la fureur de l'averse, se fout à poil sous la pluie, frotte son corps nu de ses mains et vient suspendre ses habits aux murs de leur étroit refuge, où la température s'élève enfin.

Dos contre la paroi, le cow-boy s'assoit sur ses jambes croisées. Curtis a fini par également se déshabiller. Assis, jambes tendues devant lui, il regarde la pluie frapper la terre à la pointe de ses orteils.

Du bout d'un doigt strié comme de l'écorce, Henry ouvre la petite trappe du moulin et y glisse les grains de café également volés à ses amis. Il sourit. C'est une des premières fois que Curtis le voit sourire. Le bruit de la manivelle et des grains broyés résonne dans ce cocon avec quelque chose d'une berceuse. Douillet, rassurant.

Le bourgeois de Seattle a adopté le mug en étain du vieux Russe. Le bandit le remplit, puis remplit le sien. Il roule une nouvelle cigarette à chacun.

— Tu peux faire une photographie avec la pluie ?

— C'est possible. Mais il faut absolument protéger la caméra.

Malgré quelques frissons, ils commencent à se sentir mieux. Café et cigarettes les réchauffent.

— C'est vraiment Ned qui a tué Gust, le jeune homme qui m'accompagnait ? Et ne me dis pas que je pose trop de questions !

— Ned a tiré. J'ai tiré. Peut-être Ras a tiré.

— Combien de personnes as-tu tuées ?

— Jamais compté.

Curtis le regarde longuement. Intrigué. Aucune hésitation, aucun remords dans la voix de cet assassin. Pas du genre à revenir traumatisé d'une guerre. On peut donc tuer en toute indifférence. Froidement. Rester insensible.

— Et pourquoi pas moi ? Pourquoi tu ne m'as pas tué ? Pourquoi tu m'as sauvé ? Ces types, c'était ta famille. Pourquoi tu as trahi ta famille pour moi ?

Les yeux d'Henry s'égarent loin de leur abri. Il semble au photographe que les trois cicatrices tressautent sur la joue du bandit, sans doute un effet des flammes.

C'est alors qu'il se souvient de sa montre gagnée avec les coupons du café Arbuckle : il a oublié de fouiller Ned pour la récupérer.

Les mots d'Henry le surprennent, il ne comptait plus sur une réponse :

— Si ta famille te retrouve, ils te tuent pas. Eux, pas ma famille.

Encore du café, d'autres cigarettes. Curtis a plein de questions en réserve. Une en particulier : pourquoi le vieux Russe et Ned l'ont-ils traité d'Indien ? Quelque chose le retient de la poser. Plus tard, peut-être.

Henry s'endort assis sur ses jambes croisées, bras croisés également, le buste droit comme un piquet. Curtis s'est roulé en boule dans la tiédeur de leur antre. Malgré l'inconfort, son sommeil est lourd. À plusieurs reprises, il étire ses jambes, et ses orteils lui rappellent aussitôt qu'il pleut.

35

L'errant

Rien de plus agréable que de se réveiller avec l'odeur du café qui vous embrasse les narines. Les flammes d'un feu. Délicieuse sensation d'être à la maison.

Henry n'a pas changé de position, mais il est vêtu, à présent. Un troisième homme est assis devant l'entrée de leur abri. Avant de se demander qui est l'inconnu et comment il est arrivé là, Curtis tire sur ses habits, les décroche de la paroi où ils ont séché et, masquant comme il peut sa nudité, s'habille aussi vite que lui permet la décence. Que fait son mug entre les mains de l'autre homme ?

L'inconnu lui sourit et le remercie pour son mug. Il l'essuie, intérieur et extérieur, dans sa robe de bure, avant de le rendre à son propriétaire. Au passage, Henry y verse du café. Le moine s'excuse de les avoir dérangés. Il n'a pas eu la chance de trouver un abri où se protéger de la pluie, ni de pouvoir dormir près d'un bon feu et d'y faire sécher son vêtement. Une longue route l'attend, il est à pied, il se rend dans le Sud, au-delà de la frontière mexicaine, des centaines et des centaines de kilomètres. Il ne se soucie pas de la distance, sans vraiment savoir où son chemin s'arrêtera.

— Là où on aura besoin de moi, dit-il d'une voix basse, presque timide, sans se départir de son sourire.

La pluie a cessé, les étoiles s'éteignent peu à peu. La chaleur du matin et le feu d'Henry font fumer l'habit du moine. Ses sandales ont été rafistolées avec de la ficelle, les semelles trouées doivent offrir une piètre protection à ses pieds tout aussi noirs qu'elles. Il manque trois dents à son sourire. Ses cheveux, aussi longs que ceux d'Henry, sont collés entre eux par paquets.

Curtis se demande s'il n'est pas en train de rêver. Il est encore plus surpris par l'hospitalité d'Henry que par cette insolite présence au milieu de nulle part. Son compagnon croise-t-il souvent ce genre d'énergumènes ? Leur offre-t-il à chaque fois un café ? Il l'imagine plus facilement dégainant son arme pour les inviter à passer leur chemin.

Le moine se gratte le crâne pour en détacher de fines écailles qu'il tient un instant devant ses yeux comme pour en apprécier le format et l'épaisseur, et qu'il laisse ensuite tomber devant lui. Il dit qu'il peut marcher plusieurs jours sans manger ni boire. Il quitte ce pays où il est né. Lâchement, précise-t-il. Fatigué de combattre seul ou presque, rejeté par tous. Il affirme qu'ailleurs, au Mexique, en Colombie, dans tous les pays où l'on ne parle pas anglais, Dieu vit mieux. L'anglais est la langue de la barbarie, de la tromperie, du mensonge. Pourtant, lui-même ne parle que cette langue du mensonge. Peu importe. Il apprendra la langue des terres qu'il foulera, des peuples qu'il croisera. Il sait qu'au Mexique on parle l'espagnol, le nahuatl, le maya… Il dit que les États-Unis sont en état de péché mortel. Qu'il a honte d'être un chrétien ici, c'est pourquoi il sera un chrétien ailleurs.

Comment faire autrement ? Il n'a pas la force de son maître Jésus-Christ.

Par moments, il s'emporte. Des veines violettes apparaissent alors en toiles d'araignée disséminées sur son visage. Curtis, encore vaguement inquiet, n'a toujours pas porté son mug à ses lèvres. Il guette une réaction d'Henry.

L'homme continue de parler. Hier, sous la pluie, il avait douté du soleil. Douter que le lendemain il y aura du soleil, est-ce douter de l'existence du soleil ? interroge-t-il. Certains jours, il doute de l'humanité des êtres humains. Surtout de celles et ceux qui affirment porter le Christ en leur cœur. Il dit que Judas était bien plus respectable que ces gens. Lui-même se sent comme Judas. Rejeté pour n'avoir fait qu'obéir au Christ, car c'est Jésus qui a choisi Judas pour le trahir, précise-t-il. C'est Jésus qui lui tend le pain après avoir dit « Celui à qui je donnerai le morceau de pain me trahira ». Peut-on reprocher à Judas d'avoir obéi à son maître ? Et à quel prix ! Judas s'est pendu. Lâchement, ajoute-t-il. Lâchement.

Les vrais parjures, on les connaît, ce sont ceux qui trahissent quotidiennement ce message du Christ, « Je vous donne un commandement nouveau : que vous vous aimiez les uns les autres ». Est-ce donc si difficile ? De s'aimer, est-ce si difficile ?

— Qu'avons-nous fait ? demande-t-il. Qu'avons-nous fait ?

Il secoue la tête longuement, comme s'il était déjà trop tard pour une réponse.

Lorsque le moine se lève, ses jambes apparaissent sous sa robe, couvertes de plaques roussâtres. Et d'une maigreur !

Des pattes d'aigrette. La bure qu'il secoue est trop lourde, un jour il ne pourra plus se relever et il mourra prisonnier de son poids, sans avoir renoncé à son sourire.

Il s'apprête à partir, refusant un autre café, il ne veut pas abuser, beaucoup de route encore, il a déjà perdu assez de temps. Il dit qu'il n'arrivera peut-être jamais au Mexique. C'est qu'alors Dieu en aura décidé autrement. Dieu ne l'autorisera peut-être pas à devenir un lâche. Dieu l'arrêtera là où quelqu'un aura besoin de lui.

Le moine s'éloigne dans la direction opposée à la leur, ses pas ne dérangent aucune pierre, comme s'il ne pesait pas plus que l'air.

Curtis en a oublié de boire son café, il est froid.

Henry prélève une à une, du bout des doigts, les sortes d'écailles quasi transparentes que l'homme a détachées de son crâne. Une légère brise les anime aussitôt. Lorsque le bandit écarte les doigts, elles se transforment en papillons et s'envolent.

TROISIÈME PARTIE

La petite sirène soupira
et considéra sa queue de poisson
avec désespoir.
Hans Christian Andersen
La Petite Sirène

MOHONK LAKE, NEW YORK

OCTOBRE 1896

36

Lake Mohonk Mountain House

Une fois l'an, aux plus belles couleurs de l'automne, un groupe de réformateurs blancs se réunit. Bien que se faisant appeler les Amis de l'Indien, ils n'avaient jamais envisagé de se retrouver dans les tipis d'une réserve indienne. Qu'auraient fait leurs épouses pendant leur réunion ? Aider leur amie la squaw à préparer la soupe ? Fumer le calumet avec leur ami le grand-père ? Torcher leur ami le bébé ? Apprendre le tir à l'arc avec leur ami le guerrier ? L'art de la peinture faciale ? Ou la mode vestimentaire indienne, de la coiffe traditionnelle aux mocassins ?

Les Amis de l'Indien avaient choisi la commodité : ils se réuniraient dans une salle de conférences et avaient rapidement opté pour celle, spacieuse, d'un hôtel de luxe qui, par chance pour les épouses, était bâti sur les rives d'un lac de rêve.

« Ce lac est situé près du sommet de Sky Top, l'un des plus hauts sommets des montagnes Shawangunk, à moins de cent cinquante kilomètres de New York », vante un dépliant publicitaire.

La brochure de 1896 souligne que, malgré son nom modeste de Lake Mohonk Mountain House – Maison de montagne du lac Mohonk –, « l'hôtel est équipé d'un ascenseur hydraulique Otis, d'une chaudière et d'un chauffage à vapeur, de sonnettes et d'éclairage électriques. La blanchisserie est fraîchement équipée de machines à vapeur perfectionnées conçues pour un résultat de très haute qualité. Les chaudières, les moteurs et les pompes ont été placés à l'extérieur de la maison et suffisamment loin pour éviter tout désagrément. Les visiteurs sont unanimement impressionnés par le caractère merveilleux et très varié du paysage : un beau lac ; rochers massifs, chacun d'un millier de tonnes ; falaises imposantes ; et une vue imprenable, dégagée dans toutes les directions, épousant les États de New York, du New Hampshire, du Massachusetts, de Rhode Island, du New Jersey et de Pennsylvanie. L'air est délicieusement frais et tonique, le thermomètre dépassant rarement vingt-sept degrés ».

Et pour les épouses « le parcours de golf, le terrain de croquet et trois courts de tennis sont toujours ouverts aux hôtes, tandis que sur le lac se trouve une flotte de quarante-cinq canoës. Un bowling est également mis à disposition. Il y a sur le domaine de nombreux kilomètres de pistes adaptées aux roues et les amateurs de bicyclettes apprécient ces pistes bien entretenues. Les chevaux de selle sont accessibles à des tarifs raisonnables ».

37

Les Amis de l'Indien

Octobre 1896. Quatre ans avant la rencontre du photographe Edward Curtis et du hors-la-loi Henry.

La salle de conférences de l'hôtel de luxe – spacieuse, haute de plafond, moquette accueillante, boiseries rouges, piliers, tentures, lustres, balconnet – regorge d'hommes en costumes, plastrons et nœuds papillons. Des Blancs. À peine une dizaine de dames, amies de l'Indien, toujours assises au-delà du piano à queue – aucune d'entre elles n'a jamais pris le risque d'inviter son époux à l'accompagner, il traînerait à longueur de journée avec les femmes de ces messieurs, et « cent poules n'effraient pas le coq », dit le proverbe.

Après les prières du matin, Merrill Edward Gates est, sans surprise, élu à l'unanimité président de la « quatorzième réunion annuelle de la Conférence du lac Mohonk des Amis de l'Indien ». Comme les années précédentes. Merrill Gates est un pur produit universitaire : docteur en droit, en lettres humaines et en philosophie – dans son acception germanique, « étude générale des connaissances ». Et chrétien – cela va de pair, en cette fin du dix-neuvième siècle. Quand il a pris la présidence de l'université d'Amherst, Massachusetts, on lui en a remis solennellement la charte, le sceau et les clés avec ce rappel : « N'oublions jamais que les universités américaines, avec les églises qui les entourent, les églises qui ont toujours été derrière elles, tiennent entre leurs mains l'avenir de la civilisation de façon mesurable dans le monde. »

Derrière le buisson d'une moustache sous laquelle disparaît sa bouche, le quasi-quinquagénaire a l'assurance tranquille des bienheureux persuadés d'avoir raison. Toujours. Ce matin, réveillé avec une égale confiance en lui, il a regardé sa jolie femme encore endormie et s'est levé pour prendre son bain d'eau chaude, comblé d'être un homme juste, un homme respecté et un bon chrétien. Comme il ne manque jamais de le dire, il se voit tel le phare qui diffuse la charitable et altruiste lumière des idées, de l'esprit et de l'âme, laquelle grandit tous les hommes qu'elle touche. Persuadé qu'en donnant il gagne en retour. Que l'énergie utilisée au service des autres requinque ses propres forces.

Le phare brille d'encore plus d'éclat face à cette assemblée de notables dont la noble mission – mais tous savent que Dieu tire les ficelles – consiste à aider leur ami l'Indien. Le sauver corps et âme est le credo humaniste qui transcende son discours[1] du jour.

— Lorsque nous avons commencé à nous réunir ici il y a treize ans, certains voyaient encore chez l'Indien le romantisme de l'Indien des romans de Fenimore Cooper. Notre travail alors a consisté à ouvrir les yeux, et ce fut

1. Les extraits qui suivent sont tirés du compte rendu de l'allocution du président Merrill Edward Gates en date du 14 octobre 1896, publié en 1897 par The Lake Mohonk Conference *(traduits par l'auteur)*.

pénible, et à apprendre à contempler l'Indien tel qu'il est réellement, sans ce halo de romance d'une part, et sans oublier, d'autre part, la valeur divine de son humanité, cependant dégradée par la barbarie et le péché. En voyant l'Indien tel qu'il est, nous avons aussi appris à le voir à la lumière de l'idéal, à la lumière de ce qu'il peut devenir, de ce qu'il doit devenir en tant que citoyen américain et en tant que chrétien. Et d'abord, nous avons dû apprendre à voir l'Indien tel qu'il vivait dans sa réserve. Ces réserves qui ont dressé des barrières aux vertus de la civilisation, une civilisation qui en a été soigneusement exclue, tandis qu'on laissait y pénétrer tous les vices. Vices qui sont, depuis le début, une malédiction pour les Indiens et les Blancs. Ces réserves, et nous sommes tous ici présents d'accord sur ce point, d'accord avec l'opinion publique, ces réserves si imprégnées d'iniquité, si isolées de toute bonne influence, si éloignées de nos idéaux, si destructrices de la pureté de la vie personnelle et de la vie familiale, ces réserves doivent disparaître.

Agacé par les rumeurs d'approbation, il les éteint d'un geste de la main.

— Disparaître, oui. Aussi pacifiquement que possible, mais aussi rapidement que possible. La vie barbare de la réserve et son communisme sauvage doivent laisser place à la maison et à la propriété individuelles.

Merrill Gates marque une pause. Il est temps de pleinement profiter d'une première salve d'applaudissements. Il trempe ses moustaches dans un verre d'eau puis, du dos de son index, en tamponne les poils pour chasser les gouttes. Son regard parcourt l'assistance, il n'est jamais aussi heureux que debout sur une estrade.

— Les scientifiques qui ont travaillé sur l'histoire de notre organisme physique indiquent que chaque organisme humain contient l'essence, la quintessence de ses origines : l'histoire condensée de sa race. Cette histoire condensée est physiquement inscrite en nous. L'Indien est, par nature, peu égoïste. Son non-égoïsme est inscrit dans son organisme. Cela fait partie de lui. N'importe quel étudiant en psychologie infantile nous dit que c'est un malheur d'avoir un enfant si absolument désintéressé, non égoïste, qu'il veut tout donner. Une enfance si peu égoïste est sans espoir. Malheureusement, le sauvage indien est élevé comme ces enfants non égoïstes. Celui qui, aveuglément, donne tout ce qu'il a en échange d'un simple sourire, celui-là est tout simplement en train de franchir les premiers pas pour devenir irrémédiablement pauvre. Personne ne peut s'octroyer le luxe de donner, tant qu'il n'a pas appris le luxe de gagner et de posséder.

Merrill Gates sait que tous les esprits sont loin d'être aussi vifs que le sien, qu'il doit ménager des trêves dans son discours pour permettre à ces intelligences plus lentes d'en intégrer la teneur.

— Afin d'éradiquer de telles tendances, nous sommes dans l'absolue nécessité d'éveiller chez l'Indien sauvage de plus grands désirs et de plus grands besoins. Pour le sortir de la sauvagerie et le tirer vers la citoyenneté, nous devons rendre l'Indien plus intelligemment égoïste, avant de le rendre moins égoïstement intelligent.

C'est précisément après ce genre de formule qu'il doit, comme en musique, marquer une pause. Offrir à son public le loisir d'apprécier son écriture car, derrière un bon discours, se cache toujours un minutieux travail de rédaction, « nous devons rendre l'Indien plus intelligemment égoïste, avant de le rendre moins égoïstement intelligent », cela ne s'improvise pas, cela se construit, cela se pense.

— Dans sa pesante sauvagerie, il doit être touché par l'aile divine de l'ange de l'Insatisfaction ! Alors, il commence à regarder plus loin. Il avance. Le désir de posséder devient une force éducative intense. Avoir sa propre maison le poussera à de nouveaux efforts. Nous devons le rendre mécontent du tipi et des maigres rations alimentaires. Et enfin il quittera sa couverture pour enfiler des pantalons. Des pantalons avec une poche, une poche avide d'être remplie de dollars !

Merrill Gates savoure sa trouvaille. Aucun Américain ne peut rester insensible à une image aussi simple, forte et logique que des poches et des dollars.

— Il est grand temps d'oublier l'Indien des romans de Fenimore Cooper ! Il nous faut voir l'Indien tel qu'il est réellement. Ce n'est qu'ainsi que nous pourrons lui inculquer le civisme, la civilisation et la foi chrétienne.

38

Mary Gates

Plus d'une heure qu'elle trempe dans son bain, rajoutant de l'eau chaude à intervalles réguliers pour le plaisir de tourner le robinet. Ses mains jointes en coupe accueillent le liquide, jusqu'à ce que la chaleur devienne insupportable. Comment pourrait-elle, après y avoir goûté, retourner vivre dans une maison sans eau chaude courante ?

— Merrill !

Son mari n'est pas là, Mary le sait, il fait le beau à sa réunion. Impatiente, elle lui parle en son absence, comme elle en est coutumière :

— Il faut que tu installes des robinets d'eau chaude chez nous ! Tu entends ! Et dans notre maison de vacances !

Elle libère sur sa tête, sur son visage, sur ses seins, l'eau capturée entre ses mains, se récitant de mémoire le début de *La Petite Sirène*, « Loin dans l'océan, où l'eau est aussi bleue que le plus joli bleuet, aussi limpide que du cristal, c'est très, très profond… ».

— J'adore cette immense baignoire ! J'adore cet hôtel !

Convaincre son mari d'y revenir plus souvent, sans attendre la prochaine réunion annuelle.

— Tu entends, Merrill !

Se retournant sur le ventre, elle joint ses jambes et ses pieds pour s'en faire une queue de sirène, glisse ses mains entre ses cuisses, le long de ce petit buisson ardent qui, comme celui des Saintes Écritures, la brûle souvent sans jamais se consumer. Alors, parfaite petite sirène, elle nage de plus en plus vite, de plus en plus intensément, inondant la salle de bains d'éclaboussures et de débordements. Enfin, alanguie sur le dos, satisfaite, elle s'abandonne au bruit de l'eau qui réchauffe le bain que son escapade en sirène a laissé refroidir.

Que c'est beau !

Un feuillage orange et jaune frôlant parfois le rouge, un gazon vert piétiné par des dames vêtues de blanc, un ciel bleu où gambadent quelques nuages immaculés, un étang qui s'y mire et s'y perd…

La balle fonce droit sur Mary Gates, « Oh !… », rebondit quelques pas devant elle, « mon… » la raquette frappe à pleine puissance « … Dieu ! ».

Le paysage était le même avant l'homme blanc, lorsque seuls les Indiens Delawares vivaient ici. Pourtant, lorsque Mary, après avoir gagné le point, s'accorde quelques secondes pour admirer le panorama, il lui semble que tout cela n'existait pas avant son regard. Et, à travers elle, le regard du Dieu qu'elle invoque chaque fois qu'elle frappe la balle. Et qu'elle avait invoqué dans la baignoire alors que, nageant telle la sirène en mal d'amour, ses doigts avaient mis le feu à son buisson. Et qu'elle avait touché au Sublime.

39

Mangeurs de fayots

L'hôtel grandiose, couru par présidents, actrices et hommes d'affaires, n'était encore à la fin des années 1860 qu'une taverne perdue dans un décor idyllique – un affreux tripot bâti par le diable en personne pour pervertir ce paradis. Sous l'impulsion des nouveaux propriétaires, une armada d'architectes avait, au fil des ans, modifié et agrandi la taverne. La dotant d'une porte cochère conçue pour le passage d'un troupeau d'éléphants. D'une salle à manger aussi vaste qu'une grange, lambrissée de pin blanc et presque impossible à chauffer en hiver. D'ailes si dissemblables que jamais un ange avec de tels attributs dans le dos n'aurait réussi à s'envoler. Le tout surmonté d'une forêt de cheminées, pignons et tourelles. Pour aboutir à cet ersatz de château victorien, un patchwork posé au bord d'un lac de huit cents mètres de long, agrémenté de petits kiosques chapeautés de toits de paille pointus, certains bâtis sur l'eau et reliés à la berge par un pont en bois.

Un refuge proche de la nature où observer une saine morale, tel est le credo des actuels propriétaires. Des jumeaux, fervents quakers et farouches promoteurs de la tempérance qui, ne supportant plus la débauche du monde, ont banni de ce sanctuaire les jeux de cartes, l'alcool et la danse.

Mais le savoir-vivre prévaut. Hors de question que réceptionniste, concierge ou bagagiste ouvrent les valises pour y traquer des breuvages prohibés – tant que les bouteilles ne sortent pas des chambres et que l'ivresse n'est pas manifeste.

Après la réunion du jour, le général à la retraite Lyman Taylor rejoint ses appartements. Objectif : quitter son costume civil, enfiler sa tenue militaire d'apparat et avaler quelques verres de rhum.

Le soir de la pendaison aussi, près de trente-cinq ans plus tôt, après avoir cédé les nœuds coulants à une foule en délire et jeté les cadavres dans une fosse commune, le jeune lieutenant Lyman Taylor avait eu besoin d'un remontant. Un alcool suffisamment costaud pour lui faire oublier le froissement des trente-huit sacs de toile qu'il avait lui-même rabattus sur les épaules des condamnés, et dont l'écho lui blesserait les oreilles encore longtemps. Il avait débouché une bouteille. Qu'il n'avait jamais rebouchée.

La flamboyance rousse de sa barbe et de ses cheveux a cédé du terrain à la grisaille des ans.

Pour masquer l'odeur de rhum, le général mâchouille des bâtons de réglisse et boit ces infects cocktails sans alcool servis par d'accortes jeunes filles toujours souriantes. Il ne s'est jamais marié, arguant que l'armée et le baseball ne peuvent s'accommoder d'une troisième épouse. En bon Bostonien, le général à la retraite compte parmi les plus indécrottables supporters de l'équipe locale, les Beaneaters. Dès qu'il parle de ce sport, sa peau rosit d'exaltation – faisant ressortir ces maudites taches de son – et il est impossible de l'arrêter. Surtout le soir, après une journée de petites gorgées de rhum avalées à la sauvette.

— C'est la dernière manche, les Beaneaters mènent par deux points…

Dans sa ferveur, le général attrape le bras de Merrill Gates, empêchant le président des Amis de l'Indien d'allumer le gros cigare qu'il vient de faire craquer contre son oreille. Libérés du colloque ou comblées par les divertissements, maris et femmes se retrouvent sur l'immense terrasse qui domine le lac pour une débauche de toilettes, de parfums, d'entre-soi, de commérages, de fumées, de canapés chauds ou froids et de cocktails sans alcool.

— La première et la deuxième base sont occupées. Le frappeur tape une chandelle. La balle s'élève dans le ciel comme une flèche tirée sur la lune. Collins sait qu'il a un gros coup à jouer, il est sur le point de laisser la balle rebondir une fois avant de s'en saisir…

Le retraité libère enfin le bras de Gates, tire une épée de sa canne pour, de la pointe, tracer dans la poussière du plancher les quatre bases d'un terrain de baseball.

— Collins, avec ce rebond, oblige le frappeur qui vient d'envoyer la chandelle à se précipiter vers la première base…

La pointe de la lame se déplace d'une base à l'autre suivant les phases de la partie. Les explications du général glissent sur l'universitaire sans gâcher les plaisirs que lui procure son cigare. Il ne comprend goutte à ce sport.

Pour agrémenter la soirée et divertir ces dames, un des jumeaux a programmé un spectacle qui vient de débuter à l'autre bout de l'immense terrasse. L'affiche placardée dans le hall annonce : « Dix tendres sœurs attirantes, loin de leur mère, seront ici aujourd'hui. Vocalement et musicalement, elles sont parfaites. » Les Peak Sisters ne sont sœurs que sur scène. Robe noire, sur les épaules un ample fichu noué à l'avant, un tablier autour de la taille, tous deux aussi blancs que leur très haut chapeau pointu, elles chantent un air en vogue :

Une vieille avait un p'tit cochon,
Umph umph umph !
Coûtait qu'dalle, tout maigrichon,
Umph umph umph !

Mary adore ! Tapant des mains comme une gamine, elle reprend en chœur les « Umph umph umph ! ». Ce n'est pas sa beauté qui attire les regards – sa beauté est assez évasive pour paraître quelconque –, c'est sa joie de vivre, son ouverture aux autres, sa passion communicative que certains prennent pour de l'innocence. Elle papillonne, irradiant comme si elle portait son âme en plein visage.

P'tit cochon s'ennuyait ferme,
Umph umph umph !
Tournait en rond dans la grande ferme,
Umph umph umph !

Le général n'en finit plus de parler d'un certain Collins qui aurait dû saisir la balle après son rebond, éliminant ainsi deux coureurs de l'équipe adverse, assurant à son équipe un double jeu. Par quel mystère ? Merrill Gates l'ignore.

— Les Beaneaters auraient remporté la partie grâce à leurs deux points d'avance. Mais savez-vous ce qui s'est passé, Merrill ?

Bien entendu, son interlocuteur multidiplômé l'ignore.

— INFIELD FLY ! hurle le général.

Son cri couvre la chanson des Peak Sisters, détourne l'attention et les têtes. Brandissant sa canne d'une main et son épée de l'autre, le général entame une danse grotesque qui se veut indienne tout en vociférant « INFIELD FLY ! INFIELD FLY ! ». Personne n'est dupe, il est fin saoul.

Mme Gates grimpe sur une chaise, curieuse. Que se passe-t-il à l'autre bout de la terrasse ? L'âge ne semble pas avoir de prise sur elle. Pour une femme qui a dépassé la cinquantaine, son agilité, sa souplesse et ses manières forcent l'admiration. Mais aussi jalousie et irritation – une femme du monde ne grimpe pas sur une chaise pour se donner en spectacle. Elle adresse un signe de la main à son mari qui, occupé par la danse grotesque du vieux général, ne l'aperçoit pas. C'est Mme Seenner, l'épouse du révérend Seenner, qui lui rend son salut.

Mary a déambulé plus d'une heure avec elle autour du lac, par pure charité, les autres femmes ne la supportant pas et l'évitant autant que la bienséance le permet. Aussi bête que son mari est beau, Mme Seenner passe son temps à médire des autres femmes. Et si les hommes se la disputent, c'est qu'elle est d'une adresse rare au jeu de boules.

L'épouse du révérend s'est arrêtée pour observer à son tour la petite danse du général ivre. Il faudra qu'elle en touche deux mots aux propriétaires, le comportement de cet homme est inqualifiable, et son uniforme ne lui donne pas tous les droits, surtout pas celui de boire. Elle sourit au président des Amis de l'Indien.

— Magnifique discours, Merrill.

— Merci, ma chère.

Le général, craignant de voir le président accaparé par l'intruse, s'empresse d'intervenir :

— Excusez-nous, madame, nous étions en pleine conversation…

— Oh ! Je croyais que vous dansiez ! se moque Mme Seenner.

— J'expliquais à Merrill…

— Savez-vous qu'il est tout autant interdit de danser que de boire ?

— J'expliquais à Merrill une phase de jeu assez complexe…

— Général Taylor, n'est-ce pas ? J'ai entendu dire que vous étiez à Mankato le jour de l'exécution de ces Indiens, et que vous…

Il est impressionnant de voir à quelle allure la partie imberbe du visage du colonel vire cramoisie.

— Mankato ! Encore ! s'emporte-t-il, la coupant net. Toujours Mankato ! Et Elk Fork, ça vous dit quelque chose, madame ? Parker's Cross Roads, peut-être ? Chickasaw Bayou ?

La femme se tourne vers Merrill Gates pour quémander du regard un soutien, une explication. Que le président des Amis de l'Indien se garde bien de lui apporter, trop heureux de céder sa place à une nouvelle victime.

— Et Stones River ! Vous en avez entendu parler, de la bataille de Stones River ? Plus de mille morts dans chaque camp, madame.

L'excitation, la colère et la frustration se combinent à l'alcool pour embrumer ses esprits et lui faire confondre un champ de bataille et un terrain de baseball.

— Quel match ! s'écrie-t-il. Sudistes d'un côté, nordistes de l'autre. Au coup de sifflet de l'arbitre, les adversaires s'élancent… Soixante mille en bleu, quarante-cinq mille en gris… C'est là que j'aurais dû être, madame, au cœur de l'action, dans le souffle des batailles. Mais non ! On m'avait envoyé jouer le garde-chiourme pour trente-huit assassins ! Puis courir après ces satanés Peaux-Rouges à travers tout le Minnesota ! Maudits sauvages emplumés !

— Oh !… s'étrangle l'épouse du révérend Seenner. Surveillez votre langage !

Sans ménagement, le général écarte la femme de la pointe de son épée.

— Allez, merci, dégagez le terrain, laissez les joueurs reprendre la partie…

Il a en horreur ces puritains donneurs de leçons, plus sensibles à l'horreur des mots qu'au véritable sort des Indiens. Il est un des rares dans cette assemblée à avoir vu des Peaux-Rouges en chair et en os. À les avoir combattus. Tout ce charabia des Amis de l'Indien lui sort par les trous du nez. Chaque année, il se demande pourquoi il assiste à cette conférence. Il connaît la réponse : parce qu'il y est gracieusement invité. Le gîte y est incomparable. Et le couvert, n'en parlons pas ! Sans compter quelques soubrettes peu farouches – et bien moins chères que des professionnelles. Un luxe que sa retraite de général ne lui autorise pas.

L'ex-militaire se plante à nouveau face à Merrill Gates.

— Avec cette nouvelle règle scélérate, plus question de rebond. Collins n'a d'autre choix que de saisir la balle à la volée…

La fin de la partie – qui se résume ainsi : sortie du frappeur, entrée du nouveau frappeur, *home run*, deux joueurs sur base, trois points, fin du match, adversaires des Beaneaters vainqueurs – les occupe encore une dizaine de minutes.

Comment, se demande Merrill Gates, comment un homme de cette trempe peut-il être le fervent supporter d'une équipe baptisée les Beaneaters, les « bouffeurs de fayots » ?

À bout d'souffle, l'cochon trépassa,
Umph umph umph !
Quelle mort horrible, vous n'trouvez pas ?
Umph umph umph !

40

Le lac

Le ciel tombe peu à peu au fond du lac. Un de ces petits kiosques coiffés d'un toit de paille pointu dépasse de l'eau, imitant une île miniature. Une passerelle le relie à la terre ferme. Mary, accoudée à la rambarde qui ceinture le kiosque, se prélasse, écrivant au gré de son inspiration sur un carnet éclairé par les dernières lueurs du jour. À quelques dizaines de mètres, des courageux se baignent.

Sur les pelouses, des hommes n'ont pas fini leur partie de boules, des serviteurs noirs se précipitent pour leur apporter des lanternes. Des couples, des groupes, des solitaires déambulent dans les différentes allées sous les arbres d'un autre siècle. Les chapeaux protègent de la petite fraîcheur qui s'invite, des femmes frémissent cependant, des messieurs ôtent leurs vestes pour les offrir, des rires, des paroles évanescentes, des fumées de cigares, de cigarettes et, plus rarement, de pipes retiennent quelques instants la clarté de la lune.

Sur un des chemins qui filent au lac, Merrill Gates, agacé, se retourne vers un serviteur noir, portant d'une main un plateau et de l'autre une lanterne.

— Si tu restes derrière moi, n'as-tu pas réfléchi que je marche sur mon ombre ! Je n'y vois foutre rien ! Je ne sais pas où je mets les pieds !

— Pardon, monsieur.

Le serviteur se décale d'un côté et l'ombre de Merrill Gates se glisse de l'autre, s'écartant de ses pas.

— C'est pas compliqué !

Leurs chaussures claquent sur le pont de bois. Mary lève ses yeux du carnet où les mots ne se distinguent plus de la nuit. Elle observe les deux hommes marchant droit sur elle, ce n'est pas désagréable. À son âge, elle a fini par accepter les pensées qui s'imposent, ne les chasse plus, au contraire, elle s'en laisse pénétrer, et sourit de cette image fugitive d'elle dans les bras de ce Noir.

De six ans son cadet, Merrill lui a donné trois enfants, ils font chambre à part depuis qu'elle est tombée enceinte du premier et Merrill semble souvent oublier le chemin qui mène à sa porte. Il leur reste, de-ci de-là, quelques nuits d'hôtel à partager.

— Pose ça là, tu peux déguerpir.

— Bien, monsieur.

Mary se demande parfois si c'est l'intelligence et l'instruction qui ont rendu son mari distant. Comme avec leurs enfants. Le directeur d'université les a éduqués dans une froideur quasi militaire plutôt qu'avec la rigueur bienveillante d'un père de famille. Dur en idées, sévère dans son travail, intransigeant avec la foi et la morale. Borné. Mais toujours prévenant envers sa femme. S'emparant des deux verres à cocktail, il en tend un à son épouse, qui lui sourit en retour.

— C'est gentil, Merrill.

Il oublie souvent combien le sourire de sa femme est caressant.

Ce soir, se promet-il, ce soir.

Un léger souffle agite les cheveux de Mary. Elle a défait son chignon, retiré son canotier et enfilé sur sa robe l'épingle qui le maintenait en place.

— C'est si agréable, il n'y a personne, juste nous deux…

Elle trempe ses lèvres dans la boisson.

— Oh mon Dieu ! C'est délicieux !

— C'est à base de jus d'airelles…

— Et de romarin ! C'est fort en romarin !

— Et comme le général passait par là, il y a ajouté sa touche personnelle…

Elle reprend une gorgée.

— Du rhum ?

— Oui.

— Tu l'as laissé faire ? s'amuse-t-elle de l'audace de son mari. Malgré le règlement !

— Le règlement interdit surtout de se faire prendre.

— Je ne te reconnais pas, Merrill.

La moustache de son mari tangue, révélant un sourire.

— C'était surtout pour faire plaisir au général. Et le seul moyen pour lui fausser compagnie, il m'aurait encore conté les exploits de ses bouffeurs de fayots.

— Des bouffeurs de fayots ! Raconte !

Il lui rapporte brièvement la passion du vieux général pour le baseball. Elle sourit. Ils boivent. Gates tamponne la lisière de sa moustache du dos de son index. Le rhum envahit langoureusement le corps de Mary, elle le sent jusqu'au bout de ses doigts légèrement cotonneux, elle n'a pas l'habitude de boire, l'alcool engourdit certains sens, en pimente d'autres.

— J'adore ce cocktail… et ce calme. Ce calme céleste… Ce lac céleste… Je pourrais peut-être, si tu le veux bien… ce serait le moment idéal pour…

Il l'interrompt :

— Mary, des gens nagent, là-bas.

— Ils sont si loin, Merrill.

— N'importe qui pourrait arriver…

— Tu surveilleras le pont pendant que moi… Merrill, personne ne va nous voir, j'en ai tellement envie !

— Tu me mets mal à l'aise, Mary…

Elle se colle à son époux. Le corset sous sa robe n'efface pas ses formes, il les sent, elles s'assouplissent contre lui. Ils n'ont pas été aussi proches depuis si longtemps. La nuit précédente, leur première nuit dans cette chambre d'hôtel, la route l'avait épuisé, il s'était endormi avant que sa femme n'agite le lit en s'y couchant à ses côtés.

Ce soir, se jure-t-il, ce soir.

— C'est un oui ? susurre sa femme à son oreille.

— Hmm… Mais fais vite, alors.

— Oh… Merci, Merrill.

Ses lèvres s'approchent, « Merci, chéri », et déposent un baiser sur l'orée de sa moustache.

Ses yeux pétillants plongés au fond des siens, elle termine lentement son cocktail. Puis se dirige vers le pont où un petit passage invisible offre une descente vers le lac. Son mari la perd de vue.

L'eau clapote sagement contre les rochers, des chauves-souris plongent pour s'abreuver en rase-mottes, leurs petits cris perçants rayent la nuit. Merrill Gates est nerveux, il surveille alternativement le pont, les nageurs et la lune. Espère-t-il un nuage qui viendrait l'éteindre ? Le cocktail tourne entre ses doigts, il prélève une gorgée, s'étouffe et tousse.

Le clapotis que ferait un petit animal – une fouine peut-être – en se glissant dans l'eau. La bête est juste là, à ses pieds, en bas des rochers, sous le kiosque. Elle nage calmement, sans bruit. Les rayons de lune rendent visite à son corps, ses épaules blanches, son dos, ses fesses éclatantes affleurant à la surface d'ébène. Les étoiles tombées dans le lac s'écartent pour la laisser passer. Doux Jésus ! Que sa femme est belle !

Ce soir, s'exhorte-t-il en se collant à la barrière sur laquelle il se penche, ce soir.

Elle rit et se retourne – lui offrant sa toison, ses mamelons. Et ne peut retenir une exclamation :

— Oh… mon… Dieu !

— Chut, chut.

— C'est divin !

— Moins fort, chérie.

Puis, comme plus tôt dans la baignoire, Mary joint ses jambes et ses pieds, glisse ses mains entre ses cuisses et nage comme la petite sirène d'Andersen. Une sirène toute blanche et nue dans un lac noir.

QUATRIÈME PARTIE

Il faut se laver les yeux
entre chaque regard.
Kenji Mizoguchi

DAKOTA DU SUD

ÉTÉ 1900

41

La rencontre

Une énorme lassitude s'est levée avec lui à l'aube, pour ne pas le quitter. Il voudrait arriver quelque part, n'importe où, retrouver la civilisation, envoyer un télégramme à sa femme, prendre un bain, se raser, rejoindre enfin Grinnell – il n'est peut-être pas trop tard pour la cérémonie de la danse du soleil –, retrouver un lit, saluer des gens dans la rue, s'assoupir dans le fauteuil de M. Tsay, acheter des cigarettes chez Aldo, monter les escaliers de sa maison, se glisser contre le corps de sa femme, faire rire ses enfants, embrasser sa mère, rallumer les projecteurs du studio, plonger ses doigts dans les produits chimiques – depuis qu'il erre avec Henry, il a l'impression que le bout de ses doigts perd cette pigmentation gris-brun que l'usage intensif du collodion, des bains d'argent, de l'encre sépia ou des pigments d'or y a incrustée. L'impression qu'en s'effaçant de ses doigts le métier abandonne son corps.

Et s'ils s'étaient perdus ? Si au lieu de franchir la frontière invisible du Dakota du Sud pour se mettre en sécurité ils avaient tourné en rond ? Le Nebraska est-il vraiment derrière eux ? La seule certitude, c'est cette pluie qui est revenue leur tenir compagnie et dont il a cessé de compter les jours.

D'un côté de la piste, la colline et son mur de roche, de l'autre, le ravin. L'eau dévale le sentier. Sensation d'avancer sur une rivière de boue. Ils auraient dû mettre pied à terre pour marcher prudemment aux côtés des chevaux, mais la pente est raide. Henry a décidé qu'ils chevaucheraient jusqu'au sommet. Malgré les crampes – qui l'obligent régulièrement à libérer les étriers pour étirer ses pieds et ses jambes, offrant ses fesses aux martèlements de la selle – Curtis ne l'a pas contredit. Les deux cavaliers progressent en file indienne au centre de la piste. Parfois, un sabot glisse, et le cœur du photographe reste suspendu d'interminables secondes. Trempé jusqu'aux os, les orteils baignant dans l'eau qui ruisselle le long de ses mollets jusqu'à l'intérieur de ses bottes, Curtis est si courbé en avant qu'il doute de pouvoir se redresser un jour. La dernière fois qu'il a relevé la tête, c'était sur un paysage flou et gris, une photographie ratée. Depuis, il garde la tête baissée sur sa poitrine, le dos rond.

Il surprend malgré tout un mouvement. Quelques pas devant, Henry, comme lui statufié sur sa selle depuis des jours, vient de poser sa main sur la crosse de son revolver. Peut-être un animal en travers de la piste. Pour le voir, Curtis doit dégager sa monture de la croupe du cheval qui le précède. D'un coup de poignet, il l'envoie frôler les rochers. La bête renâcle. La pluie décroche des pierres qui se camouflent dans les gouttes pour foncer sur eux.

Ce n'est pas un animal, ou alors il est gros, plus gros qu'un grizzly. Henry ne ralentit pas, ne change pas de rythme, ne dégaine pas. Il avance droit. S'il s'agit d'un éboulement, ils devront faire demi-tour, qui aurait envie de redescendre une piste aussi dangereuse ?

Le cheval de Curtis frémit, quel danger sent-il ? Une masse prend forme devant eux. Condamnant la piste. N'offrant qu'un passage le long de la paroi. Si étroit qu'il n'est pas certain qu'un homme à cheval puisse s'y faufiler. Curtis finit par reconnaître ce qui leur barre le chemin. S'il s'attendait à trouver un buggy dans cet enfer ! Élancé sur ses quatre grandes roues, fines, élégantes, qui lui donnent l'allure gracile et fragile d'un insecte. L'éboulement est sans doute au-delà.

Le passage se révèle en effet étriqué. Les caisses que les deux hommes trimballent derrière leur selle frôlent d'un côté la paroi, de l'autre le buggy, s'y cognant parfois. Une tête moustachue se penche hors de la voiture pour les observer.

Aucun éboulement de terrain devant le buggy.

Le mackintosh est un manteau de pluie fabriqué à base de caoutchouc qui a l'inconvénient d'être très raide, de fondre par fortes chaleurs et de ne pas sentir bon. Par contre, il est très imperméable. L'homme au mackintosh fouette un des deux chevaux de son attelage. L'animal, allongé dans la boue, halète comme s'il cherchait son dernier souffle.

— T'as pas honte d'me faire ça, cam'rade ! Espèce de canasson de pacotille !

À l'arrière du buggy, deux passagers coincés contre leurs bagages, mouillés malgré la capote de la voiture, tremblants de froid sous la couverture détrempée posée sur leurs genoux : l'homme à la moustache broussailleuse et, blottie contre lui, une dame au visage aussi blanc que celui d'une sainte gravée dans un médaillon de nacre. C'est tout ce qu'elle laisse dépasser de la veste de son mari, dont elle s'est couvert la tête et les épaules. Yeux fermés, lèvres pincées, elle murmure ce qui doit être une prière.

— Ne perdons plus de temps, cocher ! S'il est mort, balancez-le au fond du ravin ! hurle le passager.

À chacun de ses cris, sa compagne est parcourue de frissons.

— Qu'on en finisse ! C'est ridicule !

— Faut qu'je vous répète encore, monsieur Gates, Trognon, il est pas mort. Il est pas mort !

— Mais bon sang ! Achevez ce pauvre animal ! La farce a assez duré ! On ne vous paie pas pour des chevaux malades ! s'emporte une nouvelle fois le moustachu. Il faudra déduire ces désagréments du prix de la course !

Le cocher ressemble à un bonhomme sur un dessin d'enfant : un petit rond en équilibre sur un autre plus gros. Lorsqu'il se fâche, « Ça c'est trop fort ! », sa voix de fausset rappelle une souris prise au piège. Même l'enfant l'ayant dessiné aurait de la peine à le prendre au sérieux.

— La moitié de mon business est allongée là, et vous, vous venez m'emmerder avec votre pognon !... Personne a accepté de vous conduire, personne ! À cause de ce temps à baiser un escargot !

Prenant les deux cavaliers à témoin, il se frappe la poitrine.

— Y a que cet ange d'idiot ! C'est où qu'vous seriez sans cet idiot, monsieur Gates ? Vous et votre dame ? À part coincés dans cette gare à vous faire bouffer vos popotins embourgeoisés par les bestioles bouffeuses de cul ! Je vous avais pas prévenus qu'la route elle était risquée ?... Oh, vérole de ma tante et de...

— Arrêtez donc de jurer ! Vous salissez les oreilles de ma femme ! Jurer n'a jamais été une solution à un quelconque problème.

Furibard, le cocher se précipite vers le buggy. À chacun de ses pas, tel le battant d'une cloche, ses genoux frappent l'intérieur de sa redingote, aussi raide que le bois d'un cercueil.

Henry se retourne vers le photographe pour lui conseiller de ne pas ralentir, de ne pas s'arrêter... « Pas nos affaires »...

Il a surpris le geste de M. Gates glissant une main sous la veste qui donne à sa compagne une allure de nonne. L'homme, peu rassuré par l'attitude du cocher qui fonce sur eux, sort de sa poche revolver un British Bulldog à la jolie crosse jaune.

— Si vous voulez jouer à ça...

Les doigts de son épouse se posent sur son bras, interrompant son geste. Ses lèvres prennent la forme d'un sourire, puis s'entrouvrent et s'agitent :

— « Tombe, pluie, tombe, pluie, des cieux profonds et silencieux. Oh, furieuse pluie, furie, tes éclairs acérés nous crucifient. Bientôt, oh bientôt, les fragrances de l'arc-en-ciel rempliront mon âme de leur grâce... »

Peu sensible à la poésie – surtout lorsque le ciel se vide sur sa tête –, le cocher s'arrête près du buggy et farfouille sous son siège. Il en retire une bouteille de whisky qu'il tend en direction des deux cavaliers.

— Un cam'rade gentleman pour aider un vieil ange idiot ?

— Si c'est pour boire un coup, c'est pas de refus, répond Curtis, frissonnant d'avance à l'idée de se réchauffer le gosier.

Le cocher pousse du pied le cheval allongé, qui renâcle.

— C'est pour Trognon. Pour le remettre d'aplomb.

— Avec du whisky ?!

Les bottes de Curtis s'enfoncent de quelques centimètres dans l'eau boueuse qui recouvre la piste. Ne pas glisser. Il a l'impression que des chardons se déplacent dans les veines de ses cuisses et de ses mollets. S'accroupir pour aider le cocher à soulever la tête de l'animal est un supplice.

À eux deux, ils écartent les lèvres baveuses du moribond. L'homme y déverse par à-coups la moitié de sa bouteille.

M. Gates ricane.

— Du whisky ? À un cheval ? Alors je suppose que vous, quand vous avez faim, vous vous jetez à quatre pattes pour brouter de l'herbe ?

Les mains du cocher massent lentement la gorge du canasson pour l'inciter à avaler.

— Vas-y, cam'rade, écoute pas ceux de la ville qui croient que péter plus haut qu'leur trou de balle ça sert à autre chose qu'à faire sortir du gaz, avale, vas-y, mon Trognon, avale…

Comme des vagues sous sa peau, des tremblements parcourent le corps du cheval qui finit par secouer la tête, agiter les oreilles et faire sonner ses babines.

— C'est bien, mon Trognon ! l'encourage le cocher.

Contre toute attente, le cheval semble trouver encore quelque intérêt à vivre. Il cherche à se redresser. Les deux hommes tirent sur le harnais. Pomme, l'autre cheval, secoue la tête de haut en bas, semblant soutenir lui aussi l'effort de son compagnon d'attelage. Les jambes de Trognon vacillent un peu, mais semblent tenir le coup, l'animal est debout, « Bravo, mon Trognon, ça c'est du champion ! », se retournant, le cocher lance un sourire goguenard à son désagréable passager. Mme Gates se blottit contre son mari.

— Oh mon Dieu ! Ça a marché ! Il l'a fait !

Le cheval à nouveau attaché au timon, les deux mains du cocher enlacent fortement celles de Curtis, « Merci, cam'rade gentleman », et l'homme reprend sa place à l'avant du buggy. Le photographe regarde la bouteille de whisky s'éloigner sans oser en demander une rasade en récompense.

— Huhau, mon Trognon ! Huhau, ma Pomme ! Huhau, cam'rades !

Répondant aux « cam'rades » de leur maître, les chevaux s'ébranlent.

— Vas-y mollo, ma Pomme ! Faut l'ménager, l'Trognon !

À l'arrière du buggy, Merrill Gates fulmine, « Mais quelle lubie ! ». Il ne peut reprocher à sa femme le mauvais temps. Ni la couardise du cocher de la diligence régulière qui, sous prétexte de quelques gouttes – il est vrai que les gouttes étaient rapidement devenues déluge –, a renoncé à prendre la route depuis la gare de Chamberlain. Mais cette lubie de vouloir visiter sa sœur ! Huit ans qu'ils ne l'avaient pas vue, s'en portaient-ils moins bien ? Et lui, quel idiot d'avoir accepté ! Ils n'auraient jamais dû quitter leur résidence secondaire de Littleton, New Hampshire, où ils passent chaque été deux mois en compagnie de leurs enfants et de leurs petits-enfants. Pourquoi avoir dérogé à leurs habitudes ? En octobre, ils se rendront une nouvelle fois dans ce charmant hôtel du lac Mohonk pour assister à la dix-huitième conférence des Amis de l'Indien. N'est-ce pas suffisant ? Leur faut-il d'autres distractions ? D'autres dépaysements ?

Et quelle erreur d'avoir accepté de poursuivre dans ce buggy pas du tout adapté ! Donner du whisky à un cheval ! N'avait-il pas prévenu que ce cocher ne lui inspirait aucune confiance ?

Les deux cavaliers précèdent la calèche. Henry voudrait accélérer, il n'aime pas la compagnie en général, et celle-ci en particulier. Cette femme qui récite des poèmes le met mal à l'aise, il a cru un instant entendre la voix perdue de l'Indienne, son enfant mort contre son cœur. Mais sur cette piste glissante, sous cette pluie, accélérer serait faire prendre un risque inutile à son cheval, il le laisse aller à son rythme prudent. Depuis des jours, il évite de se demander pourquoi il n'a pas tué cet homme, pourquoi il l'a aidé à récupérer son barda, pourquoi il chevauche en sa compagnie. S'il n'aime pas les questions, il déteste encore plus celles qu'il se pose. Lorsqu'il avait suivi son instinct en épargnant Augustin et Ras, il en avait tiré un bénéfice. Son instinct l'aurait-il trompé ? Le bourgeois qui l'accompagne n'est qu'un fardeau. C'est une chose d'offrir un café à un moine fêlé, c'en est une autre de risquer sa vie pour des clous.

42

Trognon et Pomme

Les questions sans réponse du cow-boy et les ruminations de l'universitaire sont interrompues par un fracas. Curtis croit qu'une partie de la falaise se détache sous les attaques de l'eau. Mary et Merrill Gates, projetés vers l'avant, s'affalent contre le dos du cocher lorsque le buggy s'immobilise brutalement. Le remède alcoolisé n'a pas fait long feu. Trognon s'est à nouveau affalé, d'un coup, raide mort, suspendu entre ciel et terre par le timon qui le retient prisonnier de son compagnon, entraînant celui-ci vers le sol.

Les sabots de Pomme dérapent. Il sent l'odeur de la mort et pousse des hennissements de terreur.

Secoué par les bonds du cheval, l'arrière du buggy, tel un pendule au bout de son fil, chasse inexorablement en travers, vers le gouffre.

— Oh non, cam'rade ! hurle le cocher.

— Oh, mon Dieu… supplie Mme Gates.

Mais personne n'y peut rien. Les ongles de la femme s'enfoncent dans la cuisse de son mari, figé la bouche ouverte, trop terrifié pour émettre la moindre protestation, le moindre râle.

Le cocher saute à bas de la voiture.

— Remuez pas d'un poil ! lance-t-il à ses passagers.

Aidé du photographe, il saisit à pleines mains l'arrière de la voiture pour tenter de la retenir. Peine perdue. Leurs semelles glissent sur la boue comme sur une plaque de glace. Ils se font emporter. Centimètre après centimètre, la roue arrière quitte la piste. Libéré de la pression du sol, le ressort à lames se détend soudain dans de sinistres grincements dont se font écho les cris de M. Gates et de sa femme. Mais alors que tout semble perdu, la calèche se stabilise. Une roue au-dessus du vide. Fragile équilibre. Le moindre mouvement sera fatal.

— Restez où vous êtes ! hurle le cocher.

Terrorisé, Merrill n'écoute rien, il cherche à se lever, « Non ! bougez pas ! », il veut sortir de ce piège. La calèche recommence à tanguer. Une voiture à deux roues aurait déjà basculé dans le gouffre.

Pomme, toujours tiré vers le sol par le poids de son compagnon mort, ne cesse de brailler et de se débattre, secouant lui aussi le buggy. Son maître accourt pour essayer de le calmer, « Si on s'en sort, t'auras droit à une rasade de whisky ! ».

Mme Gates, coincée entre le vide et son mari, s'accroche à lui, le retient et prie :

— « Oh mort, vers mon divin Seigneur vous êtes la porte, vous êtes les yeux qui s'ouvrent depuis si longtemps fermés, vous êtes les paupières qui se soulèvent sur la Lumière éternelle… »

Dans un ultime hoquet, le buggy s'immobilise à nouveau.

— Merci, mon Dieu, exhale Mme Gates en joignant ses mains.

— Bougez pas, pisse du diable !

— Faut nous sortir de là, monsieur, implore Mary, vite, s'il vous plaît…

Les gestes du cocher rondouillard sont vifs, assurés, aucune hésitation, il accroche un lasso à la roue arrière opposée au vide et lance l'autre extrémité à Curtis.

— Faut m'aider, cam'rade !

Le photographe remonte sur son cheval, enroule la corde autour du pommeau de sa selle avant d'inciter l'animal à tirer. Les sabots dérapent. Le lasso se tend malgré tout, offrant un ancrage à la voiture.

Le cocher propose une main à son client pour l'aider à descendre, sa voix se veut rassurante, mais il a plus l'habitude de parler aux chevaux qu'aux humains :

— Ouste, en bas…

Gates n'a aucune réaction. Les dernières secousses l'ont tétanisé. Contrastant avec son visage cadavérique, seule sa moustache semble encore dotée de vie.

— Merrill, Dieu est à nos côtés, lui murmure sa femme d'une voix blanche qui se voudrait confiante, vas-y, tu vas y arriver.

— Maintenant, monsieur ! C'est maintenant qu'il faut être un homme !

Gates saisit la main du cocher, sa moustache broussailleuse tremble, un peu de bave s'y entortille, que la pluie battante efface dès qu'il sort la tête de la capote du buggy.

— Doucement, bordel ! lui intime le cocher.

Réalisant soudain à qui il donne la main, l'universitaire la retire d'un geste trop brusque. Ses pieds dérapent dans la boue, il perd l'équilibre et se retient à la calèche, la poussant un peu plus vers le ravin. Sa femme hurle. La corde vibre. Le cheval de Curtis piétine et glisse. Le cocher s'accroche à la voiture en hurlant :

— Vous voulez qu'on termine tous en bas ?

Aussi à l'aise que pieds nus sur des éclats de verre, le moustachu s'éloigne du buggy à nouveau stabilisé.

Cramponnée à la main du cocher, Mme Gates à son tour quitte la dangereuse embarcation. L'homme la saisit par la taille, elle fond mollement contre son torse, s'abandonne, son souffle dans son oreille, « Tout doux, ma belle dame », les chaussures de ville de la passagère disparaissent dans la boue.

La pluie n'a pas cessé, mais après ces émotions plus personne ne s'en soucie.

— Mon vieux cam'rade canasson, se lamente le cocher près de Trognon, il est bel et bien crevé, cette fois.

D'un coup de couteau, il tranche l'attache qui relie le collier au timon, libérant le cheval mort qui s'allonge dans le bruit des fesses d'un bambin tombant dans une flaque. Le cocher lui caresse la crinière avec tendresse.

— Stupide canasson ! Un si bon whisky…

Débarrassé du poids de son compagnon d'attelage, l'autre cheval se redresse, s'ébroue vigoureusement.

— Du calme, ma Pomme, du calme, vieux cam'rade. C'est la mort de son cam'rade qui lui fait ça. Il est malheureux. Faut l'éloigner.

— C'est une bête ! s'emporte Gates, qui a repris ses esprits. Les bêtes, ça ne ressent rien !

— La mort, il la sent, oh oui !

Coincé le long du ravin par le cadavre de son frère de trait, Pomme recule, sans prêter attention au buggy qu'il rapproche de la chute.

— Abruti ! lui lance le cocher en jouant de son fouet.

— Non ! oh mon Dieu ! Non ! hurle la femme, sans qu'on sache si c'est à cause des coups de fouet ou de la calèche qui menace à nouveau de verser.

— Henry ! s'affole Curtis.

Rassemblant les rênes, il en frappe les flancs de sa propre monture, mais le cheval ne pourra bientôt plus grand-chose pour empêcher l'attelage de basculer dans le vide.

— Henry, bordel !

Attendait-il qu'on le lui demande ? Henry descend de cheval, s'approche du cocher, « Stop avec ton fouet ! », passe sa main sur la crinière de l'animal effrayé, lui parle tout bas, comme un grand frère à son petit frère tremblant de peur. L'animal se calme.

— Faut libérer le passage ! crie le cocher.

Il défait le harnais de la bête morte et tente de la pousser dans le ravin. Peine perdue, le cadavre ne bouge pas d'un pouce.

— Monsieur Gates ! Vous êtes le seul homme désœuvré ! Faudrait voir à faire autre chose de vos mains qu'à vous débusquer les crottes du nez !

C'est sa femme qui s'avance, pose ses paumes sur la peau encore chaude de Trognon – s'attendant à de la chair froide, elle tressaute – et pousse. Henry abandonne l'encolure de Pomme pour se joindre à l'effort.

— Merrill ! crie Mme Gates.

Et M. Gates n'a d'autre choix que de s'aligner avec eux.

— Un affront de plus à déduire de votre facture, bougonne-t-il.

La boue aidant, le cheval glisse, contourne les sabots de Pomme et bascule, « Oh mon Dieu ! », dans le vide.

Il faut encore ramener le buggy sur la piste.

Henry attrape la bride de Pomme. De la voix et de la main, l'encourage à avancer. Curtis talonne les flancs de son cheval. Le cocher saisit à pleines mains les rayons de la roue avant, s'escrime à la faire tourner. Mme Gates prie et monsieur se frotte les mains pour se débarrasser de la boue. Le buggy frémit, bouge, avance centimètre par centimètre. La roue au-dessus du vide se rapproche du bord du ravin. Contre lequel elle finit par buter, bloquant la calèche.

— Tripes de saint ! jure le cocher. Le ressort ! Il s'est détendu, la roue est trop basse ! Continuez à tirer, vous autres, allez !

Délicatement, il pose un pied sur le marchepied du buggy…

— Mais que faites-vous ! s'affole Mary. Vous n'allez pas monter ?…

… puis un second. Soudain, sans prévenir, tel un singe en cage, il saute sur place sans retenue, forçant les ressorts à se plier et se déplier, invitant le véhicule à se balancer avec lui, l'obligeant à se dandiner d'un côté, de l'autre, de plus en plus fort, de plus en plus haut, au risque de le précipiter dans le vide.

— Laissez-nous au moins récupérer nos affaires ! intervient Gates, angoissé à l'idée de perdre ses bagages.

Mais l'initiative du cocher est payante. Peu à peu, la roue opposée entre dans la danse au-dessus du vide. Timide au début, « Mais vas-y, vérole de ma tante et de ma mère ! », elle s'enhardit, monte puis descend à son tour au rythme du cocher, raclant contre le rebord du ravin qui la retient prisonnière, pour finir par se libérer dans un dernier râle du ressort.

La calèche, tirée par le cheval de Curtis et par Pomme, retrouve enfin la terre ferme. Mme Gates se signe, « Merci, mon Dieu ! », avant d'enlacer le cocher.

— J'ai cru que vous étiez devenu fou…

— Bien possible que je l'étais, m'dame, bien possible.

— Beau boulot, lui balance Curtis avant de remercier Henry d'un signe de tête.

La femme et les trois hommes ont l'allure de charbonniers surpris par une averse. Le président de plusieurs prestigieuses universités est de loin le plus ridicule, sa chemise blanche couverte de boue que la pluie colle à sa peau, dévoilant par transparence un peu de chair rose et la pointe de ses tétons. Pour ajouter au tableau, sa moustache dégouline en serpillière.

— Allons-nous rester dans cette fange, à la fin ?

La colère offre à Merrill Gates un regain de prestance.

— Allez ! En route ! Préparez votre cheval, cocher, nous poursuivons avec lui, allez !

Le cocher s'étrangle.

— Avec un seul canasson !

Puis il pointe du doigt la pluie et la boue.

— Sous cette pisse de Dieu et dans cette merde du diable ?

— Alors, peut-être que ces messieurs… Proposez-leur d'acheter une de leurs montures !

— Cam'rade ? demande le cocher à Curtis.

— Nous ne pouvons pas vendre nos chevaux.

La pluie martèle la capote du buggy comme les balles d'une mitrailleuse.

— Tout est à vendre, jeune homme. C'est juste une question de prix.

Le cocher en a assez soupé de la suffisance du trouillard.

— Même votre dame ? veut-il savoir avec un sourire égrillard. C'est quoi, votre tarif, pour elle ?

Toute humanité s'efface du regard de Merrill Gates. Il se penche dans l'habitacle, fouille sa veste jetée en boule à la recherche de son arme à l'instant où la main du cocher se pose sur la crosse de la sienne.

— Si j'étais à vendre, cher ami, lance Mary au cocher d'une voix aussi cuivrée qu'un air de trompette, vous pourriez vider vos bourses, vous n'auriez jamais assez pour m'acheter !

Rien dans ses yeux ou son sourire n'autorise à penser que le sous-entendu grivois logé dans sa phrase est volontaire. Le cocher en est pourtant persuadé.

— Ah, les femmes !... finit-il par prononcer en s'étouffant dans son rire franc et rauque qui détonne avec sa voix de fausset. Les seuls mots que les hommes connaissent, c'est les flingues. Mais les flingues des femmes, c'est les mots.

Le photographe s'avance.

— Vous allez dans le Dakota du Sud ?

— On y est déjà, cam'rade.

— À la bonne heure. Si vous faites de la place pour mes caisses et pour moi, on peut atteler mon cheval.

— Moi, ça me va. Et pour vous, monsieur Gates ? Rien contre la compagnie d'un second ange ?

Mme Gates sourit. Son mari vocifère :

— Nous sommes restés coincés ici suffisamment longtemps. C'est tout ce que j'ai à dire.

Les deux chevaux se reniflent.

— Fais pas le difficile, ma Pomme. Il a ses têtes, confie le cocher au photographe.

Il n'oublie pas de donner au canasson la récompense promise : une gorgée de whisky.

— Pour le vôtre aussi ? Quelques gouttes, ça peut pas faire de mal.

Curtis refuse. Puis s'installe à côté du cocher. Pas de place pour ses longues jambes. Il les allonge devant lui, par-dessus la selle qu'il a posée sur son barda. La femme se penche en avant.

— C'est très gentil à vous, monsieur. Je suis Mary Gates, et voici mon mari, Merrill.

— Edward Curtis.

— C'est comment, le nom de votre cheval ? veut savoir le cocher.

— Pas de nom.

— Huhau, ma Pomme ! Huhau, Pas-de-Nom ! Huhau, cam'rades !

Pomme s'élance, entraînant le cheval de Curtis. D'un coup de dents, le cocher arrache le bouchon de sa bouteille.

— Envie d'une rasade, cam'rade gentleman ?

— Je n'osais pas vous le demander.

Curtis porte le goulot à ses lèvres, une odeur interrompt son geste, il grimace.

— C'est l'odeur du whisky, ça ?

— L'odeur du coyote mouillé qui s'est roulé dans ses propres excréments ? Non, ça non, c'est pas le whisky qui schlingue comme ça, c'est rien que ma redingote.

43

L'arc-en-ciel

L'homme est un bon compagnon de voyage, même si le photographe, habitué depuis des semaines aux interminables silences d'Henry, sent son cerveau s'engourdir sous le flot de ses paroles – dont le débit est pourtant loin de celui du regretté Gust.

Il se prénomme Allyre, comme le père qu'il n'a jamais connu. Un Français venu à Dallas, Texas, pour aider à s'installer et s'épanouir une colonie de socialistes ayant fui la France dans l'idée de fonder une communauté utopiste. Lorsqu'ils avaient découvert que les terres achetées par la communauté ne valaient rien, qu'eux-mêmes, des horlogers, des musiciens, des couturiers, ne valaient rien non plus pour travailler la terre, c'est ce père désespéré qui avait dû prendre la difficile décision de dissoudre la colonie.

Ce soir-là, après avoir annoncé publiquement la fin du projet, il ne restait plus au chef des utopistes qu'à se prendre une cuite.

Une fille de ferme d'origine allemande avait suivi les Français jusqu'au Texas – elle était tombée amoureuse d'Allyre père sans jamais oser l'avouer. Profitant de l'ivresse de celui qu'elle aimait en secret, elle lui avait sauté dessus, jambes écartées. Le lendemain, sans aucun souvenir des cuisses allemandes, le Français était parti rejoindre sa femme et leurs quatre enfants.

Toute sa vie, Allyre le fils avait entendu sa mère traiter les gens autour d'elle de « cam'rades », seul mot français qui lui restait de ces années vécues en compagnie des utopistes. Ce mot et un marmot. Marmot qui avait fini par adopter le mot.

— Et toi, cam'rade ? C'est quoi, le traquenard qui t'amène sur cette piste ?

Curtis raconte le minimum : son chariot attaqué, cet homme venu à son secours, il cherche un poste télégraphique pour prévenir sa femme. Allyre lui assure qu'il en trouvera un à leur destination, Fort Sibley.

Whisky, fatigue et tangage, le photographe ne tarde pas à s'endormir, malgré la pluie qui n'a pas cessé de copieusement les arroser.

Des coups de coude l'arrachent de son somme.

Le cocher a coincé les rênes sous un pied et se débat avec sa redingote.

— Désolé de te sortir de tes rêves, cam'rade, cette foutue redingote, faut que je l'enlève…

La pluie a cédé la place au soleil. L'eau s'échappe du manteau du cocher en arabesques de vapeur. Et c'est comme si l'odeur se matérialisait, décuplant sa puanteur, envahissant le buggy.

— Si je l'enlève pas, cam'rade, la dame derrière, elle va pas tarder à tourner d'l'œil comme une génisse amoureuse.

Le cagnard cogne fort déjà, la capote du buggy fume également. Par le hublot arrière, Mary Gates regarde la pluie qui ne les a pas suivis en bas de la colline…

— Cocher, cocher, arrêtez-vous !

— On n'est plus pressés ?

— Contentez-vous de faire ce que ma femme vous demande.

Mary rit bêtement.

— Je suis aussi mouillée que la sirène d'Andersen !

M. Gates se précipite pour vider sa vessie derrière la voiture. De ce côté de la colline, l'herbe est sèche, il n'est pas tombé une goutte depuis longtemps.

Curtis tend sa main pour aider Mary Gates à descendre.

— Oh, merci, monsieur.

— Tout le plaisir est pour moi. Quel sac vous faut-il ? Je m'en occupe.

— Oh mon Dieu ! Tout est humide ! constate Mary en fouillant dans ses affaires.

À la tête de l'attelage, le cocher se soulage entre les deux chevaux. Pour eux, il singe la voix de Mary Gates, « Oh mon Dieu ! Oh mon Dieu ! », avant de leur confier à l'oreille :

— Ces bigots-là, ma mère, elle appelait ça des baise-l'ortie. Qu'est-ce que Dieu il viendrait foutre ici-bas ? Ici-bas, c'est pas « Oh mon Dieu ! Oh mon Dieu ! », mais plutôt « Oh quelle merde ! Oh quelle merde ! »… Surtout avec des clients de cet acabit !

Henry a déjà allumé un feu. Il prépare un café. Curtis le rejoint.

Cherchant où s'abriter des regards, Mary Gates se glisse à son tour derrière le buggy. Pour retrouver un peu de contenance, M. Gates a renfilé la veste que sa femme avait mise à sécher dès les premiers rayons du soleil. Des croûtes de boue s'en détachent comme des croûtes de peau d'un lépreux. Il craque une allumette après l'autre pour allumer un de ses gros cigares, qu'il a sorti d'un étui de poche, miraculeusement rescapé de la pluie et de la boue. Mais l'humidité a rendu le phosphore inopérant et transformé les allumettes en simples bouts de bois. Sans rien demander, le président des Amis de l'Indien prélève une brindille enflammée du feu d'Henry et l'approche de son cigare.

Curtis, assis près du bandit, ôte ses bottes et les vide de l'eau qui s'y est accumulée. Le visage de son compagnon n'exprime aucune contrariété, rien n'a changé dans son attitude lorsque Gates a saisi la brindille, à aucun moment il ne lève les yeux vers l'homme qui, debout, les domine et semble jouir de cette position. Le photographe n'est pourtant pas tranquille. C'est la première fois qu'il voit le bandit retirer son couteau de son étui et s'en servir pour touiller son café, dans lequel il ne l'a jamais vu mettre de sucre.

— Serait-ce la boisson à laquelle je pense ? interroge l'universitaire en indiquant de son cigare les mugs fumants.

Dos au buggy, masquée à la vue des hommes, seule face à la plaine et à la lointaine colline où l'orage concentre ses nuages noirs, Mary Gates s'émerveille du diaphane, presque invisible, arc-en-ciel qui auréole la Terre. Curtis aurait-il cédé son café au désagréable bonhomme si la voix de la femme n'était venue détourner les regards et les tensions ?

— « Le soleil avait majestueusement surgi de l'eau, déclame Mary en retirant un premier vêtement mouillé. Ses rayons doux et bienfaisants tombaient sur l'écume froide, et la petite sirène ne se sentait pas morte ; elle vit le soleil brillant, les nuages de pourpre, et au-dessus d'elle flottaient mille créatures transparentes et célestes… »

Tout ce que les hommes aperçoivent de la femme – sauf son mari qui lui tourne le dos – c'est un bras qui parfois dépasse de derrière le buggy, un bras de plus en plus dévêtu. Ils aperçoivent également une ombre à terre. L'ombre des vêtements que Mary Gates retire un à un. L'ombre d'un strip-tease.

— « Alors, la petite sirène leva ses bras transparents vers le soleil de Dieu et, pour la première fois, des larmes montèrent à ses yeux… »

À la vue de l'ombre nue de sa passagère levant les bras au ciel, le cocher s'exclame :

— Oh merci, cam'rade Dieu !

44

La réserve indienne de l'Arbre-Mort

Plus ils s'éloignent de la colline aux orages, plus les chevaux soulèvent des pelletées de poussière, dérangeant des insectes qui s'envolent pour retomber aussitôt comme des feuilles mortes sur la terre aride. La couverture miteuse qui couvrait les jambes des Gates est à présent suspendue devant eux, dans le dos du cocher et de Curtis. Mais ce n'est pas suffisant pour protéger les passagers de cette saleté poudreuse qui rend l'air irrespirable.

Au travers du voile cendré qu'ils génèrent en se déplaçant, Curtis aperçoit un mouvement en contrebas. Un signe au cocher, les chevaux s'arrêtent, M. Gates explose :

— Pourquoi nous arrêtons-nous encore au milieu de nulle part ?

Sa femme écarte la couverture qui leur bouche la vue. La poussière s'en détache et tombe sur la tête du cocher assis devant elle.

— Oh, vérole de ma tante et de ma mère ! Pardon, m'dame.

— Sommes-nous arrivés ? Enfin !

Le nuage de poussière se dissout lentement dans l'air. Le paysage apparaît comme une photographie plongée dans les produits qui la révèlent. Une photographie en couleurs. Tendant ses mains, Curtis délimite le cadre, « Chleuiich ! », et capture l'image.

— Qu'est-ce qui t'prend, cam'rade ? s'inquiète le cocher.

La plaine qu'ils dominent est constellée de minuscules tourbillons de fumée qui dérivent dans une même direction.

— C'est quoi, ces fumées ? demande Curtis.

— Ça c'est pas de la fumée, ça c'est cet' vérole de poussière.

Le photographe discerne des silhouettes au centre des tourbillons.

— Et ça qui bouge, ça qui soulève la poussière, c'est ces véroles de macaques de Peaux-Rouges ! crache le cocher.

Des chariots, des chevaux, des travois convergent vers des constructions que Curtis découvre à présent, non loin de quelques bouquets d'arbres derrière lesquels se faufile une rivière. Çà et là, des tipis.

— Je te présente la réserve de l'Arbre-Mort. Et les baraques là-bas que tu vois devant le Missouri, ça c'est Fort Sibley, c'est là qu'tu pourras envoyer ton télégramme à ta dame. Mais, cam'rade, conseil. Laisse pas traîner trop longtemps tes fesses à portée de ces maudits étripeurs de Blancs. On a beau leur avoir coupé les griffes, moi j'les crains comme les deux bourgeois, là-derrière, craignent la volonté divine et les bassesses du Malin.

Puis il ajoute dans un ricanement :

— C'est ma mère qui disait ça.

Henry, tournant le dos à la plaine, soulève un sabot de sa monture. Il a perdu un fer. Probablement resté captif de la boue.

— Tu aurais dû me le dire avant, mais ça va, ton pied n'est pas chaud, murmure-t-il à l'animal tout en lui massant la jambe.

Une fois, une seule – il avait dix ans, onze tout au plus –, Curtis avait vu un Indien monter un cheval.

Après avoir fait le portrait de Princesse Angeline, il s'était pourtant rendu dans les réserves près de Seattle pour y photographier d'autres Indiens. Les Duwamishs et les Suquamishs vivaient dans des maisons en bois. Ils se déplaçaient à pied ou en canoë, tout comme les Indiens installés dans ces petits villages côtiers d'Alaska que le photographe avait rencontrés au cours de l'expédition de 1899 en compagnie de Grinnell et de quelques autres savants. Mais aucune de ces tribus ne possédait de chevaux.

Ce jour-là, son père s'était endormi dans le canoë qui descendait la rivière Cannon. Ils étaient sur le retour après avoir apporté la bonne parole en dévoués facteurs messianiques. C'est là que le jeune Edward l'avait vu. Dans les bois, sur son cheval. L'homme et la bête se déplaçaient moins vite que le canoë. L'enfant avait soulevé sa pagaie et la gardait en l'air, incapable du moindre mouvement. L'Indien avait tourné la tête alors que la petite embarcation descendant la rivière se coulait lentement à sa hauteur. Ses yeux s'étaient plantés dans ceux du jeune Edward, qui avait eu le temps de distinctement voir les longues tresses, les vêtements en peau, l'arc et le carquois d'où dépassaient les flèches aux plumes rouges. Le cheval n'avait pas changé d'allure et l'enfant avait suivi des yeux l'Indien, le plus longtemps possible, jusqu'à ce que le canoë, hoquetant sur un rocher à fleur d'eau, menace de chavirer.

À son réveil, son père lui avait assuré que c'était impossible, après le soulèvement de 1862 et la pendaison des trente-huit Sioux à Mankato, le colonel Henry Sibley et ses troupes avaient traqué les Indiens, les tuant ou les chassant hors du Minnesota. Mais le jeune Edward savait ce qu'il avait vu. Qui se promènerait dans un bois, sur un cheval, avec un arc et des flèches, sinon un Indien ? Plus tard, en y repensant, il ne se demanderait pas s'il avait rêvé – ce n'est pas lui qui dormait, dans le canoë. Mais l'Indien était-il fourbe et cruel comme ceux que combattaient Kit Carson et Dashing Charlie dans les pages des romans à dix *cents* qu'Edward dévorait dès qu'il en avait l'occasion ? Ou au contraire possédait-il la noblesse du Mohican Chingachgook, le fidèle compagnon de Natty Bumppo, héros des livres de Fenimore Cooper ?

Curtis est ému. Curtis est impatient. « Fouette cocher ! » voudrait-il crier tandis que le buggy descend la colline de son allure brinquebalante. Depuis son enfance, ses nuits sont peuplées de ces guerriers des plaines. Dans ses rêves, il chevauchait infatigablement en leur compagnie, des journées entières, des mois, des années, dans le sillage des hordes de bisons. Seul petit Blanc parmi les guerriers au visage bariolé sous une coiffure de plumes – qui a toujours eu sur lui plus d'effets que la couronne d'épines dans l'église de son père.

Comme la grande majorité des Américains, il ne connaît des Indiens que ce qu'il a lu dans les journaux ou les romans. Il ignore quelle tribu vit dans quelle réserve, voire dans quel État. Lesquels a-t-il devant les yeux ? Cheyennes ? Wichitas ? Comanches ? Sioux ? Pawnees ? Shoshones ? Crows ? Arapahos ? Osages ? Missouris ? Kiowas ? Il n'ose le demander au cocher, il a honte de son excitation puérile tout autant que de son ignorance.

Le buggy longe la piste empruntée par les Indiens. Peu rassuré, le cocher mâchouille ses lèvres et maugrée régulièrement « Vérole de sauvages ».

— Les voilà donc, lâche M. Gates en lissant sa moustache de ses ongles. N'aie crainte, Mary, je connais l'Indien. Nous l'avons dompté. Il n'est plus en capacité de faire du mal à une mouche.

Le photographe observe les travois, les couvertures jetées sur les épaules des femmes, les tresses des hommes, leur peau cuivrée sous une couche de poussière... Mais ni arc, ni flèches, ni tomahawk. Pas une seule plume dans les cheveux. Les chapeaux remplacent les coiffes.

La déception se lit sur son visage. On espère tous voir un jour ses désirs se réaliser : toucher la lune du bout des doigts, respirer sous l'eau, voler avec les papillons, courir plus vite que le lion des montagnes ou dégainer plus vite que Billy le Kid. Ensuite, la vie se charge de nous désenchanter. Curtis avait fait le deuil des chevauchées sauvages à la poursuite des bisons à mesure que ceux-ci étaient impitoyablement exterminés. Mais il avait gardé l'espoir qu'un jour, adulte, il croiserait la route de ces Indiens des Plaines, et qu'ils ressembleraient à ce guerrier entraperçu sur les bords de la rivière Cannon. Cet Indien que rien ne semblait pouvoir effrayer. Qui aurait pu d'une seule flèche lui transpercer le cœur. Mais qui s'était contenté de le regarder descendre le fil de l'eau, sans broncher, sans un geste. Comme un dieu, peut-être. Un de ces dieux que la peur nomme démons.

Il doit se rendre à l'évidence, l'Indien de son souvenir et de ses rêves vient de définitivement disparaître, là, sous ses yeux, dans la poussière qui lui pique le nez. Il ne croisera jamais la route de guerriers tels que Geronimo, immortalisé sur son cheval par son confrère Camillus Fly. Ou Little Bear, torse nu derrière son plastron d'os et de perles, photographié par John Hillers. Il est trop tard. Le cannibalisme blanc les a dévorés.

La déception ne fait pas une bonne compagne de voyage. Curtis la chasse. Son regard doit s'adapter, refaire le point, se focaliser sur le présent. Le photographe doit se laver les yeux à grande eau, chasser les poussières de diamants qui s'y étaient logées depuis son enfance pour y faire briller des mirages.

45

La mission de la Sentinelle sacrée

Sentinelle sacrée. Deux mots maladroitement gravés sur un panneau en bois suspendu à une arche sous laquelle s'engage le buggy. La mission, ceinturée par une barrière à claire-voie tout aussi blanche que les édifices qu'elle garde, compte une grange, une petite église collée à son presbytère et un pensionnat : le réfectoire occupe le rez-de-chaussée tandis que le dortoir et les cellules de deux religieuses se partagent l'étage.

Depuis les fenêtres du réfectoire, des enfants regardent le buggy – jamais une si gracieuse voiture ne s'est aventurée dans la réserve – qui s'immobilise devant l'église.

L'apercevant à son tour, sœur Cornélia tape dans ses mains, « Allons, allons… », dénoue lentement son tablier sans rien laisser paraître de l'émotion qui l'envahit, « Éloignez-vous de ces fenêtres », et tape à nouveau des mains, « Je crois qu'il est temps de prier ». Une quinzaine de filles, entre six et quatorze ans, vêtues d'une même robe grise, « Dépêchons ! », s'agenouillent à contrecœur.

— Si j'en vois une à la fenêtre, il n'y aura pas de repas ce soir. « Notre père qui êtes dans les cieux… »

Tandis que les filles poursuivent la prière, « que votre nom soit sanctifié, que votre règne arrive... », sœur Cornélia ouvre la porte. Dès le seuil franchi, un lumineux sourire nettoie les traits tirés de son visage. Ses pas s'accélèrent, ses enjambées s'amplifient. Et la religieuse finit par abandonner toute retenue. Tant pis si les filles, lui désobéissant, la voient courir sans panache et l'entendent crier « Ma sœur ! Ma sœur ! »... Ses bras s'ouvrent pour enlacer Mary Gates tout juste descendue du buggy.

— Je suis couverte de poussière, Mag ! s'exclame Mary Gates, employant le surnom de sa petite sœur Margaret.

Sœur Cornélia se moque de salir sa robe blanc et bleu, elle se colle à elle.

— Oh, je suis si heureuse ! Si heureuse ! Si heureuse !

Malgré les menaces, quelques têtes d'enfants apparaissent aux fenêtres et observent la danse folle dans laquelle leur sévère directrice entraîne sa sœur, « Mary, Mary, Mary... ».

Aucun sourire sur le visage des filles. Le spectacle de cette joie est un crève-cœur. À elles, on interdit ces mêmes retrouvailles familiales. Quelques dizaines de mètres au-delà des barrières blanches, des squaws dressent vers le ciel les longs bouts de bois qui ont servi aux travois, les faisant s'entrecroiser au sommet, les écartant en cercle au sol, squelettes de leurs tipis. Leurs mères, leurs tantes, leurs sœurs.

Voilà donc à quoi cela ressemble, en vrai ! constate Curtis en faisant quelques pas dans leur direction.

Il s'attendait à des décorations, de la couleur, des peaux de bison... Les tipis sont en toile de tente militaire brûlée par les éléments, à l'origine écrue – lorsque, quelques années plus tôt, l'armée a opté pour une toile plus terne et moins perméable à la lumière, les vieilles toiles ont été distribuées dans les réserves indiennes pour y remplacer les peaux de bison devenues introuvables.

Des enfants assis sur leurs talons regardent l'homme blanc qui s'achemine vers eux. Mais Curtis comprend qu'il est transparent. Les enfants n'ont d'yeux que pour les bâtiments derrière lui. Que pour leurs sœurs qui, depuis le réfectoire de la mission de la Sentinelle sacrée, agitent discrètement leurs mains.

Une autre religieuse sort de l'église, où elle supervisait le nettoyage quotidien. Derrière elle, quelques têtes s'allongent par la porte, d'autres fillettes, chiffon et balai à la main. D'un signe, la religieuse les expédie vers le cocher.

Allyre, aussitôt entouré par ces petites Indiennes venues s'emparer des bagages des Gates, crache de dégoût, « Saloperies de vipères ». Il se serait signé s'il avait eu un peu de religion. Mécréant, il se contente de reculer et de gratter nerveusement la crosse de son six-coups.

Sœur Cornélia se détache enfin de Mary pour accueillir son beau-frère par une révérence.

— C'est si bon de vous revoir tous les deux !

— Même dans mes pires cauchemars, j'étais loin de m'imaginer une telle expédition, ma chère Margaret, râle Merrill Gates. Quelle épreuve ! Quelle chienlit !

Cent après *cent*, le cocher compte son argent, maudissant l'emmerdeur prétentieux qui aurait tenu sa promesse, « Il faudra déduire ces désagréments du prix de la course », sans l'intervention de sa femme, « Merrill, s'il te plaît, nous devons beaucoup à cet homme ».

Pour soulager son cheval, Henry transvase les caisses du photographe de sa selle à l'arrière du buggy, attache l'animal à la voiture et s'installe à l'avant.

— Huhau !

Le buggy repart.

— Oh, cam'rade ! appelle le cocher.

Curtis court et saute sur le marchepied. Le cocher crache en direction des enfants accroupis.

— Maudits bâtards rouges !

Un frisson parcourt le dos d'Henry, mais il ne bronche pas.

46

Fort Sibley

Séparées les unes des autres par des dizaines de mètres, des petites barrières blanches délimitent d'autres îlots de civilisation – tout aussi blancs –, posés çà et là dans ce paysage aride. Plus loin en direction de la rivière, des bâtiments forment un carré. L'un d'entre eux est la forge du maréchal-ferrant.

L'homme, aussi noir que la suie, termine de marteler une pointe en fer rougie par les flammes, qu'il ajuste aussitôt au bas d'une toupie métallique.

Après avoir dételé le cheval de Curtis, le cocher entre.

— Y a moyen d'acheter un canasson, par ici ?

Sans un mot, le forgeron lui indique un magasin, plus loin : *JEFFERSON'S STORE.*

— Bien aimable.

— Méfiez-vous, il a la réputation de vendre des chevaux pas débourrés.

— Me vendre un bronco, à moi ! ricane le cocher.

Il salue Curtis, « À la revoyure, cam'rade gentleman ! », et se dirige vers le magasin en tenant Pomme par son harnais.

Le forgeron enroule une ficelle autour de la toupie qu'il vient de façonner, et sort la lancer sur la terre damée de la rue. La toupie neuve tourne avec la grâce d'une danseuse en tutu.

— Mon cheval a besoin d'être ferré à neuf, dit Henry.

— C'est possible.

— Combien ?

— Un dollar vingt-cinq.

— Un dollar vingt-cinq ! La dernière fois, j'ai payé quatre-vingts *cents* !

— Pas ici. Ici, c'est un dollar vingt-cinq. Payable d'avance.

— J'ai offert une toupie à mon fils Harold, intervient Curtis. Il a sept ans. Mais elle ne tournait pas aussi bien. Vos enfants ont de la chance d'avoir un père forgeron.

— J'ai pas d'enfants, monsieur. Personne veut épouser un Noir, par ici. Ou alors il faudrait que je prenne une de ces squaws. Les toupies, je les fabrique et je les vends. Si vous en voulez pour votre fils, c'est pas ce qui manque.

Henry retire une liasse de billets de sa boîte en fer et emboîte le pas au maréchal-ferrant.

Lorsqu'il ressort de la forge, le photographe lui barre le chemin. Le visage sale, ses yeux rougis par la poussière, la barbe de plusieurs semaines, les traits creusés par la faim et la fatigue, il aurait terrifié ses propres enfants. Dans sa rage d'avoir été trahi par son compagnon, les mots se bousculent. Mais qu'espérait-il d'un voleur ? D'un assassin ?

— C'est pour ça que tu avais peur… Que tu regardais derrière tout le temps. Pas à cause de mes caisses. À cause de mon argent !

— L'argent ?

— Mon argent, oui ! Celui que tu n'avais pas trouvé ! Menteur.

Le silence du bandit – qui comme à son habitude regarde ailleurs, ses pieds, la rue, les bâtiments – ne rassure en rien Curtis.

— J'ai trouvé de l'argent, réplique calmement Henry.

— C'est l'argent que Ned m'a volé !

— C'est mon argent.

— Tu sais bien que non.

— Il est dans ma poche, il est à moi.

— Alors, si je te le prends et que je le mets dans ma poche, il est de nouveau à moi ?

Les yeux d'Henry se lèvent enfin sur ceux de Curtis. Le photographe est bien plus grand, le cow-boy doit hausser le menton. Il a ce même regard impassible que depuis le premier jour de leur rencontre.

— Tu veux me le prendre ? demande-t-il sans hausser le ton.

Le photographe n'est pas dupe. Derrière l'apparente douceur se cache une menace. Cet homme n'est pas son ami. Et il ne s'agit pas d'une chamaillerie entre bourgeois de Seattle à propos de l'emplacement de la nouvelle gare. Curtis regarde les mains d'Henry. Que pourrait-il faire si ces mains décidaient de lui saisir la gorge ? Sa grande taille ne lui serait d'aucune utilité, il soupçonne le bandit d'être capable de terrasser un ours à mains nues.

— Je dois télégraphier à ma femme, semble s'excuser le photographe.

Il tend la main, paume ouverte.

— Et puis il y aura l'hôtel, manger, me laver…

Avec dans la poche les quelques dollars qu'Henry lui a concédés, Curtis porte la caisse contenant son Reversible Back Premo jusqu'à l'hôtel que lui a indiqué le maréchal-ferrant. Il espérait y trouver de l'assistance pour ramener le reste de son barda, « Et où vous voulez que je dégote quelqu'un pour vous aider ? » lui a répondu la dame de l'hôtel. Il en est à son second aller-retour quand un policier sort du bureau de la police tribale, lui demande ce qu'il fait là, se présente, « Debout dans la Tempête, mais on m'appelle Chef », et lui donne un coup de main pour porter les caisses.

Le télégraphiste, lunettes de lecture, cheveux blancs, parcourt le formulaire que Curtis vient de remplir : *Petits soucis, impossible envoyer message avant, tout va bien. Pas trouvé Grinnell. Il a dû te contacter. J'attends nouvelles ici…*

Derrière son bureau, l'opérateur ôte ses lunettes et s'en frotte l'arête du nez. Il a eu le même geste lorsque Curtis, après avoir poussé la porte, a demandé le téléphone, « Pourquoi voudriez-vous qu'on ait le téléphone ? » a répondu le télégraphiste avec dans la voix ce qu'il faut de mépris pour cette nouvelle technologie.

— « Ici », c'est où ? demande-t-il à présent.

— Vous pouvez rajouter le… enfin, ce qu'il faut pour que la réponse arrive ici ?

— Je peux rajouter tout ce que vous voulez. C'est pas moi qui paie. Mais ici, où ?

— À l'hôtel.

— Je peux pas deviner.

L'homme rajoute quelques mots et reprend sa lecture :

— « Je vous espère tous bien. Vous me manquez, et cette fois c'est vrai. »

En sortant du bureau du télégraphiste – qui lui a appris qu'on était déjà en août – Curtis croise le buggy. Le nouveau cheval a pris la place et le nom du défunt Trognon. Le forgeron avait prévenu. Le cheval, encore à moitié sauvage, n'apprécie pas d'être attelé, il cherche à mordre Pomme et se reçoit un coup de fouet.

— Oh, cam'rade Trognon ! Tout doux !

Secoué par les ruades du nouveau Trognon, le buggy menace de se disloquer. Le cocher saute à terre, débouche une nouvelle bouteille de whisky – il en a acheté cinq pour le voyage retour – et force le cheval à en avaler quelques rasades.

— T'aimes ça, pas vrai, mon salaud !

Le bronco couine, renâcle, secoue la tête dans tous les sens, enfin s'apaise et se lèche les babines. À côté de lui, Pomme réclame bruyamment sa dose.

— T'en veux, toi aussi ?

Le cocher verse quelques gouttes dans le creux de sa paume que l'animal s'empresse de lécher.

— Huhau, ma Pomme, Huhau, mon Trognon ! Huhau, cam'rades !

Le buggy s'éloigne en tirant vers la gauche, le côté où le nouveau Trognon, lourd sur ses pattes, découvre les contrecoups de l'ivresse et ralentit l'allure de l'attelage.

47

Une seule photographie

Pour empêcher l'humidité de pénétrer les caisses du photographe, il aurait fallu les emballer dans la redingote du cocher. Ces caisses sont vendues pour être étanches, mais le fournisseur l'avait mis en garde, « Si vous les jetez dans l'océan, l'humidité finira par se frayer un chemin ». La pluie sans relâche a été cet océan.

Malgré la fatigue, Curtis déballe son matériel, l'étale sur le sol. En essuyant le soufflet de son appareil photographique, il y découvre un trou. Trop éreinté pour s'énerver, il pleure comme il n'a plus pleuré depuis la mort de son ami Jean-de-Poitou – il n'avait pas versé autant de larmes pour son père. Tous les événements passés refont surface – la mort de Gust, le vol de son matériel, le rendez-vous raté avec Grinnell, la chevauchée avec ce bandit, le cadavre de cette pauvre femme, le canasson crevé, le ravin, le soleil, la fatigue, la pluie, la boue… Après quelques minutes, Curtis se laisse emporter par un sommeil lourd, presque un coma, à genoux comme en prière, les coudes sur le rebord du lit, dans un rayon de soleil.

Il se réveille près d'une heure plus tard dans la même position, les genoux douloureux. Ses doigts caressent le soufflet. C'est ce qu'il redoutait, la balle a traversé le manchon de part en part.

L'humidité est à présent le cadet de ses soucis.

Il inspecte tout son matériel. Vérifie chaque boîte. Retire chaque bouteille de produit chimique. Il ne trouve qu'un seul autre trou. Ridicule. Si étroit qu'il ne peut y introduire son petit doigt. La balle a atteint la boîte récupérée dans l'enclos, la traversant en biais, du haut vers le bas. Pour mourir au pied de la dernière plaque de verre. Après avoir fait voler en éclats toutes les autres.

Une seule plaque de verre.

Le constat est désespérant : au bout de ce long périple, Curtis ne pourra prendre qu'une seule photographie.

48

Bill Q.

Malgré le soleil rasant qui inondait sa chambre avant de s'éteindre pour la nuit, malgré le regret amer de n'avoir pas tiré sur Ned pour l'empêcher de massacrer les plaques de verre – les autres l'auraient tué, il le sait, comme il sait que seul Henry en serait sorti vivant –, Curtis a fini par s'endormir à nouveau. Assis sur le plancher, dos contre le lit, soudain incapable d'en faire davantage, vidé, anéanti à l'idée de cette unique photographie, tout juste bon à s'affaler un peu plus sur le sol où, les yeux déjà fermés, il s'est abandonné au milieu du fatras des caisses ouvertes, rêvant qu'il tirait sur le nœud coulant et que l'agonie du jeune crétin le laissait indifférent.

À son réveil, la nuit a bien entamé sa ronde et il ne se rappelle pas avoir déjà éprouvé une telle sensation de faim. Malgré leurs repas souvent frugaux depuis le chien grillé, c'est comme si, par entente tacite, la faim était restée assez discrète durant cette période loin de toute civilisation, son ventre se contentant de ce qu'il avait. Mais les choses viennent de changer. À présent que la nourriture se trouve en abondance juste derrière des portes closes, le temps est venu pour la faim de lui tourmenter le ventre et de s'exprimer à coups de gargouillis et de borborygmes. Une poigne de fer lui broie les entrailles.

L'hôtel dort. Personne à qui demander de quoi calmer son estomac. Il sort sans idée précise. Peut-être espère-t-il tomber sur Henry – que ne donnerait-il pas pour des cigales grillées ! Il ne se fait aucune illusion. L'enfant Curtis avait aidé Jean-de-Poitou à ferrer des chevaux. Il sait qu'en moins de deux heures l'animal est prêt. Si le cheval d'Henry n'a pas été blessé par la perte de son fer, la monture et son cavalier sont déjà loin. Le café d'Henry lui manque – le grincement du moulin à café qui mord les grains, le bruit du liquide chaud qui coule dans le mug, son odeur, sa chaleur qui emplit la bouche. Où est Henry ? Où est ce salaud de bandit qui a bourré les poches de son pantalon avec ses dollars ? Il s'était habitué à la présence du cow-boy. Étrange de se sentir seul, sans lui. Vulnérable.

La réserve dort. Les maisons de bois tout autant que les tipis des Sioux – « Ça, c'est des pisse-froid de Sioux », lui avait appris le cocher. L'obscurité jette un voile sur la misère. Il apprécie ses foulées sur l'herbe qui craque entre les tipis sous lesquels il entend la vie endormie des Indiens. Les bestioles qui s'écartent en rampant devant ses bottes, l'air chaud qui remonte de la terre après une journée martelée de soleil… Des chiens grognent à son passage. Les morsures gravées dans sa chair par d'autres chiens se réveillent, le tourmentent. Il n'est pas rassuré. Puis les bêtes aboient en direction d'un intrus. Il aperçoit un animal qu'il ne reconnaît pas dans la nuit, peut-être un loup, il lui lance des pierres – il suffit de se baisser pour en ramasser de pleines poignées. L'animal s'enfuit.

L'homme affamé s'approche d'une grosse marmite suspendue au-dessus de braises mourantes. Il soulève le couvercle, « Je serais vous, je ferais pas ça », le couvercle lui échappe des mains et reprend bruyamment sa place. Il se retourne, persuadé qu'un Indien, le prenant pour un voleur, le menace d'une arme. Mais l'homme a d'autres occupations pour ses mains. Il termine d'enfiler la chemise sous laquelle il est entièrement nu, lui tournant à demi le dos, peut-être un reste de pudeur. Il n'a rien d'un Indien.

— J'ai vu les squaws fouiller le crottin à mains nues, c'est là-dedans qu'elles trouvent les grains que les chevaux n'ont pas digérés. Jusqu'à ce que les rations qui leur sont dues arrivent enfin, leur soupe, elle est faite avec ça, des herbes, des plantes, et ce qu'elles récupèrent dans le crottin des chevaux.

Le photographe bredouille quelques mots de remerciement sans parvenir à dissimuler son dégoût.

— Vous connaissez quelqu'un dans un de ces tipis ?

— Pardon ? Oh, non, non, je ne connais personne.

D'un coup de menton, le type pointe le tipi qu'il vient de quitter. Puis passe son pantalon.

— Son mari est mort. Quand elle vient ici, eh bien on fait du commerce. On passe du temps ensemble. Les rations qu'ils reçoivent, y a pas de quoi les nourrir, elle et ses enfants.

Il offre une cigarette à Curtis, s'en allume une et indique du bout rougeoyant de sa cigarette la mission où sont descendus M. Gates et madame.

— Vous savez pourquoi la plupart envoient leurs enfants à l'école des Blancs ? Ni pour apprendre ni pour Dieu. Mais parce que les parents n'ont pas de quoi filer à bouffer à leurs propres gamins. C'est comme ça, c'est un fait. Tant que je suis là, tant qu'on fait notre petit commerce, elle peut garder ses enfants avec elle.

— Ils ne seraient pas mieux à l'école ?

Pour toute réponse, l'homme plante ses yeux bleus dans ceux de Curtis, comme si la réponse se trouvait dans son regard. Pendant un temps, ils n'échangent que de la fumée. L'homme glisse ses pieds dans des bottes. Le ventre du photographe lâche plusieurs plaintes.

— C'est pas souvent que je croise un autre Blanc qui se balade au milieu des Indiens en pleine nuit. Vous êtes à l'hôtel ?

— Oui.

— Les femmes, ça me donne faim. Ça vous dirait, un truc à vous mettre sous la dent ?

— Vous êtes mon sauveur. Je suis affamé.

— C'est bien ce que je me suis dit en vous voyant soulever ce couvercle.

Il tend sa main.

— Bill Q. Jefferson, du Jefferson's Store.

— Curtis, Edward S. Curtis. Enchanté, Bill.

— Bill Q., le reprend l'autre.

— Enchanté, Bill Q.

— Enchanté, Edward S.

Le lard grésille, puis est repoussé sur le côté de la poêle pour permettre aux œufs de s'étaler comme des soleils dans son gras. Devinant sa faim, Bill Q. casse cinq œufs pour son invité. Une fois à table, Curtis n'en revient pas : c'est la première fois qu'il est assis sur une chaise depuis des semaines. Après l'interminable voyage en train, les quelques heures de tape-cul du chariot du pauvre Gust, les journées coincées sur la croupe du cheval d'Henry ou la selle de celui volé à ses voleurs, pour terminer par le siège du buggy, il s'est promis de ne plus jamais enfourcher quoi que ce soit. Ni même de s'asseoir. Mais force est de constater que ses fesses sont bien contentes de se poser.

La conversation est agréable. Bill Q. ne se fait pas prier pour parler. Lorsque Curtis lui signale qu'il est arrivé dans la réserve avec le cocher à qui il a vendu un cheval non dressé, l'homme éclate de rire.

— Il était tellement sûr de lui, ce cam'rade ! répond son hôte en singeant le cocher. J'aurais pu lui vendre ma grand-mère en lui faisant croire qu'elle était encore vierge !

Il ne se gêne pas pour raconter comment il s'y prend pour tromper les inspecteurs qui viennent régulièrement vérifier que tout se passe dans les règles.

Bill Q. est censé vendre des chevaux parfaitement débourrés, mais ce n'est jamais le cas. Dès qu'il est prévenu d'une de ces visites réglementaires, il attelle l'un après l'autre ses chevaux sauvages à un vieux bourrin et, pendant une heure, le vieux canasson et le jeune fougueux tirent une charrette. Après une heure, les sauvageons sont assez calmés pour passer l'inspection. Plus tard, quand les Indiens lui achètent ses chevaux, vendus comme dressés, c'est à eux qu'il revient de vraiment faire le job.

— Si je dois embaucher quelqu'un pour faire ça, je devrai leur vendre le canasson plus cher, on est tous gagnants.

Deux heures plus tard, un Curtis rassasié quitte le logement de Bill Q., au premier étage du bâtiment qui abrite également son magasin. Il y a acheté des cigarettes, du fil et des aiguilles. Le sommet du crâne du soleil se hisse timidement entre deux collines.

49

La cloche

À l'heure où Curtis rejoint sa chambre d'hôtel, avant que le premier rayon de soleil ne frappe la façade de la mission, Mary Gates sort du presbytère que sa sœur, empruntant pour cette occasion un lit double à l'hôtel, a aménagé en chambre pour elle et son mari. La veille, elle a à peine touché à son repas. Couchée avant le soleil, elle a aussitôt sombré. Pour se réveiller dans la nuit noire. Près de Merrill, qui lui souffle son haleine de fumeur en plein visage. Yeux grands ouverts, elle a attendu qu'une faible lueur lui permette de discerner les contours de la pièce avant de se lever et de s'habiller, enfilant ses vêtements de la veille. Fouiller dans ses bagages aurait dérangé le sommeil de son mari.

Les Sioux sont encore plus matinaux qu'elle. Ils s'affairent déjà autour de leurs tipis. À quoi ? Que font-ils de leur journée ? Mary l'ignore. Le peu qu'elle connaît de ces gens se résume à quelques phrases lâchées par son mari. Elle n'a jamais assisté aux conférences qu'il préside, préférant le lac et le parc à la somptueuse salle enfumée de Lake Mohonk Mountain House.

Un bruit de cloche l'attire dans le pensionnat. Elle ne se souvient d'aucun clocher. Elle monte l'escalier. Du haut des marches, elle aperçoit le dortoir des filles. Et de dos sœur Killian, la religieuse qui seconde sa sœur. Son bras droit se balance. Ses doigts tiennent fermement la poignée d'une cloche.

Une belle sonnaille qui n'a jamais connu le cou d'aucune bête et que le curé a commandée au forgeron à la demande expresse de la nonne. Tous les matins, dans le dortoir, elle la secoue de bon cœur, obligeant son autre bras à se glisser sous ses seins lourds et généreux pour leur interdire de ballotter en rythme – elle déteste les sentir bouger et frotter l'intérieur de son uniforme.

— Bonjour, les enfants ! lance sœur Killian en remontant l'allée entre les deux rangées de lits, secouant vaillamment sa sonnaille.

— Bonjour, sœur Killian ! crient les enfants, encore endormies.

Sauf Judith, quatorze ans, une des plus vieilles pensionnaires de la mission, qui crachote sa propre version :

— Crève, sœur Killer…

— Alors ? Avons-nous une pisseuse ce matin ? Allez vérifier votre vis-à-vis !

Mary Gates s'est immobilisée dans l'escalier. Les yeux au niveau du plancher du dortoir, elle observe les pensionnaires mal réveillées qui piétinent jusqu'aux lits d'en face. Que se passe-t-il ? Pourquoi cette adolescente lève-t-elle la main ? Elle entend la voix de la religieuse :

— Habillez-vous. Pas toi, Priscilla !

À neuf ans, Priscilla tarde encore à réagir à ce prénom qui n'est pas le sien.

— Les filles ? La haie du châtiment, s'il vous plaît. En silence.

Les filles ont quitté leur chemise de nuit pour se retrouver nues le temps d'enfiler l'uniforme qu'elles portent toute l'année, quelle que soit la saison. Une robe grise serrée autour du cou et autour des poignets, descendant jusqu'à huit centimètres du sol, ni plus ni moins, et ceinturée à la taille par un mètre de corde rêche, ni plus ni moins. Un ruban réglementaire de vingt centimètres noue leurs cheveux noirs en traîne capillaire – dans le pensionnat on préfère ce terme à celui de « queue-de-cheval », jugé trop sauvage. Ce matin, les filles ne nouent pas la corde autour de leur taille, mais la gardent à la main et viennent se ranger devant sœur Killian en deux lignes parallèles pour former ce qu'elles appellent la haie des pisseuses.

— Tu sais ce que tu dois faire, Priscilla, n'est-ce pas ?

La fillette le sait. Elle se place à l'autre extrémité de la double file. Tête baissée. Elle pleure.

— Priscilla, veux-tu commencer ?

La fillette hoquette et murmure une prière entre ses sanglots :

— « Je confesse à Dieu tout-puissant… »

— Dieu ne t'entend pas, Priscilla !

— Normal : il est aussi sourd qu'il est méchant, persifle Judith entre ses dents.

— Plus fort ! Lève la tête ! Plus fort ! Recommence !

La voix de la fillette parvient jusqu'à Mary :

— « Je confesse à Dieu tout-puissant et à vous, mes sœurs, que j'ai péché en pensées et en paroles… »

Mary voit sœur Killian faire signe à l'enfant d'avancer entre les deux rangées de filles. Elle réalise ce qu'il se passe en voyant les mains se lever. Chacune tient une corde.

Le premier coup de fouet fait toujours le même effet. La fillette en perd le souffle. Ne pas s'interrompre, continuer coûte que coûte, marcher, prier. Les premières fois, elle n'avait pas pu, elle s'était immobilisée. Dans sa tribu, personne ne punit les enfants, on les bat encore moins. Sœur Killian avait hurlé et les filles avaient dû la fouetter jusqu'à ce qu'elle reprenne sa marche et sa prière, « par action et par omission... ». Depuis, Priscilla ne s'arrête plus. Elle heurte du poing, à trois reprises, sa maigre poitrine.

— « C'est ma faute, c'est ma faute, c'est ma très grande faute... »

La main de Mary Gates a ce même geste. Et ses lèvres accompagnent la fin de la prière, « ... c'est pourquoi je supplie la bienheureuse Marie toujours vierge, les anges et tous les saints, et vous aussi, mes sœurs, de prier pour moi le Seigneur notre Dieu. Amen ».

— Amen, répète sœur Killian.

— Amen, récitent les filles.

— À rien, marmonne Judith.

Sans bruit, Mary redescend les marches. L'odeur du café l'accueille dans le réfectoire.

— Déjà levée ! chantonne sa sœur en la voyant. Toujours deux cuillerées de sucre et un nuage de lait ?

— Oui, merci, Mag.

— Viens ! Viens t'asseoir ! Raconte !...

50

Sœur Killian

Une « émigration de débarras ». C'est le nom que les autorités américaines ont donné à cette façon qu'avait eue la Suisse de se débarrasser de ses indésirables. Et ils étaient nombreux. Prisonniers, indigents… À qui le pays, puisant dans ses réserves d'or, avait proposé une somme rondelette – cent deux francs suisses et treize centimes – pour émigrer loin, sans billet retour.

Quel pauvre aurait craché dessus ?

Les Clément étaient sept : Valienne – future sœur Killian –, ses quatre frères et sœurs, et leurs parents.

Et ils étaient pauvres.

Une loi interdisait la mendicité.

Une loi interdisait aux pauvres de se marier entre eux.

Une loi interdisait les enfants illégitimes.

Cumulant ces délits, le père de Valienne fréquentait régulièrement la prison centrale des Augustins, à Fribourg.

Alors, cent deux francs suisses et treize centimes par tête de pipe pour fuir la misère, ça tenait du miracle !

Ils avaient fui.

Valienne Clément avait treize ans.

Dans la pénombre d'une cale du *Frisia*, entre Hambourg et New York, un homme s'était glissé dans son dos, avait plaqué une main puante sur sa bouche et l'avait violée. Ses soupçons s'étaient portés sur un de ses frères, sans aucune preuve.

Personne n'en avait jamais rien su.

On attribuait son caractère de tête de mule à un caprice d'adolescente contrainte à l'émigration, cela passerait.

Ce n'est jamais passé.

Elle avait rencontré Dieu comme d'autres s'engagent dans l'armée, pour ne plus penser, ne plus se souvenir. Et sa mémoire n'avait pas fait dans la dentelle : une grande partie de sa vie d'avant était passée à la trappe, y compris les deux langues qui avaient bercé son enfance – Fribourg parlait aussi bien le français que l'allemand. Mais l'oubli n'efface rien. Le viol restait tapi au fond de ses tripes, intimement imbriqué aux deux langues de son enfance. Il lui suffisait d'entendre parler français ou allemand pour qu'une douleur se réveille, une douleur vicieuse sur laquelle elle ne pouvait mettre aucun nom. La haine de ces deux langues s'était peu à peu propagée aux autres langues, sauf la plus pratiquée dans son pays d'accueil, l'anglais.

Lorsque la mère supérieure avait présenté leur œuvre d'évangélisation sur les Indiens, et qu'une bonne sœur revenant d'une de ces missions lui avait confirmé qu'on y punissait sévèrement les enfants qui osaient prononcer un mot dans leur charabia, la jeune nonne s'était portée volontaire.

Depuis, elle a également appris à haïr le rire de ces enfants sauvages, leur jeunesse, leur odeur, leurs cheveux…

Et pour peaufiner l'éradication de son passé, elle a choisi, au moment de prononcer ses vœux, un prénom masculin : Killian.

Pourquoi avait-elle réclamé une telle sonnaille pour réveiller les pensionnaires ? D'où lui venait cette nostalgie des vaches suisses ? Elle aurait été en peine de l'expliquer.

51

La peau d'écureuil

Nu tandis que ses vêtements sèchent, le corps et les cheveux parfumés au savon, Curtis coud deux petits carrés de cuir de part et d'autre du soufflet. Bill Q. a déniché dans son stock une peau d'écureuil suffisamment fine et opaque pour convenir à ses travaux de couture.

La vieille Bessie, les bras chargés des habits propres et repassés du photographe, frappe et pousse la porte sans attendre d'y être invitée. Le spectacle la saisit d'effroi. Longtemps la domestique parlera de cette vision apocalyptique : un dieu se dresse dans la chambre, nu, seulement couvert d'une cape noire trop courte pour cacher ses fesses et tout le tremblement.

— Dieu des Saintes Écritures ! ânonne-t-elle.

Et cette immense tête ! Ni d'un homme ni d'un dieu. Mais une tête-machine ! Carrée. Dotée d'une sorte de trompe effroyable aboutissant à un œil tout rond qui lui permet tout à la fois de voir, sentir, entendre et manger, car c'est le seul orifice dans ce visage. Tel un taureau, le dieu-machine frappe le sol de ses sabots, oui, de ses sabots !, jurera la vieille Bessie.

Sans demander son reste, elle lâche les vêtements qu'elle vient de repasser et s'enfuit en invoquant son Dieu des Saintes Écritures à visage humain et belle barbe blanche rassurante.

Tête glissée sous le voile noir, Curtis n'entend Bessie ni entrer ni ressortir. Il vérifie l'efficacité de son rapiéçage. L'effrayante trompe n'est que le soufflet étiré de l'appareil photographique.

— Merde, merde, merde ! hurle-t-il en frappant le sol de son talon.

Les points de couture laissent passer autant de points lumineux : une poignée d'étoiles dans la nuit.

52

Farine et porc-épic

— Si ce que je t'en donne ne te convient pas, tu n'es pas obligé de me les vendre.

Un vieil Indien a déposé divers objets sur le comptoir : des sacs à pipe décorés de piquants de porc-épic, une brosse confectionnée dans la queue du même animal, des cuillères en corne, deux boucliers en peau de bison aux motifs colorés, d'où pendent des plumes et des mèches de cheveux…

— Et où tu trouves du bison, toi ? Ce serait pas plutôt de la vache ? se gausse l'épicier tout en retirant la brosse à cheveux. Ça non, j'ai pas encore vendu celles de la dernière fois. Le reste, ça va. Je t'ai dit mon tarif.

— Pas assez.

— « Pas assez, pas assez », vous me chantez toujours la même chanson ! Mais je vais te dire un truc : on peut mourir de faim sur une montagne de lingots d'or, et alors tout cet or ne vaut rien.

— Tu es le seul à acheter, Bill Q.

— Je ne te le fais pas dire.

Curtis pousse la porte du magasin et cogne son chapeau, ça faisait longtemps. Le chapeau tombe à terre, rebondit et roule dans la poussière jusqu'au milieu de la rue, au pied d'un enfant, une Indienne, qui ne fait aucun geste pour le ramasser. Immobile, tête baissée, la fillette regarde ses pieds. Une sorte de toge lui descend jusqu'aux genoux. Un motif y est imprimé : une tête de chef indien à l'envers, plumes vers le bas.

— Je peux reprendre mon chapeau ? lui demande le photographe.

Mains derrière le dos, la fillette n'a aucune réaction.

— J'ai trois enfants. Un garçon qui doit avoir ton âge, quel âge as-tu ? Une fille, plus jeune, elle se prénomme Elizabeth. Mon aîné, lui, c'est Harold, et la petite dernière, c'est Florence. Et toi ? C'est ton nom qui est écrit sur ta jolie robe ? Laisse-moi lire…

Le mot, bien qu'à l'envers, est lisible sans effort. Croyant amuser la fillette, Curtis se penche à la hauteur de la toge et, pointant les lettres, les décrypte une à une de droite à gauche, « Ça c'est un *F*, puis un *A*… », jusqu'à la dernière, « … et un *E* ! J'ai trouvé ! Farine ! ».

Il se redresse en récupérant son chapeau, le pose sur sa tête, pour le retirer aussitôt et saluer cérémonieusement la petite fille.

— Bonjour, mademoiselle Farine.

La blague aurait déclenché une cascade de rires chez sa fille. Ici, c'est un fiasco. Curtis aperçoit les larmes qui se rassemblent dans les yeux de la petite Indienne. Il recule, s'excuse maladroitement de l'avoir importunée et se réfugie dans la droguerie.

Sourire à Bill Q. en guise de salut. Puis il découvre la présence d'Henry. Le bandit n'a donc pas quitté Fort Sibley. Il se fournit en café et en tabac à rouler. Pourquoi le photographe se sent-il soulagé, tranquillisé ? Les deux hommes se saluent d'un léger mouvement de tête.

— Pour vendre, je dois quitter réserve, il faut autorisation, plaide le vieil Indien.

— Pourquoi tu ne la demandes pas, cette autorisation ? Je connais la réponse : M. Hooward. Eh oui, M. Hooward ne tient pas à vous voir sortir de la réserve, même si vous en avez le droit. En tant qu'agent de cette réserve, il a tout loisir de faire traîner les demandes d'autorisation de sortie, et il ne s'en prive pas. Vous aurez le temps de mourir de faim, toi et ta famille. Comment vont-ils ?

— Ils ont faim.

— Hé oui.

Bill Q. repousse les objets vers le vieil Indien.

— J'ai des clients, ne me fais pas perdre mon temps.

Le vieil Indien n'a pas le choix, Bill Q. le sait, où irait-il vendre sa marchandise ? L'homme la repousse vers le commerçant, y rajoutant la brosse à cheveux en porc-épic. Sans un mot de plus, Bill Q. lui tend quelques pièces et lui rend la brosse. L'argent ne quittera pas la boutique, le vieux Sioux doit acheter de quoi nourrir les siens.

Henry passe à son tour à la caisse.

— Une bonne affaire.

— Je crois avoir le sens des affaires, oui, merci.

— Ça se revend combien ?

— Quelque chose qui vous intéresse ?

— Ça ne se mange pas, ça ne se boit pas, ça ne se fume pas.

— Café et tabac ? C'est tout ce qu'il vous faut ?

Henry rajoute du bœuf séché et six boîtes de lait concentré. Il lui avait fallu attendre d'être un homme pour en goûter à nouveau, retrouvant aussitôt la sensation de son enfance. Sans être aussi accro au lait concentré qu'Augustin au laudanum, Henry peut chevaucher des kilomètres pour s'en procurer quelques boîtes.

— Vous me dévalisez, commente Bill Q. en souriant. Des enfants à la maison ?

Henry paie. Signe de tête au photographe. Et quitte la boutique. Curtis, qui a trouvé la graisse qu'il est venu acheter, le voit discuter dehors avec le vieux Sioux. Puis le vieillard se joint aux grappes d'Indiens qui depuis l'aube se dirigent tous au même endroit.

— Troisième jour… C'est toujours comme ça, commente Bill Q. d'un air sincèrement chagriné. Deux fois par mois ils viennent, ils attendent, pas une seule fois j'ai vu leurs rations arriver à l'heure, deux jours, trois, parfois presque une semaine de retard.

Les Indiens forment une longue file sous le porche de l'entrepôt qui jouxte le bâtiment du bureau des Indiens.

— Ces Indiens, c'étaient des migrateurs, ils savaient quand et où trouver des canneberges qu'ils mélangeaient à du bison, viande séchée et graisse, pour faire leur *wasna*. Tel autre mois, c'était l'érable, dont ils prélevaient la sève pour faire leur sirop, ou la mauve, le navet des prairies… Ils chassaient tout ce qui pouvait être mangé… L'hiver, ils avaient fait suffisamment de stocks de viande de bison pour durer plus ou moins jusqu'au dégel… Vous avez vu combien de bisons, en venant jusqu'ici ? Aucun. Y en a plus. On a cherché à affamer les Indiens. Et on a réussi. Bravo. On leur a attribué des lopins de terre où il ne pousse que des pierres l'été et de la boue le reste du temps. On leur a dit de creuser des puits là où il n'y a pas d'eau, d'ensemencer une terre stérile… En échange, on leur a promis des rations alimentaires. Vous savez, les premiers temps, les femmes ne se servaient des sacs de farine que pour habiller leurs enfants.

Cette tête d'Indien, Curtis se rappelle enfin, il savait l'avoir déjà vue, sa femme achète les mêmes sacs de farine. Il cherche des yeux la fillette devant la boutique, elle a disparu.

— Jamais vu de farine avant, elles ignoraient totalement ce qu'on pouvait faire avec cette poussière blanche. Elles la jetaient. Car le gouvernement avait promis, ah, les promesses du gouvernement !, il avait promis de leur envoyer quelqu'un pour leur expliquer… Promis et aussitôt oublié. Ça semble idiot, de ne pas savoir quoi faire avec de la farine… Vous sauriez faire des bonbons avec de la graisse de bison, vous ? Tout ce qu'espéraient la plupart de nos compatriotes, c'est que les Indiens crèvent de faim en silence. Quelle meilleure arme que la famine ? C'est propre. Pas de combat. Pas de sang sur les mains. Et les victimes, toutes du même côté.

— Mais vous… Avec votre magasin qui déborde de marchandises !

— La charité, elle est supposée venir des Églises, non ? Moi je fais du commerce. Je vends, j'achète, et j'en tire un certain bénéfice qui me permet de vivre. Mais si vous voulez acheter toutes mes provisions pour aller leur donner, parfait, je n'y vois aucun inconvénient, au contraire, que des avantages. J'adore les bons samaritains, tant que ce n'est pas moi qui dois sacrifier mon manteau.

Tandis que les enfants courent dans la rue, les adultes gonflent l'interminable file d'attente sous le porche. Comme un lézard trop long pour l'abri qu'il a trouvé dans la faille d'une roche, la plus grande partie de la queue déborde sur la rue, en plein soleil. De l'autre côté, côté ombre, assis par terre devant la forge, Henry se roule une cigarette.

Il remarque deux agents de la police tribale qui remontent la file en saluant des connaissances, répondant laconiquement aux questions, expliquant comme à chaque fois qu'il ne sert à rien d'attendre ici, le convoi des rations n'arrivera sans doute pas avant demain, et encore ! Soudain, ils se précipitent. Une vieille squaw vient de perdre connaissance. Ils la portent dans l'ombre d'en face, à quelques pas d'Henry. Tout en craquant une allumette, le bandit observe l'agitation autour de la vieille femme. Aperçoit son visage entre les corps.

Malgré les dommages du temps, il sait à qui appartiennent ces traits. Le visage d'une femme qu'il ne pensait jamais revoir.

Elle aussi a survécu.

Il se lève, du poing frappe l'épaule du chef de la police comme on frappe à une porte. Les deux hommes se dévisagent, se saluent des yeux. Le bandit écarte les doigts pour dévoiler dans sa paume une poignée de grains de café qu'il donne à l'homme avant de retourner s'asseoir. Sans le moindre regard vers la vieille squaw.

Le chef de la police tribale glisse un grain de café entre les lèvres de l'Indienne, lui caresse la joue et lui murmure dans leur langue :

— Du café... Suce lentement avant de croquer.

Avec la graisse, Curtis s'est procuré quelques grammes de poudre noire et explique à l'épicier que la peau d'écureuil est bien étanche à la lumière, mais qu'il doit boucher les points de couture de son rapiéçage. Bill Q. attrape alors une boîte métallique de la taille et de la forme d'une boîte de berlingots marquée *English Army Blacking*, pâte à noircir de l'armée anglaise, « Laissez tomber la graisse et la poudre, Edward S., prenez ça », en sert l'équivalent d'une cuillère à café, « Faut la faire chauffer un peu, pour la ramollir ».

Après l'avoir rendue plus malléable au-dessus d'une bougie qui embaume sa chambre, Curtis étale la pâte du bout des doigts, l'appliquant dans un sens, dans l'autre, jusqu'à colmater chaque minuscule trou d'aiguille. L'œil à nouveau collé au viseur, il constate que l'épicier avait raison, la lumière ne pénètre plus le soufflet. Son joyau est à nouveau opérationnel.

Il ne lui reste plus qu'à trouver des plaques de verre.

Bill Q. s'est avoué impuissant à répondre à une telle demande en moins de trois semaines. Trop long. Dans trois semaines, Curtis aura déjà rejoint Grinnell – il en est persuadé –, qui trouvera à n'en pas douter la solution à son problème.

Pour l'heure, le photographe a repéré le salon du barbier, il est temps de faire tailler son bouc et sa moustache, raser ses joues, raccourcir ses cheveux et s'endormir dans le fauteuil, qu'il espère aussi accueillant que celui de M. Tsay à Seattle.

53

Témoigner de la beauté

Depuis des années que son studio est prospère, Curtis n'a jamais connu de pénurie de plaques de verre. Sa femme les commande, il pioche dedans pour prendre ses photographies. À tort et à travers, estime parfois Clara, qui lui reproche alors son manque de vision commerciale. Comme pour Princesse Angeline. Avec tout le respect qui lui était dû, pourquoi la photographier ? Le succès étant au rendez-vous, elle avait changé d'avis et reconnu la perspicacité de son mari.

Chaque photographie de Curtis est pensée, visualisée dans sa tête. Son résultat anticipé avant d'être matérialisé sur son support de verre.

Aujourd'hui, rien ne l'inspire.

La contrainte est trop forte. Une seule photographie. Comment être certain du bon choix ? Et si, dans la seconde qui suit, il découvrait un meilleur sujet ? Du coup, rien ne le satisfait. La lumière trop terne. L'herbe trop fanée. Tout lui paraît gris. Sur la photographie en noir et blanc, cette grisaille ressortira cotonneuse, molle, sans relief.

Il pourrait photographier ces chiens et ces enfants qui sourient malgré leur ventre vide, ces bouches d'adultes où manquent tant de dents, ces rides où se nichent poussière et désespérance, ces regards vides de tout avenir. Ces êtres humains à qui on avait refusé jusqu'au droit de danser – c'est à cause d'une danse que la troupe était allée les massacrer à Wounded Knee.

Curtis aurait-il aimé être sur place ? À Wounded Knee ? Après la tuerie ? Installer une plaque de verre neuve pour immortaliser le chef Big Foot dans cette position absurde, comme surpris à son réveil, sur le point de se lever, le torse et les bras déjà en mouvement, alors qu'il est mort, immobile, criblé de balles, gelé pour l'éternité ? Aurait-il souhaité devenir célèbre grâce aux photographies de ces centaines de cadavres d'Indiens Dakotas pacifiques et innocents, parmi lesquels des dizaines de femmes et d'enfants passés à la baïonnette ou déchirés par des obus ?

Non. Il voudrait témoigner de la beauté, pas des massacres. Pas de ces conditions de vie misérables. Pas de ces yeux malades. Pas de ces enfants, morve au nez, jouant avec les chiens à qui aura les côtes les plus saillantes.

Il refuse de photographier ces hommes et ces femmes trop éloignés de ses rêves. Cette réserve semble les avoir épuisés, anéantis. Qu'a dit l'épicier ? Que les rations n'arrivent jamais le jour prévu. À voir ces Indiens flottant dans leurs habits trop grands pour leurs corps malingres, il comprend ce que ces quelques jours de retard signifient. Pour faire rire son fils Harold, il lui avait raconté que les Indiens adorent les enfants au point de les manger. Il rougit à ce souvenir, honteux de son humour déplacé.

Ces détails qui lui déplaisent, il voudrait les perdre dans une vue d'ensemble. En prenant de la distance, en grimpant sur une colline, en incluant dans sa photographie la rivière Missouri, les tipis et les bâtiments blancs de Fort Sibley, il espère que quelque chose apparaîtra. Une autre histoire, qui ne serait plus celle de ces êtres marqués par les défaites et les humiliations. Une photographie apaisée.

Curtis attaque la colline et plante son trépied. Pourquoi pas ici ? Il y arrime la boîte de l'appareil photographique, l'ouvre, tourne le support de plaque en position *paysage* et joue sur l'ouverture du diaphragme pour s'offrir la plus grande profondeur de champ. Parfait pour une vue panoramique. Exactement ce qu'il recherche. Privilégier la nature et l'espace, les êtres humains réduits à de minuscules et méconnaissables silhouettes. Des chevaux broutent à côté des chariots vides qu'ils ont tirés jusqu'ici. Quelques cheminées de briques crachent de la fumée. Les Blancs préparent leur repas. Les squaws allument des feux près des tipis. À cette distance, rien ne raconte l'abondance des uns, comme rien ne laisse supposer dans les marmites une soupe à base d'ingrédients prélevés dans du crottin de cheval.

Bloquant le diaphragme en position ouverte, il affine le cadrage en le contrôlant sur le verre dépoli, à l'arrière de l'appareil : une calèche traverse le paysage, un mouvement lointain, une ligne de vie. Puis un cavalier approche. Entièrement flou.

54

L'usurpateur

Henry a aperçu le photographe crapahutant à pied sous le poids de son matériel, puis il l'a vu l'installer sur la colline, ouvrir la boîte et, par magie, la transformer en une sorte de bandonéon. Il n'en avait jamais revu depuis cette fois-là, dans une fête où il s'était rendu avec ses trois complices d'alors, en sortant du bordel. Un homme en jouait. Il était resté longtemps à l'écouter.

— Tu crées ta photographie ?

Curtis ne comprend pas immédiatement. Mais après réflexion, c'est bien ce qu'il fait, il crée une photographie. Il confie son désarroi au bandit : ses anciens complices ont détruit tout son stock de plaques de verre, à l'exception d'une seule, il ne sait pas quoi photographier.

— Une seule plaque, une seule photographie, pas le droit à l'erreur. Comment être sûr de faire le bon choix ?

— Quand tu chasses un cerf au fusil, dit Henry, tu n'as droit qu'à un coup. La détonation fait fuir le reste de la harde. Tu dois choisir la meilleure bête.

Curtis hoche lentement la tête.

— Et comment tu peux être sûr d'avoir choisi la meilleure ?

— La bête que tu tues, c'est la meilleure.

— Oui, mais comment tu peux en être sûr ?

Puis le photographe saisit ce qu'Henry tente de lui dire : lorsque tu as tué un animal, préoccupe-toi de lui, fais ce que tu dois faire avec, découpe sa viande, transforme sa peau, sans chercher à savoir si tu aurais pu en abattre un plus gros, plus beau.

Curtis n'est pas convaincu que cette philosophie s'adapte à la photographie. Elle semble même produire l'effet inverse. Le voici à nouveau hésitant. Débordé par la sensation de ne plus rien contrôler, comme le jour de la mort de son ami Jean-de-Poitou. La certitude qu'il n'arriverait à rien sans lui. Que toute tentative était vouée à l'échec, chaque destin tracé d'avance. Son père en est la preuve : qu'a-t-il réussi ? Et si Curtis fils n'a pas encore été démasqué, la chance vient de tourner. Son imposture va sauter aux yeux de tous. La harde passe et le fusil tremble dans ses mains. Il est incapable de choisir, de tirer, d'abattre la bête qui lui permettrait de survivre.

Quel drôle de duo ils ont formé, le photographe et le bandit, le bourgeois et l'assassin – car il ne fait aucun doute qu'Henry a du sang sur les mains. Par bonheur, pas le sien. Une image lui a sauvé la vie, sans qu'il ait encore compris pourquoi. Cet homme aurait pu l'abandonner à de nombreuses reprises, il n'avait rien à gagner en sa compagnie. Au nom de quoi a-t-il trahi ses complices pour un type de la ville qu'il ne connaissait pas ? Pourquoi l'avoir conduit jusqu'à leur planque et avoir pris ces risques pour récupérer du matériel photographique ? Autant de questions qu'il n'est pas utile de poser à l'intéressé, il n'y répondrait pas. Et il serait présomptueux pour Curtis de chercher des réponses à la lumière de sa propre morale, de sa propre vision du monde : celles du bourgeois qu'il avait cherché à devenir. Qu'il était devenu. Bourgeois. Encore une position usurpée, pense Curtis.

Et lui, pourquoi s'est-il attaché à l'homme qui lui a sauté dessus dans la poussière, prêt à l'égorger ? Tout lui souffle qu'il ne doit rien à ce bandit, qu'il devrait s'en éloigner, peut-être le dénoncer à la police tribale et faire le nécessaire pour récupérer son argent, ou ce qu'il en reste, dans la poche du bandit. Il n'en fera rien, il le sait. Peut-être à cause de l'odeur des grains de café que le bandit écrasait dans son foulard, ou des flammes qu'il aurait pu faire jaillir d'une rivière, ou des cigales grillées…

— Il faut être la flèche et le tireur en même temps. Mon frère m'a dit ça quand j'étais un enfant. C'est la même chose pour créer une photographie, non ?

Que répondre à cette idiotie ? La flèche et le tireur en même temps !

Mais est-ce si idiot ?…

Avant de conduire la fille du chef Si'ahl dans son studio, Curtis avait rarement éprouvé une telle sensation – n'était-ce pas ce qui l'avait rendu si nerveux, si arrogant ? Si chaque photographie qu'il prend est au préalable structurée dans son esprit, visualisée, elle n'en reste pas moins abstraite. Ce n'est encore qu'un concept, qu'une image mentale. Celle qu'il s'apprêtait à saisir de Princesse Angeline, plus que présente en lui, semblait vivante. Comme si elle existait déjà. Encore un peu brouillonne, certes, et perfectible. Mais vivante. Comment une photographie peut-elle être vivante ? Il ne se l'explique pas. Mais il sentait ce bouillonnement. Cette chose en lui qu'il retenait prisonnière. Cette photographie qu'il devait faire sortir, qu'il devait libérer pour la donner, l'offrir aux autres, partager avec eux son regard sur cet instant qui finit d'exister dès que l'obturateur se referme. Et qui n'existera plus. De cet instant disparu ne demeure que la capture d'un visage, d'un regard. Peut-être d'une grâce, d'une flamme, d'une âme. À celui qui regarde d'en faire ce qu'il veut. À lui de saisir ou non l'émotion que le photographe y a glissée. D'être touché par ce petit bout du monde qu'un autre a défini, capturé.

Ce jour-là, face à Princesse Angeline, au moment de la photographier, de créer la photographie, malgré les doutes qu'il avait tenté de partager avec sa femme – la faire venir dans son studio avait bel et bien été une erreur, mais une erreur qu'il avait su transcender –, Curtis avait abandonné le rôle du photographe professionnel qui, dans son studio de Seattle, gagne sa vie grâce à des plaques de verre. Il n'avait plus été l'usurpateur ni le bourgeois. Mais bel et bien l'appareil photographique, la photographie et le photographe, tout à la fois.

55

Le monde suspendu

Curtis n'est pas du genre à se trimballer avec une photographie de famille. Quelle drôle d'idée. Lui qui a une sainte horreur de ces clichés de piètre qualité glissés dans les paquets de cigarettes. Son art est trop noble pour tenir dans un portefeuille. Et ses tirages trop grands. Il lui faudrait les plier en quatre. Ou les découper. Et à quoi lui servirait la photographie d'une famille qu'il voit tous les jours ? Une photographie aurait-elle pallié le manque qu'il ressent depuis ce jour où Gust et lui se sont fait attaquer ? La douloureuse absence de sa femme et de ses enfants ? Il en doute. Mais il aurait pu montrer une telle photographie à Henry pour compléter et concrétiser ses maladroites explications.

À défaut, il invite le cow-boy à venir examiner de plus près l'appareil. Il lui explique l'usage de chaque pièce : le trépied, le soufflet, le voile, l'optique… Il trace du bout d'un doigt sur le corps de l'appareil le trajet que suit la lumière pour venir frapper la plaque de verre et l'impressionner. Puis il invite Henry à voir par lui-même :

— N'aie pas peur, tu ne risques rien.

Peu rassuré, Henry glisse la tête sous le voile noir que soulève Curtis.

— Regarde là, dit-il en pointant du doigt la plaque de verre dépoli sur laquelle apparaît une image.

Puis il relâche le tissu sur les épaules et le dos de son compagnon de voyage, comme un voile de religieuse.

Le ciel bleu s'est détaché pour tomber à terre, le sol s'est envolé, une calèche en approche, le cheval trotte cul par-dessus tête. Henry n'a pas le temps de se demander comment les passagers peuvent rester assis tête en bas sans tomber, il panique face à ce bout du monde suspendu à l'envers, un pas en arrière, ses bras s'agitent, s'emmêlent dans le voile noir, il se débat dans le tissu et bascule, entraînant dans sa chute le Reversible Back Premo. Curtis tend ses mains, mais, au lieu de secourir le cow-boy et l'empêcher de tomber, il sauve le trépied et l'appareil.

Henry ne montre aucune irritation, mais se relève en ignorant l'aide tardive de Curtis. Imprévisible, la main qu'il glisse dans son dos pour en chasser la poussière pourrait tout aussi bien revenir armée de sa lame. Un malaise s'installe entre les deux hommes, que Curtis tente de faire disparaître.

— Désolé, c'est à l'envers, j'ai oublié de te prévenir, s'excuse-t-il, contenant difficilement le sourire qui chatouille ses lèvres.

À cet instant, la calèche qui volait sens dessus dessous s'immobilise près d'eux.

— Ah ! Monsieur Curtis ! Je viens d'apprendre par la bouche de notre ami James Hooward, l'agent de cette réserve (la main de M. Gates frappe le genou de l'homme assis à côté de lui), que vous êtes un célèbre photographe !

— Disons plutôt que je ne suis pas tout à fait inconnu dans ce pays.

— La modestie est un mensonge que l'on se fait à soi-même. Pourquoi ne pas nous avoir dit que vous aviez reçu de nombreuses récompenses ? Allez ! Grimpez ici ! Vous êtes embauché ! Dites-moi simplement votre prix. Figurez-vous que, bien que je sois le président de la prestigieuse société des Amis de l'Indien, je suis sûr que vous avez entendu parler de nous, je n'ai aucune photographie de moi avec ces primitifs ! Aucune ! Allez ! Grimpez ! Discutons tranquillement de tout ça. Et si nous organisions cette photographie pour demain ?

D'un geste de la main, sans même le regarder, Gates fait signe à Henry.

— Et toi, là, passe donc le matériel de monsieur !

Comme la veille autour du feu avant le strip-tease de Mary Gates, deux mondes se font face, deux civilisations. Curtis a conscience de son appartenance au monde des Gates plutôt qu'à celui des bandits de grand chemin. Mais la morgue de l'universitaire le met mal à l'aise. Sans un mot, il pose sa main sur le bras du cow-boy, soulève son appareil et replie le trépied.

En prenant place près de James Hooward, il sait qu'il fait un choix. Le bon. Il connaît l'influence de la société des Amis de l'Indien. En tant que professionnel, il ne peut se permettre de refuser. Heureusement qu'il a tergiversé avant d'utiliser sa dernière plaque de verre ! La voilà, l'importante photographie qu'il attendait. Pas la plus artistique, il ne remportera aucun prix et n'éprouvera aucune émotion en la prenant. Mais sa femme ne pourra pas lui reprocher une absence de vision commerciale. Car le plus important dans cette photographie, c'est que l'homme qui y figurera fréquente le locataire de la Maison-Blanche. Les ascensions sociales ne se font qu'à coups de poignées de main et de mondanités.

— Enchanté de faire votre connaissance, monsieur Curtis, lui lance l'agent des Indiens.

— Comment allez-vous ? sourit Curtis, retrouvant en quelques secondes ses réflexes mondains.

— Figurez-vous que ma chère tante habite Seattle, Mme Westwool, elle fréquente votre studio…

La calèche s'éloigne, laissant Henry au sommet de la petite colline. Curtis l'a salué d'un léger hochement de tête. Aussitôt suivi d'un froncement de sourcils et d'une boule acide dans la gorge. Le futur photographe de la Maison-Blanche n'a pas de quoi être fier d'abandonner ainsi son camarade de voyage.

56

L'eau

Il y a deux raisons d'aller à la rivière. S'y laver quelles que soient la saison et la température, et remplir les tonneaux pour alimenter le réservoir de la mission de la Sentinelle sacrée. Sœur Killian accompagne cinq filles chaque fois qu'il est besoin de rajouter de l'eau. En hiver, il fait nuit noire lorsqu'elles montent sur le chariot, près des tonneaux vides. En été, le soleil grimpe l'échelle et sort son museau juste à temps pour les voir y prendre place.

Tandis que les filles font la chaîne pour faire circuler un seau, la religieuse s'assoupit à l'ombre d'un saule, les pieds dans l'eau.

La petite Priscilla n'a pas cessé de pleurer depuis la haie du châtiment, ce matin. Lorsqu'elle se met à parler en dakota, suppliant ses parents de venir la chercher, Judith la saisit par les épaules – si la religieuse l'entend mal parler, elles seront toutes punies –, la déséquilibre et l'enfonce sous l'eau.

Pendant ce temps, d'autres filles aident Léon à attraper les poulets – c'est un des moments préférés de l'homme à tout faire de la mission, lorsque les filles plongent et que leurs robes se relèvent, dévoilant leurs fesses de derrière et parfois même leurs fesses de devant, tout aussi lisses. Sauf que, l'autre jour, il a vu que les fesses de devant de Judith se recouvrent d'un peu de barbe.

Puis, dans la partie cuisine du réfectoire, sous la surveillance de sœur Cornélia, les filles plument les poulets, attirant quantité de mouches.

Dans un autre coin, sur la seule machine, une autre coud les ourlets des serviettes de table sur lesquelles d'autres filles brodent la date du jour suivie des initiales de la mission – *HS* pour Holy Sentinel, la Sentinelle sacrée. Serviettes que d'autres petites mains repassent aussitôt. Ce soir, comme à chaque repas qu'elle organise, sœur Cornélia proposera à ses convives de repartir avec leur serviette de table, « Nos chères enfants n'ont que vous pour les aider sur le chemin de Dieu », dira-t-elle, oubliant de mentionner que la mission récupère les rations attribuées par l'État aux petites Indiennes, y compris l'annuité financière. Personne n'a jamais refusé de payer quelques *cents* de plus pour une serviette de table brodée main. Sœur Cornélia en aurait été chagrine, et personne ne tient à peiner sœur Cornélia.

De retour de la rivière, sœur Killian s'empresse de rejoindre le régiment de petites mains. Elle supervise à présent la découpe des poulets :

— Je vous rappelle qu'il faut onze beaux morceaux par poulet ! Deux pilons, deux hauts de cuisse, deux ailes et deux blancs qu'il faut partager pour avoir quatre morceaux. Le onzième morceau, c'est la carcasse, que vous mettez à part !

Les carcasses sont jetées dans une grosse marmite d'eau qui chauffera une bonne partie de la journée. Les beaux morceaux, elles les feront revenir dans du beurre – battu par une des fillettes dans la baratte en bois. D'autres filles mélangeront à mains nues une autre motte de beurre, de la farine et du sucre pour préparer quatre gâteaux, des *shortbreads*. Il faudra encore faire les pains, couper les aubergines et moudre une grosse quantité de café.

Avant cela, les filles auront fait chauffer de l'eau pour les bains de M. Gates et de madame.

Une journée bien remplie en perspective.

Dans l'enceinte de la mission, l'eau devient l'affaire de Léon. Appuyé d'une main à l'échelle, il supervise le remplissage du réservoir. Il pourrait tout aussi bien le superviser depuis le chariot, mais du chariot il ne pourrait pas voir sous les robes des filles qui, grimpées sur l'échelle, font circuler le seau jusqu'au sommet du réservoir.

Lorsque père Paul surprend Léon, les yeux perdus dans les profondeurs des robes, il se contente de le ramener à plus de discrétion, « Léon, tseu tseu… », et Léon de se redresser, souriant.

Père Paul possède son propre seau. Il le tend à Judith, debout sur le chariot.

— Peux-tu me donner un peu d'eau, Judith ?

— Bien sûr, père Paul.

— Merci, ma petite.

Dressé à la dure par une grand-mère catholique, la bible dans une main, une badine souple et méchante dans l'autre, le jeune Paul n'avait eu d'autre choix que de rentrer dans les ordres pour fuir Steubenville, la ville de son enfance, cité portuaire sur la rivière Ohio, dans l'État du même nom.

Dans la course à la christianisation des Indiens, l'Église protestante ayant une bonne longueur d'avance, père Paul avait été envoyé bâtir une mission catholique dans une réserve sioux.

Par chance, le curé avait rapidement rencontré sœur Cornélia, son double au féminin, et s'était reposé sur elle pour gérer la Sentinelle sacrée, se contentant quant à lui d'animer les messes, les baptêmes et les enterrements – et de parcourir occasionnellement la réserve afin de persuader les Sioux de leur confier leurs filles. Car, loin de sa grand-mère, père Paul avait eu la surprise de découvrir au profond de son être qu'aux devoirs de la mission il préférait la sculpture et les roses.

Oui, il adore s'agenouiller, gratter la terre autour du tronc de son rosier, comme on gratterait la tête d'un gros animal, et y verser lentement l'eau, attendre que le sol la boive, avant de lui en redonner encore, et gratter encore, entendre la terre glouglouter, satisfaite, accepter l'eau comme un don, s'en réjouir, s'en épanouir.

Deux rosiers venus de France, terre de roses. La livraison avait pris des mois. Pas une seule nuit, pendant cette interminable attente, où père Paul ne s'était vu en rêve dans la soute d'un bateau, près des caisses contenant ses fleurs, les abreuvant de quelques gouttes d'eau de pluie, chassant les rats et les chauves-souris. Chaque nuit, en dormant, il caressait leurs boutons sans cesser de leur parler.

Des deux rosiers commandés, un seul a survécu dans la terre aride du Dakota du Sud. Tous deux des Perle d'Or, pourtant. Le survivant, père Paul l'avait planté tout à côté de la porte de l'église. « En plus du soleil, il a reçu la lumière de Dieu », s'amuse-t-il à répéter. Il avait été déçu lors de la première floraison, persuadé d'avoir commandé des roses rouges. Celles-ci ont un cœur abricot teinté d'or et une robe rosée, de plus en plus blanche vers l'extérieur. Faire venir ces roses de France avait été une folie pécuniaire et sœur Cornélia le lui avait rappelé à maintes reprises. Préférait-il ses roses aux enfants que Dieu leur avait confiés ? L'argent aurait pu servir à construire un nouveau bâtiment et accueillir des garçons. Mais pas une seule fois père Paul n'avait regretté cette folle dépense. Il avait fini par adorer leur couleur abricot.

M. Gates a refusé d'utiliser le tub et de se laver à l'éponge. Il ne s'est plus assis dans une de ces cuvettes en fer depuis la fin de l'université. S'il doit puer, il puera !

— Quel est ton nom ? demande sa femme à la petite Indienne venue apporter l'eau chaude.

La petite Indienne hésite. Et, par peur d'être punie, choisit son nom blanc :

— Priscilla, répond-elle.

La fillette fouettée ! Mary ne l'avait pas reconnue. Elle ne sait plus quoi dire. Lui sourit bêtement. Réfrénant l'envie de la prendre dans ses bras, de courir chercher un onguent pour son dos. Ne l'aurait-elle pas fait pour un de ses enfants ? De ses petits-enfants ? Elle hoche la tête, laisse partir la fillette et se répète qu'il ne sert vraiment à rien de pleurer. Mais ne cherche pas à effacer ses larmes tandis que quelques alexandrins s'imposent à son esprit :

Petite plume orpheline dérivant dans l'azur,
Je t'ai vue scintiller dans le noir firmament,
Et des larmes de sang coulaient de ton cœur pur…

57

Deux sœurs

Rien n'aurait pu persuader sœur Cornélia, qui s'appelait encore Margaret Ophelia Bishop, que sa volonté de devenir religieuse n'avait rien à voir avec l'appel de Dieu, mais tout à voir avec des parents et une éducation qui ne lui avaient offert d'autre choix que de suivre le goulot de l'entonnoir et d'épouser Jésus.

Sa sœur aînée, Mary, quant à elle, avait épousé un homme plus jeune. Elle venait d'aborder sa trente et unième année. Merrill Gates en comptait six de moins. Avant lui, le mariage et les hommes ne faisaient pas partie des plans de Mary. Comme sa sœur Margaret, elle avait choisi de ne partager sa vie qu'avec Jésus. Mais, distraite par ses études de théologie et de littérature, puis par son poste de professeur au LeRoy Female Seminary, elle avait raté le coche du noviciat. Tandis que Mag épousait le Fils de Dieu, elle épousait le fils du second mari de leur mère.

Merrill était entré dans leur maison tel le loup dans la bergerie. Ses intentions faisaient briller ses yeux comme braises ardentes. Mais l'homme ne brûlait pas pour celle qui allait devenir sa femme, il se consumait pour Margaret, la plus jeune des deux sœurs.

Mary ignorait être jalouse de sa cadette.

Pourtant, un jour qu'ils flânaient dans le grand parc de la somptueuse demeure familiale, Mary, à l'abri d'un bosquet où déjà enfant elle venait se cacher, avait saisi la tête de Merrill d'un geste brusque et maladroit. Plaquant ses lèvres contre les siennes, elle lui avait arraché quelques millimètres de lèvre supérieure dans un baiser fougueux, rageur et cannibale. Avant cet homme, un garçon puis un adulte lui avaient, à des années d'intervalle, volé un baiser, et sa bouche s'était remplie d'un goût de vomi. C'est exactement ce qui s'était passé, elle avait vomi. Mais ce jour-là, dans le parc, aucune nausée. Elle n'avait même pas recraché le sang qui avait coulé entre ses dents.

Merrill – qui depuis ce jour dissimule sa cicatrice sous une épaisse moustache – s'était finalement laissé séduire par cette femme intelligente et instruite qu'il avait d'abord crue aussi froide que la pointe d'acier enfoncée dans le cœur du Messie sur sa croix. Elle-même se pensait impropre à l'amour. Sans ce baiser rageur… et sans la jalousie qui l'avait jetée sur la bouche de cet homme – car oui, elle était bel et bien jalouse de sa cadette –, Mary n'aurait sans doute jamais découvert la fièvre qui couvait en elle.

Une fièvre qui avait également exalté et révélé ses talents d'écrivain. Des dizaines de poèmes lyriques en témoignent, dédiés à son amour passé, le fils de Dieu, et à Dieu en personne :

J'ai tendu une rose à Dieu,
Étamines d'or, pétales nacrés ;

Il la garde jusqu'au jour sacré
Où elle s'ouvrira dans les cieux.

À la nature :

Il y a quelque chose dans la lumière
d'un ciel matinal d'hiver
qui vous frappe comme un regard
de pure éternité.

Et parfois à la guerre :

Oh, soldats,
Dussiez-vous perdre vos mains et vos pieds,
Faites face à l'ennemi, rampez jusqu'à lui !
Refusez la défaite !
La conquête est votre chemin !
Vous êtes des héros !
Eux, des hordes de lâches moutons !

De temps en temps, une autre muse la visite pour lui souffler des vers d'une inspiration inavouable, que Mary retranscrit avec fougue et délectation sur les pages de son carnet, dans un état comme second. Ç'avait été le cas ce soir-là, au bord du lac Mohonk. L'ébauche d'un poème était née, écrite à l'encre du diable.

Petit trou d'eau perdu sans littoral,
Appel frissonnant des eaux du grand large
Se perdre et mourir, fougueux animal,
Dans les flots de ce lac sonner la charge.

Un fragment humain vient à moi, j'attends,
Quand combleras-tu l'immensité rose ?
Profonde douceur suave et entêtante.
Mes doigts comme feuilles se balancent, j'ose,
Oh, l'écho mourant du choc des amants,
Désir de cet ange vêtu de lumière,
Corps perdus agités par les courants,
Emportée, cœur noir, fille du mystère.

58

La rivière qui parle

Depuis le bord de la rivière, Henry avait entendu la fillette appeler ses parents. Il comprenait chaque mot de cette langue interdite. L'autre fille, plus âgée – il pouvait détecter sa poitrine naissante sous l'uniforme –, l'avait fait trébucher et maintenue sous l'eau un long moment.

Henry avait dormi sur la berge. Il ne dort jamais aussi bien qu'en entendant l'eau lui parler toute la nuit. Il ignore combien de temps il a passé le long de cette autre rivière, après la pendaison de son frère, à survivre de baies, de plantes, parfois d'animaux sauvages. Ou de poules, chiens, cochonnets, chapardés dans des fermes. Des étés et des hivers avaient défilé. Et seule la rivière lui parlait.

Ce matin, au réveil, il était resté étendu pour profiter des premiers rayons de soleil, puis il avait entendu les filles. Après le départ des petites Indiennes, s'approchant de l'endroit où la nonne s'était endormie, il avait observé et senti les noyaux qu'elle avait recrachés, des *kata*, des prunes. C'est toujours le nom dakota qui lui vient en premier. Il en va ainsi pour *sunkwakan*, le cheval, *canha*, l'arbre, *inyan*, la pierre, *mni*, l'eau…

Il s'est rasé les joues, le menton et le cou à la lame de son couteau, a mangé les restes d'une hermine tuée la veille et terminé sa deuxième boîte de lait concentré, avant de se déshabiller pour se glisser dans la rivière.

De nouveau étendu, nu, sous le soleil qui commence à gentiment lui brûler la peau, il attend que son corps manifeste l'envie de quitter cet endroit, cette réserve. C'est son corps qui décide. La solitude ne le dérange pas, il a de quoi fumer et manger – il lui reste quatre boîtes de lait concentré et suffisamment d'argent pour s'en acheter quantité d'autres. Il s'est même procuré de l'alcool – Bill Q. en vend en douce à qui sait y mettre le prix. Et du café pour plusieurs semaines.

Le jour où il s'en ira, ce sera sans savoir vers quelle destination. S'il est vigilant, il ne devrait jamais recroiser la route de ses anciens complices.

Mais partir, ça signifie ne jamais revoir cette vieille squaw.

— Mag ! Viens ! N'aie pas peur.

Henry reconnaît la voix de Mary Gates avant de la voir nager dans le courant de la rivière. Nue.

— Tu ne peux pas savoir quel bonheur c'est, tu ne sais pas ce que tu manques…

Comme sœur Killian quelques heures plus tôt, sœur Cornélia se contente d'agiter ses pieds dans l'eau, le corps ruisselant de sueur sous son épaisse robe de laine, surprise de constater que sa sœur sait nager.

— Je joue au tennis également, et au badminton. Mais nager ! Oh mon Dieu, j'adore ! D'autant plus que Merrill a une peur terrible de l'eau. Oh mon Dieu !…

— Tu devrais perdre cette habitude de jurer…

— Tu ne peux pas comprendre ! s'exclame sa sœur. Nager, seule, comme la petite sirène d'Andersen ! Nue, comme elle. Et comme elle, espérer du profond de mon cœur. Oh Mag ! Oui, mon Dieu ! Que quelque chose se passe !

— Mais quoi ? Qu'espères-tu ? À presque soixante ans !

— C'est ce que tu me conseilles ? Attendre patiemment la mort ? Mais j'ai encore plusieurs vies devant moi ! Je veux le croire ! Et je veux les découvrir avant de mourir.

— Mais tu possèdes déjà tout !

— Tout ? Personne n'a jamais tout.

— Tu es grand-mère, Mary !

— Tu ne peux pas comprendre, petite sœur.

— Es-tu malheureuse avec ton mari ? Il me semble que tu étais heureuse de l'épouser.

— Que peux-tu savoir de l'amour, Mag ? Aimer quelqu'un. Une personne de chair et d'os, je veux dire. Je ne sais pas si j'ai aimé Merrill. Je ne sais même pas ce que cela veut dire. J'ai la sensation que ce n'est pas naturel. Il est naturel d'aimer ses parents ou ses enfants. Mais un inconnu ? J'y ai cru, pourtant. J'ai aimé l'épouser, oui, c'est vrai. Et puis je… j'ai découvert des bonheurs… des bonheurs dont il m'est difficile de te parler.

— Tu peux tout me dire.

— Chère Mag… Tu n'as guère eu l'occasion de découvrir les plaisirs de la vie. Quant à la volupté…

— Oh !

— Oui, j'ai découvert des bonheurs si intimes, si intenses, soupire Mary.

Des frissons la parcourent tandis que le courant caresse ses fesses et se glisse entre ses cuisses.

— Ces choses de la chair que tu nommes bonheurs ne semblent pas te rendre heureuse ! lui lance la religieuse.

Le sourire de Mary disparaît, comme si les paroles de sa jeune sœur se vrillaient en elle. Mais très rapidement, comme un épi rebelle dans une chevelure ordonnée, son sourire ne peut s'empêcher de refaire surface.

— Je suppose que Jésus ne t'a jamais déçue. Mais c'est assez facile avec Jésus, non ? Jésus ne change pas, ne grossit pas, ne vieillit pas, ne râle pas lorsqu'il n'a plus de cigares, ne s'endort pas avant que tu aies fini de te déshabiller…

— Que tu es bête !

Mary l'arrose. Les deux sœurs rient sans retenue, libérant le temps de ce rire les adolescentes qu'elles ont été. L'aînée le constate encore aujourd'hui, elle n'a jamais cessé d'être jalouse de sa sœur, plus jeune et plus jolie. Les kilos de tissu qui masquent son corps ne font que mettre en valeur son visage, vers lequel convergent immanquablement les regards. Des yeux pétillants, presque fiévreux, d'un marron qui contraste avec l'îlot de blanc bordant ce visage dans l'océan bleu de sa robe. Impossible de passer à côté de la ressemblance entre les deux femmes. Les yeux et la bouche ont fort en commun, bien que le regard de sœur Cornélia soit plus froid et son sourire, malgré un tracé et une délicatesse en tous points identiques, moins spontané, moins libre, plus artificiel. Mais la jalousie de Mary ne lui donne plus envie de mordre, elle est capable aujourd'hui de s'en moquer.

Elle s'allonge dans l'eau, s'éloigne, nage vers le centre de la rivière. Le souvenir de cette fillette fouettée par les autres pensionnaires la tourmente. Elle n'a pas encore trouvé l'audace d'en parler à sa sœur. Qui suis-je pour savoir ce qu'il convient de faire ? Margaret est visiblement toute dévouée à leur salut. À leur éducation. Dieu est avec elle, se persuade Mary.

Pourquoi ne profiterait-elle pas du retour en chariot pour en discuter ? Sans remettre en cause le travail accompli par la mission. Ni le principe de la punition corporelle. Ces sauvageonnes doivent lui donner du fil à retordre. « Qui aime bien châtie bien, martelait son mari, on ne dresse pas les chevaux qu'avec des caresses » – ses rudes manières envers leurs enfants ont pourtant fait douter son cœur de mère. Juste en parler avec sa sœur. C'est souvent le meilleur moyen de se débarrasser d'un souci.

La voix de sa sœur lui parvient, que lui crie-t-elle ? De se méfier du courant, il peut être traître. C'est un ami, au contraire. Un doux ami, qui lèche son corps sans tenter de l'emporter.

Depuis le milieu de la rivière, sa vision s'élargit. Elle aperçoit un homme en aval de l'endroit où s'est installée sa sœur – d'épais bosquets séparent l'homme et la religieuse, les masquant l'un à l'autre. L'homme, aussi nu qu'elle, s'affiche sans pudeur. Debout face à la rivière, face à elle, il la regarde. Elle ne reconnaît pas Henry. Peut-être à cause de la distance. Ou de l'ombre qui masque ses trois cicatrices. Ou parce qu'il est nu. En le dévoilant, la nudité change un homme. Un poisson frétille entre ses doigts. Non, comprend Mary, non il ne s'agit pas d'un poisson, pourquoi la main de l'homme glisserait-elle d'avant en arrière le long d'un poisson ? Le mouvement est lent et l'homme ne quitte pas des yeux la femme blanche qui nage nue. N'est-ce pas ce qu'elle espérait sans jamais oser se l'avouer ? Elle n'avait jamais vu son mari aussi nu que cet étranger. Jamais vu aucun homme aussi nu. Les époux Gates n'ont jamais partagé une baignoire. Et lorsqu'ils se retrouvent la nuit, lorsqu'il leur arrive encore de se toucher, jamais ils n'ôtent leurs chemises de nuit.

— Mary ! Tout va bien ?

Mary agite une main pour rassurer sa sœur et nage sagement vers elle, se détournant de son désir qui file à corps perdu vers cet inconnu. Loin d'être apaisée par la fraîcheur de l'eau qui l'entoure, elle sent monter en elle une chaleur qui prend possession de tout son être. L'impression que la rivière la pénètre. Qu'elle-même s'ouvre, telle une brèche dans la roche. Et voilà qu'elle n'ose plus sortir de l'eau. Qu'elle n'ose plus se montrer dévêtue à sa sœur. Montrer ce corps qu'elle a peur de découvrir monstrueux, déformé par le désir.

— Mag, veux-tu bien te retourner ?

Amusée par cette soudaine pruderie – décidément, sa sœur restera toujours une femme instable –, la religieuse se plie au caprice de Mary.

L'air chaud fait frissonner la femme nue. Elle quitte la rivière comme on enlève sa robe d'eau. Elle voudrait que sa sœur disparaisse, se retrouver seule. L'homme la rejoindrait. Il est évident qu'il ne désire que cela. Qu'il la désire, elle.

59

Soixante vaches

Sur son cheval, fumant nerveusement des Duke's Cameo trop amères à son goût – l'épicier ne vend que ces cigarettes, emballées dans un paquet rigide qui ne nécessite aucune carte pour le raidir –, Curtis vient traîner à proximité de la mission où sont hébergés l'universitaire et son épouse.

Entre l'hôtel et la mission, il passe par le bureau du télégraphe, où aucune réponse de sa femme ne l'attend. Il est à deux doigts de lui écrire qu'il renonce à retrouver son ami Grinnell. Au diable les étourneaux ! Au diable les danses interdites ! Le télégraphiste retire ses lunettes et s'en gratte le nez. Ce client va bien finir par se décider. Mais il est des jours où il vaut mieux s'abstenir de prendre une décision.

C'est la troisième fois qu'il s'approche de la mission et il n'aperçoit toujours pas M. Gates. Il n'avait jusqu'alors prêté aucune attention à cet homme et cette femme, debout le long de la barrière blanche, en plein soleil. Aussi immobiles qu'un arbre mort. Curtis a le temps de fumer une cigarette avant de voir l'homme dévisser le bouchon d'une gourde qu'il porte en bandoulière, et la tendre à la femme. Il a le temps de fumer deux autres Duke's Cameo, puis la squaw s'assoit à terre, tournant le dos aux bâtiments pour s'appuyer à la barricade. Lorsqu'elle entrouvre sa couverture, le photographe aperçoit le bébé à qui elle donne un sein.

Quelqu'un sort de l'église. C'est le curé, les bras chargés d'une grosse racine. Le couple l'apostrophe, « Où Tiffany ? » demande la femme, « Où fille ? » rajoute l'homme. Feignant de ne pas les voir, de ne pas les entendre, le curé s'installe sur un tabouret, à l'ombre d'un parasol rudimentaire. Curtis ne se résigne pas à l'aborder pour lui demander où il peut trouver M. Gates.

Comme convenu la veille, l'universitaire et le photographe se sont retrouvés dans la matinée. Merrill Gates, qui ne sait pas demander – juste ordonner et obtenir –, est allé débusquer une poignée d'Indiens, « Allez, dehors, je ne vais pas vous manger », dédaignant les squaws et les enfants braillards, « Je suis le président des Amis de l'Indien, j'ai besoin de vous ».

Se plaçant au centre, il a disposé les hommes de part et d'autre, expliquant avec force qu'ils ne devaient en aucune manière bouger, ni même parler, qu'il fallait regarder l'appareil, droit devant, ça n'allait prendre que quelques secondes, c'était sans douleur, juste une photographie dont ils pourraient être fiers car elle serait vue par des milliers de personnes, et pas n'importe quelles personnes, jusque par leur grand-père, le président des États-Unis d'Amérique.

Alors que d'une pression sur la poire à air Curtis ouvrait l'obturateur, tous les Indiens s'étaient carapatés, bousculant sans ménagement l'ami de l'Indien, l'abandonnant seul au centre d'une image floue, en train d'impressionner une plaque de verre au cul d'un appareil photographique.

— Ah ces barbares ! Mais qu'est-ce qu'il leur prend ? Qu'est-ce que c'est que cette chienlit ?

Soixante.

C'est le nombre de vaches qu'ils ont amenées ce jour-là. Soixante vaches pour plus de neuf cents Indiens. Une fois par an, les Indiens de la réserve reçoivent, en plus de leurs rations, une somme d'argent. Et des vaches.

L'arrivée bruyante du convoi avait été saluée par les cris des enfants, des squaws et des hommes. La plaine s'était remise à vibrer. Et les Sioux encadrant Merrill Gates avaient immédiatement compris la raison de cette agitation : ils allaient enfin pouvoir manger ! Sans demander la permission, ils s'étaient rués pour accueillir le convoi et prendre leur place dans la file d'attente.

— Alors, monsieur Curtis ? Cette photographie ? L'avons-nous ?

— Non, monsieur Gates, non, nous ne l'avons pas, marmonne le photographe anéanti.

— À cause de ces primitifs ?

— Il aurait fallu qu'ils restent immobiles.

— Imbéciles de Peaux-Rouges incapables d'obéir ! a pesté Merrill Gates derrière sa moustache, avant de se ressaisir. Qu'à cela ne tienne, nous allons recommencer, je me charge de les faire revenir.

— C'était ma, euh… ma dernière plaque, monsieur Gates, s'excuse Curtis, humilié.

— Ce qui veut dire ?

— Que je n'avais pas droit à l'erreur, monsieur Gates. Ils ont bougé, la photographie est ratée, foutue… Et toutes mes autres plaques de verre ont été… Je les ai perdues pendant mon voyage, je suis désolé…

— Mais du verre, ça se trouve ! s'exclame Merrill Gates. Je vais vous procurer ça, monsieur Curtis, et demain nous recommencerons, vous avez ma parole !

Le président des Amis de l'Indien a emporté la plaque de verre que dans d'autres circonstances, avec les ustensiles adéquats, dans son studio à Seattle, Curtis aurait pu nettoyer et réutiliser. Gates est persuadé que James Hooward, l'agent de la réserve, trouvera la solution. Grâce à la plaque qui servira de modèle, il fera couper du verre, demain ils pourront refaire la photographie.

Cet échec obsède le photographe. Il doit voir Gates. Insister pour que l'agent de la réserve lui vienne en aide. Il lui faut ce verre. Il doit prendre cette photographie !

Des filles sortent du réfectoire, portant une longue et lourde table. Puis des bancs, une chaise. Elles dressent la table, installent les assiettes, les couverts… Le curé les observe du coin de l'œil. Dès que l'une d'entre elles ralentit le rythme, tourne la tête vers le couple d'Indiens – le curé a cru comprendre qu'il s'agissait des parents de la petite Tiffany –, avant même qu'elles aient amorcé un pas dans leur direction, une pierre vient les rappeler à l'ordre. Père Paul est doué. D'une pichenette, il peut atteindre une cible à vingt-cinq pas.

60

La petite Tiffany

Rien à faire, sœur Cornélia ne parvient pas à aussi bien imiter le cochon que son aînée, « Umph umph umph ! »… Les occasions de rire ne se présentent pas tous les jours, la religieuse est si heureuse de la compagnie de sa sœur, incroyable que Mary ait accepté d'entreprendre un si grand voyage, elle qui a tant à faire. Et la voilà qui chante à tue-tête :

P'tit cochon s'ennuyait ferme,
Umph umph umph !
Tournait en rond dans la grande ferme,
Umph umph umph !

Mary s'est rapidement habillée en sortant de la rivière, sans prendre le temps de s'essuyer, soudain pressée de rentrer à la mission, le visage empourpré, le souffle court, perdant l'équilibre si souvent que sa sœur a pris son bras, pour la soutenir, « C'est la rivière, ça, c'est la rivière, tu y es restée trop longtemps, ça vous tourne le sang, une telle rivière ». Mais une fois assise à l'avant du chariot, Mary s'est reprise, « Tout va bien, merci, Mag », et après un dernier regard en arrière, alors que le chariot s'éloignait déjà, elle s'est mise à chanter haut et fort, « Umph umph umph ! », des grognements de cochonne destinés à celui qui se cachait derrière ces bosquets.

Les deux sœurs poussent la chanson tout le long du trajet retour, baissant à peine la voix à l'approche des tipis. Et Mary, toujours bouleversée par la vision de cet homme gonflé de désir, en oublie d'entretenir sa sœur de la haie du châtiment et de la petite Priscilla.

Lorsqu'elle aperçoit les parents de Tiffany debout près de la barrière de la mission, sœur Cornélia se mord les lèvres en plein « Umph umph ». Elle dépose Mary devant le presbytère et envoie une fille chercher Léon pour qu'il s'occupe du chariot.

— Il faudra ramasser toutes vos cochonneries, mon père.

Sœur Cornélia se tient près du curé qui, tout à sa sculpture, ne l'a pas entendue approcher. Son couteau bien affûté a fait pousser un monticule de copeaux de bois entre ses pieds – ses « cochonneries ».

— Il est bientôt fini, sœur Cornélia.

Il parle de ce que Curtis a pris pour une racine : le buste de Jésus tendant les bras pour accueillir tous les enfants de ce monde. Les traits sont grossiers et père Paul a renoncé à sculpter la couronne d'épines. Il en confectionnera une en fil de fer barbelé qu'il fixera sur la tête de son Christ. Peut-être y ajoutera-t-il quelques gouttes de peinture rouge pour une touche réaliste.

— Je savais que vous réussiriez. Il est magnifique.

Sœur Cornélia qualifie de magnifiques toutes les œuvres de père Paul, elle n'a aucun goût ni aucune attirance pour tout ce qui est artistique – donc inutile – mais pourquoi faire de la peine à père Paul ? Il est si fier de toutes ses créations. Il ne se lasse pas d'admirer le panneau en bois suspendu à l'entrée de la mission, surtout lorsque le vent frappe de plein fouet les deux mots qu'il y a patiemment creusés : *Sentinelle sacrée.*

Suivant le regard de la religieuse, le curé constate que l'homme et la femme n'ont pas bougé de place, malgré le soleil assassin.

— Comment font-ils pour supporter cette chaleur ? dit père Paul, assis à l'ombre du parasol que Léon lui a bricolé à l'aide d'une ombrelle de paille attachée au bout d'un bâton. Je n'ai pas compris un traître mot de ce qu'ils veulent.

— Ce sont les parents de la petite Tiffany.

— Oh, mon Dieu ! marmonne le passionné de roses et de sculpture. Je ne les ai pas reconnus, ment-il. Sinon, je les aurais accueillis comme il se doit, ajoute-t-il sans lever les yeux. Est-ce qu'ils savent ?

— Non, père Paul, pas encore. Je m'en occupe, je vais leur parler.

La lame du curé soulagé mord à nouveau le bois afin d'aider Jésus à s'en extraire.

— Tiffany a été très malade, explique lentement sœur Cornélia, répétant les mots pour que les sauvages comprennent cet anglais qu'ils ne maîtrisent pas. Très malade, le docteur est venu, il a fait tout ce qu'il a pu, tout, vraiment, je suis désolée, tout ce qu'il a pu.

— Malade ?

— Oui, très malade, le docteur est venu, il a fait tout ce qu'il a pu.

— Tiffany, voir.

— Non, non, ce n'est pas possible, pas possible.

— Si, possible.

— Vous ne comprenez pas, vous ne comprenez pas.

— Soins, guérir.

— Le docteur est venu, il est venu, mais il n'a pas pu la sauver, il n'a pas pu la sauver, vous comprenez ? Elle est partie.

La mère tend sa main vers la mission, « Chumani, ici, pas partie », le père a ce même geste, indiquant les bâtiments derrière sœur Cornélia et répétant le nom dakota de sa fille, « Chumani, Chumani ».

— Tiffany nous a quittés, le Seigneur l'a rappelée auprès de Lui. Elle est morte. *Wiiicaaateee, wiiicaaateee.*

Pour éviter toute ambiguïté, toute méprise, elle avait trouvé plus efficace d'apprendre le mot dakota, qu'elle était souvent amenée à utiliser. *Wicate*, la mort. Qu'elle prononce en étirant chaque voyelle, *wiiicaaateee*, là où les Sioux les claquent brièvement.

— *Wicate ?*

— Oui, morte. Elle a été enterrée en bonne chrétienne.

Le cimetière a été installé au-delà de l'église. Il faut contourner les bâtiments et sortir du périmètre barricadé de la mission pour s'y rendre. Aucune barrière ne le délimite, comme si personne n'avait voulu faire obstacle à son inévitable extension. Il accueille une trentaine de tombes qui seraient pour la plupart invisibles sans les petites croix blanches qui marquent leur emplacement. Fabriquées et peintes par Léon. Père Paul a gravé les prénoms en lettres capitales avant de les passer au noir. Aucune date de naissance, les sauvages ne s'embarrassant pas d'un état civil – ce qui arrange bien père Paul, c'est autant de travail en moins. Des filles mortes le plus souvent de maladie, aidées en cela par la malnutrition – comme la petite Tiffany. Certaines ont succombé au froid alors qu'elles tentaient de s'enfuir, d'autres d'une chute de l'échelle ou par noyade. Deux se sont suicidées – elles ont été enterrées de nuit, sans cérémonie. Une a succombé entre les mains de Léon, « Pas… pas fait exprès », a-t-il bredouillé.

Carmel, Rose, Maud, Julia… Les croix ne mentionnent que leur prénom chrétien.

Sur la tombe la plus récente, père Paul a gravé : *TIFFANY ~ 5 juillet 1900 ~*. Il est particulièrement content des deux petites fioritures qui encadrent la date, il les a bien réussies.

Les parents de Tiffany ont suivi la religieuse jusqu'au cimetière, mais ne se sont pas aventurés entre les tombes. Sœur Cornélia est seule devant le petit monticule qui a déjà commencé à sécher et à se craqueler. Et qui n'est pas sans rappeler le ventre d'une femme enceinte.

— C'est ici que votre fille Tiffany repose dans la paix de Dieu.

Sans plus de cérémonie, les parents de la petite Tiffany tournent le dos et s'éloignent. Ils ont eu confirmation de ce qu'ils redoutaient.

Comment des parents aimants peuvent-ils se détourner de la tombe de leur fille sans une prière ? s'indigne la religieuse. Sans un moment de recueillement. Comme ils abandonneraient un chien.

61

Soldate du Christ

Quelle que soit l'heure à laquelle sœur Cornélia se couche, elle est toujours la première levée. Comme si, ne la voyant pas debout avant les autres, Jésus aurait pu l'oublier. Tous les matins, elle suit le même rituel. Elle commence par ôter sa chemise de nuit pour enfiler celle de jour. Pendant une poignée de secondes, elle se retrouve nue au regard de Dieu et de son fils. Et déteste ça.

Depuis que la mission possède un tub, père Paul et les deux religieuses n'ont plus besoin d'aller se laver dans le Missouri, mais ni le tub ni la rivière n'ont connu sœur Cornélia autrement que couverte d'une de ses deux chemises à manches longues, sous laquelle elle glisse l'éponge.

En toute saison, l'habit de la religieuse est en serge de laine – qui a l'avantage de demander peu de repassage et l'inconvénient de faire ruisseler le corps dès l'arrivée des beaux jours. En plus d'être chaud, il est lourd. Sœur Cornélia assure que c'est ce poids qui leur permet de ne pas oublier leur mission sur Terre. Sans ce poids, nombreuses sont les religieuses qui s'envoleraient prématurément vers le Seigneur. Pour permettre les mouvements, la tunique est amplement froncée. Et chaque pli devient un piège à poussière qu'il convient de brosser méticuleusement et vigoureusement avant de laver l'habit. Opération qui a lieu quatre fois l'an : avant le 1er novembre, fête de tous les Saints, pour Noël et pour Pâques, et enfin une dernière fois en vue de célébrer l'ascension de la Sainte Vierge Marie, le 15 août – c'est en son honneur, en l'honneur de l'Immaculée Conception de Marie, qui vint au monde préservée de la souillure du péché originel, que le bleu a été choisi pour la tenue des religieuses.

Après avoir revêtu sa robe bleue et trouvé sa place – à grand renfort de coups d'épaules et de déhanchements – au milieu de ces kilos de tissu et dizaines de plis, sœur Cornélia récite à haute voix :

— « Que la Très Sainte Vierge me recouvre de son habit sacré. »

Puis, nouant la ceinture de corde :

— « Ceignez-moi, Seigneur, d'une ceinture de pureté, et détruisez en moi toutes les graines de convoitise, et que la constance et la chasteté règnent toujours en moi. »

En souvenir de la Sainte Vierge Marie, et afin de préserver le plus longtemps possible la robe des impuretés du quotidien, sœur Cornélia enfile le scapulaire, une sorte de tablier fait de deux bandes de tissu du même bleu que son habit, tablier qui s'enfile comme un poncho.

— « Que la Très Sainte Vierge me revête de ses vertus », proclame-t-elle alors.

À ses pieds, de grosses chaussures noires qu'aucune prière n'accompagne.

Sur sa tête, la coiffe de religieuse, constituée de couches superposées. D'abord un bandeau de tissu blanc camoufle une grande partie du front. Puis un bonnet de coton épouse la forme de son crâne – cachant sévèrement les cheveux que sœur Cornélia porte courts – et s'attache sous le menton. Sur ce bonnet se fixe une sorte de casque en tissu empesé qui retombe de part et d'autre de son visage jusqu'à effleurer les épaules à la façon d'œillères, l'arrondi au-dessus du front formant une visière de quelques centimètres. Enfin, un voile noir vient couronner le tout, se coulant dans son dos telle une traîne de mariée, jusqu'à mi-fesses.

— « Place sur ma tête, ô Seigneur, le casque du salut, et défends-moi contre l'assaut de l'ennemi. »

L'encolure de l'habit est masquée par un plastron blanc en forme de demi-lune, la barbette, qui recouvre le buste de la religieuse de l'extrémité d'une épaule à l'autre, descend jusqu'au cœur et déplore en les dissimulant l'existence de ses seins.

Sous sa robe et sous sa chemise de jour, sœur Cornélia ne porte rien. Il est déjà laborieux de s'accroupir après avoir soulevé à bras-le-corps ce fardeau de tissu, il lui faudrait une aide extérieure pour atteindre un panty et le baisser. Et elle trouve pornographiques les culottes fendues en leur milieu.

Enfin vêtue de son armure de serge – un cloître vivant, selon Bill Q. – sœur Cornélia peut aller baiser du bout des lèvres les pieds de Jésus cloué sur le mur et, yeux fermés, lui murmurer :

— « Laissez-moi mourir pour l'amour de Vous, ô Seigneur, qui avez expiré sur la croix pour l'amour de moi. »

62

Probablement vers le nord

Trois quarts d'heure avant le repas organisé par sœur Cornélia, les filles avalent leur soupe dans le réfectoire. Cuites des heures, les carcasses ont rempli leur rôle : imprégner le liquide d'un goût de poulet. Mais la consistance reste celle de l'eau. De temps à autre, une chanceuse tombe sur une miette de viande qu'elle découpe entre ses incisives, lentement, pour faire durer le plaisir. Mais ce plaisir est rare. Sœur Killian a minutieusement scruté chaque carcasse avant de l'envoyer rejoindre les autres dans l'eau.

Le parfum des gros pains de seigle qui fument encore se marie à celui, chargé de beurre, des gâteaux. Lorsque sœur Killian soulève le couvercle pour goûter la fricassée de poulet, l'odeur s'enlace aux deux autres pour venir tenter les filles penchées sur leurs écuelles remplies de soupe claire où on les autorise à tremper des croûtons de pain rancis – Dieu déteste le gaspillage. Est-ce Dieu également qui pousse la nonne à laisser le couvercle ouvert plus que nécessaire ? Pour que le fumet les torture ?

— Un jour, je tuerai sœur Killer, crache Judith entre ses dents. Je la découperai comme un poulet, je la ferai cuire et on la mangera. Après tout, on est bien des sauvages, non ?

Les ricanements résonnent dans le réfectoire.

— Quelque chose vous fait rire ? coupe net sœur Killian.

Et chacune de reprendre une gorgée d'eau de poulet.

Le soleil a entamé sa lente descente vers l'ouest, au-dessus du Missouri. Mais il fait encore jour et chaud. Sœur Cornélia disperse du pied les copeaux de bois que père Paul a oubliés derrière lui, « Quel étourdi... », son pied bute sur un objet dur, le couteau que le curé utilise pour sculpter. Elle le ramasse, « Tête de linotte ! », le secoue pour le débarrasser des derniers copeaux, le replie et le glisse dans une poche.

L'air vibre des insectes qui bruissent. Les chiens s'adonnent à leur chahut. Haut dans le ciel, les oiseaux chassent leur pitance. Les clients arrivent en chariot ou à cheval. Sœur Cornélia les accueille, « Bonsoir, c'est si gentil d'être venus », n'oublie jamais de les faire payer avant le repas, « Dieu vous remercie pour la mission, pour notre travail et pour les filles ».

Le télégraphiste avait enfin reçu un message pour Curtis. Clara s'était fait un sang d'encre, il valait mieux qu'il ait une bonne excuse pour justifier son silence. Grinnell, inquiet de ne pas voir arriver le photographe, avait téléphoné au studio. Elle lui avait donné l'adresse de la réserve, Curtis devrait rapidement recevoir de ses nouvelles. Elle l'assurait de son amour, ses enfants l'embrassaient bien fort, Elizabeth réclamait son étourneau.

Puis Curtis s'était soucié d'Henry. Après avoir fait provision de cigarettes, il l'avait cherché dans les rues de Fort Sibley et chez le maréchal-ferrant, en vain. Le photographe se rongeait à l'idée de ne plus le revoir. Le bandit garderait de lui l'image de ce Blanc lui tournant le dos pour monter dans une calèche, au sommet de cette petite colline, lorsque Curtis avait choisi de s'asseoir à côté de Merrill Gates, abandonnant Henry, le pantalon encore couvert de poussière. Et tout ça pour quel résultat ?

Mais le bandit n'avait pas quitté la réserve. Curtis avait fini par l'apercevoir assis devant le Jefferson's Store.

Henry s'apprêtait à partir dès le lendemain. Il remonterait la rivière vers le nord, avant de bifurquer sur le soleil couchant dès qu'il trouverait une autre rivière coulant dans cette direction. Plus rien ne le retient à Fort Sibley. Il a revu la vieille squaw. Elle recousait un accroc sur un tipi, toujours occupée, fidèle à elle-même. Il ne s'était pas approché, se contentant de cette vision lointaine, pressentant qu'il était trop tard pour des retrouvailles.

Le bandit avait déjà roulé deux cigarettes. Il en avait tendu une au photographe, comme s'il avait anticipé leur rencontre. L'Indien n'avait pas fini de le surprendre. Les deux hommes n'avaient pas échangé d'inutiles paroles, Curtis appréciant la cigarette et mentionnant le repas du soir que l'épicier lui avait vendu comme l'événement à ne rater sous aucun prétexte.

Le soir, Henry l'attend sur son cheval, entre l'hôtel et la mission.

L'accueil de la religieuse est chaleureux, « Soyez les bienvenus, je suis sœur Cornélia », sans oublier de tendre sa main à plat, paume vers le haut, « C'est vingt-cinq *cents* ».

— J'ai oublié de te dire que le repas coûte vingt-cinq *cents*, glisse Curtis à l'oreille d'Henry. Tu dois donner un demi-dollar à la dame.

Henry aurait rebroussé chemin – jamais de sa vie il n'a déboursé une telle fortune pour un repas – si à cet instant Mme et M. Gates n'étaient sortis du presbytère.

— Monsieur Curtis ! s'exclame Mary Gates, aussi réjouie que si elle retrouvait une vieille amie dans un salon de thé de sa ville de Warsaw, État de New York. J'espère que vous vous êtes remis de cet épique périple ? Quelle pluie ! Quelle pluie, mon Dieu ! Mes os flottent encore dans mon corps telles des grumes sur un fleuve !

Oubliant son savoir-vivre, Curtis ne prête aucune attention au lyrisme de la femme. En venant au repas de la nonne, il espérait surtout se retrouver en présence du président des Amis de l'Indien. Tétanisé devant lui, encore confus de la séance ratée du matin, il s'excuse platement :

— J'espère que vous m'offrirez une seconde chance, il n'est pas dans mes habitudes de, euh…

L'universitaire le prend par les épaules et le rassure, James Hooward s'est occupé de tout, ils pourront faire cette photographie dans deux ou trois jours, une semaine tout au plus, « Et s'il faut enchaîner ces sauvages pour qu'ils restent tranquilles, nous les enchaînerons ».

Ne jamais capituler à la première embûche, lui avait seriné Jean-de-Poitou. Retourner l'adversité pour s'en faire une alliée. Il va la prendre, cette photographie ! Elle paraîtra dans tous les journaux. Sa femme et lui voyageront en wagon-lit pour aller photographier les grands de ce monde…

Volant à sa sœur le rôle de maîtresse de maison, Mary tend sa main pour accueillir Henry :

— Nous nous sommes déjà rencontrés, monsieur, mais nous n'avons pas eu le plaisir d'être présentés…

Avant d'achever, elle sait que c'est lui. Aucun doute possible. L'homme qui la regardait depuis la rive, tout aussi nu qu'elle. Sauf que moi j'étais vêtue de rivière, s'était-elle répété toute la journée, chaque fois que l'image lui revenait en mémoire. Son sourire se crispe une ou deux secondes, son visage se fige, Henry saisit la main qu'elle lui tend.

— Enchantée, parvient-elle à articuler tandis que sa peau se couvre de frissons et que la fièvre fait fondre ses sens.

63

Fricassée et à-côtés

Sœur Cornélia a placé ses convives. Un casse-tête, car il n'est pas question de séparer les couples. Père Paul est en bout de table, dos à l'église et à son rosier. À sa droite, M. James Hooward, l'agent des Indiens, et madame. Viennent ensuite Bill Q., Curtis et Henry – la religieuse a regroupé les trois hommes, les seuls à être venus non accompagnés. Puis Mme Fubber et son époux, de passage dans la réserve indienne. Personne n'occupe l'autre extrémité de la table. Sœur Cornélia s'est réservé la place entre père Paul et Merrill Gates, lui-même assis près de son épouse. À gauche de Mary se trouvent M. Gray, le télégraphiste aux cheveux blancs, et sa fille Dolly, quatorze ans. Et enfin M. Dolin et sa dame, les propriétaires de l'unique hôtel de Fort Sibley.

Avant de citer un passage des Corinthiens en guise de bénédicité, père Paul s'est levé, invitant les autres à faire de même et à se donner la main.

— Ne vous méprenez pas sur mes intentions, plaisante Bill Q. à l'oreille de Curtis, lui saisissant la main et accompagnant son sourire d'un clin d'œil racoleur.

— Que la grâce de Notre-Seigneur Jésus-Christ, ainsi que la charité de Dieu et l'esprit du Saint-Esprit soient avec vous tous, proclame père Paul.

— Amen, répond le chœur des convives, y compris Henry, qui se souvient des quelques fois où il a été invité à partager un repas de famille – pas souvent – dans les fermes où il trouvait un job : réparer des clôtures, nettoyer les écuries, vider les fosses à merde, creuser des tranchées, des puits, ou encore construire des maisons en briques d'herbe.

Il est temps pour les filles de servir le repas. Les unes derrière les autres, elles attendent devant sœur Killian : les plats, les mains, les cheveux, les tenues, tout doit être impeccable. L'inspection passée, sœur Killian les expédie à l'extérieur, les bras chargés de la fricassée, des beignets d'aubergine, du pain et des boissons – pas d'alcool, rien que du café et de l'eau.

Bill Q. n'avait pas menti, les beignets d'aubergine sont un régal, craquants et juteux. Les légumes poussent dans le jardin, non loin du cimetière, « Léon a la main verte », dit père Paul. Il a également à sa disposition toutes les petites mains qu'il souhaite pour faire la besogne, jardiner fait partie de l'enseignement prodigué par la mission de la Sentinelle sacrée. Les poules et les poulets sont aussi du ressort de Léon, il adore leur tordre le cou et, d'un geste sec, leur arracher la tête, qu'il cuisine ensuite pour lui tout seul. Bill Q. n'avait pas exagéré non plus à propos de la fricassée de poulet que sœur Killian prépare en sauce brune : une fois les morceaux dorés dans du beurre, les recouvrir d'eau avec un bouquet d'herbes, sel, poivre et quelques tranches de petit salé, laisser mijoter jusqu'à la tendresse désirée, puis les retirer, les saupoudrer de sel, de poivre et de farine, et mettre au four pour une dernière couche de dorure. Servir accompagnée d'un roux brun dans lequel – c'est son secret – sœur Killian écrase les abats. Ce repas est un délice pour les papilles. Sauf pour celles de la fille du télégraphiste. L'adolescente se débarrasse discrètement des aubergines, qu'elle a en horreur.

64

Les désirs de Dieu

Rester assis sur une chaise n'a jamais été une position naturelle pour Henry. Il a passé son enfance à manger debout ou par terre, à l'arrière d'un travois ou d'un chariot lorsque sa tribu se déplaçait, jamais à heure fixe, uniquement lorsqu'il avait faim. S'il a appris plus tard à utiliser des couverts, il n'en comprenait l'utilité que lorsque ceux-ci lui évitaient de se brûler les doigts. Ce qui n'est pas le cas du poulet et des aubergines qu'il dévore sans façon, avec les mains, pas troublé par le regard des autres et les piaillements amusés de la jeune fille. Personne n'a encore osé lui demander d'où viennent ses trois effrayantes balafres.

Puis Curtis et Henry quittent la table. Appuyés à la rambarde blanche qui ceinture la mission, près de l'endroit où les parents de Tiffany ont passé la journée au soleil, ils fument. La cigarette n'est qu'un prétexte, ils ont tous deux senti le besoin de s'éloigner des autres, de leur bavardage. Même Bill Q., prenant un malin plaisir à essayer de faire rougir sœur Cornélia, a fini par lasser le photographe, pourtant habitué à ce genre de repas mondain. Clara en organise parfois. Elle a initié son mari aux convenances, à l'entregent et aux mondanités de la bourgeoisie de Seattle. Une bourgeoisie qui fait tourner le studio de Curtis.

— Je suis surpris que tu ne sois pas encore parti.

— Demain.

— Pour aller où ?

Henry roule une seconde cigarette tout en fumant la première.

— Tu as dit à personne je suis un tueur.

Ce calme impressionne Curtis. Henry a prononcé ces mots comme il dit tout le reste, d'une voix sans émotion. Comme si rien, jamais, ne pourra le surprendre. Pourtant, ce n'est pas la première fois que le photographe constate un léger changement dans sa façon de s'exprimer. Il lui arrive d'omettre des mots. On pourrait ne pas y prêter attention. Curtis a fini par remarquer que cela se produit lorsque Henry est troublé. Preuve que l'Indien n'est pas toujours de marbre.

Depuis quand Curtis pense-t-il à Henry en tant qu'Indien ?

— Je ne t'ai jamais vu tuer quelqu'un. Au contraire, je t'ai vu en sauver un. Moi. Et je ne t'ai jamais remercié.

Les deux hommes ne se regardent pas. Ce n'est pas le genre de confidences qu'on se dit dans les yeux.

Sœur Cornélia attrape la petite Priscilla par le bras et lui parle à l'oreille, lui serrant un peu trop fort le coude. Rien n'échappe à Henry. Priscilla était immobile derrière la chaise de Dolly, à ne rien faire d'autre que regarder cette adolescente blanche, sa coiffure, sa robe. Et surtout le trésor que la fille du télégraphiste cache sous sa chaise : les juteuses et craquantes tranches d'aubergine frite. Sœur Cornélia fait remarquer à Priscilla que les deux cafetières sont vides – hommes et femmes boivent du café en mangeant.

— Ne reste pas sans rien faire, va les remplir, lui ordonne-t-elle sèchement.

Henry baisse les yeux en recrachant la fumée.

— Les filles préparent le repas depuis ce matin.

— Comment tu sais ça ?

— Parlé aux filles qui servent. Trop maigres. Elles ont faim. Travail trop dur pour elles.

Accaparé par les autres invités, par le délicieux repas et par les amabilités inépuisables de sœur Cornélia – il a quand même eu le temps de s'apercevoir qu'Henry semble provoquer un certain malaise chez Mme Gates – Curtis n'a pas prêté attention aux filles. Comment est-il passé à côté de leur sourire forcé ? De leur tristesse. Leur démarche lourde. Les traits tirés de leur visage et leurs yeux aussi exténués que ceux de sa fille Elizabeth l'année précédente, terrassée par la grippe – ils avaient craint de la perdre.

Après avoir demandé la permission à sœur Cornélia, les hommes fument le cigare sans se lever de table. Merrill Gates est incapable de parler sans agiter les bras, il monopolise l'attention sur des sujets d'actualité. Comme cette Carrie Nation, l'activiste de la tempérance qui, en juin, a détruit à coups de pierre toutes les bouteilles d'un saloon, « Si Jésus avait voulu bannir l'alcool, aurait-il transformé l'eau en vin ? », plaisante-t-il. Les hommes se chamaillent sur la notion d'ivrognerie, forcément condamnable, mais à condition de savoir où commence l'ivrognerie. Le curé y va alors d'une citation tirée des paroles de saint Jean, une mise en garde contre les désirs de la chair que sont l'ivrognerie et la fornication.

Au mot « fornication », Mary est à nouveau parcourue de frissons. À aucun moment elle n'a tourné la tête vers Henry depuis qu'ils sont passés à table, et cela a été un soulagement de le voir se lever en compagnie du photographe. Car avant que le curé ne le prononce, le mot « fornication » tournait déjà dans son sang – il y tournait depuis la rivière –, enflammant chaque parcelle de sa peau. Rien de comparable aux pensées qui l'envahissent parfois à la vue de certains hommes, pensées gentiment coupables qu'elle a fini par accepter et qui l'amusent.

Sans oublier pour autant de tenir son rôle, sourire, manger – chichement –, et de complimenter sa sœur pour ce festin. Encore une fois, elle n'a pas reconnu la petite Priscilla lorsque celle-ci lui a servi du café. Elle ne s'est même pas aperçue que quelqu'un remplissait sa tasse. Elle n'a jamais trompé ce mari qui pérore à ses côtés. Que se serait-il passé si sa sœur n'avait pas été présente à la rivière ? Se serait-elle laissé emporter par le courant jusqu'aux bras de cet homme ?

La religieuse quitte à son tour la table – l'odeur de cigare l'incommode, mais elle sourit au lieu de pester.

— Comment vas-tu, ma sœur chérie ? demande-t-elle en posant ses mains sur les épaules de Mary. Tu n'as rien mangé.

— Je crois que tu avais raison, le bain dans cette rivière m'a affectée plus que je ne croyais.

La nonne se dirige vers les deux hommes appuyés à la barrière. Sans un mot, se moquant d'être impoli, Henry retourne s'asseoir. Il en veut à cette soldate du Christ de lui avoir soutiré un quart de dollar pour ce repas. Aucun repas ne mérite qu'on dépense autant. Comme il s'en veut d'avoir été troublé à la vue de Mary Gates. Sans elle, il aurait fait demi-tour avant de payer.

— J'espère que vous ne boudez pas nos plats, monsieur Curtis.

— Ce serait une offense faite à celles qui les ont préparés.

— Merci.

— Je pensais surtout à ces jeunes filles, pour certaines des fillettes. J'ai l'impression qu'elles travaillent dur, je me trompe ?

— Oh, vous savez, nos filles sont plus robustes qu'il n'y paraît.

— Il me semble qu'en juillet et août les enfants ne vont plus à l'école, c'est le cas pour mes enfants.

Sœur Cornélia lui sourit gentiment, comme on sourit à l'innocent qui confond un chat et un lynx.

— Nous avons affaire à des Indiens, voyez-vous. Une civilisation sépare ces enfants des vôtres, d'où que vous soyez.

— Seattle, Washington.

— Oh, Seattle, c'est loin, c'est une grande ville. Ici, tout est encore à faire, c'est pourquoi nous y consacrons nos vies. J'ignore si vous avez fréquenté beaucoup d'Indiens, nous oui, si vous avez vécu parmi eux, nous oui, nous vivons avec eux. Vous savez, il faut bien connaître l'Indien, et nous avons appris à le connaître. Nous avons de l'expérience. Et cette expérience nous a permis de constater que rendre nos filles à leurs familles, ne serait-ce que quelques jours, cela signifie devoir tout recommencer après. Les familles ne comprennent pas ce que nous faisons ici. Leur mode de vie, leur mode de pensée, c'est de cela que nous devons débarrasser nos filles. Et l'influence des familles est très, très négative.

— C'est pour leur bien, donc, rétorque le photographe sans cacher son ironie.

— Exactement. Pour leur bien. Nous avons un devoir envers les races les moins favorisées. Un devoir divin. Le devoir de les élever vers Dieu, d'apporter la lumière à ces pauvres âmes perdues afin de leur permettre d'entrer elles aussi dans Son Royaume. Vous ne croyez pas que tel est le devoir, la mission, de tout chrétien ?

— Faire de ces filles de bonnes chrétiennes ?

— En faire de bonnes chrétiennes pour en faire de bonnes Américaines, oui.

Le sourire de sœur Cornélia n'échappe pas au photographe, un sourire sincère, elle y croit vraiment, cela ne fait aucun doute. Et cette certitude d'obéir à la volonté de Dieu, d'être sur le droit chemin, d'avoir raison, cette certitude la rend terrible et terrifiante. Le photographe se souvient de cette rencontre improbable avec le moine qui aimait Judas. Ses propos en apparence incohérents. Pourtant, ce qu'il avait dit sur les vrais Judas qui trahissent la parole de Jésus lui est resté.

— Nous n'avions pas beaucoup de livres à la maison, si ce n'est la Bible.

— Le seul qu'il faut avoir lu.

— Et je l'ai lu, oui, ainsi qu'un ouvrage sur la photographie. Dans la Bible, j'ai particulièrement été attentif aux Évangiles. Mais ma mémoire doit me jouer des tours.

Je ne me souviens pas d'un passage des Évangiles où il est dit que Jésus aurait contraint quiconque à le suivre.

Prise au dépourvu, sœur Cornélia n'en perd pas pour autant son sourire.

— Il est prétentieux d'affirmer connaître les désirs de Dieu avec une lecture profane des Saintes Écritures, se hâte-t-elle de conclure avant de rejoindre la table, abandonnant Curtis. Et si nous passions au dessert ! lance-t-elle à la cantonade. Il commence à se faire tard. L'été est trompeur.

Dès que sœur Cornélia tape des mains, sœur Killian envoie une armée de fillettes pour débarrasser et apporter d'autres assiettes.

L'arrivée de Léon trouble la belle ordonnance du festin.

L'homme à tout faire court, hors d'haleine, « Sœur Cornélia, sœur Cornélia ! » rouge tomate de s'être précipité, poursuivi par une nuée d'insectes. Quelques mètres au-dessus de lui, des chauves-souris craintives l'ont également suivi. De temps en temps, une courageuse tombe en piqué pour grappiller sa nourriture à quelques centimètres de sa tête.

Entendant ce que Léon est venu lui annoncer, sœur Cornélia se couvre le visage d'effroi et jette au ciel un « Oh mon Dieu ! » digne de sa sœur aînée.

65

Bonté divine

Léon n'a jamais raconté d'où il vient. À qui lui pose la question, soit il ne répond pas soit il ment. Et alors, il est originaire tantôt du Kansas, où son père est propriétaire d'un petit ranch. Tantôt c'est toujours le Kansas, mais son père est mort et sa mère s'est remariée avec un ancien propriétaire d'esclaves, il s'est enfui avant ses dix ans. Ou alors, ses parents sont enterrés et il a été élevé par une tante. Quoi qu'il en soit, tous ses mensonges le lient au Kansas. Où il n'a jamais mis les pieds. Il est natif de l'Arkansas.

Père Paul et les deux bonnes sœurs lui ont formellement interdit de faire du feu là où il dort : une chambre rudimentaire au-dessus de l'étable où sont logés les deux vaches et les quelques moutons de la mission. À l'aide de planches, il a séparé son espace du reste de la grange, puis s'est confectionné un lit avec des brassées de paille, y ajoutant du foin prélevé dans la réserve pour le rendre plus accueillant. Lorsqu'il doit faire un feu, il s'installe dehors, derrière l'étable, entre le poulailler et le jardin, pas très loin du cimetière.

Au sommet d'une branche, Léon a accroché des tronçons de fil de fer barbelé qui s'évasent comme les baleines d'un parapluie. Étrange structure qu'il plante en terre, dont il protège la base avec des pierres et autour de laquelle il fait son feu. Il ne lui reste plus qu'à suspendre ce qu'il veut cuire – petits poissons, écrevisses, oiseaux divers – à l'extrémité des baleines de fil de fer barbelé et à les oublier tranquillement au-dessus des braises. Ce soir, têtes de poulet – sœur Killian a gardé les pattes pour les déguster avec sœur Cornélia et père Paul. Elle a autorisé Léon à prendre un peu de sel et de poivre, il y a roulé son futur repas.

Léon ne peut pas vraiment s'éloigner du feu, il faut alimenter les braises, souffler dessus, les empêcher de s'éteindre et de refroidir. Pourtant, chaque fois que les Indiens viennent planter leur tipi pour attendre leurs rations, Léon ne parvient pas à se dominer, il doit y aller, c'est plus fort que lui. Contournant l'étable qui le rend invisible depuis l'église ou le pensionnat, il se glisse près de quelques tipis et attend. Il lui est arrivé d'attendre trop longtemps et de revenir trop tard pour sauver le feu, c'est embêtant, il doit tout recommencer. Mais il lui est difficile de s'arracher à sa planque avant d'avoir vu une squaw sortir de son tipi, poussée par la nécessité d'aller s'accroupir au-dessus d'un trou que les Indiens reboucheront avant de repartir vers leurs lopins de terre. Suivant la position de la lune dans le ciel et l'endroit stratégique où il est allongé à même le sol, Léon aperçoit parfois la rondeur blanchâtre d'une fesse, et cette vision lui fera souiller son foin avant de s'endormir.

Tandis que père Paul et sœur Cornélia discutent avec leurs invités, Léon s'arrache à regret de son guet sans avoir rien vu, pensant aux têtes de poulet suspendues, se disant qu'il n'a pas tout perdu puisqu'il vient de décider d'en garder deux pour un autre usage. Sur le chemin du retour, il aperçoit au loin un groupe à cheval, s'éloignant dans la nuit. Des Indiens, il le jurerait. Viennent-ils de la mission ? C'est possible, mais rien ne le prouve.

Quelques instants plus tard, cependant, il fait le lien entre ces Indiens et ce qu'il découvre dans le cimetière. Le plus court chemin pour rejoindre son feu et les têtes grillées consiste à couper entre les tombes, les morts ne l'effraient pas, c'est lui qui creuse les trous et glisse les filles au fond – il n'y a pour l'instant que des filles dans ce cimetière, pas encore de religieuse ou de curé. Le premier truc qui cloche, c'est la croix – c'est également lui qui les plante. Celle de Tiffany est à terre, elle a dû basculer lorsque les Indiens qu'il vient de voir s'éloigner ont creusé pour atteindre le cercueil, le couvercle a été arraché. Et le corps de Tiffany a disparu.

Une des pensionnaires a entendu ce que Léon vient d'annoncer à sœur Cornélia. Les mots courent de fille en fille. La plupart s'effondrent en apprenant la terrible nouvelle.

— Bonté divine ! éructe la nonne en leur collant des claques. Je vais vous apprendre à pleurnicher !

Aurait-elle été plus bienveillante avec les pleurnicheuses si elle n'avait pas éradiqué de sa mémoire les heures passées à pleurer dans la cale du *Frisia*, les cuisses serrées ?

Les convives ont suivi sœur Cornélia et Léon dans le petit cimetière. Les mains volettent d'une épaule à l'autre, les signes de croix vont bon train, « Oh mon Dieu », répète Mary Gates, « Qu'est-ce que cela signifie ? » veut savoir son mari, « Une petite fille morte le mois dernier », ânonne, émue, sœur Cornélia, « Sainte Marie... » commence Mme Fubber, vite rejointe par Mme Dolin, qui conclut avec elle « ... mère de Dieu ».

— L'œuvre des sauvages ! condamne avec fermeté et horreur père Paul.

— Des sauvages rouges, précise James Hooward.

— Mais les parents avaient refusé de s'avancer entre les tombes ! se souvient sœur Cornélia, dévastée par autant d'inhumanité.

— Ils ont reçu l'aide d'autres sauvages, affirme James Hooward, des jeunes sans doute, engeance pire que leurs aînés, incontrôlables.

Ce en quoi il se trompe. Ce ne sont pas d'autres sauvages rouges qui ont aidé les parents à déterrer leur fille. Ce sont deux des cow-boys arrivés avec le convoi. Les parents de Tiffany les ont payés avec l'annuité en dollars qu'ils ont reçue le jour même, offrant toute leur fortune sans chercher à négocier – ce qui aurait conforté les théories du président des Amis de l'Indien sur ces idiots de primitifs qui donnent tout sans compter.

— Mais pourquoi déterrer cette pauvre fille ?

— Il paraît qu'ils mangent leurs morts, répond, horrifiée, Mme Fubber.

Curtis, Henry et Bill Q., restés en retrait à s'en griller une, sont plus choqués par le nombre de petites tombes alignées que par celle qui a été éventrée.

— J'avais entendu parler de quelques filles mortes, dit Bill Q., mais qui pouvait s'attendre à ça ?

— Vous n'êtes jamais venu ici avant ? interroge Curtis.

— Pourquoi je serais venu ?

— Le cimetière n'est pas caché, vous auriez pu.

— Et ça aurait changé quoi ? Le seul maître à bord, c'est l'agent de cette réserve, dit-il en pointant James Hooward de sa cigarette. Et même lui, je ne suis pas sûr qu'il ait un quelconque pouvoir face à l'Église. Ce ne sont que quelques Indiennes, après tout, qui s'en soucie réellement ?

Henry frémit en entendant Bill Q. Il a beau avoir l'esprit vif, il lui faut toujours un laps de temps avant de reconnaître ces phrases qui expriment l'inverse de ce qu'elles disent. Malgré ces années vécues parmi les Blancs, il ne s'y est jamais habitué.

Prévenus par Léon, Debout dans la Tempête et trois agents de la police tribale se pressent sur les lieux avant que le soleil rasant ne disparaisse. Ils retrouvent facilement la piste des voleurs du cadavre, qui n'ont pas pris la peine de cacher leurs traces. Une dizaine de chevaux.

— Nous devons aller avec eux, se hâte de dire sœur Cornélia.

Père Paul a trop mangé, il espérait se coucher tôt.

— Est-ce que cela est vraiment raisonnable ?

— C'est notre devoir de retrouver Tiffany et de s'assurer qu'elle aura un digne enterrement chrétien.

— Oui… oui, euh… bien sûr, bafouille le curé.

— Et n'oublions pas que ces policiers sont de la même tribu, intervient M. Gates. À peine moins sauvages. Il vaut mieux être présents, on ne sait jamais.

M. Dolin s'excuse, sa femme et lui vont rentrer, le repas a été un délice, il remercie vivement sœur Cornélia, et sa femme confirme d'un hochement de tête.

— Mais vous avez droit au dessert ! s'exclame sœur Cornélia, désappointée par cette offense faite à son repas. Vous n'allez pas rater le délicieux *shortbread* !

— Nous reviendrons la semaine prochaine, sans faute.

— Pressons ! Les policiers ne vont pas nous attendre éternellement ! lance l'agent des Indiens.

L'enlèvement du cadavre d'une fillette et la poursuite des profanateurs tombent à pic. Pour la première fois de la soirée, Mary ne pense plus à l'homme de la rivière. Il a gâché son repas, poulet et aubergines malaxés en une sorte de porridge qui se collait à sa langue et son palais, l'empêchant de respirer. Mais c'est terminé, il est sorti de sa tête, de son corps.

Tandis que les convives se répartissent dans trois calèches, sœur Cornélia fait un rapide détour par le réfectoire, en quelques mots explique la situation à sœur Killian, demande aux filles de prendre les gâteaux et de la suivre.

Sœur Killian pointe Judith et Priscilla du doigt, leur ordonne de porter deux *shortbreads* chacune, rectifie les tenues, arrange les cheveux, exige un sourire sur leur visage, en particulier celui de la petite Priscilla – lui écrasant le nez et la bouche sous prétexte d'effacer des larmes et un restant de morve –, et d'une tape derrière la tête les expédie à l'extérieur.

66

La balade des douceurs

Assise près de sa sœur, la religieuse coupe des parts de gâteau. La terre bosselée chahute les passagers sans entamer leur bonne humeur. La tombe ouverte n'est plus qu'un brumeux souvenir, ce pique-nique improvisé les enchante. Les trois calèches et les deux cavaliers – Curtis et Henry – avancent côte à côte, quelques dizaines de mètres en arrière de la police tribale.

— Comme c'est amusant ! commente Mme Fubber.

Les généreuses parts de *shortbread* circulent de mains en mains, passent d'une calèche à une autre, deux d'entre elles parviennent à Curtis et Henry.

— Ça te plaît ? demande sœur Cornélia à la jeune Dolly.

— Oh oui, merci, ma sœur, c'est délicieux.

— Il faudrait l'envisager chaque semaine, suggère Mme Fubber.

— Et trouver un nom à cette expédition, avance le télégraphiste, comme il y a les croisières-repas.

L'idée fait l'unanimité.

— Ma chère sœur, tu ne dis rien…

Les images de la petite Indienne flagellée et de la tombe ouverte se sont invitées dans les pensées de Mary, y jetant le trouble. Le souvenir de cet homme la regardant depuis le bord de la rivière l'avait complètement détournée de sa résolution de parler à sa sœur de l'horrible châtiment dont elle avait été témoin dans le réfectoire des fillettes.

Mary s'excuse d'être distraite. Mag la regarde, comme si elle attendait autre chose.

— Un nom, c'est cela ? demande Mary.

— Tu sais si bien manier les mots !

— Oh… à brûle-pourpoint c'est difficile… « La balade des douceurs », peut-être ?

— Oh oui ! J'adore ! Merci, Mary !

— « Dessert en poussière » me semblerait plus approprié, se moque l'épicier. On en mange autant que du *shortbread*…

— Rabat-joie ! lui lance sœur Cornélia.

Le sarcasme de Bill Q. ne réussit pas à altérer la bonne humeur.

Les calèches se transforment rapidement en salons où les hommes débattent. Sauf père Paul, qui s'assoupit peu à peu, se laissant aller contre l'épaule de son voisin.

— Lorsque deux civilisations se rencontrent, une supérieure et une inférieure, il n'y a qu'une alternative possible, une seule : la destruction ou la conversion.

Habitué aux salles de conférences et aux amphithéâtres, M. Gates pousse sans effort sa voix pour se faire entendre des autres véhicules et des deux cavaliers. Il est intarissable sur le magnifique travail des Amis de l'Indien.

— Vous conviendrez avec moi qu'il vaut mieux convertir. Ce que nous sommes en train de réussir avec les nègres, nous le réussirons avec les Indiens.

— Qui décide ?

— Quelqu'un a parlé ? aboie Merrill Gates.

— Je demandais, euh…

Curtis regrette d'avoir pris la parole. On ne contredit pas le président des Amis de l'Indien lorsqu'on cherche à s'en attirer les bonnes grâces.

— Qui décide ? finit-il par répéter.

— Qui décide quoi, monsieur Curtis ?

Le photographe se racle la gorge, il aurait besoin d'une cigarette, besoin de ces gestes réconfortants, la retirer du paquet, craquer l'allumette, aspirer longuement… Il se lance.

— Vous parlez de races supérieures et inférieures. Qui décide ? J'ai rencontré il y a quelques années une vieille femme. Elle vivait dans une minuscule cahute dépourvue de fenêtre. Elle se nourrissait de coquillages qu'elle ramassait elle-même, elle n'avait de comptes à rendre à personne. Je ne l'ai pas trouvée inférieure à moi, et c'était une Indienne.

L'universitaire ricane haut et fort.

— Elle avait visiblement quitté son tipi, peut-être même sa couverture !

— Les Duwamishs et les Suquamishs ne vivent pas dans des tipis. Mais dans des cabanes. Et cette Indienne n'a jamais quitté sa couverture. Lorsqu'elle est morte, toute la ville lui a rendu hommage, comme à une princesse. C'est ce qu'elle était, Princesse Angeline, fille du chef Seattle.

— Les Indiens nous seraient donc égaux ? s'amuse Gates, déclenchant le rire du télégraphiste et du couple Fubber. Et pourquoi pas supérieurs ?

— Pour ce qui est de tirer à l'arc, certainement, le tacle Curtis.

— Touché, monsieur Curtis, je vous accorde le point.

Mais Curtis ne se fait pas d'illusions, l'universitaire n'a pas aimé être mouché.

— Et sans aucun doute dans beaucoup d'autres domaines, souligne le photographe.

Les derniers tipis sont à présent derrière eux. À gauche coule le Missouri, bordé par quelques rangées d'arbres qui dressent une frontière entre l'eau et la plaine poussiéreuse, semi-désertique, interdisant à ces deux mondes parallèles de se rencontrer.

Bill Q. s'est peu manifesté depuis le départ de la mission. Malgré la poussière, il s'est régalé du *shortbread*. Entre deux bouchées, il pense à cette squaw à qui il avait prévu de rendre visite après le repas, regrettant de s'être laissé embarquer dans cette course-poursuite. Salon de thé ambulant serait plus juste – sauf que dans la précipitation personne n'a eu l'idée d'emporter à boire, même pas une goutte de café. Et malgré la forte envie de se rincer le gosier, pas question de sortir sa flasque et d'être obligé de partager son whisky avec son voisin. Il aurait préféré frôler la cuisse de sœur Cornélia plutôt que celle de Merrill Gates. Sans compter que les vociférations de cet homme qui se prend pour un étalon de moralité et de droiture lui blessent les oreilles. Il lâche un filet de bave et de poussière entre ses pieds avant de crier à son tour :

— Indubitablement, nous leur sommes supérieurs dans un domaine, celui de signer des bouts de papier aussi menteurs qu'un mécréant sous la torture de l'Inquisition ! Que moi, je mente, que je profite de… de certaines situations pour… ça et d'autres filouteries… ça s'appelle du commerce, ça s'appelle faire des affaires. Mais qu'un gouvernement utilise des méthodes de voyous !…

Dans une des deux autres calèches, James Hooward s'est dressé d'un bond, ulcéré par les allégations de l'épicier.

— Monsieur, je ne permettrai pas qu'on salisse notre gouvernement !

Un soubresaut de la calèche, et l'agent des Indiens retombe sur le siège.

— Vous vous sentez visé, James ? C'est que je n'ai pas raté ma cible, ricane Bill Q. Tous les journaux, républicains, démocrates, même les journaux chrétiens, ils tombent tous d'accord pour dire qu'il n'y a pas plus corrompu que tous ces bureaux des Indiens qui ont poussé sur les réserves comme la barbe au cul des cochons…

— Monsieur Jefferson, vous me devez des excuses ! s'indigne James Hooward.

— Bien sûr, des excuses, bien sûr. Et si vous commenciez par m'en présenter ? Je n'ai pas oublié comment, abusant de votre position, vous m'avez privé du contrat qui me permettait de fournir les vaches aux Indiens. Et pourquoi ? Pas pour le bien des Sioux. Mais pour vous l'approprier. Pour vos petites magouilles. Pour votre seul profit. Je serais curieux de savoir combien de vaches n'arrivent jamais jusqu'à ces tribus.

— Ah les hommes ! peste sœur Cornélia à l'oreille de sa sœur. Je me demande parfois s'il ne faudrait pas de temps à autre leur faire traverser une haie du châtiment. L'église serait un lieu approprié. Inviter les paroissiens à venir assister à la messe qui avec un fouet, qui une ceinture, qui une cravache. Puis obliger ces matamores à remonter l'allée centrale sous les coups pour leur faire expier leur vanité.

— Est-il indispensable de punir les filles de cette façon ? ose demander Mary.

— De quoi parles-tu ?

— C'est ce que vous faites, avec elles, n'est-ce pas ? Je l'ai vu. Je ne suis pas contre une certaine sévérité, il en faut. Mais elles sont si jeunes. Cette petite fille s'était oubliée dans son lit ?

— Le dortoir est l'affaire de sœur Killian.

Le sourire dissimule mal son agacement.

— Je te prie de m'excuser, Mag. Mais cette fillette déterrée... C'est affreux. Et toutes ces tombes !...

— Tu as fait ce long voyage pour remettre en cause le travail de la mission ?!

— Non, non, pas du tout, je ne voulais pas...

— Qui veut encore du dessert ? s'écrie soudain sœur Cornélia. Il en reste quelques parts, ce serait un péché de ne pas les manger !

La jeune Dolly lève la main.

— Tu en as assez mangé, mon cœur, tranche son père d'une voix douce.

— Que pensez-vous d'une demi-portion, monsieur Gray ?

Le télégraphiste sourit et capitule.

— Tu peux remercier sœur Cornélia, Dolly. Ces petites Indiennes ignorent la chance qu'elles ont de vous avoir comme guide.

S'adressant à la croupe du cheval qui tire la calèche, Merrill Gates reprend la parole :

— Il est vrai que quelques énergumènes préfèrent garder les Indiens dans leur sauvagerie, comme on garde un lion dans une cage, pour l'étudier ou faire peur aux enfants. Faut-il vous rappeler que ces Indiens sont des êtres humains, sont des hommes et des femmes qui doivent être élevés vers Dieu !

— Je déteste les cages, s'enhardit Curtis. Tout autant que l'idée de faire disparaître le lion en le transformant en chat domestique.

— Ça, c'est envoyé ! s'amuse Bill Q.

— Les pousser à parler anglais, ce serait leur apprendre à miauler ? ricane à son tour Merrill Gates avant de s'emporter. L'anglais, messieurs ! La langue des plus grandes, des plus puissantes et des plus entreprenantes nations sous le soleil !

— Nations opprimantes ! s'enflamme à son tour l'épicier. Mais un jour viendra où les Indiens manipuleront suffisamment bien notre langue pour réaliser pleinement tout le mal que nous leur avons fait. Ce jour-là, nous devrons rendre des comptes.

— Arrêtez de les infantiliser et de prétendre savoir ce qu'ils feront, voulez-vous ?

— Vous pensez vraiment que ces Indiens vont nous remercier de les avoir jetés dans ces réserves qui ne sont que des prisons à ciel ouvert ! De les avoir déportés dans ces terres de misère ! Et tout ça pour le seul motif que ce sont des Sioux !

— Dois-je vous rappeler les massacres que ces sauvages ont commis !

— Non, non, merci, je n'oublie pas, répond Bill Q. en levant les bras en signe de reddition. Mon oncle et sa famille faisaient partie des victimes, là-bas, dans le Minnesota, en 1862. Mais il me semble qu'on a pendu trente-huit Indiens pour ces crimes...

— Ce n'était pas assez ! rugit M. Fubber.

Curtis se tourne vers Henry, repense à la carte que le cow-boy lui a volée, aux trente-huit Sioux sommairement dessinés au bout d'autant de cordes. Et à la question qu'il ne lui a jamais posée : en quoi Henry est-il lié à cet événement ?

— Trente-huit, ce n'était pas assez ! s'étouffe l'épicier. Vous vous croyez donc au-dessus du président Lincoln ?

Parfois, rarement, le photographe parvient à interpréter quelques signes presque imperceptibles chez son compagnon, cet homme passé maître dans l'art de ne rien laisser paraître. Pourtant, ses doigts crispés autour de la bride de sa monture ne trompent pas. Curtis allume deux cigarettes et lui en tend une. Les doigts d'Henry peinent à se déplier. Sa main – c'est à peine sensible – tremble en saisissant la cigarette.

— Il est absurde de revenir sur ce procès, tranche Merrill Gates. La chose a été jugée.

Curtis se surprend à surveiller la main droite de l'homme à la joue balafrée, rassuré de la voir occupée à porter la cigarette à ses lèvres, loin de la crosse de son revolver.

— Vous vous souvenez tous du « Docteur Torture », le malheureusement célèbre H. H. Holmes ? poursuit Bill Q. Il a confessé vingt-sept assassinats...

— Oh oui ! Quelle horreur ! s'écrie Mme Fubber.

— Nous avons lu la presse, effectivement, confirme M. Gray.

— Vingt-sept assassinats, dont des femmes et des enfants. On lui en attribue plus de cent.

— Oh mon Dieu !

— Il y a une jeune fille parmi nous, passez-nous les détails, je vous prie.

— Ce criminel a eu droit à un procès régulier, avec un véritable avocat. Et il a été pendu pour ces crimes en 1896, poursuit Bill Q. Mais sa femme ? Ses femmes, devrais-je dire, il en aurait eu trois, apparemment. Ses enfants ? Sa mère ? Ses cousins ? Ont-ils été emprisonnés ? Déportés ? Affamés ?

— Mais où voulez-vous en venir, à la fin ! s'impatiente M. Fubber.

— À ceci : pourquoi les femmes, les enfants, les pères et les mères de ces Sioux ont-ils été chassés du Minnesota ? Parqués dans des camps ? Privés de leurs droits ?

— De leurs droits ! s'étrangle le télégraphiste.

— Nous étions en pleine guerre de Sécession lorsque ces sauvages ont assassiné des centaines de fermiers, intervient James Hooward. Il fallait agir au plus vite. Les États-Unis d'Amérique avaient d'autres chats à fouetter, il fallait libérer les nègres et réunifier le pays…

— Je vous l'accorde, James. Cela nous donnait-il pour autant le droit d'emprisonner des milliers d'humains ? Monsieur Gates, vous les avez qualifiés d'humains, et nous sommes d'accord au moins sur ce point, ce sont des êtres humains. Alors, avions-nous le droit de laisser crever de faim des milliers d'êtres humains ? Crever de maladie ? Et de continuer à les traiter ainsi quarante ans plus tard ?…

— Ils sont là ! Ils sont là ! Ils sont là ! crie à trois reprises sœur Cornélia, pointant du doigt les silhouettes qu'elle cherche dans la nuit depuis que le dessert a été mangé et qu'elle ne sait plus comment mettre un terme à cette discussion qui gâche sa soirée.

Ils en auraient presque oublié la raison de leur balade nocturne.

67

Petit petit petit

Après le coucher des filles, sœur Killian redescend dans le réfectoire. Mary Gates n'a pratiquement pas touché à son assiette. La nonne s'empiffre des restes de poulet et de beignets d'aubergine qu'elle mange avec les doigts. Elle en rêve depuis des heures et pète allègrement de toute son âme.

Léon a guetté ses ronflements avant de déambuler dans le dortoir. Il appelle doucement, « Petit petit petit », comme à la recherche d'une poule égarée sous un lit. Certaines filles connaissent le rituel, tentent de résister au sommeil, mais s'endorment souvent d'épuisement avant l'arrivée de Léon. Dans ce cas, il doit choisir. Laquelle prendre ? Quelle épaule secouer ? Il les voudrait toutes. Les préfère toutes. Par bonheur, il n'a besoin de secouer aucune épaule ce soir.

Judith l'entend.

Comme les autres pensionnaires, Judith n'a jamais demandé à venir dans la mission. Comme les autres, elle a pleuré pendant que les deux religieuses et leur homme de main lui coupaient les cheveux. Elle a pleuré lorsqu'ils l'ont déshabillée pour brûler ses habits de sauvageonne et l'emprisonner dans cette robe grise. Elle a pleuré lorsque, pour avoir laissé échapper un mot dans la langue de ses ancêtres, ils lui ont lavé la bouche au savon noir. Elle a pleuré lorsqu'ils lui ont arraché le nom qui la définissait pour l'appeler Judith. Elle a pleuré lorsqu'elle s'est enfuie et que, tirée par les cheveux, elle a été ramenée de force, qu'ils l'ont enfermée des jours et des nuits sans boire et sans manger, et pleuré lorsque, plus souvent qu'à son tour, elle a dû traverser, pisseuse, la haie du châtiment, la chemise de nuit semant des gouttes derrière elle. Gouttes qu'elle avait dû essuyer malgré les atroces brûlures des coups de fouet dans son dos.

Mais elle ne pleure plus.

Elle a appris à ne plus pleurer en même temps qu'elle a appris à ne plus pisser au lit et qu'elle a appris à haïr. Elle déteste ce Dieu dont on la nourrit chaque jour alors que son ventre a faim. Elle déteste ce Dieu qu'il faut aimer à coups de gifles et de fouet. Elle déteste ce Dieu qui a envoyé à son peuple des gens si méchants.

C'est sa troisième année dans cette mission, dans ce pensionnat – dans cette prison. Trois ans qu'elle n'a plus vu les siens, « C'est pour son bien », a-t-on expliqué à ses parents, « C'est pour ton bien », lui a-t-on répété à chaque coup de fouet, à chaque brimade.

Peu à peu, Judith a retrouvé le sourire qui la caractérisait enfant et lui a valu son nom, Iha Win, Celle qui Sourit. Mais le sourire a perdu la douceur de son enfance.

Entendant l'appel de Léon, Judith s'arrache de son lit, s'approche de l'homme, attrape d'une main les deux têtes de poulet qu'il a gardées à cet usage, et de son autre main s'empare de sa queue tendue, raide. Parfois, l'homme à tout faire se contente de ce mouvement de la main tandis que la fille dévore ce qu'il a apporté en échange. Parfois, non.

68

Nuit d'été

Pour éviter de passer près des habitations, les voleurs du cadavre ont décrit une ample courbe. Parvenus sur les bords du Missouri, ils ont longé la rivière jusqu'au pied d'un magnifique peuplier. Peintes en noir par la lune qui éclaire dans leur dos une partie du ciel, une douzaine de silhouettes chantent au pied de l'arbre.

— Ne vous approchez pas trop, n'oubliez pas que ces Sioux sont de sanguinaires profanateurs de tombeaux.

Dégrisés par les paroles de James Hooward, les convives, bien moins enthousiastes que lorsqu'ils se sont lancés tout feu tout flamme à la poursuite des sauvages, se jaugent du regard : qu'un seul d'entre eux remonte dans sa calèche, et ils feront tous demi-tour.

Debout dans la Tempête et ses adjoints observent, sans intervenir, les deux Indiens qui escaladent le peuplier de branche en branche, en partie dissimulés par les feuilles triangulaires, traînant une corde derrière eux. La cérémonie est en cours. Dans la tradition dakota, rien n'est plus sacré que l'hommage rendu aux morts.

— Que faites-vous ! crie James Hooward en s'approchant des policiers. Pourquoi ne les arrêtez-vous pas ?

Les hommes armés baissent la tête, les mains dans le dos ou suspendues par un pouce à leur ceinturon.

— Chef ! Qu'est-ce que tu attends ?

Sous l'impulsion de son supérieur, Debout dans la Tempête fait quelques pas vers l'arbre.

— Ça suffit ! Arrêtez, descendez de là ! ordonne-t-il sans conviction.

Une ombre se détache du peuplier et lui répond en dakota. C'est la mère de l'enfant morte.

— Que dit-elle ? veut savoir James Hooward.

— Elle dit « Ma fille ne peut pas dormir dans une boîte, dans la terre », traduit un des policiers.

— C'est contre la loi de déterrer un mort ! s'emporte le représentant du gouvernement.

— Abomination ! hurle père Paul, comme l'homme réveillé en sursaut par un cauchemar hurle dans la nuit. Abomination ! Sacrilège ! Vous en répondrez devant Dieu !

— Elle dit « Son esprit doit être libre de rejoindre le ciel », traduit le même policier lorsque la mère de Tiffany reprend la parole.

— Chef ! Arrêtez ça ! s'époumone James Hooward. Je vous ordonne de faire respecter la loi ! Et vous aussi, vous aussi, qu'attendez-vous pour agir ! Allez !

Voyant leur chef sortir son arme, les policiers font de même. Lorsqu'il la pointe vers leurs frères de sang, ils se regardent les uns les autres, indécis.

Même si Henry est parvenu depuis longtemps à un âge que Hdainyanka n'atteindra jamais, celui-ci sera toujours son grand frère. Il lui arrive encore de se demander ce que le guerrier aurait fait à sa place s'il avait survécu. Aurait-il comme lui attaqué des banques ? Se serait-il acoquiné avec des Blancs ? Ce soir, il ne s'interroge pas, il sait comment Hdainyanka aurait agi. Alors que l'agent des Indiens vocifère ses menaces, il se détache des autres convives, dépasse James Hooward et les policiers pour venir se planter entre le chef de la police tribale et la famille de Chumani. Il s'est approché aussi calmement qu'il aurait déambulé dans le magasin de Bill Q. pour saisir sur une étagère une boîte de lait concentré sucré. Sans précipitation, il fait glisser son revolver hors de son étui et le tient au bout de son bras, bouche menaçante tournée vers la terre. S'il ne vise personne, Henry arme tout de même le chien, et le cliquetis de la pièce métallique claque dans le silence que son intervention a fait naître.

Sans le regarder dans les yeux, Henry s'adresse à Debout dans la Tempête. Les mots sortent de sa bouche dans une langue qu'il ne pratique plus depuis son enfance, mais qui retrouve sa maison dans sa voix.

— Ces personnes ont perdu leur fille, il faut respecter ça.

Mme Fubber en couinerait presque.

— Il parle leur langue ! s'indigne-t-elle.

Pas près d'oublier ce repas passé assise à côté de ce démon, « Mon Dieu, ce visage balafré ! Les marques du diable ! Mais j'ai été trompée par sa moustache, je croyais les Indiens imberbes ! » confiera-t-elle plus tard à ses amies de Lynchburg, en Virginie, loin des contrées sauvages. « Vous vous rendez compte, nous nous sommes même tenu la main pour le bénédicité ! »

— La loi est la même pour tous ! vocifère James Hooward.

Henry, d'une voix toujours aussi calme, invite les Indiens à poursuivre le rite funéraire :

— Allez-y, personne ne va vous en empêcher.

— Des hommes sont sur le point de s'entretuer au nom de Jésus, grommelle Curtis à l'oreille de sœur Cornélia. Et vous ne faites rien ?

— Tiffany a été baptisée, elle ne peut pas finir comme une sauvageonne, elle doit reposer en terre, une bonne chrétienne repose en terre.

Poussé à agir par James Hooward, « Il nous menace, tirez, bon sang, pour l'amour de Dieu ! Chef ! Tirez ! » Debout dans la Tempête pointe son arme sur Henry.

— Que faites-vous ! hurle le photographe, dépassé par les événements.

L'obscurité l'empêche de distinguer les visages des Indiens, éclairés de dos par la lune.

Ignorant la présence des Blancs, ceux-ci reprennent leur chant. La mère porte dans son dos le bébé que sa grande sœur n'a pas vu naître, et tient dans ses bras le corps sans vie de sa fille Chumani. S'accroupissant, elle la dépose sur une plateforme de branches. Un Indien lui tend un bouquet de sauge d'où s'échappe une épaisse fumée qu'elle promène sur le petit cadavre pour le purifier, lui promettant qu'ils se reverront bientôt dans l'autre monde :

— *Toksa akewanci yankin kte micunksi, mitakuye oyas'in.*

Du haut de l'arbre, les silhouettes du père de Chumani et d'un parent tirent la corde comme s'ils sortaient de l'eau un filet gonflé de poissons. Leurs gestes en harmonie n'offrent aucune secousse et se glissent dans le rythme mélancolique du chant. Le corps de Chumani s'élève en douceur.

La lune, qui éclaire les Indiens en contre-jour, frappe les visages des Blancs. Faisant briller leurs yeux. Curtis y découvre la peur et la haine.

— On ne peut pas laisser ces sauvages nous dicter leurs rituels et leur loi ! s'égosille M. Gates.

— Ces rites païens sont une insulte à notre foi ! complète le curé.

— Tirez, bon sang ! Tirez ! exhorte un James Hooward gesticulant.

Seul le visage de Mary Gates détonne. Un rictus tend ses lèvres. Presque un sourire. Qui se serait égaré sur le visage d'une autre, d'une inconnue, se demandant ce qu'il fait là.

Peu assuré sur ses jambes, le photographe avance de quelques pas. C'est une chose de jouter verbalement. Une autre d'être confronté à des revolvers. Mais il doit intervenir. Empêcher ces hommes de tirer sur Henry.

— Messieurs… euh… s'il vous plaît, finit-il par bredouiller.

Ses mots ont la consistance de la boue.

— Mesdames… Henry… Je ne crois pas que vous, euh… je crois que personne n'a envie de mourir pour empêcher des parents de pleurer leur perte.

— Ils doivent répondre de leurs actes ! s'entête le représentant du gouvernement. Si nous permettons un crime, alors nous les permettons tous !

— C'est tout à fait exact ! surenchérit le président des Amis de l'Indien. Ces sauvages doivent apprendre à se soumettre à nos règles ou mourir !

— Je ne sais pas… mâchouille Curtis d'une voix à peine audible. Tout parent a le droit de souffrir, ils ont le droit de faire leur deuil comme ils l'entendent… à leur manière. Cette peine leur appartient, elle leur appartient…

— La famille choisit toujours, intervient Henry. Ça a toujours été comme ça.

— Et je vous rappelle que la Constitution américaine garantit la liberté de religion ! s'exclame Curtis, retrouvant enfin son allant. Quelle que soit la couleur de peau d'un individu ! Qu'ils adorent un dieu ou vingt, une image en bois ou un serpent vivant, le soleil, la lune ou les étoiles, une telle liberté est garantie par notre Constitution !

Tandis qu'encore une fois les hommes palabrent au lieu d'agir, sœur Cornélia a contourné les belligérants. Elle parvient au pied de l'arbre sans en être empêchée, comme invisible. Jaillissant dans le dos de la mère de Tiffany, elle saisit la plateforme qui s'élève. Et la tire vers elle. Elle n'avait pas prévu que, surpris par son geste, les hommes dans l'arbre laisseraient filer la corde entre leurs mains. Déséquilibrée, la plateforme penche, se balance. Le corps de Tiffany glisse hors du couffin de branchages, bascule dans le vide, s'écrase aux pieds de sœur Cornélia et roule jusqu'à ceux de sa mère. La squaw hurle, réveillant en sursaut le bébé dans son dos.

Aux cris de la mère répond le silence de la religieuse, pétrifiée à la vue du petit corps à terre – Dieu lui est témoin, elle n'avait pas désiré cela.

69

Les hérons bleus

Contrairement à ce qu'elle a cru, Henry n'a jamais quitté l'esprit de Mme Gates. Et encore moins son corps. La profanation de la tombe et la chasse aux coupables n'ont été qu'une diversion. Son trouble est revenu – glissant un rictus confus sur ses lèvres – dès que l'homme a fait un pas en direction des Peaux-Rouges. Elle aimerait comprendre ce qui chavire à ce point son cœur. Pourquoi elle n'arrive pas à chasser l'image impudique, obscène, de cet homme nu dans la rivière. Elle s'est tellement imaginée dans ses bras qu'elle a cru que la chose avait eu lieu. Rien ne parvient à la raisonner. Même pas le petit corps qui roule aux pieds de sa sœur.

Son mari, exaspéré par l'indécision du chef de la police tribale, se décide à sortir son revolver de poche. Levant le bras, il le pointe devant lui. Il le pointe sur l'homme, réalise Mary.

Un cri lui échappe.

Elle se jette en avant, agrippe l'épaule de son époux. Et c'est peut-être la surprise causée par ce cri, ou la main qui le saisit, qui déclenche tout. Ou peut-être Gates avait-il réellement l'intention de tirer. Son doigt se crispe sur la gâchette. Le coup part.

Mary est incapable de s'expliquer ce qu'elle voit : l'homme nu du bord de la rivière danse comme une flamme qui s'éteint. Que se passe-t-il ? Doucement, il s'assoit à terre, porte une main au-dessus de sa ceinture. Et dans le même mouvement bascule sur le côté. Pourquoi fait-il cela ?

Le tir de Merrill Gates a entraîné les suivants. Jamais messieurs Fubber et Gray ne seraient sortis désarmés au milieu de ces bandes d'Indiens, même pour un repas à la mission. Ils vident leurs barillets sur les primitifs. La jeune Dolly, incapable de clore ses yeux, plaque ses mains sur ses oreilles et trépigne. À ses côtés, Mme Fubber hennit à chaque détonation. Sans même s'en rendre compte – front, cœur, épaule, épaule – père Paul se signe au rythme effréné des coups de feu – front, cœur, épaule, épaule – alors que ses lèvres articulent une prière en latin, « *Requiem aeternam dona eis, Domine, et lux perpetua luceat eis. Requiescant in pace* », suppliant le Seigneur de leur accorder le repos, et que brille sur eux Sa lumière éternelle. L'agent des Indiens a également levé son arme. Mais, incapable d'actionner la gâchette, il reste ainsi, figé, bras tendu, sans comprendre ce bruit, ces cris, ces corps qui tombent, ce pourrait être une fête, un stand de tir, un concours.

Au premier coup de feu, Curtis s'est jeté à terre. Malgré les tirs au-dessus de sa tête, il rampe jusqu'à son ami. Tout ce sang qui coule entre ses doigts. Il y en a tellement que le photographe ne sait trop où appuyer pour contenir l'hémorragie. Il plaque ses mains là où il croit deviner un trou dans la chemise d'Henry.

Les sens de Mary se brouillent. Tout s'estompe, effaçant ce qui vient de se passer. Effaçant le coup de feu. Effaçant l'explosion de bruits autour d'elle. Elle ne voit plus que l'homme nu de la rivière, et le sang qui s'échappe de son corps. Et son désir qui semble fuir par la même blessure. Elle aurait pu remplir des pages entières de poèmes dédiés à ce désir. À cet inconnu.

À la place, un silence s'installe en elle, chassant la fantaisie poétique qui d'ordinaire l'habite en toute liberté. Mary Gates est sourde aux détonations, sourde aux cris de douleur, aveugle à l'agitation humaine. Comme si l'air, changé en eau, l'avait enveloppée dans son monde de silence.

Les barillets vides, les tirs cessent enfin.

Sœur Cornélia avait eu la présence d'esprit de se glisser à l'abri du peuplier, y entraînant la squaw.

Marchant à présent entre les Indiens blessés, gémissant, la religieuse soulève le petit cadavre de Tiffany. Au-dessus d'elle, le père de la petite Indienne, touché à deux reprises, pend, prisonnier des branches, mort sur le coup. Il pleut du sang sur l'habit bleu de la nonne. Elle ne le découvrira que le lendemain.

Dès qu'il a vu Henry sortir son arme, Bill Q. a prudemment reculé jusqu'à buter contre les naseaux d'un des chevaux. Patiemment, il a attendu de voir si la situation allait dégénérer. À la première détonation, il a sauté dans sa calèche pour foncer vers son Indienne, sous son tipi, près de ses jeunes enfants, loin du massacre.

Ne le voyant plus, les autres membres de l'équipée comprennent que l'épicier a filé en douce. Une des deux voitures restantes est réquisitionnée pour le transport du cadavre du père de Tiffany et des blessés.

Pour compresser la plaie d'Henry, Curtis s'assoit derrière lui, le tenant dans ses bras comme un amoureux enlace sa fiancée, appuyant fermement ses mains sur sa blessure, « N'essaie pas de prendre l'argent dans ma poche », plaisante le métis avant de laisser sa tête dodeliner, inconscient.

— Fais pas le con, Henry, tiens bon, merde.

Les convives s'entassent dans la dernière calèche, rapidement envahie par l'odeur de beurre rance que dégage le cadavre de la petite Tiffany. Sœur Cornélia refuse de s'en séparer, elle la serre dans ses bras avec tout l'amour et l'entêtement d'une fillette qui a perdu sa poupée et vient de la retrouver.

Alors que les voitures et les cavaliers s'éloignent, des battements d'ailes frappent la nuit à grands coups de rames. Un couple de hérons bleus, dérangé dans son sommeil par le fracas des armes, revient en même temps que le silence.

70

La fuite honteuse

Après avoir remercié ses convives et les avoir envoyés se reposer – ainsi que père Paul, que toutes ces émotions ont secoué –, sœur Cornélia reste seule avec la petite Tiffany dans les bras. Elle réveille Léon pour qu'il glisse le corps dans le cercueil, recloue le couvercle, rebouche la tombe et redresse la croix blanche. Puis la nonne récite le Notre Père avant de prendre congé de l'homme à tout faire, « Merci, Léon… — De rien, ma sœur… — Bonne nuit, Léon… — Bonne nuit, ma sœur ».

Elle enfile sa chemise de nuit et ressort secouer sa lourde robe couverte de poussière. Fascinée par le bruit, elle imagine un grand drapeau frappé par le vent : l'étendard de la Vierge Marie, mère du Christ mort sur la croix pour laver les péchés du monde. Puis elle s'endort comme toujours, après une prière et en quelques secondes, pour trois heures d'un sommeil exempt du moindre rêve.

Pour la première fois, quelqu'un dans la mission s'est levé avant elle. Alertée par le bruit, intriguée, elle se précipite en chemise de nuit et dévale dans le noir l'escalier dont elle connaît chaque marche, pour surprendre sa sœur bien-aimée qui, en catimini, franchit le seuil du presbytère. Un simple coup d'œil suffit, elle comprend. Merrill Gates est déjà installé à l'avant d'une calèche.

En pleine nuit, sur le chemin du retour, l'universitaire avait collé sa monture à celle de James Hooward – à défaut de places disponibles dans les voitures, ils avaient dû repartir sur les chevaux du photographe et de son ami blessé. Loin des oreilles indiscrètes, il avait négocié une calèche qui les attendrait toute la nuit, le cocher dormant à l'arrière jusqu'à ce que l'universitaire le réveille.

Gates ne se donne pas la peine de descendre pour saluer sa belle-sœur. La politesse et la courtoisie, tout comme la photographie que cet idiot de Curtis devait prendre de lui au milieu des sauvages, sont à cet instant le cadet de ses soucis. Il a tiré sur un homme, sans doute mort à cette heure – la rumeur assure que les docteurs des réserves indiennes sont trop incompétents pour pratiquer ailleurs. Il doit quitter de toute urgence cet État du Dakota du Sud où ils n'auraient jamais dû mettre les pieds. Son nom ne doit pas être associé à cet incident. Il en va de sa réputation. Il y réfléchira à deux fois avant de céder à nouveau aux lubies de sa femme.

Sœur Cornélia se précipite et intercepte sa sœur juste avant qu'elle monte dans la calèche. Elle la prend dans ses bras.

— Mais que faites-vous ? parvient-elle à articuler, le cœur serré, pressant Mary contre sa poitrine. Pourquoi partez-vous ? Ce n'est pas ce qui était convenu ! Vous venez à peine d'arriver ! Vous…

Sa sœur l'interrompt. Elle n'a prononcé aucune parole depuis le retour de cette tragique expédition nocturne. Il a fallu que son mari l'allonge sur le lit, tout habillée, elle serait restée debout, les mains jointes entre ses cuisses par-dessus le tissu de sa robe. Ni l'un ni l'autre n'ont dormi.

— C'est toi qui as raison, Mag, murmure Mary d'une voix sans espoir. J'ai presque soixante ans, je suis une vieille femme.

— Je n'ai jamais dit cela !

— Que me conseilles-tu de faire des quelques années qu'il me reste à vivre ?

— Tu as la chance d'avoir une charmante famille, un mari et des enfants, des petits-enfants qui t'aiment…

D'une caresse sur la joue qu'elle accompagne d'un maigre sourire, Mary l'interrompt encore :

— Sais-tu que, depuis hier soir, je n'entends plus rien ? Je suis comme asséchée. Les mots, les métaphores, les rimes… la poésie m'a quittée, Mag.

Ce qu'elle ne parvient pas à dire, c'est son corps, qui s'est tu également. Un vide s'est installé en elle depuis les événements de cette nuit. Il est soudainement apparu pendant la tuerie, après le coup de feu de Merrill, l'aspirant tout entière, happant son esprit et son âme. En plus de la poésie, le vide a englouti tous ses désirs. Y compris celui de vivre.

— La poésie va revenir, Mary, la réconforte sa sœur en la pressant contre son cœur. Car elle est offrande de Dieu, et jamais Dieu ne t'abandonnera.

Le professeur de théologie de Mary voulait à tout prix trouver un sens spirituel au Cantique des Cantiques, débarrasser ce texte biblique de sa lecture bassement sexuelle, triviale. Le transcender. Selon lui, le Livre dépeindrait l'amour entre le Christ et son épouse, l'Église. La jeune femme d'alors ne l'avait jamais totalement suivi dans cette interprétation. Au fil des ans, et de ses propres écrits licencieux, l'évidence lui était apparue : ce texte sacré parlait d'amour charnel, de désir, de sexe.

« Je vous en prie, filles de Jérusalem, si vous trouvez mon amant, dites-lui que je me meurs d'amour. »

Se mourir d'amour, se dit Mary, n'est-ce pas la seule raison de vivre ? Cette nuit, son mari a tiré sur un homme qui hantait ses pensées et elle a senti son âme se replier.

— Il est mort, Mag.

— Quoi ? De qui parles-tu ? demande-t-elle avant de réaliser. Oh ! Cet homme !

Mary plaque ses mains sur la chemise de nuit de sa sœur, « Au revoir, Mag », et la repousse.

Sœur Cornélia réalise que Mary porte la même robe que la veille, couverte de poussière. Les cheveux en désordre. Les traits tirés. L'allure d'une folle.

— Il n'a pas souffert, Mary, la rassure-t-elle, persuadée que la mort du père de Tiffany est la cause de ses tourments. Le pauvre était déjà mort avant d'être descendu de l'arbre. Et il avait courroucé Dieu. Dieu l'a puni.

Assis près du cocher, Gates, exaspéré par ces interminables adieux, crie à sa femme qu'il faut partir avant le jour. Le ciel pâlit déjà. Tendant une main, il l'invite à se presser et à prendre place à l'arrière. Mary s'y agrippe, mais au lieu de monter elle plante ses ongles profondément dans la paume de son époux. Quel homme dans un arbre ?

— Merrill a fait feu sur l'ami du photographe, il l'a tué, n'est-ce pas ?

— Lui ? Aux dernières nouvelles, il vivait encore, il est à l'hôpital.

— Allez, cocher ! ordonne M. Gates dès que son épouse est assise.

— Merrill ! Ne partez pas !

Mary se penche hors de la calèche qui s'éloigne et regarde sa sœur. Il n'est pas mort, se répète-t-elle en arrangeant sa coiffure. Est-ce le premier rayon du soleil qui illumine son regard ? Ou une étincelle qui se ravive ?

De retour dans sa chambre, sœur Cornélia glisse son corps dans son armure de soldate de Dieu. Le rituel quotidien de la robe lui permet d'apaiser son cœur et de mettre de côté les sentiments qui la bouleversent.

Rouvrant les yeux après avoir baisé les pieds du Christ en croix, elle découvre les taches de sang sur son habit. Le chant de ces sauvages, les coups de feu, l'homme mort, le corps de Tiffany roulant à ses pieds, Léon refermant la tombe… De tous ces événements, c'est la fuite de son beau-frère, emportant au loin sa sœur bien-aimée, qui la bouleverse.

En se hâtant vers le dortoir, elle sait ce qu'il lui reste à faire.

71

La haine

Il y a tant de bras levés que sœur Killian s'en trouve un instant interloquée. Toute la nuit, le cadavre mangé par les vers de la petite Tiffany a hanté les rêves des gamines. Et nombreuses sont celles à se réveiller dans des draps souillés. Sœur Killian, elle-même, n'a pas très bien dormi. Les bouffées de chaleur cependant ne doivent rien à Tiffany, mais tout à une mauvaise digestion.

Devant le nombre de mains levées, la nonne décide de ne convoquer aucune des filles à la haie du châtiment. Elle l'aurait fait, elle aurait été clémente pour une fois, s'il n'y avait eu la main de la petite Priscilla dressée vers le plafond, indiquant par ce geste une souillure dans le lit en face : le lit de Judith ! Judith a maculé ses draps !

La religieuse s'avance dans l'allée centrale, les mains dans le dos.

La nuit précédente, Léon ne s'est pas contenté des doigts de l'adolescente. Malgré l'atroce douleur, Judith ne regrettait rien au moment de retourner se coucher. Elle s'était régalée avec les deux têtes de poulet rôties, cela méritait bien les assauts de ce porc. À souffrir, autant souffrir avec le ventre apaisé. Léon l'avait prise par les fesses de devant tout autant que par celles de derrière – il n'en revenait pas des poils qu'il sentait au bout de ses doigts, « Ah ça alors, ah ça alors », répétait-il en accompagnant ses coups de reins.

Le visage de sœur Killian se tord telle une boule de fil de fer barbelé. Il y a trop longtemps que cette peste de Judith n'a pas goûté la haie du châtiment. Le plaisir que la sœur a du mal à dissimuler croît et se multiplie lorsqu'elle découvre sur les draps de Judith non pas des taches d'urine, mais du sang. D'un geste magnifique et lent, elle invite tous les bras à se baisser. Il n'y a nulle souillure, aux yeux de la bonne sœur, au-dessus du sang. Ce sang qui, une fois par mois, déshonore la femme – si la religieuse avait découvert que ce sang était dû non à l'impureté mensuelle de la femme mais à un rapport sexuel, l'adolescente aurait fini aux fers dans la petite cave réservée aux rebelles.

En poussant la porte du dortoir, sœur Cornélia interrompt sans le vouloir la punition. Judith et sœur Killian, chacune à un bout de la double rangée de filles, se font face. L'adolescente est la seule à être restée en chemise de nuit, la religieuse vient de l'inviter à s'avancer. Judith, dents serrées, se promettant de ne pas donner à sœur Killer la satisfaction de la voir pleurer, n'est pas pressée d'obéir.

— Qu'avons-nous ce matin ? demande sœur Cornélia d'une voix assurée qui parvient à cacher ses émotions.

— Une saigneuse, répond sœur Killian, aussi fière que si elle avait trouvé une pépite d'or.

— Judith, va t'habiller, s'il te plaît.

— Mais, sœur Cornélia, elle a saigné ! s'étrangle sœur Killian.

— Judith, répète sœur Cornélia sans hausser le ton, va t'habiller et rejoins tes camarades.

Judith ne se le fait pas répéter une troisième fois. C'est en enfilant sa robe qu'elle découvre que sœur Corne du diable – comme elle surnomme sœur Cornélia – a pris sa place à l'autre bout de la haie des pisseuses.

— Que faites-vous, sœur Cornélia ? s'inquiète sœur Killian.

Sans répondre, sœur Cornélia ramasse sa longue robe et la soulève par l'arrière jusqu'à ses épaules où elle la maintient comme Jésus sa croix. Entraînée par la rêche laine, sa chemise de jour s'est également soulevée, dévoilant ses maigres fesses nues que seule Judith, depuis son lit, aperçoit.

« Le cul du diable ! » aurait-elle claironné dans d'autres circonstances.

Étrangement, elle n'a aucune envie d'en rire. Avant de prendre sa place dans la haie, Judith se glisse dans le dos de la religieuse pour tirer en douce sur le tissu, « Pardon, sœur Cornélia », et redonner un peu de dignité aux fesses de la nonne, « Merci, Judith… — De rien, sœur Cornélia ».

— Une saigneuse, c'est trois coups, rappelle sœur Cornélia, alors allons-y pour trois coups. Et ne les retenez pas, s'il vous plaît, mes enfants.

Offrant son dos aux coups de ceinture, le visage tourné vers le plafond, sœur Cornélia s'avance lentement dans l'allée tout en criant vers Dieu qui la regarde :

— Je confesse à Dieu tout-puissant et à vous, mes sœurs, que j'ai péché en pensées et en paroles…

Seuls les coups de fouet auront la force de la débarrasser de cette émotion qui la submerge. Un sentiment si étranger qu'il lui avait fallu de longues minutes avant de réussir à y associer un nom. Elle ne se souvient pas d'avoir haï quiconque auparavant. Même pas les profanateurs de sépulture. Les malheureux avaient offensé Dieu et avaient encouru Sa punition. Blessés ou tués, ils ne pouvaient s'en prendre qu'à eux-mêmes, pourquoi les aurait-elle haïs ? Persuadée au contraire d'être chargée d'amour pour eux. Sa contrition n'a rien à voir avec les événements de cette nuit. Elle n'a fait que son devoir chrétien, Dieu l'a compris.

— Plus fort ! ordonne-t-elle aux filles lorsqu'elle constate que la prière et les coups de fouet ne parviennent pas à effacer de sa mémoire la calèche qui s'éloigne.

Si elle ne les avait pas surpris filant à la sauvette, elle n'aurait jamais pu enlacer sa tendre sœur une dernière fois. Dieu seul sait si elles se reverront un jour. Ce souvenir la remplit à nouveau de cette émotion débordante. Haine pour cet homme qui n'a même pas daigné la regarder. Haine pour ce lâche qui fuyait avant le lever du soleil. Qui fuyait alors qu'elle n'était réunie à sa sœur chérie que depuis quelques jours.

— C'est ma faute, c'est ma faute, c'est ma très grande faute ! exulte-t-elle une nouvelle fois, avec tant de rage que les filles prennent peur et reculent. Ne vous interrompez pas ! Frappez ! Frappez fort !

72

L'hôpital

Henry n'est pas mort.

Le toubib avait misé sur une bonne nuit de sommeil pour récupérer de sa cuite de la veille. Les coups frappés à la porte à une heure indue avaient réveillé sa femme. Pas lui. Régulièrement, il passait une soirée avec le forgeron, à discuter de tout et de rien, discussions fortement arrosées d'alcool que les deux hommes, jumelant leurs connaissances, distillaient en cachette dans la forge.

Le photographe avait continué à faire pression sur la plaie jusque dans l'hôpital. Le docteur, bougon, l'haleine chargée, l'esprit toujours embrumé par un alcool qui tape le crâne aussi fort que le forgeron sur son enclume, avait juste ce qu'il faut de lucidité pour estimer les priorités. La blessure d'Henry avait retenu toute son attention.

Par chance pour les autres blessés, messieurs Gray et Fubber avaient tiré au jugé, et se balader avec un colt à la hanche ne garantit pas la qualité du tireur. Quelques balles s'étaient perdues dans la rivière qui coule paisiblement au-delà du peuplier ou avaient fait sauter de l'écorce. À part celles mortelles pour le père de Tiffany, les autres n'avaient occasionné que des plaies sans gravité, d'une simple entaille à la perforation d'un muscle – ces Sioux en avaient vu d'autres. Après quelques soins, les blessés avaient rejoint la mère de Tiffany, son bébé et leurs complices derrière les barreaux de l'unique prison. En attendant que les membres de leurs familles leur apportent de quoi manger, le chef de la police tribale avait fait servir quantité de café.

Son job terminé, toujours de mauvais poil, le toubib était retourné se coucher.

L'hôpital est une vieille bicoque qui ne semble tenir debout que par la magie des couches successives de peinture blanche. Constitué d'une seule salle dans laquelle on a réussi à installer douze lits. Lorsqu'un de ces lits est inoccupé, l'infirmière de nuit s'y allonge pour dormir, sinon c'est à même la table qu'elle se repose – le plus loin possible des serpents et autres bestioles à nombreuses pattes qui s'aventurent fréquemment dans l'hôpital. L'infirmière de nuit comme celle de jour, natives de la réserve, ont été formées par le toubib. Lorsque personne n'y dort, la table sert aux repas, aux soins et aux opérations. C'est là que Curtis a abandonné son compagnon de voyage, entre les mains du toubib qui n'avait pas décroché un mot, les yeux baignant encore dans le sommeil et l'alcool.

Vidé d'un coup de la tension accumulée, le photographe avait tenté à plusieurs reprises de monter sur son cheval. À bout de forces, il avait renoncé et s'était traîné jusqu'à l'hôtel, se tenant d'une main encore couverte de sang à la selle de sa monture comme à l'épaule d'un ami.

73

L'abattage

Couché tard également, James Hooward se fait désirer. Déjà trois heures que les Indiens l'attendent pour la distribution du bétail.

Sa femme avait refusé qu'il la touche. Le repas ne passait pas, la tuerie avait contrarié sa digestion. Pour calmer la montée d'adrénaline, l'agent de la réserve s'était rabattu sur le whisky, de généreuses rasades de cet alcool que le forgeron lui livre en échange de son silence.

Contrairement aux rations de farine et autres aliments, les vaches ne sont pas attribuées aux familles mais aux clans. Le chef signe le registre, l'enclos est ouvert et les bêtes libérées. Les Indiens du clan les conduisent jusqu'à leurs tipis. Là, une à une, les bêtes sont effrayées, poussées à s'enfuir, à courir dans la nature. Un guerrier à cheval se lance à leur poursuite et, d'un ou parfois deux coups de fusil, les abat. Quelques clameurs accompagnent le rituel, comme un écho sans joie des cris et des chants de l'époque où les guerriers revenaient au camp croulant sous le poids de la viande fraîche des bisons des plaines.

Les clameurs réveillent le photographe. Trois œufs et deux saucisses plus tard, il fait un saut à l'hôpital, où Henry dort toujours. Puis il s'approche des tipis et assiste à la mise à mort d'un des bestiaux.

Bill Q. le rejoint, sortant de la couche de sa maîtresse.

— Alors, Edward S. ? Toujours rien pour faire vos photographies ? Pas trouvé votre verre ?

— James Howard doit m'en procurer.

— Méfiez-vous des promesses de cet homme. Vous avez dû remarquer que je ne suis pas resté jusqu'à la fin des festivités. Une squaw m'attendait, et j'ai toujours privilégié l'amour aux empoignades. Résultat des courses ? Des morts ?

— Le père de la petite.

— Pauvre gars. Et pauvre squaw. Encore une veuve avec un bébé.

L'épicier parcourt l'horizon du regard comme à la recherche du tipi de cette nouvelle veuve avec qui il pourrait envisager de faire son commerce.

— Avant, une Indienne ne restait jamais veuve bien longtemps. C'était en général un frère du défunt qui la prenait pour épouse. Ils étaient polygames, ça avait parfois du bon. Un Sioux pouvait épouser autant de femmes qu'il voulait tant qu'il pouvait subvenir à leurs besoins. Depuis qu'ils ne peuvent plus chasser, parce qu'il n'y a plus rien à chasser, les hommes ont perdu leur rôle dans la tribu.

Il boit une rasade de sa flasque de poche, puis pointe l'abattage en cours.

— Et c'est pas ce genre de guignolade qui va leur rendre leur statut. Tenez, c'est le whisky du forgeron, y a pas meilleur et c'est le seul, même moi je n'ai pas le droit d'en vendre, précise-t-il avec un clin d'œil complice qui invite à croire le contraire. Des blessés, je suppose ?

— Cette nuit ? Oui, plusieurs, dont mon ami.

— Le métis ? Comment va-t-il ?

— J'y suis passé ce matin, il dormait.

— Il est donc toujours vivant, tant mieux, sourit Bill Q., tant mieux.

— Le docteur l'a recousu, je n'en sais pas plus.

— Pour un toubib des réserves, on n'est pas tombé sur le pire. Les Indiens ont riposté ?

— Non, je ne crois pas.

— Et la police tribale ? demande l'épicier.

— C'était confus… Je ne pense pas.

— L'*ami* des Indiens a tiré, je parie…

— Oui. On dit qu'il s'est fait la malle ce matin, avec sa femme.

— Pourquoi ? s'étonne Bill Q. Il ne risquait rien, la justice ne passera pas. Des Blancs qui font un carton sur des Rouges, ça s'appelle toujours de la légitime défense. D'autant plus que ces Indiens ont commis un crime aux yeux de notre justice.

Le photographe lui rend la flasque, penaud.

— Désolé, j'ai bien peur d'avoir tout bu.

— Il n'y a pas de mal, je comprends, je vous avais prévenu, c'est du bon.

Ils gardent le silence le temps d'assister à un nouvel abattage. Au lieu de s'enfuir, la vache s'immobilise. Les Sioux la poussent, la tirent. Rien n'y fait. Le chasseur à cheval s'impatiente.

— C'est à pleurer, vous ne trouvez pas ? Ces hommes qui jouent encore aux guerriers et qui…

— Vous croyez vraiment qu'ils sont dupes ? l'interrompt Curtis.

L'épicier visse son chapeau sur sa tête et cherche ses cigarettes.

— Je me demande parfois s'ils ont conscience que demain ils auront disparu. Parce que c'est ça qui leur pend au nez. Et les Edward S., les Bill Q., ils sont là, ils regardent. Une civilisation de milliers d'années est en train de disparaître sous nos yeux.

— On ne peut vraiment rien y faire ?

— Et quoi ? Comment pourrions-nous faire quoi que ce soit ?

— Je ne sais pas, finit par concéder Curtis.

— Ça vous dirait, une rasade de plus ? Je dois à tout prix ouvrir ma boutique, c'est le jour où les Indiens me dévalisent, et je suis déjà à la bourre.

Il entraîne Curtis vers les bâtiments blancs de Fort Sibley, vers son magasin devant lequel des dizaines d'Indiens attendent de dépenser leur pécule.

Les nuages soulevés par les galops retournent en poussière. Toutes les vaches du clan ont été abattues, y compris la récalcitrante. Les couteaux entrent en action. Du plus petit au plus vieux, tous participent.

74

La moustache

Pour éviter d'aspirer les miasmes en suspension, le chef de la police tribale plaque son foulard rouge contre son nez et sa bouche. De son autre main, il tire une chaise près du lit d'Henry.

— Je parie que ce bon docteur t'a dit : « Tu devrais soit vivre, soit mourir. »

Le rire poignarde Henry au niveau de sa plaie.

— C'est sa formule favorite, continue le chef de la police.

— Il dit qu'il sait pas les dommages que ça a causés là-dedans, murmure Henry.

Murmurer, c'est tout ce qu'il peut faire, en écartant le moins possible les dents et les lèvres.

— Et la balle ?

— Sait même pas où elle est. Dit que c'est mieux de pas la rechercher. Ferait encore plus de dégâts.

Le chef hoche longuement la tête, tapotant son mollet du chapeau qu'il a ôté en entrant dans l'hôpital, son visage toujours en partie dissimulé derrière son foulard.

— L'Homme blanc est un grand homme, surtout lorsqu'il ne sait pas.

Henry pince ses lèvres pour coincer son rire dans sa gorge et contenir la douleur.

— Je suis sérieux. Enfin, tu as de la chance, le toubib était là. Il disparaît souvent les jours de distribution des vaches, trop d'Indiens d'un seul coup. Il laisse ses infirmières s'occuper de l'hôpital.

Les deux hommes se taisent, le silence n'est pas un obstacle, le chef se roule une cigarette en regardant les lits occupés.

— Tu as trompé beaucoup de Blancs en t'habillant comme eux ?

— Presque tous.

— Étonné, comme souvent par les Blancs, mais pas surpris. Ils voient sans regarder. Tu as un nom ?

Henry suspend sa réponse avant de prononcer des mots qu'il n'a plus entendus dans la bouche de quiconque depuis près de quarante ans :

— Mika Ohiteka.

Le chef hoche une nouvelle fois longuement la tête. Il lui semblait bien avoir reconnu les griffures sur les joues de l'homme moustachu.

— Frère de Hdainyanka ?

À son tour, Henry secoue lentement la tête de bas en haut.

Le chef allume sa cigarette. Il la fume jusqu'au bout sans un mot de plus, chevauchant quelques images de son passé ranimées par le souvenir de Mika Ohiteka, que les jeunes du clan s'amusaient à humilier. Chaque fois qu'il décolle la cigarette de ses lèvres, il protège sa bouche et son nez derrière son foulard rouge, et c'est à travers les fines mailles du tissu qu'il recrache la fumée. Contrariée par le foulard, la fumée remonte le long de son visage telle une cascade inversée. Du bout du mégot, avant de le jeter par terre, il pointe la joue d'Henry.

— Ces trois cicatrices, elles sont toujours là. Tu peux bien me le dire aujourd'hui, c'est pas toi qui l'avais tué, ce raton laveur, c'est ton frère ?

— Oui.

— Je l'ai toujours su. Tu veux une tige ?

Posant le foulard sur ses cuisses, le chef de la police roule lentement une autre cigarette.

— Je suis toujours persuadé que je vais ressortir de cet endroit plus malade qu'en y entrant, finit-il par dire en protégeant à nouveau son nez et sa bouche de son foulard. Les blessures par balle, c'est assez rare. Ici, c'est surtout variole, tuberculose, rougeole… Des tueurs plus redoutables que des revolvers. Un conseil, sors d'ici dès que tu peux.

Puis il ajoute, sans transition :

— J'étais Chaska, tu te souviens de moi ? Je t'ai fait souffrir.

— Je me souviens.

Le chef de la police tend la cigarette allumée à son ancien souffre-douleur.

— Tu n'es pas mort, alors. Quand ces Blancs nous ont attaqués. C'est là que tu as disparu, c'est bien ça ?

— Oui.

— Maintenant, je suis Wakinyan Inajin, parce que j'ai toujours été très têtu, même le vent ne me faisait pas plier, tu te souviens ? Ni le vent ni la tempête, alors on m'a appelé Debout dans la Tempête. Tu as un nom d'homme ?

— Henry.

— Oui, bien sûr, j'aurais dû m'en douter, un nom qui ne signifie rien, juste pour aller avec ton déguisement.

Grimaçant, Henry s'assoit au bord du lit et se penche pour récupérer ses habits en boule. La douleur l'empêche de terminer son geste.

— Tu veux mourir aujourd'hui ?

— Tu m'as dit de vite partir d'ici, grimace le blessé.

— Où tu comptes aller ? Si tu bouges, cette balle va te tuer.

— Je pars. J'aime pas la tuberculose. Tu peux attraper ça ?

Le chef de la police ramasse la chemise maculée de sang et la veste sans manches. Avant de les lui tendre, il les secoue pour en chasser d'éventuelles petites bêtes. Henry vérifie que sa boîte est toujours dans la poche intérieure, puis tente de s'habiller. Avec l'aide du chef, il parvient tout juste à enfiler la veste sans manches sur son torse nu.

Qui aurait cru qu'un jour Chaska, devenu Wakinyan Inajin, Debout dans la Tempête, chef de la police tribale, servirait de béquille à Mika Ohiteka, devenu Henry, bandit de grand chemin ? L'infirmière de jour leur fait remarquer que ce n'est pas prudent de quitter l'hôpital, mais ne tente rien pour retenir le blessé. La rue est calme. Henry marque une pause avant de s'aventurer plus loin. Le chef de la police en profite pour rattacher son foulard autour de son cou.

— Ceci dit, j'adore ta moustache, dit le chef en souriant. Elle est belle, c'est une belle moustache. Il me faudrait des années pour en avoir une pareille, si j'avais l'intention de me camoufler. Toi, ça a dû être plus rapide. Tu es un bâtard blanc.

S'il n'avait pas accompagné cette dernière remarque d'un sourire, Henry aurait cru entendre le Chaska de son enfance, celui qui le traitait de bâtard blanc avec le même malin plaisir que le chasseur tire sa flèche dans l'œil de sa proie.

— C'est toi qui m'as sauvé la vie, dit-il.

— C'est ton ami qui a empêché tout ton sang de quitter ton corps, pas moi.

— Pas cette nuit. Mais cette fois-là, quand les Blancs nous ont attaqués.

— Moi ?! Et comment j'ai pu faire ça ? Je pensais qu'à sauver ma peau !

— Tes coups. Ils m'avaient rendu fort.

— Ah ! Voilà ! Maintenant, il te faut me remercier de t'avoir humilié et frappé, plaisante l'ancien ennemi juré de Mika Ohiteka.

75

Florence

Quelques verres de plus et Curtis n'aurait jamais pu quitter le magasin de Bill Q. Assis dans un coin de la boutique, il a regardé les rayons se dégarnir à mesure que les Indiens vidaient leurs poches de leurs dollars. L'épicier avait embauché deux aides qui ne suffisaient pas à achalander l'épicerie.

Lorsqu'il voit Henry sortir de l'hôpital avec le chef, le photographe veut se précipiter, mais ses jambes cafouillent, son chapeau tombe, il bat des bras, le récupère en vol, s'élance dans la rue et crie à son ami :

— Hé ! Ça va pas !

Il rejoint les deux hommes près du cheval de Debout dans la Tempête.

— Ça peut pas attendre, avant de le jeter en prison ! Le docteur a retiré la balle, au moins ?

— Non, répond le chef de la police. Vous pouvez aider ? ajoute-t-il d'un ton agacé.

— Je vais pas vous aider à le foutre en prison, il n'a rien fait !

— Juste m'aider à l'asseoir sur mon cheval.

— Et celui qui lui a tiré dessus ? Trop tard pour le jeter derrière les barreaux, il a fui. Mais de toute façon, il est blanc, il peut faire ce qu'il veut, n'est-ce pas ! Et vous ! Vous... Vous êtes un Indien et vous laissez faire !

— Vous parlez trop.

— Je sais, et je pose trop de questions aussi.

— C'est vrai, confirme faiblement Henry. Mais je vais pas en prison.

— Tu vas pas en prison ?!

— Il ne va pas en prison, confirme le chef.

— Où va-t-il, alors ? Je crois qu'il vaut mieux le ramener dans cet hôpital...

— Vous m'aidez, ou non ?

— Il ne peut pas monter sur un cheval ! C'est de la folie !

— Je préfère mourir sur un cheval que dans cet hôpital, tranche Henry.

— Vous savez que l'alcool est interdit dans cette réserve ?

— Quel alcool ?

— Celui qui empeste dans votre bouche. Alors ? Vous m'aidez ? Ou je vous arrête ?

Curtis capitule. À eux deux, ils soulèvent Henry et l'aident à enfourcher la selle. La veste ouverte du bandit dévoile en partie le bandage qui lui ceinture le ventre et qui rougit au niveau de la plaie. Personne n'a pris le temps de lui laver les mains, elles sont couvertes de sang séché et de poussière, cette poussière qui noircit son visage. En quelques tours de lasso, le chef attache entre elles les jambes d'Henry par-dessous le ventre de l'animal et termine par le pommeau de la selle.

— Il tombera pas.

Groggy par la fatigue et l'alcool, Curtis marche devant l'animal sans s'inquiéter de leur destination, sans même savoir ce qu'il fait là, près du chef de la police tribale. Parfois, l'un d'eux se retourne vers Henry qui, yeux fermés, semble dormir sur le dos du cheval. Le photographe a oublié de passer au bureau du télégraphe, où un message de Grinnell l'attend peut-être.

— Vous le connaissez depuis longtemps ? finit par demander le chef.

— Pas trop, mais c'est une longue histoire.

— Il vous a dit qu'il s'appelait Mika Ohiteka ? Quand il était jeune ?

— Non.

— Ça veut dire « Féroce Raton Laveur ». Mais quand on était jeunes, il était pas féroce du tout.

— Vous semblez bien le connaître.

— Je ne sais pas. Ça fait très longtemps que je ne l'ai pas vu.

— C'est à cause de vous qu'il est venu ici ? Dans cette réserve ? J'ai cru que c'était le hasard, mais…

Mais quoi ? se demande le photographe. Henry ne donnait pas l'impression d'avoir une destination précise. Il se retourne, les yeux d'Henry sont toujours clos. Cet homme est un mystère.

— Il vous en reste ? veut savoir le chef. Vous en avez sur vous ? De l'alcool, précise-t-il.

Curtis lui tend la flasque que Bill Q. a accepté de lui vendre. Le chef avale une lampée. Puis une autre.

— On a été attaqués dans cette ville, Henderson. Je l'ai vu s'enfuir. On était des enfants. D'autres enfants le poursuivaient. Les soldats ont réussi à nous tirer de là, le convoi a repris la route. Plus tard, on s'est aperçus qu'il n'était plus avec nous. On a cru qu'il était mort, que les jeunes avaient fini par le rattraper. Ou qu'il s'était noyé dans la rivière.

— Les soldats vous ont conduits ici ?

— Ici ? Non, pas directement. On a d'abord été prisonniers à Fort Snelling. Vous connaissez ? Minnesota, frontière du Wisconsin. Tout l'hiver.

Sans ralentir son pas, le chef glisse la flasque dans sa poche et se roule une cigarette tout en racontant la marche forcée, l'arrivée à Fort Snelling, l'hostilité, le froid, la faim. Et les maladies. Bouffées de fumée et rasades d'alcool lui délient la langue.

— Il y avait ce docteur. Un Blanc. Un civil. J'entendais dire que c'était un bon docteur, alors j'avais décidé de le tuer. J'étais un enfant, il n'y avait pas de bons Blancs pour moi. Les Blancs, ils avaient tué mon père. Ils nous avaient tout volé. Ils avaient violé la mère de Mika Ohiteka. Le docteur vivait dans une tente de l'autre côté du mur de bois. Un mur plus haut que deux hommes, mais je suis passé par-dessus. Le mur, il était pas construit pour nous empêcher de sortir, mais pour empêcher les Blancs de venir nous massacrer. Alors, les poteaux qui tenaient la palissade étaient à l'intérieur. J'ai grimpé dessus comme j'ai toujours grimpé aux arbres et je me suis glissé sous la tente du docteur blanc. Un docteur civil, ça n'a pas d'arme pour se défendre. C'était pas sa tente, c'était la tente de l'hôpital. Beaucoup de malades, mon peuple. Le docteur a vu mon poignard. Ce n'était pas un vrai poignard, mais un bout de bois que j'avais aiguisé, peut-être assez pointu et assez dur pour tuer un homme. Qui sait ? Il m'a demandé si je cherchais quelqu'un. Je comprenais quelques mots d'anglais, assez pour comprendre ce qu'il me demandait, mais pas assez pour lui répondre. J'aurais dit quoi ? Que je venais pour le tuer ? Il m'a dit que c'était la rougeole, c'est un mot qui n'existe pas dans notre langue. Ils étaient tous malades de la rougeole. C'est la première fois que j'entendais le mot « épidémie ». Il a pris le temps de m'expliquer qu'un soldat avait attrapé ça, cette maladie, sans le savoir. Il l'avait donnée à d'autres soldats. Et les soldats nous l'avaient donnée, à nous, à tous les Indiens, tous ceux qui avaient fait la longue marche. Moi aussi je devais l'avoir. On pouvait l'avoir sans le savoir, sans être malade. Mais beaucoup mouraient de cette maladie. Plus de dix pour cent de ceux avec qui j'avais marché étaient déjà morts. Je ne savais pas ce que ça voulait dire, dix pour cent. C'est beaucoup, il m'a dit le docteur. Mais cette maladie n'était pas la seule responsable. Il y avait aussi la typhoïde, la diphtérie, la scarlatine. C'est lui qui m'a appris tous ces mots. Et bien d'autres. Toutes ces maladies, ça tuait beaucoup de personnes. Pas que nous, les Dakotas. Il m'a dit que les soldats aussi mouraient. Et même les Blancs qui n'étaient pas soldats, mais ils mouraient moins parce qu'ils étaient amis avec cette maladie depuis longtemps. Il a pas dit « amis ». Il a dit que la maladie et eux, ils se connaissaient.

Le chef ne s'autorise des pauses que pour boire, tirer sur sa cigarette ou jeter un coup d'œil vers Henry.

— Le docteur, je ne l'ai pas tué. J'ai compris que sans ce docteur blanc il y aurait encore plus de morts. On n'est pas devenus amis, c'était un Blanc, mais parfois j'allais l'aider. Il avait demandé aux soldats de me laisser passer, pour m'éviter de faire le mur.

Lorsque la flasque est vide, il la rend à Curtis, sans s'excuser d'avoir tout bu.

— Plus tard, on nous a fait monter dans un bateau à vapeur. Le premier, je me souviens plus son nom. J'avais très peur, surtout du bruit, son ventre faisait un bruit énorme, mais on s'habitue au bruit. Dès que le bateau s'arrêtait, les Blancs nous jetaient des pierres, ils voulaient nous tuer, ils nous tiraient dessus et les soldats devaient nous protéger. On a changé de bateau, je ne sais pas pourquoi. De celui-là je me souviens. C'était le *Florence.* On est restés très longtemps sur le *Florence.* Des nuits et des jours. On a descendu le fleuve Mississippi jusqu'à Saint Louis, à l'époque je ne savais aucun nom. À Saint Louis, on a quitté le Mississippi pour remonter celle-là, de rivière, le Missouri. Jusqu'ici.

Ce n'est pas grand-chose, un léger manque de précision, une hésitation, même pas, un flottement à peine perceptible dans la façon qu'ont les doigts d'ajuster le tabac dans la feuille à rouler, ce mouvement de la tête pour aller à la rencontre de la cigarette, langue sortie un brin trop tôt, qui insiste un tout petit peu plus en mouillant le papier, l'allumette qui ne craque pas du premier coup. L'alcool fait son effet sur le chef de la police.

— Dans le *Florence*, on était nombreux à mourir, beaucoup à cause de la nourriture et de l'eau qui étaient…

Sa phrase reste suspendue, comme s'il avait oublié ce qu'il voulait dire, pourquoi il voulait le dire. Tout ça n'a plus tellement d'importance. Ou trop peut-être. Puis il reprend :

— Quand le bateau s'arrêtait, la nuit, on débarquait les morts. Beaucoup. Surtout des enfants, des tout-petits. J'aidais. Pas le temps de chercher un arbre. On creusait des trous. On jetait plusieurs corps dedans. Puis on est arrivés ici. On a encore continué à mourir, trois ou quatre par jour. C'est pas un bon endroit, ici. La sécheresse en été, les sauterelles, les bestioles qui bouffent les pommes de terre, le vent sec. Rien ne poussait. Certains disent qu'il aurait été plus charitable de nous exterminer plutôt que de nous envoyer ici.

Alors que le chef attrape à nouveau son tabac, le photographe prend les devants. Il lui tend une cigarette de son paquet et s'en allume une. Pourquoi cet homme lui raconte-t-il tout cela ? Le silence s'éternise. Les souvenirs de Debout dans la Tempête font mal à Curtis. Il pense à sa famille. Son père, sa mère. Ils n'avaient pas eu une vie facile, mais très loin de ce que ces Indiens avaient enduré. Curtis dit alors la seule chose qui lui vient à l'esprit, des paroles inutiles, le genre de paroles qui s'échappent lorsque le silence devient trop pesant.

— Ma fille, la dernière, elle est encore petite… elle s'appelle Florence, comme votre bateau.

76

Menteur avec Pipe

Un coup de couteau ouvre la vache du cou jusqu'aux mamelles. Elle a été au préalable saignée sur le lieu même où le chasseur l'a abattue. Les premiers organes retirés sont le cœur, les reins, le foie, la vésicule biliaire et le pancréas. Viennent ensuite les quatre estomacs et les intestins. Ces derniers sont soigneusement nettoyés avant d'être découpés et jetés dans une marmite dans laquelle cuisent depuis plus de trois heures les navets des prairies, reconnaissables à leurs fleurs violettes. Des semaines que les squaws en cueillent. Pour deux navets mangés crus par la famille, elles en mettent un de côté pour la soupe, qu'elles préparent avec les tripes. Les squaws se sont habituées à la soupe de vache, même si celles qui ont connu le bison en ont la nostalgie. Rien ne pourra jamais remplacer la soupe de bosse de bison, rôtie avec les sabots et la queue.

Les mains des femmes dégoulinent de sang. La viande qui ne sera pas consommée fraîche est débarrassée de son gras, découpée en lamelles, mise à sécher sur un étendoir fait de branches et abandonnée au soleil le temps qu'il faut. La cervelle, mélangée à la moelle osseuse, à une partie du foie et à de la graisse, servira au tannage de la peau. Tout sera mangé ou utilisé, jusqu'à la rotule qui, percée de deux trous, deviendra un jeu pour enfant.

Les trois hommes ne se sont pas dirigés au hasard vers cet endroit de la réserve où des squaws dépècent une vache. Curtis et Debout dans la Tempête soulèvent Henry pour venir l'asseoir à terre. Le trajet à cheval ne l'a pas achevé. Le chef défait la selle et vient la placer dans son dos. Curtis allume une cigarette pour lui, une autre pour Henry, et tend son paquet à Debout dans la Tempête. Les squaws tournent parfois leur regard vers les trois hommes qui fument en silence, à une quinzaine de mètres. Au-dessus du feu, les tripes et les navets échangent leurs saveurs.

Avec les mêmes gestes précis, mais ralentis par la douleur et la fatigue, Henry ouvre le fermoir de sa boîte en fer et glisse le clou tordu entre ses lèvres. Enfin, il en sort l'image trouvée dans le portefeuille du photographe pour la tendre à Debout dans la Tempête. Le chef prend le temps de la regarder. Avant de tendre à son tour la carte à Curtis et de demander ce que ça dit.

Le photographe ne comprend pas la question, puis réalise que le Sioux est incapable de lire ce qui est mentionné sous l'image.

— Ça dit « Exécution de trente-huit Indiens Sioux, Mankato, Minnesota, 26 décembre 1862 ».

Et Henry ? Sait-il lire ?

— C'est là que ça s'est passé ? demande Debout dans la Tempête à Henry, qui confirme d'un léger mouvement de tête.

Le chef de la police touche l'image du bout d'un doigt.

— Ton frère est là ?

Nouvelle confirmation d'Henry.

Quelque chose a changé depuis qu'ils sont arrivés près de ces tipis et qu'ils se sont assis là, dans l'herbe sèche. Il ne s'est pourtant rien passé de notable. Cela concerne Henry et le chef. Deux Indiens, réalise le photographe en prenant conscience qu'il n'est pas à sa place ici. Il n'a rien à y faire. Il cherche sur le visage d'Henry, puis sur celui de Debout dans la Tempête, un signe de contrariété, peut-être un regard entre ces deux hommes qui lui confirmerait qu'il n'est pas le bienvenu. Il ne découvre rien. Il n'ose pas demander qui est ce frère qu'a mentionné Debout dans la Tempête. Le chef s'éloigne avec l'image, qu'il va montrer à la plus vieille des squaws. Curtis est trop loin pour entendre ce qui se dit, et il n'aurait de toute manière rien compris de leur échange en dakota. Les autres femmes se sont regroupées et l'image de la pendaison circule précautionneusement entre les mains ensanglantées qui s'en saisissent par les bords. Puis les femmes retournent à leur labeur. Sauf la vieille squaw. Le chef de la police l'accompagne près des deux hommes assis par terre.

Curtis se lève et ôte son chapeau.

La vieille femme l'ignore.

Elle se tourne vers Henry. En dakota, elle veut savoir s'il est bien Mika Ohiteka, puis elle lui demande le nom de son frère, et enfin son nom secret, celui que tous les bébés reçoivent à leur naissance et connu seulement par une poignée de proches. Ils ne sont plus que deux aujourd'hui à savoir celui d'Henry : elle et lui.

Quelque temps après son agression, son ventre avait pris des formes, promettant une naissance. Jetant la honte sur sa famille. Dès lors, son propre père, Mni Odowan, n'avait plus osé lever la tête pour affronter le regard des autres : cet enfant serait un bâtard à moitié blanc. Que sa fille ait fait ce qu'il fallait – tuer son violeur – n'y changerait rien.

Juste après la naissance du bâtard, alors qu'il traînait ses yeux à terre, Mni Odowan avait vu passer deux ombres en contrebas du rocher sur lequel il était assis. Deux ombres qu'il avait accompagnées de son regard sur l'herbe grasse qui ondulait comme une mer, sur le troupeau de bisons qui paissait paisiblement, sur les ormes et les frênes qui couraient le long du ruisseau, qu'il ne pouvait voir de son perchoir mais dont il connaissait la présence. Les ombres de deux nuages. Levant les yeux vers le ciel bleu, il avait découvert un nuage blanc et un nuage gris. Rien dans leurs ombres ne laissait supposer cette différence de couleur. Ils auraient pu être blancs ou gris tous les deux.

De retour au tipi où sa fille avait donné naissance, il lui avait annoncé le nom secret du bébé : Mahpiya Opoya Nunpa. Deux Ombres de Nuages. Il avait également décidé que cet enfant serait élevé comme tout enfant Dakota, car si son ombre ne pouvait être différenciée de l'ombre d'un autre enfant, il en allait de même de son âme. Ainsi en avait décidé Mni Odowan, Chant d'Eau, celui qui chantait comme une rivière et qui savait toujours où trouver une source.

— Mahpiya Opoya Nunpa, prononce tout bas Henry à l'oreille de sa mère, penchée vers ses lèvres pour écouter sa réponse, car un prénom secret doit le rester.

Rien sur le visage de la vieille squaw ne trahit la satisfaction ou la joie. Elle se redresse et s'accorde le temps de dévisager le blessé assis devant elle, reconnaissant ces yeux, ces lèvres, ce nez et les trois cicatrices sur cette joue, « Elles ont changé ». Puis son regard s'attarde sur les nombreuses cicatrices qu'elle ne connaît pas, ses yeux s'amusent de la moustache. Elle découvre peu à peu l'homme qu'il est devenu.

— Tu n'es plus le garçon qui s'appelait Mika Ohiteka.

Seuls les yeux souriants de son fils lui répondent.

— Mais je te reconnais. Je t'ai revu avant ma mort, c'est bien.

Avant qu'elle ne s'éloigne, Henry sort un petit sac en cuir plié au fond de sa boîte en fer : la pochette décorée de perles qui pendait au cou de son frère et qu'il a récupérée sur son cadavre. L'ouvrant, il en retire un objet qu'il tend à la vieille squaw. Les doigts rouges et tordus accueillent la tête d'oiseau et lui font un nid : une pipe, dont la couleur se confond avec celle du sang qui commence à sécher sur les doigts de l'aïeule.

— Je la reconnais.

— C'est sa pipe.

En réponse au regard qui l'interroge, Henry raconte comment, après avoir fui l'attaque des enfants, il avait remonté la rivière pour arriver sans le savoir à Mankato, où il avait assisté à la pendaison de son frère Hdainyanka. Il ment en disant que son grand frère avait eu le temps de le voir et de lui sourire. Il raconte aussi comment, avant que son frère soit enterré, il avait réussi à récupérer la pochette dans laquelle il conservait son tabac et sa pipe. Hdainyanka l'avait lui-même taillée dans de la catlinite, une pierre que les Indiens appellent simplement « pierre à pipe », y sculptant une tête d'oiseau. Un éclat est parti du foyer en pierre rouge et le tuyau en bois s'était cassé en plusieurs endroits, probablement lorsque la corde avait rompu et que son frère avait convulsé au sol. Mais il garde cet atroce détail pour lui, sa mère n'a nul besoin d'entendre le récit de la double pendaison.

— Cette pipe aurait dû rester avec lui, dit sa mère, ça aurait été un beau cadeau pour son esprit. Est-ce que son esprit est venu la réclamer ?

Henry répond par la négative. Puis il explique que son frère et les autres guerriers n'avaient pas eu droit à la cérémonie traditionnelle dakota. Mais ils avaient été enterrés avec honneur par les soldats.

— Tu as disparu depuis beaucoup d'hivers. Une vie d'homme. Tu as eu beaucoup de temps pour apprendre à mentir comme un Blanc. Ton frère a été jeté dans un trou avec les autres. Sans cérémonie. Sans respect. Les hommes blancs ont écrit ça dans leurs papiers, d'autres hommes ont lu les papiers.

Comme s'il était encore le jeune Mika Ohiteka et que sa mère venait de le prendre en faute, Henry baisse la tête.

— Je suis heureuse de ton retour, ajoute-t-elle en lui rendant l'objet à la tête d'oiseau. Tu dois garder la pipe pour la rendre à l'esprit de ton frère s'il vient la réclamer. Debout dans la Tempête m'a dit ce que tu as fait cette nuit. Je suis contente. Je lui ai dit qu'il doit vider sa prison de ceux de notre peuple.

— Et je t'ai dit que je ne peux pas, Celle avec le Feu en Dedans, intervient le chef. Avec tout le respect que je te dois, c'est au conseil tribal de les juger.

— Debout dans la Tempête m'a dit que tu n'as pas de nom d'homme, poursuit la vieille squaw sans prêter attention au chef de la police. Alors on t'appellera Chakala Apa Chahnupah.

À l'énoncé du nouveau nom d'Henry, les lèvres du chef s'écartent d'un coup, déchirées en deux par un troupeau de rires qui se disperse allègrement, comme si celui qu'on appelait Chaska avait gardé en réserve, pour le jour où il en aurait besoin, les trente-huit ans de rires moqueurs qu'il n'a pas pu déverser sur Mika Ohiteka depuis qu'ils ont été séparés. Une réaction exubérante, qui n'est pas étrangère à la flasque d'alcool qu'il a ingurgitée en totalité.

Depuis qu'Henry a sorti la pipe rouge de la boîte en fer où il semble garder ses trésors, les yeux de Curtis n'ont cessé de la suivre. Tenu à l'écart de la discussion par cette langue incompréhensible, il a observé les mains aux doigts tordus de la vieille Indienne, qui portaient la pipe dans leurs paumes comme une offrande. Parfois, son regard glissait vers ses lèvres d'où s'échappaient d'étranges sonorités, puis vers ses yeux. Dans leur profondeur, le photographe a découvert un flot d'émotions qui ne se manifestaient jamais sur son visage ni dans sa voix. Puis il revenait sur la pipe. Il l'observait encore lorsque l'explosion de rires du chef de la police l'a arraché à sa contemplation.

La vieille dame rejoint les autres squaws, reprend son labeur.

Debout dans la Tempête remonte sur son cheval, à cru, abandonnant sa selle dans le dos d'Henry.

— Pourquoi il a ri comme ça ?

— Ma mère vient de me donner mon nom d'adulte.

Curtis tombe des nues.

— Ta mère ?

— Elle m'a appelé Chakala Apa Chahnupah, ça veut dire « Menteur avec Pipe ».

— Et c'est drôle ?

— Pour lui, c'est drôle. Quand on était enfants, il se moquait toujours de moi.

— Je ne comprends même pas ce que ça veut dire, Menteur avec Pipe. C'est quoi, cette pipe ? Je ne t'ai jamais vu t'en servir.

— Elle appartenait à mon frère. Il est mort à Mankato. J'étais là.

— Tu étais à Mankato ? Tu veux dire, en 62 ! Mais quel âge tu avais ? Comment ça se fait que tu étais là-bas ? Tu devais être très jeune, non ?

— Tu poses trop de questions.

Curtis se tait. Puis sourit. Surpris d'entendre la voix de son ami. Il s'attendait au silence.

— Ça ne ressemblait pas au dessin sur la carte. Pas de drapeau. Aucun soldat à cheval. Les chariots étaient bleu, blanc et rouge…

Il raconte les hurlements de la foule, le chant des prisonniers, les roulements de tambour, son frère aux côtés des autres condamnés, son propre silence, sa peur, la plateforme qui se dérobe, la corde de son frère qui se rompt, la seconde pendaison…

Curtis n'a jamais entendu son compagnon prononcer autant de mots d'une seule salve.

Lorsque Henry se tait, Curtis ne s'en aperçoit pas. Le silence est peuplé de tant d'images et de sons. Les clameurs, le tambour… Les mots de son ami ont donné chair au dessin de la carte de chez Aldo. Les trente-huit pendus à peine esquissés ont à présent visage humain. Pas leur vrai visage, le photographe ne le connaîtra jamais. Mais il peut maintenant se représenter ces Dakotas. En particulier Hdainyanka, le frère aîné d'Henry.

Le reste de la journée, le blessé ne bouge plus. Curtis non plus, assis près de lui. Fasciné par la vie de ces gens. Quand ils arrivent à court de cigarettes, ils fument le tabac à rouler d'Henry. Celui-ci, à plusieurs reprises, yeux fermés, donne l'impression de dormir, et il arrive également au photographe de somnoler, assis dans la poussière, écrasé de chaleur.

77

Pejuta sapa

Il ne reste plus rien de la vache.

Il avait fallu éloigner les chiens à coups de pieds et de pierres.

Les gros quartiers de viande pendent à présent en fines lamelles livrées au soleil. Une fois sèche, la viande sera réduite en poudre, accompagnée ou non de baies ou d'épices – suivant ce que les femmes pourront cueillir. Puis mélangée à de la graisse et de la moelle fondues pour confectionner des portions de *wasna*, qui pourra se conserver tout l'hiver.

Des enfants, armés d'arc et de flèches, guettent sans bouger l'orifice de quelques trous au ras du sol, prêts à tirer sur les écureuils de terre. D'autres galopent en criant, dans un jeu dont Curtis ne comprend pas les règles.

Les chiens se disputent des os.

Une jeune femme à genoux, son bébé accroché dans le dos, tire vers elle la lame d'un grattoir en os pour déloger les derniers lambeaux de chair et de gras de l'intérieur de la peau de vache. Les mêmes marmites chauffent devant d'autres tipis. Deux garçons cherchent à voler un morceau de viande, ils sont gentiment repoussés à coups de badine sur les mollets. Les mouches dérangées s'envolent en essaim.

La nuit venue, on apporte à Henry et Curtis de la soupe de tripes dans un bol en carapace de tortue. Puis de la langue bouillie. Et le foie et les rognons entiers. Henry en découpe de petites bouchées. Le bourgeois de Seattle ne découvre qu'ils sont crus qu'après les avoir glissés entre ses lèvres. Un fâcheux haut-le-cœur manque gâcher la soirée. Luttant contre le réflexe de son corps, Curtis découvre qu'il aime ça, préférant le rognon plus ferme au foie, trop fuyant entre ses dents.

Un jeune Indien lui tend une sorte de mug en bois, sans anse. La lune se reflète à la surface de la boisson d'ébène.

— *Pejuta sapa*, lui dit-il.

— Désolé, je ne comprends pas.

— C'est médecine noire, précise le jeune Indien.

Curtis sourit pour ne pas paraître offensant, mais hésite à tremper ses lèvres dans cette chose noire. Henry vient à son secours :

— Médecine noire, c'est comme ça qu'on appelle le café.

Amer. Raide. Fort. La grimace du photographe amuse Henry, qui s'attendait à une telle réaction de la part de l'homme blanc et n'est pas déçu. Lui-même grimace, il n'a plus bu de *pejuta sapa* depuis son enfance. La dernière fois, c'était avant leur départ pour la grande marche. Ils étaient déjà retenus prisonniers, ignorant qu'ils allaient être déportés à des journées de la terre sacrée où ils sont nés, forcés de quitter la rivière Minnesota pour rejoindre le fleuve Mississippi – où le jeune Mika Ohiteka n'est jamais arrivé – et terminer leur voyage ici, sur les rives du Missouri.

Sa mère se levait toujours avant tout le monde, y compris le soleil, pour faire griller les grains de café, puis les moudre et en jeter d'énormes poignées dans des litres d'eau qu'elle faisait ensuite bouillir. Elle en préparait pour tous, y compris les soldats qui les gardaient. Elle commençait toujours par en répandre sur le sol en hommage aux esprits. Toute la journée, elle maintenait la boisson chaude et en quantité suffisante, y rajoutant du café moulu et de l'eau dès que la boisson venait à manquer. Le soir, le café avait pris la consistance d'une mélasse couleur charbon.

Certains prétendent qu'un insecte survolant ce liquide saturé de caféine tombe aussitôt raide mort, terrassé en plein vol par un arrêt cardiaque.

Henry est heureux de constater que sa mère n'a rien changé à sa façon de préparer le *pejuta sapa*.

— Pire que le mien, ricane-t-il.

— Oh non ! ment ouvertement Curtis, la salive encore chargée d'amertume, le café épais collé aux dents. Pas du tout. Ça, c'est un bonbon, à côté de ton poison.

78

Je te remercie

Depuis l'année 1862, où tous les Sioux ont été expulsés de leurs terres, chaque journée est une épreuve supplémentaire pour la mère de Mika Ohiteka. Sa tribu, son clan, sa famille, tout a été démantelé. Son fils aîné pendu par les Blancs. Et pendant toutes ces années, elle a cru que son autre fils avait subi un sort comparable. Elle l'a retrouvé aujourd'hui. Mais la joie des retrouvailles n'efface rien. Rien ne redeviendra comme avant. Le feu qui lui a valu son nom, Peta Imahel Win, Celle avec le Feu en Dedans – à cause de cette force brûlante qui l'habite depuis son viol et la vie qu'elle a prise à son assaillant –, ce feu est en train de la quitter. Son corps a atteint les limites de la vie. L'autre jour, elle a perdu connaissance au soleil alors qu'avec les autres chefs de famille elle attendait les rations.

Curtis l'observe. De son pas lourd de s'être levée encore une fois avant le soleil, et d'être une fois de plus venue à bout d'une journée que le soleil a transformée en fournaise, elle s'approche de son fils. Contrairement à Princesse Angeline, la peau d'argile de son visage ne rappelle pas un paysage de vallées et de crêtes, tout au contraire, c'est comme si la mort avait déjà commencé son travail de tannage. À l'exception de quelques rides au front, sa peau est si tendue qu'un musicien pourrait la faire sonner comme un tambour. La peau épouse la moindre saillie de ses os, le moindre creux, effaçant le galbe de ses lèvres. À défaut d'une plaque de verre pour fixer ce visage, pour fixer ce regard et ce corps, pour fixer cette vieille femme et immortaliser ce petit bout du monde, le photographe ne possède qu'une mémoire. Qu'il sait faillible. La voici, la photographie qu'il aurait aimé prendre.

Par l'intermédiaire de son fils, Peta Imahel Win remercie son ami d'avoir accepté de partager leur repas. Dès qu'Henry traduit les mots de sa mère, Curtis se lève, « C'est un très grand honneur, madame ». Puis Henry ouvre sa boîte métallique et tend à la vieille femme l'image de la pendaison ainsi que la pipe de son frère. Elle va les déposer sur le sol, à quelques pas de là. Peu à peu, des femmes et des hommes la rejoignent et, l'imitant, s'assoient en cercle autour des deux objets. Un chant s'élève.

Curtis est surpris par les larmes d'Henry. Des larmes qui s'échappent de deux yeux d'enfant. Des larmes qui avaient refusé de se montrer le lendemain de Noël lorsque ce même chant, entonné par trente-huit Dakotas, avait retenti dans Mankato :

Je te remercie pour ma vie
Et je te remercie pour ma mort,
Je te remercie pour mon cœur qui bat,
Je te remercie pour mon souffle…

79

Crinière de feu

Curtis avait reçu deux messages. L'un sous forme d'un télégramme de Grinnell lui recommandant de ne pas bouger, *J'envoie quelqu'un vous chercher*, l'autre sous l'apparence d'un garçon d'une douzaine d'années parlant suffisamment bien anglais pour que le photographe comprenne qu'Henry l'attendait près de la rivière. Suivre la fumée.

Après avoir récupéré son cheval chez Bill Q. – qui lui avait proposé d'héberger, de nourrir et de prendre soin de l'animal à un meilleur prix que chez le forgeron –, Curtis se dirige vers son rendez-vous, à travers les chicots de tipis que les femmes démontent, déshabillant habilement l'ossature de bois. Sa cigarette lui laisse un goût dans la bouche, mais pas l'amertume habituelle. Il y a autre chose. Dans la fumée, dans l'air… De la mélancolie, un certain vague à l'âme, comme une tristesse.

Nul doute qu'une histoire est en train de s'achever devant ses yeux, dans cette plaine. Quel espoir d'en lire la suite un jour ? Que restera-t-il des Sioux, demain ? Qui se souviendra d'eux ?

Personne derrière les barrières blanches ceinturant la mission de la Sentinelle sacrée, personne derrière les fenêtres grandes ouvertes du réfectoire. Les lieux semblent déserts.

Il aurait suffi au photographe de contourner les bâtiments. Les filles sont derrière, en rang par deux. Yeux rougis. Poings serrés. Certaines ne peuvent contenir leurs larmes. Sœur Cornélia s'est montrée encore plus intransigeante que d'habitude. Pour les empêcher d'assister, même de loin, au départ de leurs familles, elle les a entraînées derrière la mission, près du cimetière. Deux chaises les attendaient. Aucune des jeunes Indiennes n'est pressée de s'asseoir. Aucune n'a hâte de recevoir sur les cheveux une dose de kérosène. Elles préfèrent se gratter la tête et garder leurs poux.

Le traitement a commencé par l'homme à tout faire. C'est lui qui infecte les filles, les deux religieuses ne le savent que trop bien.

Judith, prenant son air le plus innocent, propose à sœur Cornélia – suffisamment fort pour se faire entendre de Léon – que les filles retirent leurs robes, « C'est pour pas les tacher, sœur Cornélia ». Léon ne la quitte plus des yeux, espérant sans doute un miracle : que sœur Cornélia accepte, que toutes les filles retirent leurs robes – l'homme est bien placé pour savoir qu'elles ne portent rien en dessous.

— Ne sois pas idiote, Judith ! réplique sèchement la bonne sœur.

Aucune fille ne se déshabille.

Léon est déçu, pas l'adolescente. Elle a obtenu ce qu'elle désirait : l'attention de la brute.

En cachette des religieuses, Judith mime alors le geste de se rouler une cigarette. Puis, écartant les lèvres pour libérer sa langue, elle lèche longuement et sans pudeur le papier invisible. Avant de glisser la cigarette entre ses lèvres et de l'allumer. Ça ne loupe pas. Aussitôt libéré des doigts de sœur Cornélia, Léon reproduit les gestes de l'adolescente. Il sort son tabac à rouler, se confectionne une clope, dégaine sa langue obscène pour lécher le papier et craque une allumette. Avec le résultat que Judith espérait. Le kérosène tue-poux prend feu instantanément.

Si Curtis avait regardé dans la bonne direction, il aurait vu Léon apparaître entre deux bâtiments, courant pour fuir les flammes qui ont pris possession de sa tête. Courir ne lui sert à rien. Sauf à faire rire les filles. Même celles qui pleurent le départ de leurs familles.

Le message de Judith est passé, l'adolescente en est certaine : Léon sait que dorénavant elle ne se contentera plus de deux têtes de poulet.

80

L'invisible

Enroulé dans une couverture, Henry fume assis près du feu – le soleil cogne pourtant déjà si fort que même les ombres se ratatinent pour lui échapper.

En venant récupérer sa selle, le chef de la police lui a ramené son cheval. Il lui a appris que la mère de Chumani et ses complices avaient été relâchés, au grand dam de James Hooward.

À la demande d'Henry, son cheval s'est couché pour lui permettre de monter. Puis, quelques centaines de mètres plus loin, de redescendre.

Henry tremblait de fièvre en préparant le feu qui devait guider son ami jusqu'à lui, chaque branche morte ramassée lui coûtant une grimace. Il a ensuite tourné la manivelle du moulin. Le plus lentement possible, comme s'il refusait de bêtement mourir avant un dernier café. Tandis que l'acier broyait les grains, il a senti dans son corps d'autres raclements, sourds. Le petit morceau de plomb que le revolver de M. Gates a enfoncé dans sa chair frotte contre un os, un organe, un boyau.

Il verse le café dans les mugs et tend au photographe celui qu'il a dérobé dans la cabane du vieil homme. Curtis est heureux de le tenir à nouveau en main, de sentir la chaleur gagner l'étain. Il attend avec plaisir le moment où elle va finir par lui brûler la paume. Repensant à la photographie qui aurait dû lui ouvrir les portes des salons mondains, il sourit, se demandant si le café servi dans des tasses de porcelaine, avec lait, sucre et petits-fours, pourrait rivaliser avec l'âpre breuvage du bandit.

Se laissant tomber face à Henry, il remarque aussitôt une ombre au-dessus de sa lèvre. Non, pas une ombre, au contraire, la peau est trop claire à cet endroit.

— Oh mais tu… Ta moustache ! Tu t'es rasé ! comprend-il enfin.

— Je n'ai pas entendu le bruit de ton matériel sur ton cheval, tu es venu sans lui ? Ça veut dire que tu as créé ta photographie ?

— Tu poses presque autant de questions que moi, s'amuse Curtis. Ton café est toujours aussi bon. Non, je n'ai pas créé ma photographie. Tout ce que j'ai vu ici… Surtout hier… Ta mère… Je n'aurais pas eu assez de cent plaques de verre pour tout photographier. Et je vais repartir sans rien. J'ai même raté la seule photographie que j'aurais pu faire. Celle qui m'aurait rapporté gros. Pas uniquement de l'argent. Ce Merrill Gates, c'est le genre d'homme qui peut changer ta destinée.

— C'est vrai, confirme l'Indien, il m'a presque tué.

— Tu as raison, ce n'est pas quelqu'un de… Il est détestable. Mais il connaît le président des États-Unis… C'est important de… Il aurait pu m'introduire, je serais devenu le photographe des puissants de ce monde. On n'est rien sans poignée de main. On peut le regretter, mais c'est comme ça.

— Je connais les puissants. Ils ont pendu mon frère. Devant l'échafaud, j'étais jeune, mais j'ai compris.

Henry prend le temps de servir du café avant de poursuivre :

— Ils avaient gagné. Alors je suis devenu comme eux, un Blanc. Personne ne veut être un perdant. Je me suis habillé comme un Blanc. J'ai vécu comme un Blanc. J'ai travaillé comme un Blanc. Je suis devenu voleur parce que je voulais de l'argent, comme un Blanc. Et si j'étais mort, je serais mort comme un Blanc. Mais c'était une connerie. Tu vois, j'ai même appris à jurer comme les Blancs, sourit-il dans un rictus. Mais en vrai j'ai jamais été blanc, jamais été l'un d'eux, jamais. J'étais une sorte de… d'invisible. Invisible quand je marchais dans les rues, invisible quand je travaillais pour eux, invisible quand je suis devenu un bandit pour les voler… Parce que c'est ça que les Blancs veulent de nous. Les Indiens qu'ils n'ont pas exterminés. Ils veulent nous rendre invisibles. Tous.

Que répondre ? Curtis, le Blanc, ne dit rien. Il y a des silences qu'il ne faut pas briser. Il aura appris ça, auprès de cet homme. Dans le silence qui suit, les insectes, la rivière qui roule à quelques mètres, les cris des enfants Sioux, le hennissement des chevaux impatients de reprendre la route, les chiens qui aboient… ont gagné une force nouvelle. Le café coule dans un mug, puis l'autre, près du feu qui fourmille d'infimes crépitements. Le photographe ne craint plus ces moments pendant lesquels aucun des deux ne parle. Cette fois-ci, il ne meublera pas cette trêve en évoquant la marque de café préférée de sa femme. Ce silence se vit.

Le café brûlant, brusquement, le submerge de nostalgie, il n'en retrouvera jamais plus la saveur. Il le sait. Tous les cafés à venir lui sembleront insipides, des cafés ordinaires sans la présence de celui qui – jamais Curtis ne l'aurait cru possible – est devenu son ami. S'était-il jamais senti aussi proche de quelqu'un ? Deux tricheurs. Deux usurpateurs. Le faux Féroce Raton Laveur, qui ne s'est jamais pardonné d'avoir gardé le nom de son frère au fond de ses tripes nouées par la peur, le petit bâtard Peau-Rouge déguisé en Blanc… Et le photographe imposteur incapable de choisir à l'instant crucial, le faux bourgeois jamais vraiment débarrassé de l'odeur de pomme de terre pourrie…

Henry ouvre sa boîte aux trésors pour en sortir la carte de la pendaison de Mankato.

— Tu peux remercier cette image.

— J'imagine la tête d'Aldo, quand je lui dirai que ses cigarettes m'ont sauvé la vie. Sans cette image tu m'aurais probablement tué, non ?

— Remercie-la, car c'est elle qui t'a conduit ici, avec moi. Et je les ai vus à nouveau. Et toi aussi, tu les as vus. Tu comprends ce que ça signifie ?

La question n'appelle pas de réponse, Curtis attend en silence.

— Ils ne sont plus invisibles et…

Après avoir tiré sur sa cigarette jusqu'à ce que le mégot, trop petit, ne tienne plus entre ses doigts, après l'avoir jeté dans les braises, ravivant une petite flamme qui s'en empare aussitôt, et après une longue gorgée de café, Henry termine sa phrase :

— Et moi non plus. Je ne suis plus invisible.

Il range l'image de la pendaison au fond de sa boîte métallique dont il referme soigneusement le couvercle, enchâssant le clou qu'il gardait dans le creux de sa main.

— J'avais prévu de partir… si ce Blanc ne m'avait pas tiré dessus. Sans cette blessure… cette balle dans mon corps… je serais loin. Je ne voulais pas parler à ma mère. Je crois que j'avais peur. Peur de découvrir la déception dans ses yeux… me voir déguisé en homme blanc…

La queue du porc-épic n'est couverte de piquants que sur le dessus. Pour en faire une brosse à cheveux, il faut les retirer – ce ne sont pas les piquants qui servent à brosser, ce sont les poils – et coudre la queue autour d'un bâton. Henry avait vu l'épicier Bill Q. négocier âprement les sacs à pipe et autres cuillères en corne d'un vieil Indien. Et refuser une brosse ornée de perles. Rattrapant le vieil homme devant la boutique, Henry l'avait achetée.

Il s'en sert à présent pour dompter ses cheveux, les séparer en deux par une belle raie médiane afin de les tresser en nattes de part et d'autre de son visage. La transformation subjugue le photographe.

Curtis se demande comment une simple moustache a pu le berner, si fournie soit-elle. Fallait-il qu'il soit aveugle. Bien sûr, le Blanc qui avait violé la mère d'Henry a mêlé ses traits à ceux de la femme Dakota. Mais à présent, en l'absence de moustache et avec les nattes, l'héritage blanc s'efface.

Sans la moustache, les trois cicatrices sur la joue d'Henry ont repris leur aise et s'étalent pleinement jusqu'à la lisière de ses lèvres. Le grand frère disparu ressemblait sans doute à cette image que Curtis voit apparaître. Henry a raison, il n'est plus invisible.

Comme s'il avait peur que ce moment ne dure pas, peur que l'Indien disparaisse à nouveau, s'évanouisse sous l'emprise de l'homme blanc, Curtis tend ses mains devant lui pour définir un cadre et prendre une photographie, « Chleuiich ». L'onomatopée à peine susurrée enclenche un processus qui dépasse la simple volonté du photographe. Sans même le réaliser, il saute sur ses deux pieds, « Ne bouge pas », court vers son cheval, « Ne bouge pas, je reviens », ses gestes brusques effraient l'animal qui recule et renâcle, frappant le sol de ses sabots, « Ça va, tout doux, tout doux », il parvient à glisser un pied dans l'étrier, « Ça va aller », monte en selle, « Je reviens, Henry, t'entends ! Tu bouges pas ! », et enfin s'élance au galop.

81

La survivante

Sans prendre la peine d'attacher le cheval devant l'hôtel, il grimpe déjà de volée de marches en volée de marches, et trouve rapidement ce qu'il est venu chercher. Le ménage est rarement fait dans les chambres. Le tas de verre brisé n'a pas bougé du coin où il l'a poussé – il avait déplacé les gros morceaux du bout des doigts, puis s'était servi d'un balai pour éviter de se couper les pieds en marchant.

Une seule plaque de verre – celle qu'il a gâchée avec le président des Amis de l'Indien – a survécu à la balle qui avait transpercé la boîte. Toutes les autres, percutées par le projectile, avaient plus ou moins volé en éclats. Plus ou moins. Il s'était souvenu de ce détail. Seul l'angle inférieur de l'avant-dernière plaque a été frappé, amputé d'un coin. Avec un peu de chance…

La débarrassant des miettes de verre qui la recouvrent, Curtis l'examine minutieusement, puis la caresse du bout des doigts. La chance est avec lui, il ne voit ni ne sent aucune fêlure qui, à plus ou moins long terme, briserait le verre en morceaux. Le photographe ne perd pas de temps. Il court demander une cuvette et une couverture à la vieille Bessie. Il ne s'embarrasse pas de lui répondre que oui, effectivement, il fait très chaud, mais la couverture n'est pas pour cet usage.

Il remonte dans sa chambre et sort les produits chimiques.

D'une main, verser le collodion huileux au centre du verre. De l'autre, bercer lentement la plaque, dans tous les sens, pour étaler le liquide en une couche parfaite, sans déborder. Se débarrasser de l'excédent de produit en le faisant s'écouler par un angle. Secouer la couverture par la fenêtre – tant pis s'il reste de la poussière, il n'a pas le temps de chercher une pièce suffisamment sombre, encore moins de monter la tente opaque qu'il trimballe depuis son départ de Seattle. Se glisser sous la couverture à l'abri du jour, verser la solution argentique dans la cuvette et y tremper la plaque de verre. Pas facile dans le noir de voir ce qu'il fait, ses yeux s'habituent.

La plaque enfin prête, il lui faut encore la glisser dans le châssis étanche à la lumière. La transpiration commence à rendre ses doigts glissants, pas le moment de laisser tomber sa dernière plaque de verre.

Se débarrasser de l'épaisse couverture, s'essuyer le front, prendre conscience de la sueur qui coule sous ses habits, se saisir de son matériel et redescendre. Se dépêcher de prendre la photographie avant que les produits étalés dessus, en séchant, deviennent inopérants.

82

Deux plumes

Après le départ précipité de Curtis, Henry a continué à alimenter le feu pour garder le café au chaud. Puis sa main est retombée. Et n'a plus bougé. Ses épaules se sont affaissées. Sa tête, devenue trop lourde, a entraîné son buste vers l'avant, cassé en deux, prêt à basculer dans les flammes. Ses nattes se sont balancées tels deux pendus, avant de définitivement s'immobiliser.

— Henry !

Curtis est de retour, empêtré sur son cheval par son matériel qu'il a failli perdre plusieurs fois en cours de route. Le canasson s'ébroue, les branches du trépied lui ont arraché des poils de sa crinière.

— Hé ! Voleur de Pipe ! T'es pas mort, hein ? Attends au moins que je t'immortalise, blague le photographe. Tu te souviens de cette histoire de bisons et de tireur ? J'ai retrouvé une cartouche ! Tu seras la cible !

La couverture frémit.

— Tu veux bien que je te photographie ? Sur ton cheval, ce sera parfait.

Pressé par le temps, il installe le trépied, ouvre l'appareil, l'ajuste, puis se tourne vers Henry, qui s'est lentement mis debout.

— Voleur de Pipe ! Ou quel que soit ton nouveau nom… Tu peux venir, je suis prêt.

Avant d'enfourcher son cheval, Henry défait la selle et la fait basculer à terre.

— Qu'est-ce qui te prend ?

— Ça appartient aux Blancs.

L'Indien retire la couverture qui lui couvre les épaules pour la déposer sur le dos de l'animal.

Bouche bée, Curtis n'en revient pas.

Découvrant ce que camouflait la couverture, il comprend que, cette fois encore, l'Indien a tout anticipé.

— Salaud ! Tu savais que j'allais te photographier !

— La vie est pleine de possibilités. Dans une de ces possibilités, mon ami le photographe a envie de créer une photographie de Menteur avec Pipe.

— Mais d'où tu sors ces fringues ? Même moi je n'ai jamais été aussi pimpant !

— Ma mère a préparé beaucoup de *pejuta sapa* et a visité beaucoup de tipis.

— Incroyable ! Tu avais vraiment tout prévu !

Pour masquer sa tenue sous la couverture, et préserver la surprise, Henry a retroussé les manches frangées de sa chemise en peau de cerf. Des perles et des piquants de porc-épic y dessinent des motifs. Il s'est également gardé, assis devant le feu, de laisser dépasser mocassins et pantalon de cuir. De son cou pend un plastron composé de deux cascades parallèles de fines tiges horizontales, en os, enfilées sur des lanières de cuir, cascades séparées par une rangée de perles en verre bleu. Il est méconnaissable. Le croisant ailleurs dans la réserve, le photographe serait passé à côté de ce superbe Indien sans reconnaître le cow-boy qu'il a côtoyé le temps de leurs pérégrinations.

— C'est magnifique.

Le cheval se baisse, Curtis aide Henry à l'enfourcher. Lorsque l'animal se redresse, le photographe aperçoit les lèvres pincées de son ami et les doigts qu'il porte au niveau de sa blessure.

— Tout va bien ?

Henry glisse une main sous sa chemise pour en retirer délicatement deux longues plumes d'aigles que ses doigts lissent avec douceur avant de, tâtonnant, les glisser dans les mailles de sa chevelure à l'arrière de son crâne. Les plumes renvoient le jeune Edward bien des années en arrière. À cet Indien qu'il avait aperçu dans les bois depuis son canoë. Le guerrier ne portait pas de plumes, juste un arc et des flèches. Il progressait sous le couvert des arbres, pour s'y cacher probablement. Et voilà qu'Henry, par un geste des plus simples, grâce à cette parure sans ostentation – deux plumes –, venait de le faire sortir du bois. De lui redonner vie.

— Je ne tiendrai pas jusqu'à la nuit, prévient Menteur avec Pipe.

Curtis bredouille quelques mots vides de sens, s'excuse, se glisse sous le voile noir pour faire le point, n'en revient pas de cette image qui, même granuleuse, dégage une telle puissance. Il soulève le trépied pour déplacer son appareil à la recherche d'un meilleur angle, s'agace soudain, dégage le voile noir et va sortir du champ la selle abandonnée par Henry.

— Ne regarde pas l'appareil, regarde un peu sur ta gauche, au loin… Voilà, pas plus, comme ça c'est parfait.

Le bras du photographe apparaît hors du voile noir, ses doigts appuient sur la poire qui commande la fermeture de l'obturateur. Il met en place le châssis contenant la plaque de verre sensible. Tout se joue maintenant. Il s'extirpe de la protection de tissu, se redresse, respire plusieurs fois, se calme.

— Okay, on y est, ne bouge plus, ni toi ni ton canasson, ça ne sera plus long.

Ses doigts tremblants se referment sur la poire, la comprimant d'un geste brusque contre sa paume. L'air qui en est chassé ouvre l'obturateur pour que magie et chimie opèrent. Curtis compte dans sa tête. Nouvelle pression sur la poire, l'obturateur se referme.

Rien n'est venu gâcher la prise de vue. Ses doigts en tremblent encore. Tout son corps tremble. S'il fait un pas en avant, il n'est pas certain de tenir debout. Troublante sensation de se sentir à la fois vide et rempli d'une étrange force. Possédé. Depuis qu'il prend des photographies, il a connu à quelques reprises un tel sentiment, se trompant rarement : cette photographie est importante. Pour les autres ? Pour lui ? Il l'ignore.

Figé par une sorte d'extase, Curtis observe sans réagir Henry qui, sur le cheval, se penche en avant. Comme s'il avait à sa disposition des dizaines de plaques, le photographe s'imagine rechargeant son Reversible Back Premo. Il se rapprocherait pour saisir le portrait de son ami. Quelle blague l'Indien est-il en train de lui faire ? Penché sur le cou de son cheval, il est en train de glisser, de verser de l'autre côté de sa monture…

Curtis se précipite. Il agrippe les vêtements d'Henry, l'empêche de basculer, le ramène vers lui, « Henry, Henry… », son ami est lourd. Il le prend dans ses bras. L'accompagne jusqu'à terre.

— Henry ?

Aucune réaction.

— Meurs pas !

Il se précipite, abandonnant son appareil photographique, va chercher du secours.

Et revient avec l'adolescent qui avait servi la médecine noire. Ils soulèvent Menteur avec Pipe et l'allongent à l'arrière d'un chariot, sur l'empilement du peu que possède sa famille, des peaux roulées qui renferment leurs biens et qui lui font un matelas.

De retour près de son clan, près de sa mère, le blessé ne tarde pas à ouvrir un œil.

— Garde le mug, murmure le métis dès qu'il aperçoit le visage de Curtis.

— Le mug que tu as volé chez le vieil homme aux pastèques ? ricane le photographe.

— J'ai trouvé un mug.

— « Il est dans ma main, il est à moi », c'est bien ça ?

— On ne se reverra pas, mon ami.

— Qui sait ? On s'est déjà trouvés une fois.

Curtis rabaisse le devant de son chapeau pour se protéger du soleil.

— Adieu, mon ami.

Il s'attarde, incapable de quitter des yeux le nuage de poussière qui a avalé le chariot de Menteur avec Pipe. Sa mère assise près de lui, à l'arrière. « Il vivra ou il mourra », aurait dit le docteur.

Enfin, Curtis arrache son regard de la plaine. Il ne peut plus retarder le travail encore à accomplir. La photographie est sa priorité. L'urgence. Tremper la plaque dans les produits révélateurs pour faire apparaître l'image en négatif. Puis l'immerger dans un dernier bain qui la fixera à tout jamais sur son support de verre. Et rendra inaltérable cette photographie qui raconte un instant de la vie de Menteur avec Pipe.

Une photographie qui ne suffira pas à rendre la complexité du regard de celui qu'il a connu sous le nom d'Henry, ses rares sourires, sa gourmandise pour le lait concentré sucré, son habileté à faire du feu, le souvenir de son frère mort qui le hante. Les détails, les imperfections, les rêves, les habitudes, les inquiétudes qui nous définissent.

En selle vers son hôtel, le photographe traverse une nouvelle fois la plaine où ne demeurent de la présence des Indiens que des ronds d'herbe sèche écrasée, empreintes de leurs tipis. Et les cendres de leurs feux. Rien d'autre. Ils se sont évanouis.

Curtis repensera souvent à cet instant. L'appareil photographique orienté vers son ami Henry, plumes en bas, suspendues. Il revoit le verre dépoli et la place majestueuse qu'y occupe l'Indien Dakota. Ce sentiment fugace de rendre hommage à un autre Indien de la rivière Cannon. De rendre vie aux Indiens d'Amérique du Nord que l'homme blanc cherche à rendre invisibles. Avec la seule photographie qu'il rapportera de ce voyage, il aura fait bien plus que capturer et immortaliser un bout du monde tel qu'il est. Il a recréé le monde tel qu'il a été. Il a redonné vie à une époque évanouie.

— Une photographie, c'est aussi cela, Henry, dit-il à son ami disparu au loin avec les siens. C'est redonner naissance.

ÉPILOGUE

À porter mille fois son poids sur lui
Sous la chaleur et dans le vent
Dans le soleil ou dans la nuit
Voyez-vous ces êtres vivants…
Gérard Manset
Comme un Lego

DAKOTA DU SUD /
DAKOTA DU NORD

DE NOS JOURS

Face-à-face

Je sors de la douche, m'essuie rapidement. Mon corps fume encore. Je m'habille sans bruit, enfile ma polaire North Face et la grosse parka en plume GBH que ma mère m'a achetée en solde chez Walmart. La fausse fourrure qui borde la capuche est trop cool. Dehors, le froid claque si fort qu'il fait vibrer les pierres.

Minuit.

J'ai dormi une heure.

Difficile de quitter les draps enroulés autour du corps chaud de ma petite amie. La douche m'a à moitié réveillé, l'air glacial se charge du reste.

Toujours pareil lorsque je passe les frontières de la réserve, la sensation de laisser derrière moi une prison. La délivrance. Si ce n'était pour ma petite amie et pour ma mère, je ne remettrais jamais les pieds dans cet enfer de baraques. Tout tombe en ruine, les mobil-homes sont d'un autre âge. J'en sais quelque chose, ma copine et moi, on vit dans un de ces trucs. Avant nous, c'était un cousin, jusqu'à ce qu'il prenne quatre ans pour une bagarre à mains nues. Avant lui, ma tante, abandonnée par trois maris successifs – comment elle a fait pour survivre dans ce mobil-home avec cinq mioches ? – et qui a fini par dégoter un job de serveuse à Chicago. Et, avant encore, un autre cousin. Lui, il a totalement disparu à la mort de sa fille de treize ans. Elle avait avalé suffisamment de cachets pour rester trois mois dans le coma. Et ne jamais se réveiller. C'est ce cousin qui avait acheté le mobil-home d'occasion, personne ne sait à qui, personne ne sait d'ailleurs s'il l'a vraiment acheté.

Je roule trois cent quatre-vingt-quinze kilomètres pour rejoindre mon poste, le plus souvent à travers une épaisse purée de pois. Ça ne me fait pas peur, j'ai l'habitude. Rien à signaler d'un point de vue matériel. Grâce à mon salaire, j'ai pu obtenir un crédit et je me suis offert le pick-up truck de mes rêves. D'occasion, mais on le croirait neuf. Un Toyota Tundra 4WD Limited CrewMax. On peut monter à six dans sa double cabine. Moins de trente mille dollars, une affaire. L'engin n'a pas vingt-cinq mille kilomètres au compteur.

Ma mère n'a pas compris pourquoi j'ai mis tout ce fric dans une bagnole, mais elle est contente lorsque je viens la voir en permission et que je la conduis au Walmart de Pierre – Pierre, c'est la capitale du Dakota du Sud – avec sa sœur et leurs cousines. Le bleu profond de la carrosserie se repère de loin sur le parking, les femmes me passent les sacs que je range au fond de la benne arrière, puis que je recouvre d'une bâche pour les protéger du vent ou de la pluie. En dehors de cet achat, je ne suis pas du genre à dépenser à tort et à travers, surtout depuis que j'ai une petite amie. La preuve, je porte toujours la parka que ma mère m'a offerte bien avant que je réussisse à intégrer la police.

Après le lycée, j'avais choisi l'université de Fargo, à la frontière du Dakota du Nord et du Minnesota, à cause de la série policière du même nom, une chouette série. À l'époque, la police ne m'intéressait pas, je voulais faire quelque chose dans l'agriculture, et surtout loin de chez moi, loin de ma terre natale, loin de la réserve indienne de l'Arbre-Mort, loin de Fort Sibley, Dakota du Sud. Pour être loin, je suis allé assez loin. Pour faire quelque chose dans l'agriculture, bof... J'ai rapidement découvert que les études me barbaient. Adieu l'université, bonjour le flic. Très loin de mes ambitions de départ, mais toujours loin de chez moi. Peut-être pas assez, tout compte fait.

Le pick-up roule bien, rien à redire. C'est moi qui ne tiens pas le coup, je dois quitter l'autoroute pour dormir une heure sur le parking d'un Taco Bell. À mon réveil, je commande des *Nacho Fries* et en profite pour me changer dans les toilettes. Lorsque je me remets en route dans mon uniforme, la nuit n'en a pas fini avec moi, pas plus que le brouillard.

Le shérif m'a assigné au canon à eau. Ça me barbe. Chaque fois qu'on a affaire à des Natives, je me cogne le canon à eau. J'ai beau répéter que le face-à-face avec ces gens-là ne me dérange pas, mon chef a décidé de m'accorder cette distance d'avec mon peuple, la distance d'un puissant jet d'eau bien glacée.

À l'abri dans la cabine du camion, j'observe mes cibles sur un écran vidéo qui accompagne les mouvements de la lance que je manipule avec un joystick, exactement comme je joue devant ma télévision. Mon prochain achat, ce sera un super grand écran connecté.

Il faut être sur place avant que les engins du chantier démarrent et attaquent leur journée de travail. Les drapeaux et les slogans sur des cartons, *LA TERRE EST SACRÉE, L'EAU C'EST LA VIE, PAS DE PIPELINE DANS LE DAKOTA*, accompagnés par les chants et les cris, ne tardent pas à se pointer. L'adrénaline commence à bouillir. Plus que quelques minutes avant le début des combats. La plupart des « emmerdeurs » – comme les appellent mes collègues – ont dormi sous des tentes de camping, serrés les uns contre les autres, sans doute pour se tenir chaud. Le givre recouvre tout, y compris les vêtements, les cheveux, les visages des manifestants, transformant rapidement hommes, femmes et enfants en vieillards. Transformant les vieillards en plus vieillards encore. Et le café chaud servi dans des verres en carton n'échappe pas au givre qui dépose à sa surface comme un nuage de lait. C'est ce que je m'imagine, le mien coule chaud du Thermos.

La neige s'est pointée peu après le début des hostilités. Il doit faire entre moins dix et moins quinze, quelque chose comme ça.

Le chauffeur m'a fait remarquer qu'il faut être sacrément con pour venir manifester les mains vides, en dehors des pancartes, des tambours et des téléphones qui filment tout. « Ne me dis pas que ces Peaux-Rouges croient encore qu'il suffit de frapper un tambour et de chanter leurs trucs, là... Que leurs conneries, ça suffit pour résister à des policiers armés ? »

Plusieurs coups de feu ont déjà retenti, des balles en caoutchouc. Sur mon écran, des manifestants s'effondrent. Je ne les entends pas crier, mais je les vois se tordre au sol, se plier en deux, se tenir soudain la tête… Je peux zoomer, la définition reste acceptable.

L'ordre de balancer l'eau à haute pression contre tout ce beau monde rugit enfin dans mon casque. De l'action. Je suis là pour ça.

Pourtant, je ne fais rien.

Sur mon écran est apparu un visage qui n'aurait jamais dû s'y trouver. Zoom avant. Que fait ma petite amie de l'autre côté des serpentins de fil de fer barbelé ? Je l'ai laissée endormie dans notre mobil-home, à près de quatre cents kilomètres d'ici… C'est impossible. Elle ne peut pas être là, sur mon écran de contrôle. Avec qui elle est venue ? Est-ce que je lui ai dit que je serais à Standing Rock ce matin ? Et que le shérif me confierait sans doute le canon à eau ? Elle me sourit, là, ou quoi ? Il manquerait plus que ça.

Dans mon casque, la voix du shérif répète son ordre, « Dégage-moi ces emmerdeurs de là ! ». Je sais les dégâts que ça fait, un jet aussi puissant, je l'ai appris à l'école de police : côtes brisées, rate éclatée, mâchoire disloquée, crâne fracturé… Lancé en plein visage, on peut voir un œil gicler hors de son orbite. Et avec ce froid, l'eau entraîne une hypothermie qui peut être fatale.

Mon doigt se crispe sur la détente. Comment elle peut savoir que je suis là, derrière le blindage du camion ? C'est bien moi qu'elle regarde, ça, y a pas de doute, elle me regarde souvent avec ce même air. C'est à moi qu'elle sourit. Elle a déniché dans mes affaires un vieux tee-shirt que je ne porte plus depuis une éternité, j'y entre plus. Elle a pourtant réussi à l'enfiler par-dessus sa parka. On joue pas dans la même catégorie, question taille et poids.

Qui me l'a offert ?

La devise sous la photo, *Fier De Qui Je Suis*, a résisté aux années et aux lavages.

Le nom du photographe m'échappe. Je l'ai sur le bout de la langue. Un Blanc qui aurait consacré trente années de sa vie à photographier les Indiens – comme on nous appelait encore, avant de ne plus savoir comment nous nommer : Amérindiens ? Autochtones ? Natifs Américains ? Premières Nations ?… J'avais trouvé un bouquin sur lui à la bibliothèque, dans l'ancienne église de la mission de Fort Sibley. La couverture avait disparu, et pas mal de pages aussi. Mais il en restait bien assez, remplies de photos. Des Dakotas comme moi, et des Pieds-Noirs, des Apaches, des Cheyennes, des Hopis… Et des tribus dont je ne connaissais même pas l'existence, comme les Pomos, les Yombas, les Acomas, les Hidatsas…

Le type qui pose sur la photo de mon tee-shirt, personne ne se souvient de lui. Un vieil oncle, si ça se trouve.

Les ordres de mon chef explosent dans mes oreilles. Mon doigt s'obstine à refuser d'obéir. Je vais en prendre pour mon grade, mais je n'y peux rien, je suis pétrifié par le regard de ma petite amie. Et par ce Sioux sur la photo. Un Indien de la vieille époque, à cheval, deux plumes sur la tête.

Remerciements

Ce roman est une fiction. Un livre d'histoires inspirées et basées sur des faits et des personnages historiques.

Il doit tout aux centaines de photographies et aux textes des vingt volumes qu'Edward Sheriff Curtis a consacrés aux Indiens d'Amérique du Nord.

Il doit tout également à ce que d'autres ont écrit avant moi, que ce soit sur Curtis, sur Princesse Angeline et son père le chef Si'ahl, sur les Dakotas, les guerres des Sioux, la pendaison de Mankato, la ville de Seattle, les us et coutumes de l'époque, les trains, les réserves indiennes, les pensionnats… Que ce soit sous forme de récits, biographies, romans, études, recherches, analyses, articles de presse, blogs, commentaires, archives… Sur papier ou sur écran… Trop nombreux pour être cités. Merci à elles et à eux, connus ou inconnus.

Merci à tous les pionniers de la photographie qui ont su capturer ces petits bouts du monde miraculeusement parvenus jusqu'à nous.

Merci à Jean-Michel Wizenne pour sa connaissance des Dakotas. À Boris Dumont pour son éclairage sur l'utilisation des chambres photographiques. À toutes celles et ceux qui, à une étape ou à une autre, d'une manière ou d'une autre, m'ont aidé : Annie Jaisser, Valérie Sohier, Véronique Blanc Meyere, Michèle Bourton, Claire Huré, Yvan Garouel, Marie-Jo Sat, Marie-Servane Bargy...

À Corinne Monjeau-Marz qui, sans me connaître, m'a spontanément envoyé son livre *The Dakota Indian Internment at Fort Snelling.*

À celles et ceux que j'oublie.

Les poèmes attribués à Mary Gates sont bien de sa main (traduction de l'auteur, sous la supervision de François Raison que je remercie au passage), tirés du recueil *Hymns of Nature and Songs of the Spirit : poems by Mrs. Merrill E. Gates.*

Seul le poème du lac Mohonk est une pure invention de l'auteur.

Le discours du président Merrill Gates aux Amis de l'Indien est extrait du véritable discours de Merrill Gates tel qu'il a été retranscrit sur le verbatim du Fourteenth Annual Meeting of the Lake Mohonk Conference of Friends of the Indian qui s'est tenu du 14 au 16 octobre 1896. Extraits également traduits par l'auteur.

L'habit des religieuses ainsi que le rituel de l'habillement ont été inspirés par The Congregation of the Sisters, Servants of the Immaculate Heart of Mary.

Ne cherchez ni la réserve de l'Arbre-Mort ni Fort Sibley sur une carte, vous ne les trouveriez pas. L'auteur s'est librement inspiré de la réserve indienne de Crow Creek et de Fort Thompson, Dakota du Sud.

Ce livre n'existerait pas sans le regard avisé (et les dizaines de courriels échangés) de Françoise Samson. Et sans Sophie Lajeunesse, son équipe et les Presses de la Cité.

Table

PREMIÈRE PARTIE

DEUXIÈME PARTIE

TROISIÈME PARTIE

QUATRIÈME PARTIE

ÉPILOGUE

Composition et mise en pages
Nord Compo à Villeneuve-d'Ascq

MIXTE
Papier
FSC FSC® C003309

L'éditeur de cet ouvrage s'engage dans une démarche de certification FSC® qui contribue à la préservation des forêts pour les générations futures.

Pour en savoir plus :
www.editis.com/engagement-rse/

Achevé d'imprimer en novembre 2022
par Normandie Roto Impression s.a.s.
61250 Lonrai (Orne)
N° d'imprimeur : 2205053
Imprimé en France